붉게 흐드러진
란꽃
송이

붉게 흐드러진 란꽃숭아 1

초판 1쇄 펴낸 날 | 2017년 7월 13일

지은이 | 이미은
펴낸이 | 서경석

편집책임 | 조윤희 편집 | 이은주, 이예진   디자인 | 신현아
마케팅 | 서기원 경영지원 | 서지혜, 이문영

임프린트 | (MUSE)
주소 | 경기도 부천시 부일로 483번길 40 서경B/D 3F (우) 14640
전화 | 032-656-4452 팩스 | 032-656-4453
이메일 | roramce@naver.com 블로그 | bolg.naver.com/roramce
홈페이지 | http://www.chungeoram.com

발 행 처 | 도서출판 청어람
출판등록 | 1999년 5월 31일 제387-1999-000006호
어람번호 | 제11-0058호

ⓒ 이미은, 2017

ISBN 979-11-04-91363-1 04810
ISBN 979-11-04-91362-4 (SET)

뮤즈는 도서출판 청어람 단행본사업본부의 임프린트입니다.

도서출판 청어람은 언제나 여러분의 소중한 작품 투고와 도서 출간 기획 등 다양한 제안을 기다리고 있습니다. chungeorambook@daum.net

붉게 흐드러진 란꽃송이

1

이미은 장편소설

목차

1. 서막

아가. 내 옛 얘기 하나 들려주랴?

높디높아 한여름에도 눈이 녹지 않는 새하얀 산 위에는,

지신(地神)이 되고자 수행을 쌓는 백여우가 살고 있단다.

그 여우의 털은 토끼의 솜털보다도 부드럽고,

갓 내린 첫눈보다도 새하얗단다.

탐이 난다고? 오, 그래. 백여우의 털가죽은 그만한 가치가 있지.

하지만 조심하렴.

신이 되고자 수행하는 반신(半神)의 저주를 만만히 보았다간,

큰코다칠 테니.

✳

혜조 십년.

유례없이 밝고 둥근 달이 뜬 밤이었다. 신분 고하에 상관없이 달님을 보며 일 년치 소원을 빌던 새까만 밤.

"아으…… 아아악!"

수많은 소원들이 높이 뜬 달님을 향해 날아오르던 그 밤에, 아무도 듣지 못한 비명만은 어디에도 닿지 못한 채 그대로 고꾸라졌다. 누구도 듣지 않아 더욱 처절한 비명이 광 안을 가득 채우고 그 안에서 울려 퍼졌다.

고래 등 같은 기와집. 그 한구석에 방치되어 있는 광 안에 갇힌 소년은 온몸을 비틀며 연신 제 목덜미를 잡아 뜯었다. 살점이 뜯겨 나가고, 피가 비치기 시작함에도 바짝 힘이 들어간 손은 멈추지 않았다.

콰앙!

온몸으로 문을 향해 달려들어도, 밖에서 단단히 걸어 잠근 문이 열릴 리 만무했다. 나무문이 덜컹거리는 소음마저 싸한 바람 소리에 묻혀 사라질 뿐, 소년의 애타는 호소를 듣는 이는 그 누구도 없었다.

"살려, 으, 아, 살…… 아악!"

흰 거품을 문 도령의 몸이 일순 비틀렸다. 나무문에서 주르륵 미끄러져 그대로 땅에 처박힌 소년은 아득, 아랫입술을 물어뜯으며 고통을 삼키려 애를 썼다. 그것으로도 모자라, 땅을 박박 긁은 탓에 고왔던 손은 삽시간에 엉망진창이 되어버렸다. 손톱이 깨지고, 피가 땅에 맺힐 때까지 고통을 잊기 위한 몸부림은 계속됐다.

도령이 발버둥 치는 것을 멈춘 것은 둥그런 보름달이 반쯤 넘

붉게 흐드러진 란꽃송이

어가고, 어두컴컴한 밤이 점차 밝아진 뒤였다.

*

　그로부터 구 년 뒤, 혜조 십구년.

　진달래와 개나리가 꽃망울을 터뜨리는 봄. 자하국의 왕 혜조는 보이지 않는 밀고 당기기를 하고 있었다.

　"상감마마, 부디 명을 거둬주소서. 아직 많이 부족한 아이입니다. 어찌 공주마마의 부군이 되겠나이까."

　같은 말이 정확히 오십 하고도 일곱 번째 오가자, 제아무리 인자하기로 소문난 혜조라 할지라도 이를 갈 수밖에 없었다.

　"이보게. 탁 터놓고 얘기를 해보잔 말이야. 관직을 내리는 것도 싫다, 부마가 되는 것도 싫다, 과거를 보는 것도 싫다! 재원, 자네 설마 둘째 아들을 그대로 썩힐 생각은 아니겠지."

　한 나라의 왕이 사사로이 신하의 자식 농사를 걱정함은 고개를 갸웃할 일이었다. 그러나 그 신하가 다른 누구도 아닌 서파의 수장, 최재원이라면 말이 달라졌다. 대대로 친왕파인 최가의 자식 농사는 왕의 문제이기도 했으니 말이다.

　"……송구하옵니다, 전하."

　유구무언(有口無言).

　입이 있되 할 말은 없다는 얼굴로 재원이 고개를 조아리자 혜조의 인내심이 뚝 끊겼다. 방금 전까지 옥좌에 앉아 있던 이가 자하국의 왕이었다면 지금 분통을 터뜨리는 이는 딸을 가진 아비였다.

　"대체, 대체 우리 공주가 뭐가 그리 모자라단 말인가!"

부모라면 매한가지일 자식 자랑도, 왕이 하면 민망한 법이다. 그러나 자리를 박차고 일어난 혜조는 방금 제가 뱉은 말에 민망함을 느끼기는커녕 두 주먹을 불끈 쥐고 있었다. 뒷돈 챙긴 관리를 향해 화를 낼 때도 이보다 열성적이진 않았던 왕이다.

입에서 불이라도 뿜을 것처럼 성을 내는 혜조의 모습에, 서 내관이 슬쩍 고개를 돌려 이 모든 상황을 기록하고 있는 서기관에게 눈짓했다. 그것을 찰떡같이 알아들은 서기관이 비장한 표정으로 고개를 끄덕였다. 바삐 움직이던 붓이 언제 그랬냐는 듯 우뚝 멈췄다. 한두 번 한 일이 아닌지 손발이 척척 맞았다.

혜조는, 서기관의 손이 멈추자 물 만난 고기처럼 펄펄 날뛰기 시작했다.

"안 그래도 서파엔 마음에 차는 이가 몇 없는데, 그것도 모자라요 근래 동파 녀석들이 우리 공주를 채가려 호시탐탐 기회를 엿보는 걸 몰라 그러나! 며칠 전에도 그 빌어먹을 자식들이 우르르 몰려와서 예며 법도며 되도 않는 소리를 늘어놓고 갔단 말일세!"

어서 내 딸을 내놓아라, 이거지. 씹어 먹어도 시원찮을 놈들!

혜조의 분노에 왕의 권세를 야금야금 갉아먹는 동파의 수장을 떠올린 박 내관이 남몰래 고개를 끄덕였다. 박 내관은 혜조의 실록을 왜곡, 변형하는 데 가장 많은 기여를 했음에도 불구하고 동파의 양심 없음에 기꺼이 분노했다. 길게 늘어진 소매 속에서 불끈 움켜쥐는 주먹이 옹골졌다.

그놈들은 아주 양심에 털이 나도 단단히 난 놈들이다. 세상사이 자하국의 주인이 누구인데 감히 그 권세를 나눠 먹으려 든단 말인가. 입에 침도 바르지 않고 실록을 조작하는 이라고는 믿기 어려울 정도의 정의감이 아닐 수 없었다.

그사이 가쁜 숨을 몰아쉰 혜조는 슬슬 본격적으로 딸 자랑을 시작하기 위해 깊게 숨을 들이마셨다.

"자네가 몰라 하는 말인 것 같은데, 우리 공주가 얼마나 뛰어나냐면!"

이런, 또 시작이시로군.

서 내관과 박 내관이 서로 못 말린다는 시선을 주고받았다. 혜조의 딸 사랑은 아는 이는 전부 아는 얘기로, 얼마나 유명하냐면 대신들 사이에선 왕이 딸 자랑하는 걸 들어본 이야말로 왕의 신뢰를 받고 있다는 말이 나돌 정도였다. 그러니 지금 상황은 몇몇 대신들에겐 꿈같은 순간일 테지만, 설란이 태어난 뒤로 달마다 비슷한 말을 계속해 듣고 있는 이들에겐 썩 달가운 일만은 아니었다.

"네 살 때부터 스승들이 천재라 입이 마르도록 칭찬을 하고! 여덟 살 때 과인을 위해 그 고사리 같은 손으로 손수건에 봉황을 수놓는 것으로도 모자라! 열두 살 때 지금 세자가 배우는 것들을 전부 뗀 아이란 말이네! 그 아이가 사내였으면……."

두 내관과 서기관은 눈치 있게 귀를 틀어막았다. 그들은 하나같이 같은 생각을 하고 있었다. 그러니 이건 못 들은 거다.

"-자하국의 왕이 되었을 아이란 말이야!"

대신들이 들었다면 거품을 물고 뒤로 넘어갔을 말을 아무렇지도 않게 해내는 혜조는 진심이었다. 세자가 있었다면 뒷짐을 진 채 허허로이 웃었으리라. 왕이 진심이라는 것은 이 자리에 있는, 아니, 혜조를 아는 모든 이들이 가장 잘 알고 있었다. 그들은 또

한 확신하고 있었다. 공주인 자설란이 사내로 태어났더라면 의심할 여지없이 그녀가 자설호를 제치고 세자가 되었을 것임을.

그리고 그들 중에서도 재원은 그 사이사이에 생략되어 있는 수많은 딸 자랑을 눈을 감은 채로도 줄줄이 읊을 수 있었다.

왜? 너무 많이 들어서.

"과인이 그래도 장남을 내놓으라 하진 않지 않은가."

그래도 양심은 있어서. 어깨를 쭉 펴고 말하는 혜조의 모습이 참으로 당당해 보여, 서 내관과 박 내관은 고개를 저었다. 물론 속으로만.

그도 그럴 것이 최가가 어떤 가문이던가. 개국공신 가문에 대대로 뛰어난 인재들을 배출해 내는 걸로도 모자라 언제나 왕의 편에 서는 충신이었다. 게다가 현 최가의 장남이자 차기 가주는 현재 서파의 미래라 불릴 정도로 수재였다. 어린 나이에 과거를 장원으로 통과하고 등청해 재능을 뽐내고 있는 최지문은 세간에서도 유명한 존재였다.

그러니 그를 공주의 부마로 삼게 된다면 대신들의 원망이 끝도 없이 늘어질 게 뻔했음에도 이를 입에 담는 혜조에겐 조금의 머뭇거림도 없었다. 그뿐이랴. 왕은 주먹을 불끈 쥐곤 소리 높여 주장했다.

"우리 공주를 데려가겠다는 사내가 자하국 수도를 빙빙 돌고도 남음에도! 내! 오랜 친우인 재원 자네를 생각해! 우리 공주를 눈물을 머금고 보내겠다 이 말이네!"

되레 청하는 이가 더 당당한, 참으로 기이한 혼사가 아닐 수 없었다. 혜조의 딸 자랑에 말이 빙빙 돌았지만 결론은 단순하고도 명쾌했다.

'네 아들 내놔!'

재원은 왕의 깊고도 심오한 속내를 짐작하며 숙였던 고개를 들어 올렸다.

반은 센 머리칼, 인자한 얼굴이 모습을 드러냈다. 무언가 생각에 잠겨 있는 듯한 두 눈엔 복잡한 것들이 가득 들어차 있었다. 그것만으로도 그가 그저 아들이 아까워 이런다는 게 아님을 짐작할 수 있었다.

현 서파의 수장이자, 왕의 오랜 친우인 최재원은 반백년을 알고 지낸 혜조에게도 털어놓지 못할 얘기를 속으로 삼키며 가까스로 입을 열었다. 한 번, 두 번. 왕과 술상을 마주한 것이 헤아릴 수 없을 정도로 많은 그는, 그렇게 가까운 이 앞에서 어렵사리 입을 떼었다.

"등청, 혹은 가례이옵니까."

바짝 마른 목소리에 혜조는 미간을 좁혔다. 언제 그랬냐는 듯 딸 자랑을 늘어놓던 아비의 낯은 사라지고 왕이 그 자리를 대신했다.

"과인은 인재를 썩히고 싶지 않음을 말하고자 함이네. 자네도 자네야. 성인이 된 지 오래인 아이를 대체 언제까지 끼고 살 텐가."

"그리하지 못할 연유가 있다 해도 말이옵니까."

또다시 같은 말의 반복이다.

연유가 있다는데 그 연유가 무엇인지는 말해주질 않는다. 스무고개를 하는 것도 한두 번이지, 이제 길고도 굵은 왕의 인내심도 한계였다. 혜조는 답답함에 성큼성큼 재원의 앞으로 걸어갔다.

재원의 바로 앞에 멈춰 선 그는, 화를 내는 대신 한쪽 무릎을 굽혀 눈높이를 낮췄다. 갑작스러운 왕의 행동에 다들 놀랄 법도 했건만 그 상대가 다른 누구도 아닌 최재원이라면 흔히 있는 일이라, 하나같이 그저 고개를 돌려 못 본 척할 뿐이었다. 혜조의 깊게 가라앉은 두 눈이 재원을 담아냈다.

"연유를 말해보아라. 서풍-재원의 호-, 과인은 친우의 문제를 헤아려 주지 못할 만큼 속 좁은 군주가 아니다."

심려 가득한 왕의 목소리에 재원이 고개를 떨궜다. 왕의 손이 늙고 주름진 제 것을 꽉 붙드는 것이 약해진 마음을 잡아 흔드는 것만 같았다. 살갗을 타고 넘어오는 온기에 재원은 턱을 악물었다. 속에 묻은 얘기를 꺼내자면 시작해야 할 곳이 너무도 명백했다. 그리고 그것은 다름 아닌 왕가(王家)를 겨눈 날붙이인지라, 재원의 턱이 가느다랗게 떨렸다.

원망한 적도 있었다.

매일 밤, 매일 낮 홀로 있을 때는 가슴을 치고, 왕과 마주할 때는 바짝 마르는 속을 달래며 견뎌온 세월이 그리도 길었다.

그러나 하루에도 수십 번씩 극단적인 생각을 향해 달려가더라도 고개를 들어 올리면 그곳에는 저를 살피는 왕의 낯이 있었다. 반백년을 알고 지낸 친우가 있었다. 재원은 천천히 고개를 들었다. 그러자 보이는 것은 따뜻이 저를 바라보는 왕의 두 눈이었다.

무슨 말을 하건 서기관은 그것을 기록하지 않을 것이며 혜조는 저를 문초하지 않을 터다. 또한 내관들의 입은 돌덩이보다 무거우니 말이 새어 나갈 리도 없었다. 그것을 재원은 누구보다도 잘 알고 있었다.

그럼에도,

"아니옵니다, 전하. 소신이…… 실언을 했나이다."

재원은 오늘도 목 끝까지 차오른 말을 삼켰다. 평생 제가 지고 가겠다 다짐한 고통을 다시금 속에 파묻었다. 그러나 말하지 않으면 상대방은 답답할 뿐이다. 자하국의 왕은 끝없이 이어지는 대화에 진절머리가 나고 말았다. 혜조는 쇠심줄보다도 더 질긴 친우의 고집에 두 손 두 발 다 들었다.

포기했냐고? 그럴 리가. 혜조가 포기한 것은 재원의 협조를 얻는 것이었다.

"그 마음, 바꿀 생각이 없다는 게지?"

"송구하옵니다."

이렇게 된다면 최후의 수단이다.

안 되면 되게 하라. 설득이 불가능하다면 명령하면 그만인 일. 권력 만세인 것이다.

혜조는 굽혔던 몸을 바로 세우곤 말했다.

"좋다. 그럼 이렇게 하지. 마침 세자의 스승 중 하나가 노쇠해 고향에 내려가 쉬고 싶다 청해 그 자리가 비게 되었다. 어명이다. 최지환은 부마가 되거나, 과거를 치르기 전까지 세자의 스승이 되어 미래의 군주를 위해 분골쇄신해야 할 것이다."

근엄한 목소리에 재원은 참담함을 느끼며 더욱 고개를 숙였다.

오랜 친우이자 주군인 자하국의 왕이, 최후의 수단을 빼든 것이다.

어명(御命).

거절할 수도 물릴 수도 없는 왕의 명령에, 신하에 불과한 재원은 한숨을 삼키며 그 명, 받잡을 수밖에 없었다. 이 모든 것이 혜조의 시꺼먼 속내를 가리기 위함이라는 것을 눈치챈 서 내관과 박 내관만이 재원을 안쓰럽게 바라볼 뿐이었다.

봄꽃이 막 움트는 이월.

혜조와 재원의 대화를 알 리 없는 설란은 둥근 창밖으로 시선을 던지고 있었다. 그런 그녀의 곁에서 바삐 움직이던 도아의 발걸음이 일순 우뚝 멈췄으니,

"가례야."

골몰히 생각에 잠겨 있던 설란이 무척이나 가벼운 어조로 툭 뱉어낸 한마디가 어마무시한 발언이었기 때문이다. 바로 앞에 있는 도아의 표정이 경악으로 물들었으나, 생각에 잠긴 설란에게 그 낯이 보일 리 없다. 툭, 툭, 턱을 괸 채 아랫입술을 두드리던 설란은 몸을 일으켰다. 말로 뱉으니 확신이 더욱 커졌다. 방 안을 빙빙 돌던 그녀는 이번에는 꽤나 비장한 표정으로 목소리를 높였다.

"가례를 올려야 해."

그 단호한 말에 도아는 슬쩍 설란의 눈치를 보며 물었다.

"혹…… 무언가 들으신 건 아니시죠, 마마?"

"듣다니 무얼?"

"아니어요! 그런데 무얼 하신다 하시었죠?"

"가례를 올려야겠다 했어. 이제 더는 힘들다 그리 말씀드려도 고려조차 하지 않으시니 출가외인이라도 되어야지 어쩌겠니."

"마, 마마…… 설마 다짜고짜 사내 하나를 붙잡아서 도망치실 생각은 아니시지요?"

붉게 흐드러진 란꽃숭이

"그럴 리가."

그렇게 되면 왕실이 발칵 뒤집어질 일이다. 왕실뿐이랴. 아마 자하국 전역이 난리 법석을 떨 것이다. 그 정도로 열렬히 사랑하는 사람도 없었고, 있어도 그 정도의 희생을 치러야 할 필요가 있을까 싶었다.

그녀에게 있어 가례란, 이 답답한 궁을 벗어날 방법에 불과했으니 말이다. 설란은 검지로 경대를 톡톡 치며 말을 이었다.

"족쇄 하나를 풀고자 벌이는 일인데, 다른 족쇄를 차면 수지가 맞질 않아. 어차피 그리 머지않았을 터. 올해는 어떻게든 얘기가 나오고야 말 테지."

"그렇지요. 성년식을 치르시니까요."

도아는 솜씨 좋게 설란의 머리를 땋아 내리며 맞장구치다, 걱정 가득한 표정으로 말을 이었다.

"그런데 마마……정녕 야반도주는 생각에 없으신 거지요?"

그리 말하는 도아의 낯에는 정말 설란이 야반도주라도 할까 걱정하는 기색이 가득했다. 설란의 행동력을 누구보다 잘 알기에 나오는 걱정이었다. 그런 도아의 시선에 담긴 의미를 읽어낸 설란이 씩 웃었다.

"걱정 말래도. ……믿고 있기도 하고."

"무엇을요?"

모든 혼사가 그렇다지만, 왕실의 혼사는 왕실 어른들의 손길 하나 닿지 않는 곳이 없었다. 백년가약을 맺을 상대부터 예식 하나하나에 얼마나 많은 것들을 따져 묻는지 모르는 바 아닌 설란은 잠시 침묵했다.

"그 정도는 들어주시지 않을까."

"전하께서요?"

"그래. 정말 최선을 다했으니 아주 작은 소원 하나 정도는 들어주실 법도 하잖아?"

값어치를 따져 묻자면야 그녀가 해온 일과 비교했을 때 그렇게 큰 소원도 아니었다. 설란은 둥근 면경 너머로 비쳐 보이는 제 모습에 시선을 두었다. 촘촘히 땋아 내린 머리칼이 그녀의 나이를 짐작케 했다. 둥근 이마와, 그 아래에 자리 잡은 색이 진한 눈썹과 눈동자가 맑았다.

천생 여인의 얼굴이었으나 그 속에 다른 모습이 있음을 그녀는 누구보다 잘 알고 있었다. 설란은 보고 있자면 제 하나뿐인 오라비가 떠오르는 얼굴을 한참이나 응시하다 말을 이었다.

"흐음…… 과한 욕심이려나."

권력과는 먼 곳으로 시집을 가 한적한 곳에서 여생을 살고 싶다는 소망은. 설란의 중얼거림 속에 들어 있는 본심을 알기에, 도아는 침묵했다. 쉬이 대답해 줄 수 없는 소망이었다. 머리를 땋는 도아의 손길이 느려지자 설란의 눈동자가 데굴 굴렀다. 그녀는 장난스럽게 웃으며 말했다.

"어찌 되었건 가례야."

그녀의 목소리가 툭 튀었다.

"어마마마께서도 아셔야지. 이제 더는 속일 수 없다는 걸. 사실 몇 년 전부터 한계였다고. 안 그러니 도아야?"

"그럼요! 물론 세자저하께서도 어여쁘셨지만, 제 눈에는 마마께서 훠어얼씬 아름다우셨는걸요. 그걸 못 알아보는 이들이 눈이 삔 게 분명해요!"

발을 구르며 어쩜 그럴 수 있냐고 목청을 높이는 도아의 모습에, 설란이 조용히 중얼거렸다.

"……도아야, 너무 그렇게 호들갑을 떨면 오히려 아닌 것처럼 들리는데."

그 말을 못 들은 척, 도아는 말을 돌렸다.

"어마! 생각해 보니 마마, 오늘 강연은 취소되었어요."

"뭐? 갑자기? 어째서?"

다른 이도 아닌 공주의 강연이었다. 양해를 구한 것도 아닌 당일, 그것도 갑작스러운 취소라니. 제 의견은 묻지도 않은 일정 변경에 설란은 불편한 기색을 숨기지 않았다.

자세한 연유를 물으려던 그녀는, 그러나 고개를 돌리는 그 찰나에 다른 이유를 짐작하고는 낯을 굳혔다.

"설마 또 오라버니께서……."

"어유! 아니어요, 마마!"

눈빛으로 묻는 또 다른 가능성에 도아가 다급히 부정했다.

"그렇지. ……아니지?"

"예. 그럼요. 그쪽 일이었다면 제가 마마께 고했지요."

"그래. 그렇지."

설란은 금세 수긍하고는 고개를 끄덕였다. 그쪽 일이었다면 지금 이렇게 한가로이 머리를 땋고 있지도 않았을 것이다. 구석진 곳에 버려진 궁으로 몰래 이동해 바삐 다른 치장을 하고 있었겠지.

스쳐 가는 생각에 단번에 얼굴에 그늘이 드리워졌다. 거대한 궁, 그리고 높다란 담을 벗어나기 전에는 시시때때로 온몸을 감싸는 이 감각에서 벗어날 수 없으리라. 언제든 가면을 뒤집어써야 하는 그 붕 뜬 감각. 열여덟이라는 나이에도 완벽하게 벗어나지 못하는 굴레에, 설란은 아랫입술을 물어뜯었다. 설란의 고개가 둥글게 난 창을 향하자 도아는 어떻게든 제 상전의 기분을 풀어 주려 있는 힘껏 애를 썼다.

"그래도 마마, 전하께서 왕실에 진상된 망아지 중 가장 좋은 녀석을 마마께 드렸다 소문이 자자해요. 어찌나 순하고 예쁜지 궁녀 몇이 구경을 갈 정도라지 뭐예요?"

"그래. 망아지라."

설란은 어깨를 으쓱였다.

"망아지도 좋다만, 말을 원 없이 타려면 역시 가례지."

돌고 돌아 다시 가례 얘기다. 도아는 설란의 옷 중에서 가장 좋은 것을 꺼내놓으며 다시 눈치를 봤다. 그러나 그녀가 무슨 생각을 하고 있는지 읽을 수 있을 리 없다. 도아는 살짝 내리깔아 속내를 읽기 어려운 설란을 곁눈질했다.

면경에서 살짝 시선이 비껴 나간 채 앉아 있는 설란은, 도아의 눈엔 지상에 잠시 마실 나온 선녀 같았다. 만약 도아가 설란의 또 다른 모습을 몰랐더라면 그녀는 영락없이 제 공주님이 온실 속 화초라 생각했을 터다. 그러나 외양과는 달리 설란은 쉬이 생각하면 안 되는 존재였다. 도아는 제게 주어진 임무를 생각하며 두근거리는 가슴을 꼭 누르고는 생각했다.

우리 마마께서 정말 모르는 걸까?

그러나 도아의 비밀이 들키는 것은 단순히 시간문제였다. 도아는 운명적인 만남을 위해서는 절대 들키면 안 된다던 서 내관의 으름장을 떠올리며 마른침을 삼켰다.

"흐음······?"

생각에 잠겨 있던 설란의 고개가 옆으로 기울었다. 방금 전까지만 해도 가례에 온 정신이 쏠려 있던 그녀의 미간에 옅게 주름이 졌다.

"잠시만. 강연도 취소되었고, 내가 아는 한 다른 일정이 있는 것도 아닌데······ 왜 이리 치장에 공을 들이는 것처럼 느껴지지?"

타국에서 외교사절이라도 오는 것일까? 그럴 리 없다. 그처럼 중요한 일이라면 며칠 전부터 난리를 쳤을 테니 말이다. 설란이 의문을 제시하자 옷을 꺼내던 도아의 손이 우뚝 멈췄다. 찰나의 순간을 놓치지 않는 설란의 시선이 날카로웠다.

"그것이······."

"오호라······. 뭔가 있는 게로구나."

"어마, 마마도 차암. 있긴 무엇이요. 아무것도 없는걸요."

"도아야, 내가 누누이 말하지만 넌 거짓말할 때 위를 보는 버릇이 있단다."

그 버릇 어서 고치래도. 설란에게 지적받자마자 그녀는 재빨리 눈을 내리깔았으나 이미 늦은 일이었다. 설란이 승기를 쥐자 도아는 방법을 바꿨다.

"마마, 때로는 닥치기 전까지 모르는 것이 더 좋을 때도 있답니다. 짠! 하고 선물을 받으면 더 기쁘잖아요?"

그러니 모른 척 넘어가 달라는 도아의 말에 설란은 확신했다. 무언가가 있구나.

어떻게든 비밀을 지켜보려는 도아의 발버둥에는 아랑곳하지 않고, 설란은 이상한 점을 하나하나 짚어내기 시작했다.

"나는 깜짝 놀라는 걸 별로 안 좋아해. 보자, 가장 좋은 옷에, 평소보다 공을 들인 분칠에, 머릿기름까지 최고급을 썼네?"

별생각 없이 앉아 있을 때는 미처 알아차리지 못한 것들이다. 설란의 눈이 가늘어졌다.

"올해 내가 열여덟이지. 성년식을 치를 때고…… 그 깐깐한 왕녀사부가 수업을 미뤄줄 정도로 중요한 일이라면……."

오! 다 들켰다. 도아는 정답 근처까지 온 설란의 입을 재빠르게 막았다. 이렇게 된 이상 저라도 살아야 했다. 도아는 한 치의 망설임도 없이 서 내관을 버렸다.

"마마, 사실 이건 비밀인데요. 서 내관이 절대, 저어얼대 말하지 말라 하였는데, 제가 마마께 어찌 비밀이 있겠어요."

전 언제나 마마께 하늘을 우러러 숨기는 것이 없는 깨끗하고 맑은 존재랍니다. 도아의 아부에 설란이 순순히 고개를 끄덕여 주었다.

"그럼."

"그러니 제가 마마께만 슬쩍 말하는 건데요, 글쎄, 상감마마께옵서 마마의 부군을 내정해 놓으셨다지 뭐예요!"

그렇게 바라셨던 일이잖아요! 정말 기쁘지 않으셔요? 도아는 일부러 목소리를 높이며 한껏 흥분을 표출했다.

"게다가 정말 훤칠한 분이시래요!"

"역시 그것뿐이지. 드디어 아바마마께서 팔을 걷어붙이셨구나."

"기쁘지 않으셔요, 마마? 방금 전까지……."

"응?"

그저 맑기만 했던 설란의 눈에 초점이 돌아왔다. 부마도위가 될 사내가 정해졌다, 라는 말은 그만큼의 파급력이 있었다. 부마. 가례. 이런 것들은 그녀에게 있어 하나의 결론으로 이어졌다.

출궁.

때로 어떤 소원들은 너무 간절히 바라서 정말 이뤄질 것이라고 는 생각조차 못 하곤 한다. 설란에게 있어 출궁이란 그런 범주의 일이었다. 매일 밤, 매일 낮, 높게 둘러쳐진 담을 보며 간절히 바라지만, 정말 할 수 있을 것이라 믿지 못했던 것.

"기쁘지."

그 소원이 이뤄졌는데 기쁘지 않을 이유가 없었다. 설란의 입술이 호선을 그렸다.

"그저 누가 내 낭군님이 될지 궁금해 그렇단다."

"분명 멋진 분이실 거여요!"

멋진 사내라.

"흐음."

"마마께서 보시면 한눈에 반하실 만큼 멋진 분이실 테니 걱정 마셔요. 그리 오랜 시간을 들여 고르신 분인 걸요."

오랜 시간 공을 들였다. 설란도 그 말에는 동의할 수 있었다. 처음 말이 나왔던 것이 보통 공주들이 가례를 올리던 열네 살 때였으니 말이다. 장장 오 년간 설란의 가례는 미뤄진 것이나 다름없었다. 공식적으로는 병약한 그녀를 출궁시키긴 이르다는 이유였지만, 그 속내는 아는 이들만 아는 것이었다.

가례라.

설란은 다시 고개를 돌렸다. 창 너머에는 구름 없이 말간 하늘이 둥그런 모양 그대로 잘려 있었다.

원한 일이지 않느냐 누가 묻는다면 그녀는 기꺼이 답할 수 있었다. 몇 년 전부터 그리 바라던 일이지만, 그 과정이 기껍진 않다고. 설란은 왕녀시강원을 통해 수많은 것들을 배웠고, 개중에는 부마 간택에 대한 것도 있었다. 실제 공주들의 부마 간택 과정을 배웠기에 설란은 앞으로 제가 겪을 일들을 대강이나마 알 수 있었다. 그녀는 조금 떨떠름한 표정으로 중얼거렸다.

"그래. 아바마마께서 그리 오래 공을 들여 고르셨으니…… 후원에 나가면 어느 집안 영식이 우연스럽게 입궐해, 우연스럽게 백란궁 근처에서 길을 거닐고 있겠구나."

그리곤 기다렸다는 듯 말을 걸어오겠지. 어떤 사내일지는 알 수 없으나, 다짜고짜 제가 어찌나 아름다우며 어떻게 한눈에 반했는지를 온갖 화려한 미사여구를 동원해 표현하고자 애를 쓸 터다.

그녀는 유려한 필체로 적혀 있던 과거 부마들의 첫마디를 떠올리며 고개를 저었다. 어찌 다들 그리 하는 말들이 천편일률적인지. 수년 전이나 수십 년 전이나 무작정 예쁘다 칭찬하면 모든 여자들이 좋아할 것이라 생각하는 게 놀라울 정도였다.

"그럴 테지요."

"그리고 다음 날은 다른 사내가, 그다음 날은 또 다른 사내가 나타나겠지……."

설란은 진지하게 생각했다.

이곳에서 벗어나기 위한 유일한 방법은 가례다. 최소 살아서 나가기 위해서는 그 외에는 다른 방법이 없었다.

그러나 막상 눈앞에 닥치자 공주 수십 명의 삶에 대해 정리해

놓은 책자의 내용이 빠르게 스쳐 지나가는 것은 어쩔 도리가 없는 일이었다.

그 복잡하고도 불필요한 절차들이란.

"……야반도주가 제일 나은가?"

"마마아!"

"농이야, 농."

"……농이 아니신 것 같아요. 진정이 섞이신 거, 맞죠?"

"그렇게 들렸니?"

"마마아— 아니시죠?"

"음…… 반쯤은?"

인생, 모 아니면 도 아니냐는 설란의 말에 도아가 그대로 뒷목을 잡았다. 혹시나, 정말 혹시나 야반에 도주하게 된다면 저를 꼭데려가셔야 한다는 도아의 걱정 가득한 당부에 설란이 와르르 웃음을 터뜨렸다. 말리는 것이 아니라 데려가 달라 하는 걸 보면 저아이도 제게 물이 단단히 들어버렸다 생각하면서.

그녀는 허공에 손을 내저으며 도아의 걱정을 일축했다.

"그게 불가능하다는 것쯤은 내가 제일 잘 아니 걱정하지 마렴."

자하국 왕실의 담은 드높았고 이를 지키는 병사들은 용맹하니 공주의 몸으로 멀리 도망가는 것이 가능할 리 만무하다.

"나는 정식으로 출궁해 그 누구보다 정상적인 가정을 꾸릴 생각이니. 그래서, 그 후보라는 사내가 어느 댁 영식인지는 모르고?"

"예. 서 내관도 비밀이라 하시며 입을 꾹 다물고는 얘기를 안해주지 뭐예요."

"평생 살 사람은 나인데, 신이 난 건 엉뚱한 이들이구나."

설란은 낮게 한숨을 쉬며 투덜거렸다.

"송구하옵니다, 마마."

"괜찮아. 어쩔 도리가 없다는 것 정도는 아니까."

그녀는 공주였고, 부족함 없이 자랐으나 남편을 직접 선택할
수는 없었다. 그것은 부모의 권리였지, 그녀의 권리가 아니었다.
그나마 그녀에게 다행인 점은 부친인 혜조가 '우연'을 가장해 남편
과 정을 쌓을 시간을 만들어줄 만큼은 자상하다는 것이었다.

"다들 무슨 생각을 하는지 모르겠어. 운명적인 만남을 만들어
내는 게 정말 가능할 것이라 생각하는 건 아니겠지."

자조 섞인 설란의 말을 어떻게 해석했는지, 도아가 눈을 반짝
이며 양손을 맞잡았다.

"어머! 마마, 운명은 진짜 있어요! 얼마나 멋져요. 낭만적이고."

꿈꾸는 소녀의 얼굴을 한 도아의 모습에 설란은 어색하게 웃었
다.

일곱 살 때부터 궁에 들어와 궁녀로 자라난 도아는 이십 년 전
까지만 해도 꽤 이름 높았던 가문의 넷째 딸이었다. 가세가 기운
집안에 도움이 되기 위해서, 그리고 훗날 신붓감으로 조금이라도
더 높은 평가를 받기 위해서 궁녀가 되었다기에 현실적인 줄로만
알았더니 그것도 아닌 모양이다. 현실적인 얘기를 해주자니 차마
저 꿈꾸는 듯한 표정을 망가뜨릴 수 없어, 설란은 슬쩍 말을 돌렸
다.

"글쎄……."

"그럼 마마께서는 상상도 해보신 적 없으셔요? 한적한 곳에서
여생을 보낼 때 곁에 어떤 사내가 있으면 좋겠다, 그런 거라도요."

'흐음, 사내라, 낭만적인 만남……'

속으로 중얼거리던 그녀는 반사적으로 눈살을 찌푸렸다. 입안에서 낭만이라는 단어가 모래알처럼 꺼끌거렸다.

익숙지 않은 탓이리라.

모든 혼사가 그렇겠지만, 특히 왕실의 혼사는 정치적이다. 그럴 수밖에 없는 것이다. 왕족의 혼사란 외교 문제나 알력 다툼에 써먹기 좋은 패였으니 말이다.

그래도 괜찮냐고 누가 묻는다면 고개를 갸웃하겠지만, 어쩌겠는가. 태어났을 때부터 온갖 것들을 누리며 살았으니 몇 가지 정도는 포기할 줄도 알아야 하는 법. 그래서일까 그녀는 사랑이니 운명이니 하는 것들에 대해선 별 관심이 없었다.

기대가 없으니 관심도 자연스레 사그라졌다. 바라는 것이라고는 정계와 가깝지 않은, 그래서 권력 다툼이 없을 조용한 곳에서 일생을 마무리하고 싶다는 것 정도일까. 날 때부터 권력의 중심에 있다 보니 그런 것에 빨리 질려 버린 그녀의 작은 소망이었다. 그래도 오랜 친우의 들뜸을 깨고 싶지는 않아서, 설란은 어릴 적 잠시 가졌던 이상향을 들쑤셨다.

화려한 꽃과, 사람들의 환호성, 그리고 부인들에게 주워들은 몇몇 얘기들이 빠르게 머릿속을 스치고 지나갔다.

'낭만, 낭만……'

그녀의 고운 이마가 찌푸려졌다. 아무리 고민해 봐도 딱히 나오는 게 없었다. 기억도 나지 않는 아주 어릴 적에는 운명이니 뭐니 하는 것에 눈을 반짝였던 것 같은데, 지금에 와 생각해 보면 그런 때가 있긴 했었나 싶을 정도로 머릿속이 깜깜했다.

대충 넘어가자. 결국 설란은 저 좋을 대로 생각하며 고개를 끄덕였다.

"일단 외양이랄까."

"예에?"

"마음이 없는 부부는 잘 지내기 어렵다 하더구나."

"아…… 그야 그렇지요."

"그러니 이왕이면 아무리 화가 나도 보기만 하면 노기가 사그라질 정도로 잘생긴 사내면 좋겠구나. 잘생기면 잘생길수록 좋지. 키가 크고 콧마루는 높고 얼굴은 흰 편이면서 수염은 적으면 더 좋고."

"예에-?"

꽤나 구체적인 요구 사항들은 심지어 그림을 보고 묘사하는 듯했다. 설란은 사람은 외양으로 결정되는 게 아니라 주장하는 도아의 표정에 혀를 차며 검지를 좌우로 흔들었다.

"얼굴 뜯어먹고 사는 건 아니라 말들 하지만, 날 보렴. 평생 먹고살 걱정은 없잖니? 생계야 내가 얼마든 책임질 수 있으니. 그러니 기왕이면 잘생긴 게 좋지."

그 말인즉슨, 사내 하나 먹여 살릴 능력은 충분히 있다는 소리에, 도아는 우리 마마께서 이리 능력 있으시다 뿌듯해하여야 할지, 너무 색다른 반응에 울상을 지어야 할지 모르게 되어버렸다.

"음…… 마마, 송구하오나 잘생긴 사내들 주변에는 대부분 여인들이 많답니다."

"물론 성격도 좋아야지. 나는 그 사내에게 지고지순(至高至純)할 텐데, 그럼 당연히 그쪽도 지고지순(至高至純)해야지."

그건 당연한 것 아니냐는 설란의 말에 도아는 쌓이는 걱정을 덜어내지 못하고 속으로 폭 한숨을 내쉬었다.

우리 어여쁜 공주님이 실망하기라도 하면 어쩌나.

과한 걱정을 하며 도아는 한 번 더 속으로 한숨을 내쉬었다. 그녀가 아는 한 그런 완벽한 남자는 없었다. 있더라도 혼약자 없이 아직까지 혼자일 리가 없지 않은가. 마음 여린 궁녀는 조심스레 제 걱정을 에둘러 표현했다.

"마마…… 그것 외엔 또 없으시어요? 왜, 여인들에게는 특별한 획이 있잖아요."

"특별한 획?"

그건 또 무슨 소리냐는 설란의 표정에, 그새 신이 난 도아가 입꼬리를 들썩이며 설명했다.

"예. 여기, 여기에."

콕콕 심장을 가리키며 도아는 말을 이었다.

"콕 박히는 것들 있잖아요. 이를테면 연서 끝에 꼭 '보고 싶다'고 써준다든지, 힘들 때면 말하지 않아도 눈치채서 무슨 일이 있느냐고 물어봐 준다든지……."

어째 점점 누군가의 실제 경험담 같은 얘기에 설란의 눈이 가늘어졌다. 누가 제게 어떤 남자가 좋냐 묻는다면 할 말이 없지만, 이건 조금 흥미가 생긴다. 어린 시절부터 같이 자라난 소꿉동무가 사랑에 빠진 것이라면 응당 그 상대가 괜찮은 놈인지 확인해야 할 의무가 있다. 만약 정신머리가 썩어 빠진 놈이라면 무력을 사용해서라도 해결해야 할 것 아닌가. 무시무시한 생각을 아무렇지도 않게 하며, 설란은 슬쩍 운을 띄웠다.

"대체 누구일까? 그렇게 해주는 사내는."

"어머, 그렇지요, 마마? 그게 요새 궁녀들 사이에서 유행하는 소설이온데……."

소설이라는 단어가 나오자마자 설란의 눈에서 흥미가 사라졌다. 연정을 품은 정인이라도 생긴 줄 알았더니만 소설이라니. 김이 팍 새서, 설란은 허공에 손을 휘저었다.

"되었다. 소설은 관심 없어. 그리고……."

잠시 상상하던 설란이 미간을 찡긋거렸다.

"내 부군 될 이가 연서를 보내면 뭔가 이상하잖아? 그런 건 보통 혼례를 치르기 전에 하는 거지, 혼례를 다 치르고 난 뒤에 하진 않으니까 말이야."

그런데 난 정인이 생길 수가 없거든.

설란의 말에 그제야 도아는 아주 중요한 사실을 깨달았다. 자하국의 공주님은 연애고 결혼이고 제 뜻대로 할 수 있는 것이 없다는 사실을. 애당초 모든 것이 엄밀히 통제되는 궁 안에서 제대로 된 정인을 만들 수 있을 턱이 없다.

괜히 공주를 궁 안의 꽃이라 칭하는 게 아니다.

벽을 높이 쌓고 안전한 곳에서 홀로 고고히 피어 있기에 그 누구도 감히 손대지 못한다. 세상의 모든 부정한 것에서 지켜지지만, 누구도 감히 손대지 못하는 높디높은 곳에 홀로 외로이 피어 있는 꽃.

거기까지 생각이 미친 도아의 눈가가 촉촉하게 젖어들었다. 극소수만 알고 있는 왕실의 비밀을 공유하고 있기에 도아의 공감은 더욱 깊었다. 그녀는 제 실수를 만회하기 위해 여러 말들을 마구

잡이로 주워섬기기 시작했다.

"아! 마마, 이건 어쩌져요? 왕녀시강원에서 마마께옵서 특별히 마음에 들어 하시는 글귀를 좋아하는 사내라든가, 시문을 즐겨 읊는 사내라든가……."

글귀? 시문?

설란은 걱정스레 제 친우를 바라봤다. 궁에서 오래 지내다 보니 어찌 좋아하는 것들이 고리타분한 양반들과 딱 닮았다 싶어서. 언제 한번 날을 잡아 소녀 감성을 끌어올릴 나들이라도 가야 하는 것인가 고민하며 설란은 조용히 손을 뻗어 도아의 양손을 그러쥐었다.

"도아야."

"예, 마마."

"물론 둘 다 글과 시문을 좋아하면 좋겠지만, 글귀와 시문은 굳이 둘이 즐길 필요가 없단다."

"……예?"

"옛 성현들의 말은 나 홀로 충분히 즐길 수 있는데 그걸 굳이 반려자와 같이 즐길 필요가 뭐 있니. 게다가 부마가 될 이가 글과 시에 관심이 많다? ……글쎄. 그렇다면 그이는 행복해지긴 어렵겠지."

씁쓸한 표정이 그녀의 얼굴을 가득 채웠다. 부마도위가 관직에 진출할 수 있는 범주는 한정되어 있다. 글도, 성현도, 시문도 좋아한다면 분명 제 실력을 펼치지 못하는 현실에 좌절할 터다. 애당초 그 정도로 재능 있는 이가 부마로 선정되지도 않을 것이고.

그리 생각하는 설란의 낯이 무거웠다. 그것을 어찌 해석했는지, 도아는 부러 밝은 목소리로 설란을 재촉했다.

"아이, 마마. 그러시지 마시고, 하나는 있을 거예요. 찬찬히 생각해 보셔요."

도아의 간청에 한참을 고민하던 그녀는 겨우겨우 한 가지를 입에 올릴 수 있었다.

"음…… 글쎄…… 굳이 고르자면, 기방?"

"기방이요?"

이건 또 무슨 소리냐는 되물음에 설란은 어깨를 으쓱였다.

"그래, 기방. 하루가 멀다 하고 기방에 들락거리지만 않는다면 솔직히 외모건 시문이건 나머진 다 좋을 것 같은데."

반짝반짝한 연애담에서 현실로 끌려온 도아의 얼굴에서 발그스름함이 싹 사라졌다.

"기방…… 에휴. 맞아요. 사내들은 왜 그리 기방을 좋아하는지. 저잣거리에만 나가도 기녀들 뒤꽁무니를 졸졸 쫓아다니는 사내들 천지라니까요!"

"그러니까. 사실 그것만 빼면 어떤 사내든 대충 살 부대끼며 살 자신은 있어. 마음도 주고. 서로 날을 세우고 사는 것도 피곤하니."

"어마! 자하국의 공주마마께서 어찌 그런 말씀을 하셔요! 당연히 상감마마께옵서 최고로 멋진 사내를 콕 집어주실 텐데!"

'멋진 사내'와 '사랑' 사이에 그다지 큰 상관관계가 없다는 걸 어떻게 설명해야 하나 잠시 고민하던 설란은 이내 설명을 포기했다. 애당초 둘 다 태어나 연애 한 번 못 해봤으니 무어라 말을 꺼내야 할지도 저어한 일이라, 설란은 고개를 끄덕이는 것으로 대화를 마무리 지었다.

"그렇지. 아바마마께서 고르는 사내는 그럴 테지."

그 기준이 나와는 조금 다를 테지만.

설란이 조금 기운을 차린 것 같자, 도아가 과하다 싶을 정도로 크게 한숨을 내쉬었다.

"저는 주위에 괜찮은 사내도 없고. 요새는 시집가지 말고 평생 마마 곁에 붙어 있을까 생각 중이라니까요."

"후후후. 언제든지 환영이야. 내 평생 먹여 살려줄 테니 내게 시집오련."

"어머, 정말이지요? 마마께선 아무리 멋진 부군을 만나셔도 절 안 잊으실 거지요?"

톡톡, 설란의 얼굴에 분을 찍어 바르며 도아가 눈을 반짝였다. 그런 그녀의 기대에 부응하듯 설란이 과장된 목소리로 대답했다.

"그으럼! 널 잊다니, 절대 안 그러겠지만 만약 내가 그런 짓을 저지르면 정신을 놓은 거니 옆구리를 꼬집어 버리렴."

남들 앞에서는 절대 못 할 말들을 종알거리는 동갑내기 두 여인에게선 십년 넘게 쌓아온, 신분을 초월한 우정이 엿보였다. 이내 숨넘어갈 듯한 웃음으로 대화가 마무리됨과 동시에 설란의 치장도 끝이 났다.

'어머머!'

설란이 자리에서 일어나자 도아는 저도 모르게 터져 나오려는 감탄을 꿀꺽 삼켰다. 도아가 처음 설란을 모시기 시작한 것이 여덟 살 때였다. 그 시절 '자설란'으로 이름 붙여진 공주님은 툭하면 아파서 체구가 작고 항상 얼굴이 희게 질려 있었다. 그러니 자하국의 쌍생아 공주는 병약해 자리보전을 한다는 소문이 영 근거 없는 헛소문은 아닌 셈이다. 어린 공주가 쉼 없이 잔기침을 뱉을 때면, 안 그래도 하얀 얼굴이 희다 못해 퍼렇게 질려 저도 모르게 발을 동동 구르곤 했으니 말이다.

'모든 걸 알았을 땐 정말 놀랐었지.'

도아는 그런 생각을 하며 설란을 눈에 담았다.

"어때?"

설란이 다홍색 치맛자락을 살짝 들어 올리며 묻자 도아는 그 물음만 기다렸다는 듯 세차게 고개를 끄덕이며 열정적으로 대답했다.

"너무 아름다우세요, 마마. 상감마마께옵서 어떤 도령을 마마의 부군으로 간택하셨는지는 모르겠지만 마마께 첫눈에 반하지 않는다면 그건 분명 반편이일 거여요."

빈말이 아니라 지금 설란은 자하국의 꽃이라는 칭호가 부족하다 싶을 정도로 아름다웠다. 도아의 호들갑에 설란이 활짝 웃자 단어 그대로 활짝 핀 한 송이 꽃을 보는 것 같았다.

칭찬이 달지 않은 이 누가 있을까. 설란 역시 인간인지라, 아름답다는 얘기에 절로 입꼬리가 올라갔다.

도아는 양손으로 볼을 감싸며 우물거리듯 말했다.

"정말이지, 마마께선 하루가 다르게 아름다워지신다니까요."

제가 쫓아가기 버겁다며 도아는 귀엽게 눈을 흘겼다. 끊이지 않고 찬양이 이어지자 설란은 어지럽다며 손을 내저었다. 그러자 도아는 양손으로 주먹을 불끈 쥐며 더욱 강하게 그녀의 아름다움을 찬양했다.

"어머, 아니에요, 마마. 여자인 제가 봐도 반할 정도로 고우시어요!"

"다 네가 치장해 준 덕이지. 아, 그래. 내 상이라도 내려야 할 듯한데, 일전에 서역에서 들여온 은빗은 어떠니? 잘 어울릴 것 같아."

상 내리는 것에 아낌이 없는 공주의 말에 도아는 어쩔 줄 몰라 하며 고개를 숙였다.

"어머머…… 아니어요, 마마."

칭찬과 겸손의 주고받음은 장지문 밖에서 다른 궁녀가 시간이 다 됐음을 알릴 때까지 계속해서 이어졌다.

장지문 밖에서, 설란을 모시기 위해 서 있던 서 내관이 괜스레 민망해 온몸을 비튼 것은 둘은 절대 알지 못할 일이었다.

방에서 나온 설란은 꽤 걸었음에도 멈추지 않는 서 내관의 등을 보며 고개를 갸웃했다. 이미 백란궁-설란이 머무는 궁-을 벗어난 지 오래였음에도 나타나야 마땅할 이가 보이지 않으니, 이상해도 많이 이상했다. 그래도 일단 가다 보면 어느 집안 영식이 등장하겠거니 하던 설란은 서 내관이 왼쪽으로 몸을 틀자 그제야 미간을 좁혔다.

'이쪽은 동궁 방향인데?'

태어나는 그 순간부터 왕족에게는 자신만의 궁이 주어졌고, 궁과 궁이 모여 거대한 자하국의 왕실을 이뤘다. 그렇기에 설란 역시 자설란이라는 이름이 지어짐과 동시에 궁을 하사받았다. 그리 크진 않으나 고고한 아름다움이 있는 백란궁이 바로 그것이었다.

대대로 세자빈에게 내려지던 백란궁은, 이번 대에 특별히 세자의 쌍생아 공주인 설란이 차지했다. 안 그래도 손이 귀한 왕실에서 똑 닮은 쌍생아를 가까이 두고 싶다는 혜조의 강한 주장 때문이었다. 가깝다는 표현도 민망한 것이, 서로의 궁에서 고개만 돌리면 보일 정도의 거리였다.

그 백란궁의 바로 왼편에 위치해 있는 것이 바로 세자인 자설호가 머무는 동궁이었다. 그리고 서 내관이 앞서고 있는 곳이었다.

'동궁으로 갈 연유가 없을 텐데?'

당연하게도 그녀는 이름 모를 영식과의 만남이 백란궁 안에서 이뤄질 것이라 예상했다. 서 내관의 뒤를 따라가다 보면 길을 잃었다는 둥, 운명에 이끌려 우연히 발길이 닿았다는 둥, 뻔한 변명을 늘어놓는 사내를 볼 것이라는 예상도 했었다.

그러나,

"서 내관."

"예, 마마."

"대체 어디까지 가는 겐가?"

백란궁을 벗어날 때부터 의아해하던 설란은, 목적지가 명확해지자 미간을 좁혔다.

아무리 열심히 주위를 살펴도 주변에 보이는 것이라고는 발을 재게 놀리는 궁녀들과, 반쯤 뛰어다니는 내관들, 그리고 궁을 돌아다니며 경비를 확인하는 병사들뿐이었다. 이름 모를 영식도, 그 영식의 옆을 지키고 있어야 할 내관이나 상궁도 보이질 않으니 이 이해 못 할 행보에 그녀가 의문을 제기하는 것은 당연한 수순이었다.

"설마하니 목적지도 없이 이리 계속 걷기만 하는 건 아닐 테지."

설란으로서는 대체 누군지도 모를, 그 비싼 얼굴을 언제 볼 수 있느냐는 의미의 질문이었지만 정작 서 내관은 별다른 생각 없이 대답했다.

"아니옵니다, 마마. 목적지는 안학정입니다."

"……뭐?"

설란의 물음에 서 내관의 소처럼 맑은 두 눈이 끔뻑였다. 같은 말을 반복하는 모습이 마치 한 마리의 새 같았다.

"안학정으로 가셔야 합니다."

"안학저엉? 그곳이라면 오라버니께서 한창 강연을 듣고 계신 곳이 아니더냐. 안학정에 왜 간단 말이야."

아차. 그제야 서 내관의 얼굴에 당혹감이 스쳐 지나갔다. 그러나 이미 뱉은 말을 주워 담을 수도, 공주의 물음에 계속해서 입을 닫고 있을 수도 없는 법. 서 내관은 절절매며 입을 열었다.

"그, 전하께옵서……."

"왜 그리 뜸을 들여. 어서 말을 해봐."

이상한 낌새를 눈치챈 설란이 답을 재촉하자 그는 에라 모르겠다 중얼거리며 질끈 눈을 감았다.

"전하께옵서 마마께 세자저하의 강연을 청강하시라 명하시었습니다!"

뒷목 잡을 만큼 뜬금없는 명이 아닐 수 없었다.

"……무어?"

"상감마마께옵서……."

"아니, 아니 아니, 그건 됐고. 오라버니의 강연을 내가 왜?"

설란은 제 시선을 피하는 서 내관의 모습에 눈을 가늘게 떴다. 세자의 강연에 공주의 혼사가 더해지면? 나올 수 있는 패는 뻔했다. 설란은 뒷목 잡을 만한 상황임에도 애써 침착을 유지하며 서 내관을 재촉했다.

"서 내관! 내 묻고 있지 않은가?"

그러나 설마가 사람 잡는다고, 입을 조개처럼 꽉 다문 채 시선을 피하는 서 내관의 모습은 그녀의 가정을 기정사실로 만들고 있었다.

'설마.'

나이를 먹으며 어떤 사내가 제 부군이 될 것인가 상상해 본 적이 있었다. 좋은 쪽이 아니라 나쁜 쪽으로. 그때 최악의 상황도 상정해 뒀었는데, 이건 그 최악을 뛰어넘는다.

'설마!'

설란은 머리가 아찔해짐을 느끼며 걷던 걸음을 멈춰 섰다. 그녀가 갑작스럽게 멈추자 뒤를 줄줄이 따르던 궁녀와 상궁들이 다급히 걸음을 멈추는 소란이 일어났지만 지금 중요한 것은 그게 아니었다.

부마 간택과 강연 청강, 이 두 가지가 가리키는 바는 명확했다. 너무 명확해서 어찌 다른 선택지가 눈에 보이지 않을 정도였다.

'말도 안 돼!'

속으로 비명을 내지른 설란은 설마, 설마, 생각하면서도 이를 악물었다. 그러나 그녀의 바람과는 달리 생각할 수 있는 바는 오직 하나뿐이었다.

세자인 자설호의 스승 중 한 명이 그녀의 부마로 결정된 것이다. 설란은 이를 악물며 서 내관을 불렀다.

"서 내관!"

"o, 예, 마마."

"진정 안학정으로 가는 것이야?"

"그렇사옵니다."

설란의 머릿속에서 세자사-세자의 스승을 이르는 말-들의 얼굴이 빠르게 스쳐 갔다. 오라비인 세자의 스승들은 이미 그녀도 잘 알고 있었다. 그녀만 알까. 자하국에서 서책 좀 봤다 하는 이들 중 세자사를 모르는 이는 없었다. 각종 별호들을 달고 타국에까지 이름이 자자한 이들도 여럿이었다. 하나같이 학식도 높고, 관직도 높은 데다가 인품도 훌륭한 이들.

조건만 따지자면 빠질 것 하나 없는 존재들이 바로 세자사였다.

문제는 그게 아니다.

천천히 말을 뱉어내는 설란의 입술이 가늘게 떨렸다.

"지금, 설마…… 아바마마께옵서 날, 쉰도 넘은 사내에게 재취로 보내신다는 말을 하는 건 아니겠지?"

문제는 그들이 하나같이 장성한 자식들이 있을 정도로 나이가 많다는 것이었다. 그녀가 아는 한 세자사들은 전부 한 번씩은 혼사를 치렀고, 개중에는 두 번 간 이들도 있었다.

설란은 제 혼처가 쉰 넘은 늙은이의 재취 자리라면 공주고 왕실이고 다 엎어버리겠다 다짐하며 주먹을 움켜쥐었다. 아무리 공주로서의 의무가 있다 한들 수용하고 받아들일 수 없는 것이 있는 법이다.

나라가 위기에 처한 것도 아니고, 왕의 권위가 땅으로 추락한 것도 아닐진대 재취라니! 차라리 마흔이 넘은 사내와 가례를 올리는 것이 백배 나은 상황이지 않은가! 턱에 힘이 바짝 들어갔다. 야반도주를 할 테다. 담을 뛰어넘고 말을 훔쳐 타국으로 넘어가 버릴 테다!

야반도주가 가능할 리 있겠느냐며 웃던 것이 무색할 정도로 설란은 진지했다. 당장에라도 눈앞에 있는 담을 훌쩍 넘어갈 진지함이 거기에 있었다.

비장해 보이기까지 한 설란의 모습에 제가 더 놀라, 서 내관이 펄쩍 뛰었다.

"아, 아닙니다! 마마, 어찌 그런 망측한 말씀을 하시옵니까."

"하면 무어란 말인가. 오라버니의 스승들은……."

설란은 하나같이 제 또래의 자식들이 있지 않느냐는 말을 삼켰다. 입 밖으로 내뱉으면 안 그래도 끔찍한 지금 상황에 현실감이 더해질 것만 같아서.

차갑게 가라앉은 설란의 표정에, 그녀가 무슨 생각을 하고 있는 건지 뒤늦게 깨달은 서 내관이 다급히 양손을 휘저었다.

"그, 그것이 아니오라, 이번에 최가의 차남을 새로이 세자저하의 스승으로 모셨습니다. 하여……."

이건 또 무슨 소리란 말인가. 현 상황에선 그다지 반갑지 않은 이름에 설란의 눈가가 찌푸려졌다.

"최가? 차남? 어…… 그러니까, 지금, 최지환을 말하는 것인가."

설란은 양반집 도령들에 대해 거의 알지 못했으나, 최지환이라 한다면 그녀도 알고 있었다.

왜?

너무 유명해서. 최가에서도 가장 유명한 것이 바로 최지환이었다.

사람들 사이에 파다한 소문 중 몇 개만 꼽아보자면, 그는 삼 세에 〈소학〉을 배우기 시작해 육 세에 다섯 번 강독을 하고, 칠 세에 〈대학〉을 읽기 시작한 수재 중의 수재였다. 때로 사람들은 술이 들어가면 그 집안 장남인 최지문과 차남인 최지환 중 누가 더 비범할 것인가에 대한 일장 토론을 시작할 정도로 그 집안의 천재성은 유명했다.

설란의 귀는 소문을 걸러 들었지만, 절반을 덜어내도 대단한 건 대단한 것이었다. 그러나 문제는 그가 얼마나 유능한가가 아니었다.

설란은 눈살을 찌푸리며 말을 이었다.

"세간에 파다하도록 유명한, 그 은둔자 말이냐? 나이가 차도 과장(科場)에 얼굴 한 번 비치지 않아 아바마마께옵서 몇 번이고 말하신 최지환? 사사받은 스승도 없고, 동문수학한 동기도 없어 살아 있긴 한 건지 의심스럽다는 소문이 달에 한 번은 도는 그 최지환? 그자가 어찌 오라비의 스승이 된단 말이냐. 관직은커녕 이번 과장에도 나타나지 않은 것으로 알고 있는데?"

설란의 일목요연함에서 내관의 얼굴이 희게 질렸다.

'이놈의 입방정!'

이제 설란도 곧 알게 될 일이니 그다지 비밀도 아니었지만 제 입에서 얘기가 새어 나갔다는 게 문제였다. 이로써 나중에 일이 잘못되면 책임이 제게 돌아올 가능성이 매우 높아졌다. 자고로 궁에서는 귀를 닫고 입을 막은 채 지내는 것이 가장 상책이거늘,

하나뿐인 공주님의 부마 간택이라 마음이 들떠 쉬이 입을 놀렸으니 제 잘못이 컸다. 그러나 이제와 열어버린 입을 닫을 수도 없는 노릇. 그는 다급히 고개를 숙이며 물음에 답했다.

"예. 그것이 상감마마께옵서 특별히 그의 재능을 높이 사……."

"아아. 내 부마로 들이기 전에 보여주기 식으로 오라비의 스승 자리를 내어주었다?"

서 내관이 미처 말을 끝맺기도 전에 설란이 말을 받았다. 꾸밈 하나 없는, 날것 그대로의 표현에 서 내관이 어색하게 웃었다.

이번 일로 가장 이득을 보는 것은 세자, 자설호일 터다. 지금껏 최가와 그리 연이 없던 세자는 이번 일로 최지환과 사제지간이 되는 것으로도 모자라 한때나마 스승으로 모셨던 이를 매부로 두게 되니, 그야말로 일석이조였다. 이득은 둘이 보고 손해 보는 이는 하나이니, 이보다 더 남는 장사가 어디 있겠는가.

'문제는 그 손해를 내가 본다는 거지. 아니, 그보다 최가라……. 정쟁의 중심에 있는 가문이지 않은가.'

이제야 돌아가는 상황을 알겠다는 표정으로 설란이 한쪽 입술을 비틀어 올렸다. 그 미소가 결코 즐거움을 담고 있지 않다는 게 문제라면 문제였지만.

그녀의 시선이 다시금 담 쪽을 스쳐 갔다. 야반도주라. 가능성이 조금만 높았어도 시도해 볼 만할 텐데 말이다.

"예. 그것이 그리…… 크흡!"

그녀의 말에 고개를 끄덕이던 서 내관은 흉흉한 설란의 표정을 보곤 죽여주소서, 속에도 없는 소리를 하며 허리를 깊이 숙였다.

그러나 정작 당사자인 설란은 멈췄던 걸음을 옮기며 다른 생각을 하고 있었다.

최가라면 현 정쟁의 전방을 지키고 서 있는 가문이라 해도 과언이 아니었다. 그러나 왕가와 최가가 혼인으로 묶였던 적은 수백 년 자하국 역사 동안 단 한 번도 없었다. 단순한 이유였다. 왕가에 충성을 맹세하고 있다지만 이미 강한 권력을 쥐고 있는 가문에 굳이 왕가와의 혼사를 더할 필요가 없기 때문이다.

'그런 최가를 끌어들일 만한 일이라.'

생각해 보자면 그 이유를 짐작하지 못할 바도 아닌지라, 설란은 작게 한숨지었다. 자하국의 왕이자 제 아비가 하는 모든 선택의 이유는 언제나 하나였다. 자설호. 미래 자하국의 왕이 될 세자이자 제 하나뿐인 오라비.

설란의 얼굴에 쓸쓸함이 스쳐 지나갔다. 잠시나마 꿈꾸었으나, 한적한 삶은 역시 제겐 주어지지 않을 모양이라 생각하면서.

'역시…… 가장 비싼 값을 부를 수 있는 곳으로 가게 되는가.'

최가라. 최지환이라. 설란은 그 이름을 반복해 중얼거렸다. 그에 대한 소문은 많았다. 바깥 걸음을 잘 하지 않는 사내다 보니 그에 대한 것은 세간에 떠도는 얘기도, 그녀가 알고 있는 것들도 절반은 붕 뜬 헛소문에 가깝다는 게 문제라면 문제였다. 자고로 소문은 믿을 것이 못되는 법. 멀리 갈 필요도 없이 저에 대한 소문만 생각해 봐도 쉽게 알 수 있는 일이다.

'그렇다면 일단 직접 보는 수밖에.'

그렇게 다짐한 그녀는 굳건히 서 있는 서 내관을 향해 손짓하며 외쳤다.

"뒤따르지 않고 무얼 하느냐."

"예, 예에 마마, 갑니다!"

그리하여 몸이 약해 병상을 전전한다 알려진 공주는, 참으로 장군다운 기세로 강연이 이뤄지고 있는 안학정으로 향했다. 성큼 성큼 걷는 걸음걸이에 그녀를 따르던 김 상궁이 조용히 주의를 줄 정도였다.

그러나 당장에라도 판을 엎어버릴 기세로 걸어가던 그녀를 멈추게 만든 것은 김 상궁의 주의도, 그녀의 뒤에서 나 죽었소 하고 따르는 서 내관도 아니었다.

자하국의 세자가 머무는 동궁에서, 가장 아름답다 여겨지는 팔각 정자 안학정.

어느 순간 멈춰 선 그녀의 시선은 정자에 앉아 있는 고고한 사내에게 못 박혀 있었다. 설란은 잠시 제가 헛것을 보는 건가, 의심하며 몇 번이고 눈을 감았다 떠보았다. 그러나 앉아 있던 사내가 갑자기 사라지는 꿈 같은 일은 일어나지 않았다. 그녀는 무어라 잡다한 생각들이 떠오르기도 전, 자신도 모르게 한 단어를 떠올렸다.

저이가, 사람이 맞나?

머릿속으로 생각이 가기도 전에 눈으로 본 것은 이미 정해진 답을 내놓고 있었다.

잘생겼다.

아니, 그 단어로 표현할 수 없는 무언가가 바로 저기에 있었다.

시꺼멓기만 하던 갓이 저리도 잘 어울리는 사내가 또 있을까. 해를 많이 보지 않았는지 흰 얼굴은 간간이 위아래로 움직여서, 그녀는 제가 보고 있는 이가 살아 있는 사람임을 가까스로 알아차릴 수 있었다.

세상에. 설란은 자신할 수 있었다. 저 남자는 보기 드물게 준수한 외양을 가지고 있다고.

설란은 천천히 숨을 내뱉었다.

사내다운 굵은 눈썹에, 서늘하지만 강직해 보이는 눈매, 그리고 오똑한 코까지. 이리 먼 거리에서 보는데도 이토록 강한 인상이라니. 저리 자기주장이 강한 이목구비는 그녀의 인생에서 처음 보는 것이었다.

때마침 부는 봄바람을 타고 꽃잎이 날리자 그의 고개가 옆으로 움직였다. 그 덕에 온전히 모습을 드러낸 얼굴을 본 설란은 자신도 모르게 헉, 숨을 들이켰다.

설란은 제 심미안이 나쁘지 않다는 것을 증명하기 위해, 또한 자신이 보고 있는 이가 살아 있는 인간이라는 것을 증명받기 위해 한 걸음 뒤에 서 있는 김 상궁을 향해 손짓했다.

"김 상궁."

"예, 마마."

오랜 세월 궁 생활을 하며 늘어난 눈칫밥이 상당했기에, 김 상궁은 재빨리 설란에게 가까이 다가섰다. 고개를 숙여 전각 위를 보지 못한 그녀는 이 갑작스러운 상황에 당황하고 있었다. 그러나 그 사정까지 생각해 줄 만한 정신이 설란에게는 없었다. 김 상궁이 두어 걸음 뒤에 서 있는 궁녀들과 내관에게 제 목소리가 들리지 않을 정도로 다가온 뒤에야, 설란은 탄성과 함께 중얼거렸다.

"저기 저 남자가, 내 눈에만 이리 준수하게 보이느냐……?"

'예?'

김 상궁은 생각을 입 밖으로 뱉지 않은 제 순발력에 식은땀을 훔쳤다. 수십 년 궁 생활을 하며 늘어난 순발력이 빛을 발하는 순간이었다.

김 상궁은 천천히 설란의 말을 되짚었으나 여전히 그녀의 의중을 이해할 수 없었다. 마마께서 설마 농을 하시는 겐가 싶어 슬쩍 설란의 옆모습을 훔쳐도 봤으나, 안학정에서 시선을 떼지 못하는 공주의 모습에서 그런 기색은 조금도 찾아볼 수 없었다.

그 대신 방금 전까지만 해도 화로 붉어져 있던 얼굴은 미묘하게 다른 빛으로 붉었다. 새까만 두 눈이 흥분으로 반짝이는 것도 같다. 예상했던 것과 전혀 다르게 돌아가는 상황에 당혹감을 느끼며, 김 상궁은 그제야 고개를 들어 안학정을 살폈다.

그리고 자신도 모르게 속으로 감탄사를 내뱉었다.

'신이시여!'

세상만사 취향은 천차만별이라지만, 고금을 막론하고 호불호라는 단어가 존재하지 않는 도령이 바로 그곳에 있었다. 천지의 아름다움을 글로써 표현해 냈다던 문장가가 온다면 그의 아름다움을 묘사할 수 있을까?

궁에 들어와 수절 아닌 수절을 한 채 살아온 지 어언 사십여 년. 김 상궁은 바싹 말라가던 제 심미안이 지금 이 순간, 찬란히 피어남을 느끼며 떨리는 목소리로 대답했다.

"……아니옵니다, 마마. 참으로 귀공자라는 표현이 아깝지 않은 분이시옵니다."

"마치 한 떨기 꽃이 피어 있는 것만 같구나."

"참으로 탁월한 표현이시옵니다."

"화폭에 담아 길이길이 남겨야 할 터인데! 훗날 저런 사내가 이 자하국에 있었노라 남겨놓아야 하는데!"

"맞사옵니다!"

설란의 탄식에 김 상궁이 그녀의 말에 백번 동감하며 불끈 주먹을 움켜쥐었다. 적진을 향해 돌진하는 장수 못지않은 비장함이 바로 거기에 있었다. 좀처럼 흥분하지 않아 빠른 출세 가도에 올랐던 김 상궁은 지금 이 순간 그 어느 때보다 흥분한 상태였다.

"마마! 소인이 당장 달려가 화공을 불러오겠사옵니다!"

"아냐, 아니다. 그 어떤 화공도 저이의 모습을 온전히 화폭에 담지 못할 것이야."

"맞사옵니다. 어찌 화폭에 저 준수함을 전부 담을 수 있겠습니까."

"아아아, 어찌 하늘 아래 저런 사내가 존재한단 말이냐."

갑자기 멈춰 버린 행렬에 귀를 쫑긋거리던 서 내관은 눈을 끔뻑였다. 대체 이게 어찌 돌아가는 상황인지 그로서는 도무지 알 도리가 없었다. 그러나 공주마마께옵서 농이라도 하시는 건가 싶기엔 들려오는 목소리가 너무도 진지했다.

게다가 강연을 망쳐 버리기 위해 팔을 걷어붙일 것이라는 당초의 예상과는 달리, 그녀는 제자리에 우뚝 선 채 꽃이니 귀공자니 하는 소리만 줄줄이 늘어놓고 있었다. 그것도 모자라 목소리는 점차 커져서, 고개를 숙이고 있던 궁녀들조차 무슨 일인가 고개를 들었다가 얼굴을 붉힌 채 굳어버리는 상황이 속출했다. 그중에는 도아도 있었다.

모든 여인들의 시선이 안학정에 꽂혀 그대로 굳어버린 뒤에도,

열 명이 조금 넘는 무리 사이에서 이 상황을 이해 못 하는 이는 오직 서 내관 한 명뿐이었다.

그의 수십 년 내관 인생 중에서 유일하게 주군 된 이의 마음을 헤아리지 못한 불충한 순간이었다.

그가 무어라 말을 꺼내기 전, 설란은 결심을 다잡았다. 그녀는 남몰래 주먹을 불끈 쥐며 결연한 얼굴로 제 다짐을 입 밖에 냈다.

"가까이서 봐야겠다."

갑작스러운 선언에, 서 내관이 다급히 앞으로 나서며 설란을 말렸다.

"고, 공주마마? 지, 지금은 강연을……."

"무슨 소리를 하는 게야! 아바마마께옵서도 청강을 명하시지 않았느냐. 이곳은 너무 멀어 저 옥 같을 것이 분명한 목소리가 들리지 않아 답답하기 그지없단 말이다!"

"예에?!"

입 밖으로 경악 섞인 비명을 내지른 서 내관이 화급히 고개를 숙였다. 그러나 이미 최지환에게 정신이 팔린 설란이 그런 사소한 것에 연연할 리 만무했다. 예법에 엄하기로 유명한 김 상궁도 마찬가지였다.

그리하여 설란은 뒤에서 서 내관이 발을 동동 구르건 말건 기꺼이 뒤를 따르는 궁녀들과 상궁을 대동한 채 안학정에 가까이 다가갔다. 상궁도, 궁녀들도 설란을 말리지 않아 서 내관만 홀로 남아 식은땀을 줄줄 흘릴 뿐이었다.

훗날 한 궁녀가 이날을 회상하며 말하길,

"공주마마께옵서 그토록 엄숙하고 진지했던 때는 또 없었다."

–라 하더라.

거리가 좁아지자 한창 수업에 집중하고 있던 자하국의 세자 역시 제 누이의 등장을 눈치챘다. 한 무리의 여인들이 제각기 흥분을 감추지 못한 채로 걸음을 재게 놀려 다가오는 모습은 무시하려야 무시할 수 없었다. 그러나 설호가 서책에서 시선을 떼고도 이 모든 소란의 중심에 선 사내는 한참 동안이나 아무것도 눈치채지 못했다. 덕분에 무심히 책장을 넘기는 검지에 궁녀들의 시선이 와르르 꽂혔다.

팔랑, 책장이 넘어가자 궁녀들은 약속이라도 한 듯 작게 한숨지었다. 저 넘어가는 책장이 되고 싶어라! 일평생 같은 곳에서 먹고 자면서도 불가능했던 의견 일치가 이뤄지는, 기념비적인 순간이 아닐 수 없었다.

그러나 정작 설란은 방금 전 흥분하던 것이 거짓인 양 평온한 낯으로 제 오라비를 향해 눈인사를 건넸다.

'최지환. 그 최가의 차남이라니. 다른 후보들이 누가 되었건 아무 쓸모없겠네. 저이가 부마도위가 될 테니.'

그를 위해 헛된 수고를 하게 된 이들에게 소리 없는 안쓰러움을 전하는 중얼거림은, 그러나 별다른 감정이 담기지 않은 채였다.

안학정 근처로 다가가자 지환의 목소리가 바람을 타고 들려왔다.

"자하국과 맞닿아 있는 예국은……."

살짝 낮은 목소리는 듣기 좋았다. 궁녀 몇의 볼이 발갛게 달아올랐다. 그렇게 가까이 다가선 뒤에야 지환은 인기척을 느끼고는 천천히 고개를 들었다.

바람결을 따라 움직인 고개에, 그와 그녀의 시선이 허공에서 만났다. 시선이 마주친 순간 설란은 저도 모르게 걸음걸이를 늦췄다.

열기 한 줌 찾아볼 수 없는 눈동자. 그리고 무감각하게 굳어버린 입매.

그제야 그녀는 깨달았다. 준수한 사내를 보았다 즐거워할 순간이 아니었다. 알고 있음에도 조금이나마 들떴다는 것이 놀라워, 설란의 입가에 서늘한 미소가 걸렸다 빠르게 사라졌다.

'그래, 이건 거래지.'

태어나 첫 숨을 쉬는 것부터 거래를 통해 얻어낸 그녀였다. 그리고 제 혼사는 지금껏, 혹은 앞으로 매길 값어치 중에서도 가장 가치 있는 것들 중 하나이지 않은가.

저를 따라 움직이는 시선에서 차디찬 냉기를 느끼며 설란은 속으로 조용히 조소했다. 방금 전 제가 백란궁에서 했던 얘기가 떠올랐기 때문이었다.

얼굴이 잘생겼으면 좋겠다 했더니 이토록 준수한 사내를 골라 주실 줄이야. 설란은 야반도주는 하지 말라는 무언의 명령인가, 라는 덧없는 생각을 하며 천천히 안학정으로 올라섰다. 계단 하나에 걸음 하나 내딛는 것이 무척이나 더뎠다.

설란이 마지막 계단을 오르자, 기다렸다는 듯 설호가 그녀를 반겼다.

"오, 왔구나."

그러나 아무것도 전해 듣지 못한 지환은 이 갑작스러운 상황이 기껍지 않음을 온몸으로 드러냈다. 그도 그럴 것이, 그가 전해 들은 것이라고는 세자사로서 세자의 수학을 도우라는 명뿐이었다. 어명이니 거절하지도 못하고 등이 떠밀려 억지로 하던 수업이었다. 그런데 동궁 내부를 당당히 휘젓고 돌아다니는 여인의 등장이라니. 예상치 못한 상황에 그의 눈썹이 둥글게 휘었다.

"세자저하? 저분은……."

세자에게 묻는 목소리가 낮았다. 그제야 그가 아무것도 모른다는 것을 깨달은 설호는, 조금은 미안한 얼굴로 대답했다.

"아아, 제 누이동생입니다. 스승님과의 첫 강연에 아바마마께옵서 청강을 명하셨지요. 누이가 견문을 넓히길 바라는 아바마마의 배려이니 양해를 부탁드리겠습니다."

"하면 저분이……."

말을 잇던 지환은, 설란과의 거리가 점차 좁혀지자 미미하게나마 얼굴을 굳히며 입을 다물었다. 안 그래도 없던 표정이 더욱 차가워진 것은 당연지사였다.

"저분이……."

서책을 쥔 그의 손에 힘이 들어갔다. 바짝 긴장한 손등에 힘이 들어가자 안 그래도 파르래한 핏줄이 도드라져 보였다. 수십 장의 종이가 겹겹이 쌓여 완성된 책등이 그의 손 안에서 무참히 어그러졌다. 온몸의 신경이 바짝 긴장한 채로, 지환은 조용히 입술을 끌어 올려 웃고 있는 설란을 바라봤다.

미처 가리지 못한, 지환의 얼굴에 스친 경악을 본 설란이 자신도 모르게 걸음을 멈췄다. 고운 사내의 얼굴에 새겨진 것은 명백한 거부였다.

'뭐 저리 싫은 티를 내는 거지?'

설란의 미간이 살짝 찌푸려졌다. 그사이에 표정을 갈무리한 지환이 그린 듯한 미소를 입가에 띠웠다. 분명 겉보기엔 아름답기 그지없었으나, 눈은 전혀 웃고 있질 않은, 그런 미소였다.

"저분이 바로 자설란 공주마마시겠군요."

그제야 지환의 눈에도 설호와 설란이 꽤 닮았다는 게 보였다. 그는 설란의 얼굴을 찬찬히 살폈다.

그 유명한 세자의 쌍생아 공주로군. 그렇게 생각하던 그는 세자인 설호의 선이 조금 굵다는 것만 빼면 둘 사이에 차이점이 별로 없다는 것에 꽤 놀랐다. 아무리 쌍생아라 할지라도 남녀가 유별할 터인데 저토록 닮는 것이 가능한 일인가? 지환은 잠시 머릿속을 스쳐 지나간 의문을 쉽게 지워냈다. 그보다 더 큰 문제가 눈앞을 가로막았기 때문이었다.

착각인가 싶었건만, 방금 전 느낀 기이함은 사라지지 않고 여전히 그의 몸을 휘감고 있었다. 지환은 어금니를 악물며 생각했다.

이게 뭐지? 생전 처음 겪는 기묘한 감각은 어찌 말로 표현해야 할지 모를 정도였다. 하루 종일 비가 내리던 하늘이 일순간 맑게 갠 것 같았다. 지끈거리던 두통이, 쉼 없이 반복되던 이명이 한순간 사라지고 일평생 바라온 고요가 조용히 내려앉았다. 마치 처음부터 그랬다는 듯이.

온통 시끄러웠던 그의 세상이 삽시간에 고요해져 오히려 속이 울렁거릴 정도였다. 그 변화가 너무 이질적이라 기쁜 것이 아니라 오히려 낯선 것에 대한 경계심으로 온 신경에 날이 섰다.

붉게 흐드러진 란꽃송이

이게 뭐지?

차갑게 굳은 시선이 경직된 손을 내려다보며 끊임없이 자문(自問)했다.

이게 대체…….

"그러합니다. 사랑스러운 제 누이동생이자 자하국에서 가장 아리따운 꽃이지요. 그보다…… 스승님, 괜찮으십니까? 몸이 안 좋아 보입니다만."

설호의 물음에 지환이 눈을 깜빡였다. 그는 그제야 제 목덜미가 식은땀으로 축축이 젖어 있다는 사실을 깨달았다. 이 기묘한 편안함은 그 정도로 충격적이었다. 잠시 숨을 고르며 기다려 보아도 고통은 돌아오지 않았다. 세상은 조용했고, 끊임없이 저를 괴롭히던 환영도 말끔히 사라진 채였다.

그 낯섦에 등골이 오싹할 지경이다. 모르긴 몰라도 지금 제 얼굴은 핏기 한 점 없이 희게 질려 있을 터다. 지환은 책상 아랫부분을 움켜쥐었다. 나뭇조각이 바스라지는 소리가 잠시 터졌다가 금세 사그라졌다. 그러나 걱정스레 저를 응시하는 설호의 시선에, 지환은 재빨리 고개를 끄덕이며 대답했다.

"……예. 괜찮습니다. 공주마마께옵서 너무 아름다우시어 놀란 모양입니다."

장난스러운 말에 설호가 푸하핫, 웃음을 아끼지 않았다. 설란에게도 지환의 목소리는 여지없이 가 닿아서, 그녀는 치맛자락을 정돈하며 다시 웃어 보였다. 그러나 그 웃음이 전과 다르다는 것을 눈치챈 이는 아무도 없었다.

해사하게 웃으며 안쪽으로 걸어 들어오는 여인을 바라보며, 지환은 이미 알고 있는 이름 석 자를 입안에서 천천히 굴렸다.

'자설란······.'

그제야 한 걸음 한 걸음 조심히 다가오는 공주가 온전히 그의 눈에 들어왔다.

첫 인상은 고고함이었다.

지환은 예법에 조금도 어긋나지 않는 몸가짐으로도 저토록 편안해 보일 수 있는 여인이 존재한다는 것에 속으로 작게 감탄을 뱉어냈다.

그다음으로는 복숭앗빛으로 물들은 두 볼과, 흑단같이 검은 머리칼, 그리고 입가에 잔잔히 맴돌고 있는 미소가 그의 시선을 잡아끌었다. 몸이 약하다 들었건만, 병약한 여인 대신 아름답게 피어난 여인이 그 자리를 대신하고 있었다.

그제야 제가 아직까지 자리에 앉은 채라는 사실을 깨달은 지환이 다급히 자리에서 일어났다. 그러자 그러지 말라는 얼굴로 설란이 싱긋 웃으며 한 걸음 가까이 다가섰다.

"공주마마를······."

"그러지 마세요. 제 오라비의 스승님 되시는 분이시잖습니까. 그리 예를 갖추시지 않아도 괜찮습니다. 귀중한 오라버니의 강연에 불청객이 잠시 끼어들어도 되겠습니까?"

잔잔히 퍼지는 목소리에는 수줍음이 가득해서, 설호는 얼이 빠진 표정으로 제 누이동생을 바라봤다. 무어라 말로 표현할 수 없을 정도로 많은 빚을 지고 있는 그의 누이동생은, 사람이 바뀐 것만 같은 모양새로 싱긋 웃고 있었다. 날 때부터 곁에 있던 피붙이였으나 생판 처음 보는 모습이 낯설다 못해 이상할 정도였다.

그 모습을 보고 있자니 갑자기 양팔에 오도도 소름이 돋아나는 것만 같아 설호는 다급히 팔을 쓸었다.

"물론입니다, 마마. 미처 상감마마의 명을 받지 못하여 준비가 미흡한 점이 송구할 따름입니다."

"어머, 아니에요. 이런 값진 기회를 주신 아바마마께 감사드려야 할 일인걸요."

말 그대로의 의미에 그녀의 등 뒤에서 김 상궁이 속으로나마 열렬히 고개를 끄덕였다.

궁녀와 궁녀가, 내관과 상궁이 서로 의미심장한 시선을 주고받았다. 그들은 하나같이 최지환이 부마 간택의 후보라는 사실에 놀라고 있었다. 그 누구도 입에 담진 않았으나 혜조의 부마 간택이 이전과 비교했을 때 파격적이라는 것을 모르는 이는 없었다.

그 이유는 단순했다. 그가 선택한 부마가 최지환이기 때문이다.

왕의 사위는 법도상 오를 수 있는 관직에 한계가 있기에 부마는 대개 학문에 재능이 없는, 차남 이하의 사내로 결정되곤 했다. 또한 그 재능 없음이 만천하에 드러나길 기다리다 보니 공주보다 대여섯 살은 많은 경우가 부지기수였다.

그러나 최지환은 어떠한가. 그는 뛰어난 학식에, 연배는 그녀보다 고작 두 살 위였다.

전례 없는 완벽한 부마.

설란의 시선이 지환과 맞닿았다. 새까맣게 내려앉은 두 눈은 무슨 생각을 하는지 알 수 없었다. 그러나 그녀도 알고 있는 사실이었다. 제 아비가 최고는 아니었지만 적어도 최선의 선택을 해주었다는 것을. 그것이 비록 그녀가 원하는 바는 아닐지라도.

거기까지 생각을 되짚은 뒤에야, 설란은 가까스로 제가 느낀 기이한 기분을 밀어내는 데 성공했다. 정면을 곧게 향한 시선이 비장해지기 시작했다.

'이 사내와 남은 생을 살아야 한다.'

다시 그녀의 미소에 빛이 돌아오는 순간이었다.

'최악을 피하기 위한 차악이라.'

설란의 미소가 한층 짙어졌다.

점점 화사하게 피어나는 설란의 미소를 힐끔거리던 설호가 큼큼, 헛기침을 해 주위를 환기시켰다.

"그래…… 그러면 일단 누이를 위한 자리를 마련하게 해야겠군."

세자의 중얼거림에 뒤에 서 있던 내관 중 한 명이 재빨리 자리를 마련했다. 잠시간의 복작임이 정리되자, 끊어졌던 수업이 다시 시작되었다.

평화로운 봄날의 한 장면처럼.

'어찌 되었건 저이가 내 부군이 된다, 라. 그러니까 저 사내를 사랑해야 한단 말이지.'

그 속에서 설란은 곁눈질로 지환을 훔쳐보며 그런 생각을 하고 있었다. 사는 것이야 적당히 살면 된다지만 그래도 살을 부대끼고 살아야 하는 상대. 설란은 그 표현이 참으로 어색하다 생각하며 팔랑, 넘어가는 책장을 따라 눈동자를 굴렸다.

'남처럼 사는 방법도 있기야 하다만, 이왕이면 다홍치마라고, 어차피 평생을 볼 사람이라면 사랑하지 않는 편보다는 사랑하는 것이 낫겠지.'

설란이 한쪽 귀를 열어둔 채 지환의 얼굴을 뜯어보듯 살피기 시작한 이유였다. 어느 부분이 마음에 드는지 살피기 위한 눈이 매서웠다.

그러나 보면 볼수록 더 잘난 부분만 보여서, 설란은 결국 눈살을 찌푸리고야 말았다. 제 오라비인 설호 역시 어디 놔둔다 하여 빠지는 얼굴은 아니었다. 그러나 애석하게도 세자마저 지환의 옆에 서니 그 빛이 바랬다. 피붙이라는 이유로 설호에게 점수를 후하게 줘도 그러했으니 이는 무척이나 객관적인 사실임에 분명하다.

설란은 궁녀가 따라준 찻잔의 끝을 매만지며 생각했다.

'한 폭의 그림 같네.'

아- 역시 화공을 부를 것을 잘못했나.

잘생김도 과하면 현실감이 떨어지는 법. 지환이 딱 그 짝이라 조각 같은 남자를 보고 있자니, 미래 남편 될 이가 아니라 작품을 감상한다는 느낌이 점점 강해졌다. 설란은 자신도 모르는 사이에 무척이나 진지하게 사내의 눈 사이가 그리 멀지 않다는 점과, 콧대가 어디 부러지거나 어긋나지 않았다는 것, 그리고 인중과 입술 사이가 적당하다는 것을 확인하고 있었다. 그리고 모든 관찰을 마쳤을 때, 그녀는 확신할 수밖에 없었다.

화공을 불러야만 했다고.

'……너무 잘생기어도 문제는 문제로구나. 적당히 잘생겼으면 더 좋았을 것…… 그건 아닌가.'

설란은 강연을 이끌어 나가는 지환을 멍하니 바라보며 그런 생각을 했다. 당장 저 남자가 제 낭군이 된다는 생각보다는 미의 화신 같은 저 사내를 틀에 찍어내 대대손손 물려줘야 한다는 생각을. 그녀의 시선이 어찌나 열렬했는지 설란을 등지고 앉아 있는 설호가 뒤돌아볼 정도였다. 제 동생을 힐끗 훔쳐본 설호는 흠칫 몸을 떨었다.

'어찌, 처음 활을 쥐었을 때보다 더 집중하는 것 같은데.'

보다 못한 김 상궁이 슬쩍 눈치를 주자 그제야 상념에서 벗어난 설란은 주변으로 슥 시선을 돌렸다. 물론 오래지 않아 다시 지환 쪽으로 눈동자가 바삐 움직였지만 말이다. 한참의 시간이 흐른 뒤에야 설란은 방금 전 그의 행동을 되짚어볼 여유를 되찾았다.

'그러고 보니 나를 보았을 때 무척이나 놀란 것 같았지. 마치 귀신을 본 것처럼. 새하얗다 못해 새파랗게 질린 낯에…… 저 엉망이 된 책등이라니.'

어린 시절 쌍생아라는 이유 하나로 주변의 눈치를 봐야 했던 설란은, 그런 점에 있어선 귀신같았다.

자신을 보자마자 서책을 움켜쥐던 손아귀 힘이 무척이나 거셌다. 책등이 그 힘을 이기지 못하고 우그러질 정도였다. 제게 와 닿는 시선에는 경악이 가득했고, 깊게 패인 미간은 그의 감정을 그대로 드러내는 듯했다. 허리를 꼿꼿이 세운 채 강연을 들으며 그녀는 당장 생각나는 몇 개의 가능성을 주워 담았다.

'정인이 있나. 아니면 이런 일이 일어날 것임을 몰랐던 건가. 그것도 아니면……'

내가 싫은가.

거기까지 생각이 가 닿자 설란의 미간이 찌푸려졌다. 저이를 오늘 처음 봤건만, 누군가 저를 싫어할 수 있다는 생각만 해도 기분이 나빠졌다.

아픈가? 그래. 아픈 것도 같았다. 미움 받는 일은 익숙했지만,

붉게 흐드러진 란꽃숲에

항상 그렇듯 누군가가 저를 미워할 수도 있다는 생각은 그녀의 마음에 상처를 냈다.

'정인이 있을 리는 없겠지.'

만약 정인이 있는 것이라면 어떻게든 이 자리를 피하려 했을 것이다.

'관직도 없는 이가 세자사로 임명된 이유를 모를 리도 없을 테고.'

바보 천치가 아닌 이상 이 시기에 세자의 스승으로 임명되고, 공주가 강연을 청강하러 온 작금의 상황이 무슨 뜻인지 모를 리가 없었다. 그러니 저렇게까지 감정을 드러내는 이유로 갖다 댈 수 있는 것은, 아무리 고민해도 하나뿐이었다.

내가 싫은 거구나.

거기까지 생각이 미치자 방금 전까지만 해도 자연스레 시선이 가던 사내가 보고 싶지 않아져서, 설란은 연못 쪽으로 고개를 돌렸다.

'왜 피했을까. 고작 처음 보았을 뿐인데 어찌 그리 무서운 시선으로 본 것일까. 이때도록 과장에 들지 않은 것을 보면 관직에 욕심이 있는 이는 아닐 터. 그러니 부마 자리에 불만이 있는 것은 아닐 테고. 정인이 있었다면 저 나이에 벌써 혼약이라도 했을 테니 그것도 아닐 것이고.'

아무리 곱씹어봐도 남는 가능성은 하나뿐이었다.

그녀의 나이 올해로 열여덟.

자고로 외양보다는 내면이라지만, 만나서 한 것이라고는 인사밖에 없으니 생각할 수 있는 가능성은 하나뿐이었다.

그렇게 설란은 확신에 가까운 결론을 내렸다.

'내가 별로인가. ……내가 별로구나!'

주변에서 항상 어여쁘다, 어여쁘다는 말만 들었기에 미처 생각지 못한 부분이었다. 물론 알고 있다. 외면보다야 내면이 더 중하다는 사실을. 그러나 어찌 사람의 마음이 그렇게 되던가. 제대로 된 대화도 해보지 못한 상황에서 당장 눈에 보이는 것이라고는 겉껍데기뿐인 것을. 자신도 그의 겉모습에 감탄을 뱉지 않았던가. 설란은 조금 우울해져 자신도 모르게 계속해 무겁게 가라앉은 눈으로 연못 안을 멍하니 응시했다.

자만하고 있었다. 저는 사실 아주 못생겼을지도 모른다. 지금껏 오라버니와 꼭 닮았다는 말이 칭찬이라 생각했건만, 아닌 것이다. 거기까지 닿은 생각에 설란은 제가 더 놀라 화드득 어깨를 떨었다.

어떻게 그것을 눈치채지 못했단 말인가.

오라버니를 닮았다니.

사내를 닮았다는 소리지 않나. 그 말은 결국, 제가 사내 같은 계집아이라는 게 아닌가!

'이럴 수가.'

설호가 치마를 두른 채 한 손으로 입을 가리고 호호 웃는 모습을 상상한 설란은 소리 없이 좌절했다. 끔찍했다. 치마를 입은 오라비라니. 저도 끔찍한데 남은 안 그럴까. 그러니 저 꽃 같은 사내가 보자마자 놀라 할 말을 잃은 것이 아니겠는가.

경악이다. 충격이다. 이럴 수는 없다.

그렇게 한 번 시작된 엉뚱한 생각은 바로잡아 주는 이 없이, 그렇게 무수히 가지치기하며 뻗어 나갔다.

반쯤 넋을 놓은 것 같은 설란의 모습에 김 상궁이 걱정스러운 얼굴로 종종걸음 쳐 다가왔다. 김 상궁은 상체를 숙인 채 설란의 귓가에 대고 조용히 물었다.

"마마, 어디 편찮으신지요?"

"음? 응? 아아…… 아니, 괜찮아."

몸은 괜찮았다. 단지 속이 괜찮지 않을 뿐. 설란은 재빨리 표정을 바꿨다. 다시금 청초한 낯빛의 공주가 그 자리를 대신했다.

'……서로 날을 세우는 이와 한 지붕 아래에서 사는 건 마음에 들지 않는데. 새로운 족쇄가 아닌가.'

그러나 이제와 고민해 보았자 쓸모없는 일이다. 나중에 그와 얘기라도 해봐야겠다 생각하며 설란은 살풋 눈을 감았다. 고시조를 읊는 지환의 목소리가 바람을 타고 귓가로 흘러들어 왔다. 그것이 퍽 듣기 좋았다.

'그래. 일단은 출궁이야.'

출궁. 그 듣기 좋은 단어에 서서히 설란의 입가가 호선을 그리며 올라갔다.

그녀와는 달리 지환의 낯빛은 점점 더 눈에 띄게 굳고 있었다. 그의 시선은 언젠가부터 서책이 아닌 설란에게 고정된 채였다.

옆으로 흘러내린 머리칼, 그리고 마치 동떨어진 듯 고요히 눈을 감고 있는 그녀를 살피는 시선이 매서웠다. 그렇게 한참. 서로서로에 대해 알지 못하는 긴장감 어린 시간이 흘러갔다.

결국 예상보다 빨리 강연을 마친 지환은, 서책만 챙기고는 빠르게 궁을 빠져나갔다. 예정된 강연 시간을 전부 채우지 못했음에도 스승과 학생, 청강한 사람 셋 중 누구도 아쉬워하지 않는 기이한 상황이 아닐 수 없었다.

우연을 가장한 만남에는 성공했으나 서로를 알아갈 법한 대화 한 번 제대로 주고받지 못한 첫 만남은 그렇게 허무하게 막을 내렸다.

바람처럼 사라져 버린 지환의 뒷모습을 바라보는 설란의 어깨를, 설호가 조심스레 톡톡 두드렸다.

"저이가 네 마음에 들었나 보구나."

설호의 물음에 멍한 표정으로 서 있던 설란이 멀어져 가던 정신을 붙들었다. 눈을 돌리자 저와 똑 닮은 오라비가 보였다. 한날 한시에 태어났으나 다른 삶을 살고 있는 오라비를 보는 설란의 시선이 오묘했다. 그녀는 슬쩍 고개를 끄덕였다.

"예. 마음에 들었습니다."

"그래, 어디가 그리도 마음에 들더냐?"

"얼굴이 아주 마음에 들더이다."

"뭐? 으하하핫! 얼굴?"

한참을 웃던 설호는 제 동생이 눈을 흘긴 뒤에야 큼, 큼, 뒤늦은 체통을 챙겼다.

"하기야. 훤칠하니 잘생겼더구나. 그리 곱상하게 생겼는데도 강인해 보이기가 쉽지 않은 일인데 말이지."

얼굴은 희멀건데 검을 꽤나 잡은 모양이라며 고개를 끄덕이는 설호의 말에 설란은 경계 어린 시선으로 말을 이었다.

"오라버니께서 마음에 드셨다 해도 안 됩니다."

"하하핫! 누가 들으면 내가 누이동생의 것을 빼앗는 아주 못난 오라비인 줄 알겠구나."

"오라버니!"

"아이구…… 그래, 그래. 네가 다아 가지렴. 스승께서도 내 누이동생이 두 얼굴을 갖고 있는 걸 알아야 할 텐데 말이야."

"……오라버니의 마음에도 들지 않았습니까."

마음에 든 사람이 누구인지는 굳이 설명하지 않아도 될 일이었다. 그 짧은 시간에 전후 상황을 모두 파악한 설란을, 설호는 못 당해내겠다는 뜻으로 양손을 가볍게 들어 올렸다.

"이런. 들켰느냐."

내 나름대로 감추려 노력했거늘. 설호의 얼굴에 미안함이 스쳐 지나갔다. 그는 말끝을 흐리면서 눈짓으로 내관과 궁녀들을 한층 더 뒤로 물렸다.

"강연 내내 그리 뿌듯한 얼굴을 하고 있으셨으면서."

안 보는 것 같으면서도 볼 건 다 봤다는 소리였다. 설란이 눈을 흘기자 설호는 어색하게 웃으며 제 입꼬리를 매만졌다.

"하핫! 다 보고 있었느냐. 그래도 좀 봐주련. 그리 만나기 힘들었던 이를 직접 봤더니 기대했던 것보다 배는 뛰어난데 어찌 기쁘지 않겠니."

그의 말에 동감한 설란은 속으로 한숨을 뱉어냈다. 세자의 말대로 지환의 학식은 기대 이상이었다. 어느 정도냐면, 수재 중의 수재라 떠받들어지는 최가의 장남보다도 차남인 그가 더 뛰어날 수도 있겠다 싶을 정도였다. 한 귀로 가볍게 듣고 흘린 것만으로도 그 정도라 느꼈으니 더 말해 무엇할까.

설란은 불어오는 바람에 흩날리는 잔머리를 정돈하며 고개를 저었다. 오늘 겪은 지환의 학식을 생각한다면 부마보다는 정계에 진출해 세자인 설호의 뒤를 받쳐 주는 것이 더 이상적이었다. 전후 사정을 따지던 설란의 어깨가 축 처진 것도 그러한 연유에서였다.

"그렇지요…… 오라버니께서 그리 느끼셨다면 그렇겠지요."

설란의 미간이 찌푸려졌다.

'그 정도의 가문에, 그 정도의 조건을 가진 이가 또 있을 리 만무하지.'

어찌하여 그 꽃 같은 외양으로, 옥 같은 목소리로, 머리마저 좋단 말인가. 심지어 가문마저 좋았다. 이리 보고 저리 봐도 부족한 것 하나 없는 완벽한 존재가 아닐 수 없었다.

따지자면 그녀도 부족한 것이 없었건만, 무언가 밀리는 듯한 기분에 분이 난 설란은 작은 주먹을 꽈악 움켜쥐었다. 이쯤 되면 삼신할매가 실수한 것이 분명했다. 이리도 비현실적인 존재를 하필이면 최가에 점지하다니. 사람이라면 부족한 구석이 두어 군데는 있어야 하는 것 아니냐며 그녀는 속으로 입을 비죽였다.

실망으로 축 늘어진 설란의 모습에 설호는 걱정 말라는 얼굴로 말했다.

"아바마마께서도 알고 계신 일일 게야. 그이가 쓴 시조를 보고 네 부마로 삼고 싶다 하시었으니."

설호의 말에 설란의 귀가 쫑긋거렸다. 혜조가 지환의 총명함을 알고 있었다? 그럼 또 얘기가 달라진다. 그것까지 고려한 혼사란 소리였으니 말이다. 설란이 언제 침울해했었냐는 듯 반짝이는 눈으로 설호를 바라봤다.

"정말입니까?"

"그래. 아바마마께옵서 안 된다 하실지라도 내 어찌 우겨보마. 이리 고운 누이동생에게 많은 빚을 졌으니 이럴 때 갚아야 하지 않겠니."

뒷짐을 진 채 씁쓸하게 웃는 설호의 말에 설란이 얼굴을 와그작 구겼다.

"그런 말 마세요."

"……남녀가 유별하거늘, 이리 특색이 드러날 때까지 굴레에서 벗어나지도 못하고."

"오라버니."

"안다. 어마마마께서 또 네게 역정을 내셨겠지. 내 힘이 없어 네게 힘이 되어주지 못하니 항상 미안함뿐이구나."

"……죄송해요."

"무엇이."

설호는 이내 입술을 휘어 올렸다. 서로 짐작하고 있는 대답을 먼저 뱉지 못해 흐르는 침묵은 무거웠다. 공기에 무게가 있다면 지금 이 순간, 세상 그 무엇보다 무거울 터다. 설호는 한참의 시간이 흐른 뒤에야 겨우 입을 뗄 수 있었다.

"괜찮다."

"오라버니께서도 아시잖아요. 작년까지 제가 이 일을 반대하지 않았다는 걸."

그녀가 버티고 버티다 가례라는 마지막 수를 생각한 이유는 다른 곳에 있었다. 빈말이 아니었다. 그녀에게 있어 자설호는 동복 남매 그 이상이었다.

한날한시에 태어난 쌍생아.

첫 숨도, 첫 걸음도, 첫 말도 같이 한 누구보다도 가까운 존재.
어릴 적에는 너무 닮아 누가 설란이고 누가 설호인지 왕도, 왕비
도 쉬이 구분하지 못할 정도로 꼭 닮은 남매. 서로가 서로에게 태
어난 순간부터 서로의 손을 잡고 체온을 나누었고, 모든 순간을
함께한 유일한 존재였다. 그 정도의 무게를 갖고 있었다. 그러나
태어나기 전부터 항상 함께였던 쌍생아는 불행히도 한쪽이 몸이
약했다.

"그래. 안다. 어마마마께서 고집을 부리시는 게지. 이젠 이렇게
다른 것을 어찌 속이겠다 하시는지."

설호는 제 말도 듣질 않으신다며 쓰게 웃었다. 설란은 손을 뻗
어 제 오라비의 손을 스치듯 매만졌다. 맞잡은 손안에서 냉기가
돌았다. 지금 이리도 가까이 체온을 나누고 있지만, 그럼에도 맞
잡은 손에서 느껴지는 것은 온기가 아닌 차디찬 냉기였다. 언제부
터였을까. 곁에 없는 것보다 있는 것이 더 익숙하던 존재가 이리
낯설게 느껴지기 시작한 것은. 그녀는 그런 생각을 하며 말을 이
었다.

"어마마마께서도, 아바마마께서도…… 달리 방도가 없어 그러
신 것을요."

머리로는 알고 있으나 말로 꺼낼 때마다 숨이 턱턱 막히는 얘
기는 마치 족쇄처럼 그녀를 옥죄었다. 턱 막히는 목소리를 이해한
다는 표정으로 감내하는 설호의 모습은 꿈에서라도 보고 싶지 않
은 것이라, 설란은 제게 되짚듯 같은 말을 반복했다.

"제가 하고 싶어 한 일이라도, 아바마마께서 제게 이러실 순 없

붉게 흐드러진 란꽃송이

는 거죠. 그렇죠?"

"응……? 그게 무슨……."

갑작스러운 설란의 말에 당황한 설호가 되물었다. 물론 당사자
는 전혀 듣지 않았지만. 설란이 우뚝 멈춰 서자, 설호도 뒤따르듯
걸음을 멈췄다. 고개를 숙인 채 무어라 중얼거리던 설란이 주먹
을 불끈 쥐며 고개를 치켜든 것은 바로 그때였다.

"아바마마를 뵈어야겠습니다!"

"지금?"

"원래 쇠뿔은 단김에 빼는 것이라 했어요, 오라버니! 하면 소녀
는 이만 가보겠습니다!"

가볍게 예를 갖추기가 무섭게 그녀는 치맛자락을 들었다. 설호
가 무어라 말할 틈도 주지 않고 그대로 몸을 휙 튼 설란은, 궁녀
와 나인들이 놀라건 말건 대호궁 쪽으로 경중경중 뛰듯 사라졌
다. 예상치 못한 갑작스러운 돌발 행동에 넋이 나간 세자는, 점이
되어 사라지는 제 누이의 뒷모습을 멍하니 바라보다 웃음을 터뜨
렸다.

"푸하하핫! 아…… 정말이지. 어릴 적부터 그러했지만, 누이는
참으로 눈치가 빠르단 말이야. 내 마음을 기가 막힐 정도로 읽어
내니……."

"세, 세자저하, 이게 어찌 된……."

"아아. 별일 아니네, 서 내관."

그제야 정신을 차린 서 내관은 이미 보이지 않게 된 설란의 모
습에 얼떨떨한 얼굴이었다. 제 누이가 달려간 쪽을 응시하며 설호
는 중얼거렸다.

"……부럽지 않은가?"

갑자기 제게 던져진 질문에, 서 내관이 슬쩍 시선만 위로 올려 설호의 표정을 훔쳐봤다. 방금 전 시원하게 웃은 이라고는 생각하기 어려울 정도로 어두운 얼굴이 거기에 있었다. 보면 안 될 것을 본 것 같은 기분에, 다급히 고개를 숙인 서 내관을 향해 설호가 말을 이었다.

"한배에서 났으면서, 하나는 온전치 못하여, 삶의 절반을 숨어 살았거늘……. 그러할진대, 보듬어야 할 동복누이는 모난 구석이 한 군데도 없어 미워할 수조차 없게 만드니…… 어찌 부럽지 아니할까."

방금 전까지 얼굴에 가득했던 웃음은 흔적도 없이 사라진 지 오래였다. 대신 그 위에 덧씌워진 것은 짙게 드리운 그늘이었다. 펄쩍펄쩍 뛰어간 설란의 뒤꽁무니도 보이지 않게 되어버린 길 위를 응시하던 두 눈은, 텅 빈 그 길마저 보고 싶지 않다는 듯 눈꺼풀 아래로 숨어버렸다.

어둡다. 어둡고 또한 한없이 무겁구나.

서 내관은 그리 생각하며 고개를 조아렸다. 그는 왕실의 깊은 비밀을 알고 있는 몇 안 되는 사람이었다. 세자의 말을 이해할 수 있는 몇 안 되는 사람이라는 뜻이기도 했다. 서 내관은 무겁게 가라앉은 목소리에 무어라 답해야 할지 짐작조차 하지 못한 채 그렇게 한동안, 그저 자리를 지키고 서 있었다.

2. 각자의 사정

"마마, 마마아!"

등 뒤에서 들리는, 숨찬 도아의 부름에 그제야 설란이 뜀박질을 멈췄다. 김 상궁은 나이가 나이인지 시야에 들어오지도 않았다. 아마 어디선가 설란을 놓친 채 가쁜 숨을 몰아쉬고 있으리라.

"허억, 헉…… 마마, 어휴…… 그리 뛰시면……!"

도아의 타박을 뒤로한 설란은 다급히 물었다.

"자연스러웠지?"

하나같이 가쁜 숨을 몰아쉬는 궁녀와 나인들의 등 너머를 응시하며 던져지는 동문서답에, 도아가 고개를 갸웃했다.

"예?"

"오라버니 말이다. 내가 자리를 피하려는 게 티 나 보이지 않았느냔 말이야. 역시 거기서 갑자기 그렇게 뛰어나오는 건 조금 아니었나……."

설란은 역시 좀 더 자연스럽게 행동해야 했다며 눈살을 찌푸렸다. 그 능청스러움에 도아는 자신도 모르게 입을 떡 벌리고 말았다. 그녀의 말은 마치 세자와 대화하는 것이 껄끄러워 도망친 것 같지 않은가. 도아는 울상을 지으며 물었다.

"마마아…… 부러 뛰신 거예요?"

"당연하지. 아니면 내가 왜 뛰겠니."

힘들게. 게다가 나중에 김 상궁의 잔소리도 들어야 하는 것을.

설란은 옆에서 놀라 심장이 떨어지는 줄 알았다며 종알거리는 도아의 목소리를 한 귀로 듣고 반대쪽 귀로 흘리며 천천히 걷기 시작했다. 설란이 이런 식으로 세자와의 자리를 피한 것이 한두 번이 아니었기에 도아는 흐르는 땀을 훔치며 한숨 섞인 목소리로 제 주인 된 이의 걱정을 덜어주었다.

"저번보다는 자연스러우셨으니 걱정 마세요."

"그래? 저번엔 어땠는데?"

"저번엔……."

도아는 차마 말을 잇지 못했다. 잊고 있던 기억을 떠올리니 다시 눈앞이 아찔해졌기 때문이다. 오, 그날은 정말이지 아찔했다. 창피해서 사람이 아찔해질 수도 있다는 것을 도아는 그날 처음 알았다. 그녀는 몇 번이나 숨을 고른 뒤에야 말을 이었다.

"마마, 누누이 말씀드리지만 현기증이 난다며 이마를 짚으실 땐 숨이라도 잠시 참고 하시어요. 지난번엔 혈색이 너무 좋으셔서 세자저하께서 웃음을 억지로 참으시는 것 같았다니까요."

"……내 혈색이……."

"그날은 또 막 활쏘기를 하신 뒤라 얼굴이 선홍빛이셨답니다."

이런 젠장. 그랬구나. 왠지 반쯤 쓰러지려고 하는데도 아무도 부축할 생각이 없어 보이더라니. 부축은커녕 다들 어쩔 줄 몰라 하며 시선을 피하기에 왜 그러나 싶었더니 이런 속사정이 있을 줄이야.

설란은, 이 몸뚱이는 왜 이리 혈색이 좋은 거냐고 투덜거리며 몸을 틀어 대호궁 쪽으로 방향을 잡았다. 그런 설란의 뒤에서 도아는 건강한 게 불만이라는 그녀의 말을 못 들은 척하며 슬쩍 화제를 돌렸다.

"하온데 마마. 오늘 뵌 그 선비님께서 부마가 되시는 거지요?"

"글쎄."

설란은 말을 아꼈다. 궁 안에서는 확신한 일도 두어 번 확인해야 하는 법이다. 그녀는 말끝을 길게 늘이며 대답을 늦췄다.

"확실하진 않으나 가능성이 제일 높지. 다른 가문의 사내들도 몇 만나겠지만, 별일이 없는 한 그가 될 거야."

"어머! 꼭 그랬으면 좋겠어요."

"그래?"

"예! 소녀는 그분보다 잘생긴 분을 뵌 적이 없는걸요! 마마께서도 얼굴이 잘생긴 사내가 좋으시다 하셨으니 딱 좋을 것 같아요! 게다가 시문도 무척이나 많이 아시는 것 같았고요!"

아아. 그러고 보니 그런 말을 했었지.

다시 최지환을 생각하자 서늘한 시선이 뒤따라 떠올랐다. 눈은 또 다른 입이라 하던가. 단지 바라보기만 했는데도 온몸이 쩡 얼어붙을 것 같던 냉랭함. 설란의 눈살이 설핏 찌푸려졌다.

"뭐, 그렇기야 그런데. 그이는 내가 마음에 들지 않은 것 같더란 말이지……."

"예에?"

그럴 리 있겠느냐는 도아의 물음에 설란은 고개를 저었다.

"날 보는 시선에 꺼림칙함이 가득했어."

"하면……."

"생각을 좀 해보았는데, 아무래도 나에 대한 소문이 꽤 많이
과장되어 있는 듯하더구나."

"……예에?"

"생각해 보렴. 오라버니와 쌍생아로 태어났으니 오라버니와 나
는 꼭 닮았지. 결국, 내가 사내를 닮았다는 뜻이 아니니."

"……그것이……."

이미 확신하고 있는 설란의 말에 도아는 당혹감을 넘어 기가
막혔다. 어째서 결론이 그리 난단 말인가. 궁인들이 설란의 말을
들으면 통곡하며 거울을 산처럼 쌓아올 것이 분명했다. 그게 아
니라면 우리 공주님이 눈이 삔 게 분명하다며 어의라도 끌고 올
터였다.

"마마. 그런 농은 재미도 없사옵니다."

도아가 그건 아닌 것 같다며, 그녀로서는 매우 드물게 정색했
다.

"무엇이건 어렵게 되었어. 이 상태라면 서로 적당히 마음을 주
고 살기 힘들 테니."

물 흐르듯 줄줄 이어지는 설란의 말에 깜빡 넘어갈 뻔한 도아
는 눈을 부릅떴다. 이대로 휩쓸렸다간 공주마마께옵서 눈이 삐었
다며 온 궁인들이 통곡을 할 터! 궁인들의 혈압이 제 손에 달려

있었다.

도아는 매우 고심해 떠올린 가능성 하나를 입에 담았다.

"마마, 외사랑을 하고 있는지도 몰라요."

설란이 눈살을 찌푸렸다.

"……외사랑?"

그건 제가 최지환의 마음에 들지 않았다는 것보다도 더 마음에 안 드는 가정이었다. 차라리 못난 게 낫겠다는 설란의 말에 도아가 발을 동동 굴렀다.

"그게 아니더라도 분명 다른 이유가 있을 거여요! 아이참! 마마께선 어여쁘시다니까요!"

"아니. 그게 아니라, 외사랑을 하고 있는 거면 이미 마음에 누가 들어앉아 있단 소리잖아."

"……그렇지요?"

"그 꼴을 바로 옆에서 보며 냉가슴을 앓으라고?"

설란은 단호하게 고개를 저었다.

"아무것도 모른 채 멀쩡한 이들을 갈라놓는다는 것이 가장 마음에 들지 않아. 또 서로 남보다 못하게 사느니 차라리 내가 못난 게 몇 배는 더 낫고."

설란의 말에 도아의 고개가 옆으로 기울었다. 몰락했다고는 하나 도아 역시 양반가의 여식이었다. 그런 그녀에게 있어 혼사란 집안과 집안의 결합이다. 낭만을 얘기하고 수많은 연애소설을 읽어도 실제 영애들 중에서 소설 속 여주인공처럼 사랑을 위해 집안을 버리고 도망가는 여인은 없었다. 누리던 모든 것을 버린다는 건 생각보다 더 큰 용기가 필요한 일이니 말이다.

그러니 도아로서는 설란의 말을 이해하기 힘든 것도 영 이상한 일은 아니었다. 설란은 제 말을 통 이해하지 못하는 듯한 도아의 모습에, 작게 웃으며 말을 덧붙였다.

"내가 그저 잘생긴 사내가 좋다 한 이유는 별게 없단다. 나는 망나니만 아니면 마음 주고 살 자신이 있거든. 그러니 이왕이면 신수가 훤한 게 좋다고 한 것뿐이지. 그런데 정작 상대방이 내게 마음을 줄 생각이 없으면 얘기가 또 달라지잖니? 기방에 가지 않으면 된다고 한 이유도 그것 때문이야. 난 다른 여인을 마음에 둔 사내를 군이 붙잡고 싶지 않을뿐더러 그런 사내의 아이를 낳고 싶지도 않거든."

"어마, 마마, 아가님을 낳지 않으신다니요! 그래도 대는 이어야지요!"

천지신명이 노할 것이라며 눈을 크게 뜨는 도아의 모습에 설란이 개구지게 웃었다.

"왕가는 오라버니께서 이으실 테고. 최가 쪽 대는 그쪽 장남이 이을 테고. 문제될 게 어디 있어? 뭐 그게 아니더라도 대를 못 이으면 큰일 나는 건 사내들 쪽이지. 사내 성을 따르지 내 성을 따르니?"

"그건…… 그런데…… 어어?"

평생 당연하게 생각했던 것의 모순을 목도한 도아의 눈이 팽팽 돌았다. 여인은 나이가 차면 그저 선택할 수 있는 가장 좋은 집에 시집가 숨풍숨풍 애를 최대한 많이 낳고 시댁과 남편의 어여쁨을 받으며 사는 것이 최대 행복이라 생각해 왔던 사고방식에 돌이 던져지는 순간이었다.

붉게 흐드러진 란꽃송이

제가 한 여인의 삶을 흔들어 버렸음을 미처 인지하지 못한 설란은 어깨를 으쓱였다.

　"어찌 되었건, 내 낭군 될 사내가 다른 여인을 마음에 두고 있는 것이라면…… 뭐, 가례를 올리긴 해야겠지만 아이를 낳을 생각은 없어. 내가 불행한데 어찌 아이를 행복하게 키울까."

　제가 뱉은 말이 제게 돌을 던졌다. 걷던 걸음이 잠시 느려졌다. 지그시 문 아랫입술이 아렸다.

　"내가 불행한데……."

　어찌 아이를 행복하게 키울까.

　낳지도 않은 아이를 생각하고 있었거늘, 모후가 스쳐 지나간 것은 왜일까. 설란은 해가 지날수록 점점 더 강박적으로 변해가는 모후를 떠올리다 고개를 저었다. 그러자 모후의 낯이 오라비의 것으로 바뀌었다.

　'오라버니.'

　이런저런 생각을 하다 보면 언제나 그 종착지는 제 오라비, 자설호였다.

　설호는 그녀의 하나뿐인 오라비였다. 쌍생아로 태어나, 첫 숨을 뱉은 그 순간부터 지금까지 그녀의 곁에는 설호가 있었다. 구 년 전 그가 세자로 책봉된 후로 어쩔 수 없이 거리가 벌어졌지만, 어찌 되었건 하나뿐인 동복남매였다.

　그렇다면 서로에 대한 생각이 어긋나 걷잡을 수 없을 정도로 내달린 것은 과연 누구의 잘못일까. 생각을 거듭할수록 풀 수 없는 문제인지라 설란의 수심은 점차 깊어만 갔다.

　그렇게 고민에 고민을 거듭하며 대호궁에 가까워지자 궁인들이 점차 늘어났다. 그들은 그녀를 보기가 무섭게 걸음을 멈추고 고개를 숙였다. 이리 당당히 중앙로를 가로지르고 있으니 그녀가 궁에 도착하기 전 혜조는 딸의 방문을 전해 들을 터였다.

'빚이라…… 오라버니가 그렇게까지 생각하고 있을 줄이야.'

예상치도 못한 순간에 엿본 오라비의 마음은 지독히도 무거워서, 설란은 제 이름과 오라비의 이름을 입안에서 굴리다 속으로 깊은 한숨을 삼켰다. 해결할 수 없는 문제라면, 시간을 갖고 거리를 두는 것도 하나의 방법이라 생각하면서.

'내가 궁을 떠나면 오라버니도 조금은 마음을 놓으시겠지. 나 역시도 두려움에 떨지 않아도 될 테고.'

지금 당장 자신의 위치에서 할 수 있는 몇 안 되는 선택지를 닳도록 들여다보던 설란은, 대호궁 앞에 선 뒤에야 상념을 떨쳐 냈다.

"마마, 오셨사옵니까. 상감마마께오서 기다리고 계시옵니다."

설란이 시야에 들어오기가 무섭게 내달려 온 박 내관의 얼굴엔 기대감이 가득했다. 그 기대가 어디에서 나왔는지는 굳이 묻지 않더라도 빤했다. 주름진 얼굴이 활짝 피어 있는 걸 보자 방금 전까지 그녀를 괴롭혔던 상념이 저 멀리 날아가 버렸다. 대신 다른 의미의 생각들이 그 자리를 대신했다.

'그건 그렇고, 다들 이 상황이 재미지다는 말이렷다?'

그녀의 눈썹이 들썩였다. 설란은 당장에라도 지환과의 첫 만남이 궁금해 어쩔 줄 몰라 하는 박 내관의 기색을 모른 척 의뭉스레 물었다.

"아바마마께서 말이냐? 그럴 만한 일이 있었나 보지?"

그러나 어수룩한 면이 있는 서 내관과 달리 박 내관은 내공이 상당한 사내였다. 설란의 물음에, 그는 슬쩍 고개를 들어 올리며 씩 웃었다.

"아이쿠, 못 보시었습니까? 벌써 궁 안 궁녀들과 나인들이 새로 뫼신 세자저하의 스승에 대해 입방아를 찧고 있다 들었는데 말입니다. 그렇게 준수한 선비는 처음이라며 다들 난리랍니다. 그리 준수하면서 어찌 두문불출한 것인가에 대한 얘기도 한창이라 들었습니다만……."

아무것도 모른다는 낯빛을 하고는 술술 말을 뱉어내는 박 내관의 모습에 설란은 고개를 저었다.

"안 그래도 지금 막 그쪽에서 오는 참이네."

"허어, 그러시옵니까, 마마. 어찌, 그, 최가의 차남은 소문대로 서책밖에 모르는, 비리비리한 서생이더이까?"

"소문대로 아아아주 준수했지! 외양은 꽃과 같았고 목소리는 옥구슬이 굴러가는 것 같았네! 만족했는가?"

"어허! 그리 잘생기었더이까?"

"아, 되었고, 어서 아바마마께 알현을 청한다 말이나 올리게나."

설란이 갓 태어났을 때부터 지켜봐 왔던 나이든 내관은 함박 미소를 지었다. 이런 생각을 한다는 것만으로도 송구스럽지만, 그는 이번 혼사를 있지도 않은 제 딸아이를 시집보내는 것 같은 기분으로 보고 있었다. 아마 궁에서 오래 일한 이들이라면 대부분 저와 비슷한 심정일 터다.

만약 궁인들 사이에서 왕족들을 놓고 인기투표를 한다면 1등은 설란의 차지일 것이 분명했다. 방긋방긋 웃으며 궁인들을 스스럼없이 대하는 유일한 왕족을, 궁 사람들은 모두 기꺼이 사랑했으니 말이다. 그런 그녀의 혼사였다. 온 궁인들의 관심과 애정이 집중되는 것도 무리는 아니었다.

"박 내관은 못 당해내겠다니까."

그녀가 연신 웃음을 못 지우는 박 내관을 향해 눈을 흘기며 재촉하자, 그제야 그가 웃으며 말했다.

"송구하옵니다."

"되었네. 아바마마께서는?"

"곧바로 들어가시면 되옵니다. 허허, 사실 한 식경도 전부터 상감마마께옵서는 마마를 애타게 기다리고 계시었나이다."

전하께는 비밀이라며 슬쩍 일러주는 박 내관의 말에, 결국 설란도 웃어버리고 말았다. 이리 좋은 이들을 두고 떠나야 한다니, 벌써부터 마음 한구석이 쓸쓸한 것 같다 생각하며 그녀는 장지문 안쪽으로 발을 들여놓았다.

한 걸음 안으로 들어서자 익숙한 왕의 모습이 눈에 들어왔다. 하루를 수십 개로 쪼개 일정을 관리해야 할 만큼, 혜조는 바쁜 왕이었다. 지금도 그는 산처럼 쌓여 있는 문서들을 살피느라 정신이 없어 보였다.

그러나 인기척이 들리기가 무섭게, 혜조는 머뭇거림 없이 손에 들고 있던 것들을 내려놓았다. 왕이 아닌 딸을 둔 아버지가 바로 그 자리를 대신했다. 활짝 웃는 혜조의 모습에 설란 역시 마주 웃었다.

"아바마마!"

붉게 흐드러진 란꽃송이

"오냐, 우리 공주가 왔구나. 그래, 이 아비가 고른 사내는 어떻더냐."

물음이었으나 뿌듯한 표정은 이미 나올 답이 무엇인지 알고 있다 말하는 듯했다. 다들 약속이라도 한 듯한 질문에 설란은 밉지 않게 눈을 흘기며 답했다.

"아주, 아-아주 잘생기었습니다."

"으하핫! 그래, 짐도 보고 놀랐느니라. 실은 최가의 차남이 아비가 아닌 어미를 닮아 다행이라 심장을 쓸어내렸지 뭐냐."

아비인 재원을 닮았으면 인물은 영 아니었을 거라며 호탕하게 웃는 혜조를 향해 설란이 슬쩍 눈을 흘겼다.

"아바마마께옵선 지금 소녀의 낭군을 정하심을 운에 맡기시었다 말하시는 것인지요."

"대통(大通)이니 되었지 않느냐. 왜, 혹 마음에 들지 않으면 다른 사내로 바꾸어주랴?"

혜조는 지금이라도 말만 하면 최가의 장남으로 바꿔주겠다 말하며 웃었다. 최가의 장남이라니! 가문의 대를 이어야 하는 막중한 책임이 덧대어지는 소리가 들리는 듯했다. 그녀는 재빠르게 혜조의 제안을 거절했다.

"어찌 왕실의 일원으로 이미 등청해 앞날이 창창한 이의 발목을 붙들겠나이까."

"이런! 우리 공주가 마음을 단단히 빼앗긴 모양이로고. 안 되겠구나. 내 가례 전 그놈을 불러 여러 가지를 단단히 일러두어야겠다."

"무엇을요?"

"우리 공주가 실은 궁 안을 떠들썩하게 만드는 왈……."

"아바마마!"

그런 말을 한다면 가만히 있지 않겠다던 설란은, 혜조에게 몇 번이고 다짐을 받은 뒤에야 진정했다.

"오라버니도 그렇고, 다들 너무하시는 것 아니에요? 소녀보다 얌전한 공주가 또 어디에 있다고!"

일단 공주가 그녀 하나뿐이니 비교 대상이 있을 리 없다. 그러니 틀린 말도 아니다. 어깨를 편 채 당당히 말하는 설란의 모습에 혜조가 호탕하게 웃음을 터뜨렸다.

"하하핫! 우리 공주가 그리 말하면 그런 것이지. 아암. 그래, 그런데 첫인상은 그게 다더냐?"

갑작스레 던져진 물음에, 그녀는 오늘 강연을 떠올렸다.

지환은 하나의 문장을 설명하기 위해 수많은 문장가와 서책을 자유자재로 활용할 줄 아는 스승이었다. 너무 당연하다는 듯이 말해서, 멍하니 듣고 있다 보면 수백 년을 뛰어넘은 것이 한두 번이 아니었다.

"그리 학식이 깊은 이가 아직까지 등청하지 않았다는 것이 놀라웠사옵니다."

"그리 느꼈느냐?"

"예."

혜조는 제 딸아이의 안목에 뿌듯함을 감추지 않았다. 장남이라는 이유는 둘째 치더라도 지문을 제쳐 두고 지환을 택한 여러 이유 중 하나가 바로 그 깊은 학식이었다. 물론 그 외에도 여러 가지가 복합적으로 고려되었지만 말이다.

붉게 흐드러진 란꽃송이

세상을 다 가진 듯이 웃던 왕은, 다과가 들어온 뒤에야 뒤늦게 하늘 높은 줄 모르고 올라가던 입꼬리를 진정시켰다.

"그래. 안 그래도 그 문제로 서풍과 몇 번이나 논쟁을 했는지 모를 게다. 그리 뛰어난 아들이 올해로 성년이 된 지 벌써 두 해 나 지났음에도 당최 내놓으려 하질 않아서 말이다."

만약 혜조와 재원의 관계를 조금이라도 깊이 알고 있는 이라면 둘이 논쟁을 벌였다는 것만으로도 놀랐을 것이다. 그만큼 둘의 관계는 말로는 전부 설명할 수 없을 만큼 깊었다. 혜조가 아직 어린 세자였을 때 동무로 처음 만나 오랜 시간 관계를 쌓아온, 죽마 고우였으니 말이다. 혜조는 그 길고 지지부진한 말다툼이 다시 떠올라 질색을 하며 고개를 저었다.

"그럴 이가 아닌데 말이다. 구 년 전까지만 하더라도 둘째 아들 을 어서 세상에 내보이고 싶어 안달이 났던 이인데 무슨 심경의 변화인지, 원."

혜조는 재원이 무슨 연유로 다 큰 아들을 품 안에 감싸고도는 지 모르겠다 생각하며 고개를 저었다. 혜조의 말마따나 과거 재 원은 제 아들들을 하루라도 빨리 세상에 내보이고 싶어 안달 난 아비였었다. 혜조가 지환을 유심히 살피게 된 계기도 재원이 내 아들이 이리 뛰어나다며 자랑하기 위해 들고 온 시문 덕분이었으 니 더 말해 무엇할까. 혜조가 익히 알고 있던 최재원은 그런 아비 였었다.

그런데 구 년 전 어느 날을 기점으로 둘째 아들에 대한 재원의 태도가 완전히 뒤바뀌어 버렸다. 아들을 가르치던 스승을 내쫓고 바깥출입을 최대한 자제했다. 더 이상한 것은 첫째 아들은 성년식을 치르기가 무섭게 과거를 치르고 등청시켰다는 점이었다.

이 문제를 꽤나 심각하게 생각하는 혜조와는 달리 설란은 어깨를 으쓱이며 대꾸했다.

"선비들 중에 간혹 있지 않습니까. 글이 좋아 서책을 손에서 놓지 못하는 이들이 말입니다. 그이도 정치의 복잡함은 뒤로 미뤄둔 채 성현의 말을 좇고자 하는 사내이겠지요."

그러니 최지환도 그런 선비가 아니겠냐는 설란의 말에 혜조는 천천히 고개를 끄덕였다.

"이 아비도 그리 생각했느니라. 하여 그 귀한 둘째, 혼처도 정하지 않고 썩힐 것이라면 내놓으라 했지."

허허, 웃는 혜조는 이번 혼사를 기어코 성사시켰다는 것에 무척 만족하고 있었다.

설란의 말처럼 최가의 차남이 권력욕 없이 책만 좋아하는 서생이라면 부마도위로는 그보다 더 완벽한 이도 없으니 말이다. 천천히 웃음소리가 잦아들자 그 자리를 대신한 것은 차분함이었다. 가라앉은 눈으로, 허리를 곧게 편 채 앉아 있는 제 딸을 바라보던 혜조는 한숨이 섞인 목소리로 말했다.

"……네겐, 최고의 사내를 찾아주고 싶었다."

제 아비가 차마 입 밖으로 던지지 못한 뒷말이 들리는 것 같다 생각하며, 설란은 찻잔을 들어 올렸다. 김이 올라오는 차는 맑아서, 미미하게 일그러진 그녀의 입매가 그대로 수면에 비쳐 보였다. 둘 중 누구도 입에 담진 않았으나 '최고'가 뜻하는 바가 무엇인지 모르는 이도 없었다. 일평생 분쟁에 휘말릴 리 없는 조용한 가문. 그녀가 항상 원하고 바라던, 평온히 생을 마감할 수 있는 그런

곳. 그러나 그것은 한바탕 꿈같은 얘기일 뿐이다. 혜조의 주름이 오늘따라 더 깊었다. 그는 참았던 숨을 뱉는 것처럼 수년간 속으로만 참았던 말을 토해냈다.

"항상 미안한 것뿐이로구나. 네가 그 어린 몸으로 검을 들고 활을 쥐고……."

"아바마마."

부드럽게 혜조의 넋두리를 끊어낸 설란은 손을 뻗어 아비의 손을 끌어왔다. 나이 들어 주름진 손을 힘줘 잡으며 그녀는 고개를 저었다.

"소녀는 괜찮습니다. 오라버니를 위한 일이었고, 자하국을 위한 일이었으니까요."

말을 잇는 와중에도 입안이 모래알을 가득 씹은 것처럼 까끌거렸다. 목이 텁텁했다. 밖으로 뱉어지는 제 목소리가 참으로 낯설어서 눈살을 찌푸리고 싶을 정도였다. 아마 그것은 말없이 저를 보는 혜조도 마찬가지로 느끼고 있는 기분일 터다.

"오라버니와 소녀는 한날한시에 세상을 본 쌍생아가 아니옵니까. 그러니 당연한 일입니다."

쌍생아.

혜조는 명치께가 묵직하니 내려앉음을 느끼며 눈을 감았다. 그 단어는 제가 짊어지고 가야 할 죄이자 업보였다. 지금에야 설란과 설호 모두 자하국의 복이지만 십팔 년 전엔 한날한시에 한 태에서 태어난 둘을 부정적이게 보는 시선이 어디에나 존재했다. 처음 둘이 태어났을 때 공주인 설란을 버리라는 탄원서가 빗발치는 바람에 업무가 일시적으로 마비가 되었을 정도였다.

그러나 불운의 상징으로 여겨졌던 쌍생아에 대해 혜조는 침묵으로 일관했었다. 당시 그는 그 정도의 힘도 없던 왕이었기에 할 수 있는 유일한 선택이라고는 고작 그것뿐이었던 것이다.

그런 왕을 대신해 설란과 설호를 끌어안고 대신들의 앞을 막아선 것은 정명대비였다. 왕실의 가장 큰 어른이라는 칭호를 앞세워, 그녀는 양팔을 걷어붙이고 설란을 버리라는 탄원서를 내쳤다. 노성을 뱉으며 몰려온 선비들을 몰아내고 핏덩이들을 품 안에 안았다. 몸이 약해 아이들을 낳은 뒤 공격받던 왕후의 뒷배가 된 것도 그녀였다.

"할마마마께서도 그리 말씀하셨지요. 저와 오라비는 동복남매보다 더 특별하다고. 그러니, 원망하지 않습니다."

설란은 몇 년 전 세상을 뜬 대비를 회상하며 말을 이었다. 대비가 없었다면 자하국엔 공주가 없었을지도 모를 일이었다. 공주를 내치라는 탄원에 밀리고 밀려 죽임을 당했을지도 모를 일이다. 그때 당시 설란을 버리라 주장하던 이들이, 오늘날 동파의 뿌리이자 기반이었다. 혜조가 그들만 보면 이를 득득 가는 것도 무리는 아니었다.

그 모든 것들을 보고 들으며 자란 설란은 잠시 쉬었던 말을 이어 나갔다.

"또한 최가는, 필요하지 않습니까."

세자에게.

혜조가 하나뿐인 딸을 염려하면서도 최가와의 혼사는 없던 일로 하겠다는 말을 입에 올리지 않는 이유였다. 이해 못 할 일은 아니었다. 현 자하국의 왕권은 무소불위의 권력과는 꽤나 거리가 멀었으니 말이다.

지금까지 혜조는, 동파와 서파로 양분되어 있는 권세가들을 쥐락펴락하며 적당히 균형을 유지해 왔다. 그의 손에 무소불위의 권력은 없었으나 균형이 있었다. 하나 혜조는 좀 더 큰 그림을 보고 있었다. 훗날 설호가 자하국을 이끌어 나갈 때, 왕을 중심으로 권력이 밀집되는, 강력한 왕권을 쥔 왕을.

"그래."

혜조는 한숨을 뱉어내듯 대답했다. 그는 제가 꾸는 꿈을 이루기 위해 채워야만 하는 부분을 누구보다 잘 알고 있었다. 서파의 수장인 최가와 혼사로 관계를 보다 돈독히 하려는 이유였다. 설란이 이번 혼사를 말없이 수긍하고 받아들이는 이유이기도 했다.

"그러니 괜찮습니다."

무조건 괜찮다 말하는 설란을 가만히 바라보던 혜조는 그만 눈을 감아버렸다. 차마 아무렇지도 않게 바라볼 수가 없었다. 그럼에도 그는, 이번에도 그녀를 우선순위에서 밀어낼 수밖에 없었다.

자신은 아비이기 이전에 왕이었으므로.

그는 왕이기에, 쌍생아의 탄생에 마냥 기뻐할 수 없었고, 공주를 버리라는 탄원을 매섭게 내치지 못했고, 설란에게 평생 안온할 혼처를 찾아줄 수 없었다. 이렇게 마주 앉아 있는 지금도 저 얼굴을 보면 설호가 먼저 떠오른다.

"……그래."

결국 자설호는 세자였고, 결국 자설란은 공주였다.

미안하다는 말도 할 수 없는 일이었다. 속이 묵직했다. 거대한 쇳덩어리가 온몸을 짓누르는 기분이었다.

이 아이가 사내였다면. 그랬더라면 이 아이가 자하국의 왕이
되었을 텐데. 이리 손쓸 필요도 없이 자연스레 다음 대 자하국의
왕은 누구보다 강한 왕이 되었을 터인데. 신하들 앞에서 농처럼
던지는 진심을 소리 없는 절규와 함께 곱씹으며, 왕은 이를 악물
었다. 결국 그것은 이뤄지지 못할 한낱 일장춘몽(一場春夢)에 불
과하다는 사실을 알고 있으므로.

"고맙구나."

그래서 혜조는, 오늘도 그저 입술을 조금 끌어 올려 웃을 뿐이
었다. 소태를 씹은 것처럼 쓰디쓴 웃음을.

✻

그 시각, 이례 없는 돌풍을 일으킨 최지환은 강연을 끝내기가
무섭게 궁을 빠져나왔다. 처음에는 저를 바라보는 시선들이 너무
많아 현기증이 날 것 같았다. 몇 년 만에 이렇게 많은 사람들 틈
바구니에 던져지는 것이더라.

그런 생각을 하며 강연을 시작했다. 고통스러웠으나 어렵지는
않았다. 일평생 해온 것이라고는 몸이 잡아 뜯기는 듯한 고통을
드러내지 않는 것뿐이었으니.

그러나 자설란이 다가왔을 때 직감했다. 제 세상이 한바탕 뒤
집어질 것이라고.

"하아……."

하늘을 향해 젖힌 고개가 무거웠다. 구름 한 점 없이 맑았건
만, 그저 푸른 하늘은 그의 눈에 조금도 들어오지 않았다.

"후……."

숨을 들이마시자 폐 속 가득히 차오르는 공기는 습하면서도 뜨거웠다. 그에게는 익숙한 온도였다. 입천장이 전부 데이지 않을까 걱정스러울 정도로 높은 온도. 구 년간 공기란 그에게 그런 의미였다.

궁문을 뒤에 둔 채, 오가는 사람들의 소리를 들으며 그는 천천히 눈을 감았다. 살갗이 벗겨지는 감각도, 누군가 저를 칼로 난도질하는 고통도 수없이 겪었던 것들이다.

그런데 어째서.

"……허억."

이렇게 낯설까.

입안에서 머물던 공기를 뱉지도, 삼키지도 못한 채 그는 마른 기침을 토해냈다. 쿨럭, 쿨럭, 듣는 것만으로도 고통스러워 보이는 기침 소리와 함께, 손안에서 책등이 엉망으로 어그러졌다. 바닥에 책을 떨어뜨린 그는 책을 쥐고 있던 손으로 이마를 감쌌다. 두 번 망가진 책은 아마 이젠 본래 모습으로 돌아올 수 없을 것이다. 희망을 버린 뒤에야 나타난 기적에, 그의 얼굴에는 선연한 고통이 떠올랐다.

'빌어먹을.'

어떻게든 표정을 바꿔보려는 노력은 속에서 들끓는 화로 인해 엉망진창이 되었다. 곱게 생긴 선비가 어그러진 얼굴로 서 있으니 길 가던 이들이 한 번씩 시선을 던졌다. 깃털처럼 가벼운 관심을 받으며 지환은 이를 갈았다.

자설란을 본 것을 한낮의 꿈이었다 넘길 수 있었다면 이렇게까지 화가 나진 않았을 것이다. 그러나 이 만들어진 우연이 어떤 의미를 갖고 있는지 그가 모를 리 없었다. 물어뜯긴 입술 사이로 피가 비쳤다.

아무런 얘기도 듣지 못한 채 또다시 가문의 희생양이 되었다는 사실이 불유쾌하기 그지없었다. 흙바닥에 엉망으로 뒹구는 책이 된 기분이었다. 온기라고는 한 줌도 찾아볼 수 없는 흉흉한 눈으로 그는 그 책을 뚫어버릴 듯 노려봤다.

"아이구, 도련님. 서책은 왜 내팽개치신대. 내가 화를 다스리라 그리 말을 했는데 말이지. 그러다 저주에 잡아먹혀도 난 몰라."

언제 있었냐는 듯, 사내 하나가 그런 그를 타박하며 흙먼지를 뒤집어쓴 서책을 집어 들었다. 사람들이 어느 순간 아무것도 보이지 않는다는 양 지환에게서 고개를 돌리고 지나가기 시작했다. 물 흐르듯 자연스러운 변화라 세심하게 주위를 살피지 않는다면 무언가 변했다는 것조차 눈치채지 못했을 터다. 그러나 지환은 그 사소함을 놓치지 않고 비소를 흘렸다.

어찌 모르겠는가. 눈앞에서 개구지게 웃고 있는 사내의 힘이라는 걸.

"무명."

지환은 사내의 이름을 입에 담았다. 검은 복식에 새빨간 주립(朱笠)을 쓴 모습이 일견 괴이해 보이는 사내는, 그러나 외양만은 꽤나 멀끔했다.

"꺼져라."

저를 보자마자 욕설을 내뱉는 지환의 손에 서책을 쥐여준 그는 킬킬 웃으며 말했다.

"너무 그리 싫은 티는 내지 말라고. 거, 나도 신벌(神罰)을 받은 사람과 붙어 다니고 싶어서 붙어 다니는 게 아니니까. 그러니 감사해해. 매달 두둑한 금덩이를 뱉어낼 수 있는 도련님 가문에."

"돈에 눈이 먼 이가 신을 운운하다니. 우습군. 그래, 되도 않는 수련을 한답시고 낮이고 밤이고 방에 틀어박혀 있더니 이리 기어 나온 것을 보아하니 아버님이 보낸 모양이로구나. 왜, 내가 도망이라도 칠까 걱정된다 하시더냐? 그게 아니면 가문의 이름을 더 럽힐까 두려워 잘 감시하라 하시더냐?"

그는 오른팔을 들어 팔목을 휘감고 있는 색끈을 잡아당겼다.

피잉—

감정이 없을 것이 분명한 색끈은 그의 손길을 거부하듯 날카롭게 공명했다. 마치 쇳조각으로 바닥을 긁는 듯한 소리에 길 가던 이들의 관심이 쏠릴 법도 했건만 지환에게 시선을 주는 이는 여전히 없었다.

완벽하게 길 위에서 떨어져 나온 것만 같았다. 그것이 기껍다기보다는 불쾌해서, 지환은 입술을 비틀었다. 그는 방금 전까지 당기던 방향과는 정반대 방향으로 색끈을 거칠게 잡아당겼다. 가능하다면 당장에라도 끊어버리겠다는 의지가 선연했다. 그러나 기묘한 방향으로 땋아진 색끈은 그 억센 힘에도 끊어지지 않았다.

키이잉—

파직거리며 손끝이 저릿해지는 감각에 지환이 피식 웃었다.

"그래. 이리 목줄을 걸어놓으신 걸로도 부족하다던가."

어차피 이미 알고 있는 일이었다. 제가 아무리 발버둥 쳐도 이 주박에서는 벗어나지 못한다는 것을. 그는 제게서 고개를 돌린 채 갈 길을 가는 이들을 한 번, 여전히 히죽이며 웃고 있는 사내를 한 번 보고는 색끈을 손에서 놓았다.

"죽지도 못하고 도망도 치지 못하게 만들어놓으시고는, 일평생 저택의 조그만 방에 숨어 죽은 듯 살겠다는 것도 하지 말라시면 대체 내게 무엇을 바라시는지 말이라도 해주는 것이 맞다 생각하지 않나?"

제 핏줄에 대한 노기를 숨기지 않는 지환의 모습에, 사내는 그제야 혀를 찼다. 높으신 분들은 항상 이게 문제였다. 속 얘기를 당최 털어놓질 않으니 서로 등을 돌린 채 오해만 산처럼 쌓이는 것이 아닌가.

그러나 그걸 굳이 내가 나서서 풀어줄 필요도 없지. 사내는 최재원이 들으면 뒷목을 잡을 법한 생각을 하며 어깨를 으쓱였다.

"그보다는 궁 밖에서 이리 난동을 부릴까 걱정이라 하시더군. 대감의 말대로인 걸 보면 저 안에서 무슨 일이 있긴 있었나 보구만? 그래, 무슨 일이 있었나, 도령?"

사내의 물음에도 지환은 화를 내는 대신 한쪽 입꼬리를 비틀었다.

실실 웃으면서 제 입을 열게 하려는 수가 뻔히 보였다. 저보다 얼굴 하나는 작은 녀석이 눈앞에서 얼쩡거리는 걸 보고 있자니 솟구치던 화가 전부 쓸모없이 느껴져, 지환은 얼굴을 쓸어내리며 긴 한숨을 뱉어냈다.

무슨 일이라. 일이야 있었다. 방금 전까지 저를 빤히 들여다보던 눈동자가 다시 떠올라, 지환은 낮은 신음을 흘렸다.

설란의 생각과는 달리 지환은 제가 세자사로 임명된 것에 다른 이유가 있으리라고 짐작하지 못한 채였다. 그녀를 만나기 직전까지는. 바짝 마른 목소리가 흘러나왔다.

"일이라."

"호오, 왜? 무슨 일이 있었기에?"

"……와서는 안 될 이가 찾아왔지."

지환은 눈살을 찌푸렸다. 와서는 안 될 사람. 그녀는 지환에게 있어 그런 존재였다.

그리 어렵지도 않은 추론이다. 공주가, 세자의 강연을 청강하러 왔다. 그 스승은 갑작스럽게 임명된 새로운 세자사에, 최가의 차남에, 혼기가 꽉 찬 자신이다. 나올 수 있는 답은 하나였다.

그 외에 설란이 세자의 강연을 청강할 만한 이유가 있을까? 지환은 단호히 아니라 대답할 수 있었다. 애당초 공주와 세자는 배움의 목적에 있어 차이가 명확하거늘 굳이 쓸 곳도 없는 수업을 무엇하러 시간과 노력을 들이면서까지 듣는단 말인가. 혜조가 그녀를 여왕으로 세울 계획을 갖고 있는 것이 아니라면 그녀의 행보는 파격적이기 그지없었다.

그러므로 여전히, 남는 선택지는 하나뿐이었다. 모든 조건들을 따져 보았을 때 남는 유일한 선택지.

"제길."

부마 간택.

들어오는 혼담들을 모조리 거절하고 나니 이번엔 공주라니. 헛웃음이 나올 수밖에 없는 상황이었다. 지환은 저를 항상 일그러진 얼굴로 보는 아비를 떠올렸다.

'기어이 포기하지 않으실 셈입니까.'

목 끝까지 절규가 차올랐다. 올해로 그의 나이도 스물이었다. 정상적이라면 이미 오래전 가정을 꾸리고 정계에 진출해 사내로서의 삶을 살고 있어야 하는 나이였다. 그러나 구 년 전 그날부터 그의 삶은 그대로 멈췄다. 그리고 그는, 앞으로도 자신의 삶이 평범과는 거리가 먼 것이어야 마땅하다 생각했다. 제 아비의 생각과는 달리.

'기어이 저를 끌어내야 만족을 하시겠습니까.'

제 아비는 그것이 가능하다는 말을 수없이 되뇌었다. 그러나 이 모든 것을 겪고 있는 지환만큼은 확신할 수 있었다.

그것이 불가능하다는 것을.

어린 시절 멋모르고 한 순간의 선택이 그리 만들었다. 생각이 다시 그날로 거슬러 올라가자 시작되는 환통에 그는 헛웃음을 터뜨렸다. 온몸이 욱신거렸다. 팔다리가 지워지고 몸통이 서서히 사라져 결국에는 저의 모습이 지워지는 감각에 지환은 몸을 떨었다.

미치겠군.

팔이 베인 것도, 다리가 떨어져 나간 것도 아니다. 그러나 그날을 되짚을 때면 어디가 사라진 것인지도 모를 환통이 그를 괴롭혔다. 대체 무엇이 사라졌다고 이 이해 못 할 고통은 그를 괴롭힌단 말인가.

'인간성을 상실했음에 느끼는 환통인가.'

그렇다면 참으로 잔인하지 않은가. 답이 존재하지 않는 생각을 하는 지환의 뒤를 따르던 사내가 눈을 가늘게 떴다. 지환의 주위를 빙빙 돌던 그는 역시 이상하다고 중얼거리며 고개를 갸웃했다.

"이상해."

이번에는 고개가 반대쪽으로 기울었다.

"역시 무언가 이상한데."

잠시 홀로 생각할 시간도 주지 않는 그 산만함에, 지환이 한숨과 함께 상념에서 벗어났다.

"무엇이."

"도령 말이야. 기(氣)가 안정되어 있어. 내가 도령을 본 이후로 이런 적이 없는데, 일렁이며 신체를 잡아먹으려 날뛰던 것들이 이리 얌전하단 말이지. 대체 뭐지? 혹 궁 안에서 무녀라도 본 거야?"

아니지 그럴 일은 없지. 그날 이후로 무녀들은 죄다 궁 밖으로 밀려났을 테니까. 그럼 대체 뭐지? 사내의 말에 지환이 잠시 멈칫했다.

"······안정되어 있다고?"

"그래. 느껴지지 않아? 숨 쉬는 게 편하고 머리가 쪼개질 듯한 두통이 사라졌겠지. 해를 볼 때마다 지글지글거리던 살갗도 괜찮지 않아? 이 정도로 신벌을 진정시킬 이가 존재했다니 놀라운데. 궁 안일 리는 없으니 궁 밖이겠지. 대체 어떤 무녀를 만난 거야? 내게도 소개를······."

"본 적 없다."

"뭐?"

"무녀라니. 그럴 리가. 내가 본 것은······."

중얼거리던 지환은 저를 빤히 바라보는 시선에 인상을 쓰며 입을 다물었다.

저 세 치 혀에 휩쓸릴 뻔하다니. 그 정도로 충격적이었나 싶어 그는 잡생각을 떨치려 고개를 저었다. 그런 지환의 모습을 하나부터 열까지 빠짐없이 바라보던 사내의 눈에 이채가 돌았다. 저와 똑같은 눈이었으나 마치 유리구슬을 박아 넣은 것처럼 반짝이는 것이 무척이나 이질적이었다. 그리 눈을 빛내며, 사내는 히죽 웃었다.

"공주로구나."

"무슨 말이냐."

"왕과 세자는 내 본 적이 있거든. 그러니 남는 것은 공주지."

사내는 이미 지환에게는 흥미가 사라졌는지 오른발을 축으로 뱅글 몸을 돌렸다. 지환과 등진 채, 그는 제 턱을 쓸며 중얼거렸다.

"호오……. 신기하네. 이제 그 피가 옅어져 신화 속 얘기가 되었겠거니 했거늘, 아직도 왕실의 피는 유효하다는 것인가."

"피? 무슨 말을 하는 거지."

자신도 모르게 중얼거린다는 게 다 들린 모양이다. 사내는 슬쩍 지환의 시선을 피하며 어깨를 으쓱였다.

"어어, 내가 무어라 말을 했나? 도령, 혹시 잘못 들은 것 아냐?"

능청스러움이 하늘 끝까지 닿을 정도였다. 그러나 지환은 쉬이 넘어가 줄 생각이 없었다. 갈무리되었던 날 선 시선이 단숨에 사내를 옭아맸다.

"말해라. 그 목을 부러뜨리기 전에."

지환의 협박에 사내는 한숨을 폭 내쉬었다.

그가 지환을 봐온 세월이 한두 해가 아니었다. 저자는 한다면 진짜로 한다. 막자면야 못 할 것도 아니었으나 그러다 색끈이 끊

붉게 흐드러진 란꽃송이

어지면 그건 더 골치였다. 결국 사내는 한 수 접고는 슬쩍 눈을 굴리며 대답했다.

"아니 뭐 비밀은 아닌데…… 그 옛 신화들 있잖습니까. 자하국 도 건국 신화가 있고."

위협을 느끼자마자 슬쩍 말을 높이는 사내의 약은 모습은 안 중에도 없는지, 지환은 눈살을 찌푸리며 뒷말을 재촉했다.

"그게 어쨌단 거지."

"허어, 도령. 여기까지 얘기를 해줬는데 모른다니. 도령이 머리 가 그리 좋다며. 생각을 해보잔 말이지. 과연 그 많은 얘기들이 전부 거짓일까?"

"설마하니 지금, 봉황이 하늘에서 내려오고 인간과 사랑에 빠 졌다는 얘기가 진짜라는 소리를 하려는 건 아니겠지."

지환의 질색에도 사내는 대답 없이 웃기만 했다. 그러나 그것만 으로도 대답은 충분했다. 이제는 꽤 멀어진 궁을 곁눈질하는 폼 이 뻔뻔스러웠다.

"옛날 얘기라는 건 사실을 기반으로 하는 법. 조금 다르기야 하지만 뼈대는 같지. 봉황은 지고한 하늘에서 내려왔고, 비천하 다 여겨지던 여인을 품었지. 지금에야 그 피가 옅어져 거의 사라 졌다 싶었는데, 어찌 공주에게 전해진 모양입디다."

봉황이 존재했다는 것도 모자라 그 봉황이라는 신이 인간과 사랑에 빠졌다니. 지환이 눈살을 찌푸렸다. 거기까지는 그래, 그 런 일이 있을 수 있지, 라며 넘어가 줄 수 있었다. 그러나 정작 중 요한 얘기는 피한 채 주변만 빙빙 도는 사내의 행태를 더는 참아 줄 생각은 없었다.

그는 두 번 경고하지 않았다. 지환은 골목길에 접어들기가 무섭게 사내를 돌담에 밀어 붙였다. 사내의 목덜미를 잡아챈 손에 힘이 들어갔다. 그러나 얼굴이 점차 희게 질리기 시작하는 사내를 내려다보는 표정에 자비란 없었다.

그는 어느 정도로 힘을 줘야 숨통이 끊어지는지 명확히 알고 있었다. 어디를 짚어야 제일 고통스러운지, 어디를 힘줘 눌러야 목뼈가 부러지는지, 그보다 더 잘 아는 이는 없으리라. 허공에서 버둥거리는 팔다리가 고통스럽다 비명을 내지르는 것 같았다. 뒤로 뻗어진 팔은 돌을 있는 힘껏 내리치며 저항하고자 했다.

그러나 숨통을 틀어쥔 손에 힘이 빠지지도 않았고, 그의 얼굴에 망설임이 스쳐 가는 일도 없었다. 무생물을 내려다보는 것 같은 무심한 두 눈은 오히려 이렇게까지 해도 죽지 않는 사내에 대해 지겨워하고 있는 듯했다.

"그래서."

"컥…… 크헉!"

"공주가, 신벌을 낫게 하는 힘이라도 있다, 그 말을 하고픈 게냐."

그 공주가.

고작 찰나였건만 흐릿하기는커녕 시간이 흐를수록 점차 또렷해지는 얼굴이 지환의 눈앞에서 아른거렸다. 바람을 타고 제 쪽으로 향하던 시선. 무엇을 생각하는지 모를 새까만 두 눈동자가 눈꺼풀 사이로 모습을 감췄던 순간. 입가에 맴돌던 미소가 점차로 짙어지다 어느 순간 물로 지워낸 듯 사르르 사라지던 것까지.

그리고 그녀를 바라보고 있자면 서서히 실감 나던 것들이 몸을

붉게 흐드러진 란꽃속의

휘감았다. 그녀와 있으면 저는 마치 평범한 사람이 된 것만 같았다.

그럴 리 없음에도 불구하고.

"아니…… 컥! 이것, 이, 손…… 이……!"

제 손을 움켜쥐는 힘에 지환은 현실로 되돌아왔다. 그래. 현실은 이렇다. 해를 바라보고 있자면 살갗이 지글거리며 타는 감각에 절로 이를 악물게 되고, 누군가가 제 장기들을 움켜쥐는 고통에 몸이 비틀리는.

그래, 이 순간이 바로 현실이었다.

지환은 여전히 무심한 표정으로 손에서 힘을 뺐다. 공중에 들렸던 몸이 일순간에 바닥으로 떨어지자, 땅에 닿지 않아 허공에서 발을 동동거리던 사내가 쿨럭이며 마른기침을 연신 뱉어냈다. 그런 그를 질린다는 얼굴로 내려다보며 지환이 서늘하게 일갈했다.

"아무렇지도 않은 주제에 연기가 참으로 실감 나는군."

고작 그 정도로 죽일 수 있는 존재였다면 일이 이 정도까지 오지도 않았을 것이다. 지환의 일침에 사내는 목깃을 정돈하며 헛기침을 마저 뱉어냈다.

"쿨러…… ㅋ…… 크흠! 거참, 도련님은 사람을 민망하게 하는 능력이 있구려."

민망하다는 사람이라고는 믿기지 않을 정도로 금세 멀쩡해진 얼굴로 제 옆에 붙어오는 사내를, 지환은 질린 얼굴로 바라봤다. 그러나 웬만해서는 떨쳐 낼 수 없다는 것을 이미 알기에 괜히 힘을 빼진 않았다. 그가 아니더라도 고민은 산더미같이 많았고, 처리할 일은 끝없이 이어졌기에.

지환은 미련 없이 몸을 돌리며 낮게 경고할 뿐이었다.

"방금 그 얘기, 아버님껜 하지 마라."

사내가 이득이 없다면 귀찮은 일은 하지 않는다는 것을 알기에 할 수 있는 가벼운 경고였다. 이 가벼움이 제게 부메랑처럼 돌아올 줄 몰랐기에 그는 사족을 덧붙이지 않았다. 머지않은 훗날 그것을 후회하게 될 줄도 모르고.

3. 의심

그 짧은 만남 이후로 설란은 세자의 강연을 몇 번 더 들었다. 덕분에 그녀는 제 부군이 될 사내에 대해 적지 않은 것들을 알게 되었다.

"서책을 전부 외는 게 분명해."

"정말요?"

"그래. 그렇지 않고서야……."

내게서 눈을 떼지 않은 채 강연을 할 수 있을 리가 없지.

언제나 같았다. 강연이 시작되기 전 설란은 미리 준비된 자리에 앉았다. 불청객이나 다름없으니 가장 먼저 도착하는 것으로 벌충을 하겠다는 속내였다. 그렇게 앉아 잠시 한가로이 풍경을 보고 있자면 지환이 오는 것이 보였다.

변함없는 사내였다. 언제나 서책 한 권을 든 채 앞만 보고 걸어오다 멈칫한다. 그 걸음에는 대중이 없었다. 보이지 않는 벽에 가로막히기라도 하는 것처럼 찌푸려지는 눈살이 그의 의지가 아니라는 것을 짐작케 할 뿐이었다. 그렇게 엉거주춤 멈춰 선 뒤에는 작게 한숨지었다. 한 자리에 우뚝 선 채로 고개를 들어 하늘을 한 번 봤다가, 생전 처음 숨을 쉬는 것처럼 천천히 숨을 들이마시다 저와 눈이 마주친다.

그 새까만 눈에 당혹감이 물드는 것도 잠시. 언제 그랬냐는 듯 갓끈을 매만지며 바삐 이쪽으로 걸어오다 그보다 더 바삐 인사를 하고 스쳐 지나간다.

오묘한 느낌이었다. 첫 만남 때 느꼈던 선연한 색과는 전혀 다른 감정이 그 자리를 대신하고 있었다. 처음엔 새까맣게 물든 거부를 느꼈다면, 지금은 마치…….

멍하니 생각에 잠긴 설란을 도아가 재촉했다.

"아이, 마마. 그래서요?"

"응? 아, 아무것도 아니야. 그보다, 오라버니께서는 몸이 좀 어떠시냐는 말은 없으시더냐?"

"예. 그저 부탁한다는 말만 하시었어요. 미안하다 전해달라 하시었구요."

"그래. 오라버니께서도 아실 테니. 이젠…… 정말 숨기기 힘들다는 것을."

왕실에서도 외진 곳에 버려진 궁. 설란의 곁에 있는 것은 오직 도아뿐이었다. 그녀는 무척이나 익숙하게 입고 있던 치마와 저고리를 벗어 던지고는 그보다 더 익숙한 복식을 손에 쥐었다. 낯설어야 할 그것은 오히려 제 것보다 더 익숙했다. 그렇기에 누구보다 빨리 눈치챌 수 있었다.

한계를.

한계가 온 지는 꽤 되었다. 남아와 여아로서의 차이가 서서히 또렷해지기 시작할 무렵, 설란은 본능적으로 느꼈었다.

더는 안 되겠구나.

혜조도 점차 커가는 제 모습에 걱정스러운 낯을 보이곤 했건만, 효연왕후만 몰랐다. 설란은 제 어미의 편집증적인 반응을 상기하며 작게 한숨지었다. 이번 일도 효연왕후의 사적인 자리에 참석하기 위함이었다. 최대한 노출을 삼가야 할 시기에 이런 사사로운 부름이라니.

설란의 고뇌를 얕게나마 이해한 도아가 조용히 그녀의 뒤에서 옷 입는 것을 도왔다. 그리 오래 지나지 않아 낡은 궁에서 나온 것은 자설호의 모습을 한 자설란이었다. 뒷길로 먼저 궁에 돌아간 도아를 뒤로한 채 그녀는 종친 부인들이 모인 곳으로 걸음을 재촉했다.

"세자저하."

그리 도착한 전양궁 안쪽으로 발을 들이자마자 뛰쳐나온 서 상궁은 고개를 숙이는 것으로 타박을 대신했다. 설란은 제가 공주임을 알고 있는 서 상궁의 가마를 바라보며 쓰게 웃었다.

"내 늦었군. 어마마마께서는 안에 계시는가."

"예. 저하를 애타게 기다리셨사옵니다."

"이런. 서 상궁이 이리 타박하니 내 어마마마께 드릴 선물이라도 챙겨왔어야 하는 것은 아닌가 싶어."

"송구하옵니다, 저하."

멀리서 본다면 농을 치는 세자와 그런 세자의 농에 어쩔 줄 몰라 하는 상궁의 모습이었다. 궁녀들 몇은 그런 둘의 모습에 남몰래 웃었다. 속내를 모르기에 나오는 웃음이었고, 그 정도로 설란의 연기가 탁월하기에 가능한 일이었다.

서 상궁은 개구지게 웃는 설란의 얼굴을 힐끔 훔쳐보며 속으로 혀를 내둘렀다. 언제였더라, 제 허리춤에도 오지 않는 어린 공주가 병약한 세자 노릇을 대신하기 시작한 것은. 어렸을 적에는 얼굴이 너무 닮아 때로 말투나 행동거지의 다른 점이 느껴지지 않을 정도였다. 그러나 쌍생아라 할지라도 남녀는 유별한 것. 자라면 자랄수록 설호와 설란은 미묘하게 달라졌다.

여아와 남아로 자라나는 둘을 보며 서 상궁은 생각했더랬다. 손바닥으로 하늘을 가리려 했던 이 연극도 곧 막을 내릴 것이라고. 오래가 봐야 열 살 전후겠거니. 그러나 서 상궁의 생각은 보기 좋게 빗나갔다.

"무엇하는가. 어서 어마마마께 말을 올리질 않고."

낮은 목소리, 세자 특유의 말투. 그리고 버릇처럼 말려 올라가는 입꼬리까지. 설란은 완벽하게 설호를 연기했다. 그의 걸음걸이, 숨소리 하나까지 쉼 없이 연습해 종국에는 설호가 기가 막혀 웃었을 정도였다.

설란의 재촉에 서 상궁이 퍼뜩 상념에서 깨어나 재빨리 몸을 돌렸다. 세자의 방문을 알리자 문 안쪽에서 기꺼운 목소리로 어서 세자를 들이라 재촉해 왔다. 기다리고 있던 상궁 둘이 양쪽에서 문을 열었다.

"세자 왔습니까."

자상한 목소리와 부드러운 표정. 몸이 약해 바깥출입을 거의

하지 않는다 알려진 효연왕후는 인자하게 웃어 보였다. 곱게 나이 든 중년 여인의 이목구비가 설란의 것과 똑 닮아 있었다. 설란은 그런 왕후의 양옆에 죽 늘어앉은 종친 부인들을 빠르게 훑었다. 종친 부인들이 모인 자리에 세자를 부르다니.

'오라버니의 혼사 문제인가.'

자신의 혼사에는 관심조차 보인 적 없는 모친이었다. 그런 그녀도 세자의 혼사까지 무심히 넘길 수는 없었던 모양이었다. 설란은 조금 씁쓸해하며 고개를 숙였다.

"어마마마, 부르신다 하여 열 일 제치고 달려왔나이다."

종친 부인 중 한 명이 놀란 기색을 감추지 않으며 이를 칭찬했다.

"어머. 세자저하께옵서 효심이 지극하신 것 같습니다."

쌍생아를 낳은 뒤 사경을 헤맸던 효연왕후에 대한 남매의 지극한 효심은 이미 유명했으나 듣기 좋은 말을 그 누가 싫어할까. 효연왕후는 뿌듯한 표정을 굳이 감추지 않은 채 설란을 자리에 앉혔다.

"세자도 알고 있겠으나 곧 부마 간택이 시작될 것입니다."

알고는 계셨네요.

설란은 차마 입 밖으로 뱉지 못할 말을 속으로 삼켰다.

"주상께서는 이미 최가의 차남을 점지해 두었다 하더군요. 내 몸이 약해 이번 부마 간택에서 물러서 있다고는 하나 내명부의 수장이지 않습니까. 하나뿐인 공주의 혼사에 아무것도 하질 못하고 있으니 내 마음이 아파요."

왕후의 수심 깊은 낯빛에 부인들이 경쟁하듯 말을 쏟아냈다.

"물론입니다, 마마."

"마마께서는 이 자하국의 국모이시지 않습니까."

"아닙니다. 내 몸이 약한 것이 죄이지요."

"어찌 그런 말씀을……!"

"누가 그런 천인공노할 말을 합니까, 마마!"

효연왕후를 대신해 분개하는 부인들의 모습은 참으로 격렬하기 그지없었다. 설란은 이 우스운 희극 속에서, 홀로 표정을 굳혔다. 효연왕후는 한참의 시간이 흐른 뒤에야 설란에게 시선을 돌렸다.

"하여 내 세자와 부인들의 의견을 듣고자 이리 자리를 마련했습니다."

"소자께 무엇을 묻고자 하심인지요."

"세자는 최가에 대해 어찌 생각합니까."

자설란에게 묻는 질문이다.

설란은 발끝에서부터 타고 올라오는 섬뜩함에 몸을 굳혔다. 효연왕후는 세자의 입을 빌려 답을 듣길 원하는 것이다. 제게 최가라는, 강한 힘을 쥐어줘도 괜찮겠느냐는 물음을. 대답을 하려던 설란은 이상함을 느끼고 입을 다물었다.

그래, 무언가 이상했다. 단순히 그것을 묻고자 했다기에는 판이 지나치다 싶을 정도로 컸다. 상석부터 문 근처까지 줄지어 있는 종친 부인들은 그리 적은 숫자가 아니었다. 그녀들을 모두 불러 모은 것으로도 모자라 자설란이 아닌, 자설호의 입을 빌려 얻고자 한 것이 무엇이란 말인가. 잠시 고민하던 설란은 오래 지나지 않아 답을 찾아냈다.

그녀가 부른 것이 아니라, 종친 부인들이 몰려온 것임을.

이 급작스러운 부마 간택에 이의를 제기하기 위해서. 그리고 효연왕후는 그 자리를 이용하고 있었다. 두 가지의 물음이 동시에 던져진 셈이다. 최가와의 혼사가 진짜인지 알고 싶어 하는 종친 부인들의 물음과, 그 자리에 앉아도 얌전히, 더 나아가 세자의 도움이 될 것이냐는 왕후의 물음.

"어마마마."

사선으로 비껴 있던 설란의 시선이 앞을 곧게 향했다.

"최가는 건국 때부터 왕가에 충성을 맹세했으며 지금껏 충의를 지켜온 가문입니다. 하나뿐인 누이의 부마로서, 소자는 최가가 그 자격을 충분히 갖추었다 생각합니다."

"세자."

효연왕후의 목소리가 낮았다. 짧지 않은 세월 왕후를 무시하다 크게 데인 경험이 있는 몇몇 부인들의 목이 움츠러들었다. 체구가 작은 왕후의 두 눈은, 그러나 그 무엇보다 강하게 빛나고 있었다.

"내 그것을 묻는 것이 아님을 알 텐데요."

설란의 눈가에 그늘이 드리웠다. 집안도, 세력도 없던 왕후가 힘을 얻기 시작한 것은 자설호가 장성한 후부터였다. 그러니 그녀의 힘은 세자로부터 나온다 해도 과언이 아니었다. 이번 일도 마찬가지다. 효연왕후는 세자를 앞세워 종종거리는 부인들의 입을 다물게 하려는 것일 터다.

"물론, 어마마마, 최지환이 제 누이의 부마가 된다면 차후 큰 도움이 될 것이라 생각합니다."

"정녕 그리 생각한단 말입니까."

"예."

"그래요⋯⋯. 세자가 그리 생각한단 말이지요."

효연왕후의 시선이 종친 부인들에게 향했다. 그러자 그네들은 벌떼처럼 웅 소리를 내며 그럴 것이라 입을 맞추기 시작했다. 그 소리들이 어찌나 시끄러운지 귀가 따가울 지경이었다. 눈살을 찌푸릴 법도 했건만, 효연왕후는 그것들을 모두 들었다. 한참의 시간이 흘러 종친 부인들이 조용해진 뒤에야 효연왕후는 부드럽게 웃으며 말했다.

"일이 이렇게 되었으니, 부인들이 이리 나를 찾아와 했던 말들은 없던 것으로 하는 게 좋겠군요. 종친들께서도 이번 일에 대해서는 더는 불만이 없다 생각하겠습니다. 아니 그런가요."

"무, 물론입니다, 마마."

"여부가 있겠습니까."

"오래 앉아 있었더니 내 피곤하군요. 조금 쉬어야겠습니다."

직설적으로 뱉어지는 축객령에 부인들은 화를 내는 대신 허둥지둥 자리에서 일어났다. 설란 역시 마찬가지였다. 그렇게 우르르 밖으로 나오자 등 뒤에서 탁 소리를 내며 문이 닫히는 것이 느껴졌다.

부인들의 시선에 뒤통수가 따가웠다. 한때나마 효연왕후를 깔보았던 부인들은 효심 깊은 세자를 심히 경계했다. 쌍생아로 태어나 세자 자리에서 밀려날 것이라 생각했던 수많은 이들의 추측과는 달리 자설호는 당당히 세자 자리에 올랐다. 심지어 혜조는 후궁을 들이지 않았으며 효연왕후에게서 더 자식을 보지도 않았다.

그러니 별다른 문제가 없는 한 자설호는 다음 왕이 될 것이며 효연왕후는 대비가 될 터였다. 그녀들이 바삐 머리를 굴리는 소리가 여기까지 들리는 듯했다.

부인들에게 먼저 가겠노라 인사를 한 설란은 머뭇거림 없이 등을 돌렸다. 어쩔 수 없는 일이라 인내하고 견디던 것도 이제는 한계였다. 그녀는 생각했다.

이곳에서 벗어날 유일한 길이 부마 간택이라면, 그 기회를 놓치지 않겠다고.

궁으로 돌아가는 걸음이 무거웠다. 자설란으로 만날 때와 자설호로서 만날 때의 모친은 너무도 달랐다. 그리 닮았음에도 그러했다. 그러니 더욱 속이 쓰린 건지도 모른다. 차라리 오라버니와 다르게 생겼더라면. 골백번은 더 생각한 생각이 다시금 머릿속을 파고든다. 그랬더라면 세자저하라 저를 부르는 목소리를 듣지 않아도 되었을 텐데. 그런 자괴감이.

한 식경 내내 검을 휘둘러도 쉽게 지치지 않던 설란은 고작 말 몇 마디에 녹초가 되었다. 당장 백란궁으로 돌아가 쉬고 싶었다. 모든 것을 알고 있는 도아에게 지친 낯을 보여주면 그녀는 당장에 쉬시라며 두터운 요를 깔아줄 게 분명했다. 아. 푹신한 이불에 몸을 파묻은 채 한숨 길게 자고 싶다. 자고 일어나면 이 시간은 또 하나의 악몽이 되어 사라질 테지.

"……마마?"

설란의 팔을, 단단한 손이 붙잡은 것은 바로 그때였다.

넋을 놓은 채 걷던 설란이 화들짝 놀라며 고개를 돌렸다. 고개를 돌리자 가장 먼저 눈에 들어온 것은 옥색 도포였다. 그것만으로도 그가 세자사로서 입궐한 것이 아님을 알 수 있었다. 고개를 조금 들자 그사이에 벌써 익숙해진 낯이 보였다. 최지환. 그는 설란만큼이나 놀란 얼굴이었다.

"마마께서…… 어찌……?"

새카만 두 눈이 살짝 커져 있다. 항시 딱딱한 낯빛이던 그도 놀라기는 하는 모양이었다. 설란은 그의 눈에 비친 모습이 자설호의 것이라는 사실에 눈앞이 핑핑 도는 기분이었다.

'눈치챘다고? 어째서? 어떻게?'

아무도 알아보지 못한 세월이 길었다.

쌍생아로 태어났다 한들 남녀가 유별할 텐데 이리 닮았다는 것에 할마마마인 정명대비가 놀라움을 감추지 않을 정도였다. 조금 더 어렸을 적엔 저를 낳아준 효연왕후마저 둘을 구분하지 못했었다.

그래서 조금 안이해져 있었나 보다. 아무도 못 알아차릴 것이라, 그렇게 자신했었던 모양이다. 제 입으로 더는 한계라 끝없이 말하고 있었음에도 불구하고.

"이런. 스승께서 사람을 잘못 보신 듯합니다."

희게 질린 머리와는 달리 착실하게 움직이는 입은 아무렇지도 않게 거짓을 뱉어냈다. 진절머리가 날 정도로 오랜 세월 쓰고 있던 가면이다. 금이 갈지언정 그리 쉽게 깨지지는 않았다.

설란의 말에 그제야 지환은 제 잘못을 눈치챘다. 너무 놀라 벌어진 실수였다. 그도 그럴 것이, 지환은 설란을 단지 얼굴로 구분하지 않았다. 외양이나 목소리, 하는 행동, 그리고 개개인에게서 느껴지는 느낌을 제외하고 그가 갖고 있는 구별법은 하나 더 있었다.

그는 자신이 이런 실수를 한 게 믿기지 않는다는 표정으로 손을 뗐다. 설란의 눈가가 찌푸려졌다. 아릴 정도로 강하게 움켜쥐었던 힘이 사라지자 피가 통하느라 얼얼할 정도였다. 무식하게도 잡았다 싶었다. 설란은 얼얼한 팔을 문지르기 위해 반사적으로 들어 올렸던 손을 허공에서 멈추는 데 성공했다. 제 팔을 문지르는 것은 오답이다. 여기에서 자설호가 해야 하는 행동은 달랐다.

그녀의 손이 그대로 앞으로 뻗어갔다. 그대로 지환의 팔을 잡는 아귀힘이 거셌다. 방금 전 당한 것을 복수라도 하겠다는 양 지환의 팔을 꽉 움켜쥔 채 묻는 목소리가 한껏 낮았다.

"자세히 보십시오. 제가 누구입니까."

그리 말하는 이의 눈에는 절박함마저 녹아 있었다. 이것은 온전히 제 실수다. 지환은 그리 생각하며 속으로 침음을 삼켰다. 하필이면 왜 그 순간 제게 내리쬐는 빛이 그리도 아팠는지 모르겠다. 살갗이 자글거리며 타는 감각을 입속을 씹으며 참았다. 그래서 입안은 비릿한 피맛으로 가득했다.

그 감각이 너무도 생생해서 잠시 정신을 놓은 모양이다. 지환은 빠르게 눈을 깜빡였다. 궁인들이 어쩜 저리 길 수 있느냐며 탄성을 질렀던 속눈썹이 위에서 아래로, 아래에서 위로 움직였다.

"……송구합니다. 소신이, 착각을 한 모양입니다."

그리고 그 말에 설란은 확신할 수 있었다.

"이런. 송구라니요. 스승께서 그리 말하시니 제자 된 도리로서 낯부끄럽습니다."

제가 들켰다는 사실을.

❊

"예에?!"

도아는 뒷목을 잡았다. 아니, 공주의 앞이었으니 진짜 잡지는 못하고 절실하게 잡고 싶다 생각했다. 그녀는 울망거리는 눈으로 비장한 표정의 설란을 바라봤다. 불면 날아갈까 쥐면 스러질까 애지중지 키운 것은 아니었으나 그래도 나름 온 힘을 다해 모셨다는 생각은 있었다.

그러할진대.

"마마, 꼭, 꼭, 그……."

"뒷조사를 해야겠냐고?"

"마마아!"

어찌 그리 망측한 말을 아무렇지도 않게 입에 올리시냐며 도아가 발을 동동 굴렀다. 왕녀사부가 여기에 있었다면 혼절을 하고 말았을 거라는 도아의 야단스러움에도 설란은 어깨를 으쓱일 뿐이었다. 왕녀사부가 혼절할 만한 일은 이미 수없이 저질렀으니 하나 더한다 하여 크게 문제될 것도 없었다.

멀리 갈 것도 없이 말을 탈 줄 안다는 것만 하더라도 공주의 소양은 아니었으니 말이다. 참으로 우스운 일이라 생각하며 웃는 설란을 심란한 마음으로 바라보던 도아가 미약하게나마 말리기를 시도했다.

"어차피 부마가 정해지면 가례를 올려야 하잖아요."

"그건 그렇지."

"그러니……."

"하지만."

설란은 손을 뻗어 다과를 집어 들었다. 꽃문양이 찍힌 약과를 입에 문 설란은 우물거리며 말을 이었다. 등받이에 몸을 기댄 것이나, 남은 손으로 약과 하나를 더 집는 모양이 편안하기 그지없었으나 가라앉은 시선만큼은 그녀가 얼마 전의 일을 잊지 않았다 말하고 있었다.

"최소한 내 남편 될 이가 어떤 사내인지는 알아야 하지 않겠니."

그자가 이 비밀을 누설할 것인지, 아닌지도.

"부마도위라, 고르고 고른 사내를 경쟁시켜 개중 가장 뛰어난 이를 선정하는 것이 엄중한 법도이나……."

설란의 중얼거림처럼, 공주의 부마는 대략 두세 명의 후보를 선정한 뒤 최종적으로 결정되었다. 나머지 후보들을 전부 만나면 시작할 생각이었던 뒷조사를 예정보다 빨리 마음먹은 또 다른 이유는 단순했다. 설란은 찻잔을 매만지며 중얼거렸다.

"아무래도, 최가의 지환이 내 남편이 될 성싶으니 말이야."

"예에?"

도아는 그거야 아직 모르는 일이지 않느냐 물었다. 반쯤 남은 약과를 한입에 몰아넣은 설란은 알맞게 식은 차를 반쯤 들이키고는 답했다.

"글쎄. 확실한 건 아니지만, 아마 팔 할은 그럴 거야."

그렇지 않고서야 모후가 이렇게까지 할 일도, 종친 부인들이 열을 올릴 이유도 없었으니 말이다.

"그러니 하나부터 열까지, 빠짐없이 알아오렴. 얼마가 들어도 상관치 않을 테니 얘기가 새지 않을 이를 골라 조용히 처리해야 해."

그 누구에게도 들켜서는 안 될 일이었다. 왕가의 비밀을 들켰다는 것은 더더욱. 설란의 목소리가 낮았다.

"예, 마마."

도아가 진중한 낯으로 대답하자, 설란은 씩 웃으며 자리를 박차고 일어났다.

"그럼 이제 한번 떠보러 가볼까."

"예, 마…… 예?!"

"왜 그리 놀라."

"떠보러 가신다니요. 무슨 말씀이시어요!"

"무슨 말이긴. 곧 세자사께서 일전에 부탁했던 서책을 갖고 올 시간이잖니. 가서 떠보겠다는 말이지."

"그러니 무엇을요!"

"전체적으로?"

도아는 자신도 모르게 터져 나오려는 한숨을 억지로 삼켰다. 그녀가 어린 시절부터 배워온 것들과 설란은 정반대에 위치해 있다 해도 과언이 아니었다. 여인의 몸으로 말을 타는 것은 예사였다. 그럴 만한 이유가 있긴 했지만 어차피 그것은 누구에게도 말하지 못할 비밀이었다. 무덤까지 안고 가야 하는 비밀을 발설할 수는 없으니 설란은 필연적으로 일평생 연기를 하며 살아야 할 운명이었다.

도아는 설란을 만류했다. 아니, 말리려 노력했다.

"그새 시간이 다 되었구나. 자자. 나는 최가의 차남을 보러 갈 터이니 도아, 너도 어서 움직이렴."

"마……."

쿵!

애타게 설란을 부르짖던 도아는 채 한 단어가 끝나기도 전에 무심히 닫혀 버린 장지문을 바라보다 울상 지었다. 최지환에 대해서는 잘 알지 못했으나 자설란에 대해서는 알 만큼 아는 그녀였다. 세상은 설란을 연약하고 병약한 공주로 알고 있었으나 실상은 조금, 아니 조금 많이 달랐다. 혹여나 최지환이 기방을 제집 드나들 듯 드나드는 작자라면 어떻게 될 것인가.

"마마아…… 제발 멱살만은 잡지 마시어요……."

그럴 일은 없어야겠지만 설란이라면 가능할지도 모른다는 생각에 도아는 양손을 꼭 쥔 채 천지신명께 빌었다.

비나이다 비나이다. 천지신명께 비나이다. 부디 이 혼사, 아무 일 없이 성사되기를 비나이다.

도아의 기도를 알 리 없는 설란은 제 뒤를 따르는 궁녀들을 줄줄이 매단 채 궁을 가로질렀다. 그래봤자 바로 옆방으로 이동하는 정도였지만 상기된 주변 공기가 느껴졌다. 다른 누구도 아닌 자설란의 혼사인 것이다. 오가는 이들의 낯빛은 전부 밝았고 입가에서는 웃음이 떠나질 않았다.

이렇게 될 것이라고는 아무도 생각지 않았으나, 자설란은 궁인들의 사랑을 듬뿍 받는 공주였다. 처음에는 조금 달랐다. 물론 다들 그녀를 주시하긴 했다. 후궁을 들이지 않은 혜조 덕에 왕실 식구가 그리 많지 않아, 단둘뿐인 남매는 태어날 때부터 모든 이들의 주목을 받았다. 불길하다는 쌍생아로 태어난 남매로.

연약해 금방이라도 숨이 넘어갈 것 같은 공주와 후사가 없는 상황에서 태어난 유일무이한 왕자라, 모든 궁인들이 긴장했더랬다. 하나같이 말은 하지 않았으나 그들이 하는 생각은 같았다.

공주가 죽겠구나.

진짜로 죽거나 혹은 죽은 척 위장되어 밖으로 빼돌려지겠구나.

그러나 수많은 이들의 생각과 달리 설란은 공주로서 자라났다. 왕실 최고 어른인 정명대비의 강력한 주장 때문이었다. 불운이 걱정된다면야 신에게 빌면 된다며 제까지 지낸 정명대비를 거스를 이는 없었다.

"세자사께서는?"

"일각쯤 전부터 마마를 기다리고 있사옵니다."

설란은 고개를 끄덕이고는 열리는 문 안으로 들어섰다. 방석 위에 앉아 멍하니 앞을 바라보고 있는 사내의 뒤통수가 그녀를 반겼다. 자신이 들어오는지도 모르는 게 분명했다. 평소라면 무례한 이라 생각했을 터다.

그런데 저 뒷모습이 왠지 텅 빈 것처럼 보인다는 생각이 드는 건 대체 왜란 말인가. 그 누가 와도 저와 같은 생각을 했을 것이라는 사실을 알지 못한 채, 설란은 작게 헛기침했다.

"으흠!"

고요한 분위기를 깨는 소리에 지환이 고개를 돌렸다.

둥근 창 사이로 새어 들어오는 햇빛, 그 너머에서 아득히 멀게 들려오는 궁인들의 말소리, 그리고 개중 무엇에도 관심을 두지 않는 듯한 새까만 두 눈에 설란의 모습이 말갛게 비쳤다. 설란은 처음 봤다. 물에 먹물이 퍼지듯, 아무것도 없던 말간 얼굴에 표정이 퍼져 나가는 모습을.

그래서일 것이다.

"아, 음, 어…… 제가 늦었군요."

말을 더듬은 것은.

"아닙니다. 마마께서는 약조된 시간에 맞춰 오셨습니다."

그러니 제가 빨리 온 것일 뿐이라 말하는 지환의 목소리는 평
소 수업을 진행할 때보다 한 톤 낮았다. 설란의 시선은 습관처럼
그의 표정을 매만졌다. 처음 눈이 마주쳤던 때 약간 커졌던 두
눈은 이제 차분히 가라앉아 있었다. 호선을 그리지 않는 입술과
제가 자리에 앉자 약간 뒤로 물러서는 행동거지들이, 굳이 묻지
않아도 그가 이 자리를 불편해한다 말하고 있었다.

그러나 확인할 것이 있었다.

"안 그래도 오라버니께서 말해주시더군요. 백란궁 길목에서 세
자사를 만나셨다 하시더군요."

"예. 서책을 미리 전해 드릴까 싶어 들렀습니다만, 일이 생겨
급히 돌아가느라 미처 전하지 못하였습니다."

답하는 지환의 표정에 동요는 없었다. 찰나의 머뭇거림도 없어,
오히려 설란이 놀랄 정도였다. 없던 일로 하겠다는 뜻인가. 설란
은 부드럽게 웃으며 말을 넘겼다.

"이런, 그러시군요. 사사로운 부탁으로 세자사를 번거롭게 한
건 아닌지……."

"마마와의 약조입니다. 어찌 번거롭겠습니까."

부탁이라 하기에는 상황에 맞지 않는 표현이었다. 어찌 되었든
지환이 제 입으로 한 말이었으니 약속이라 하는 것이 더 맞을지도
모른다. 그날 했던 약속은 갑작스럽게 만들어졌다. 강연에서 우연
히 나온 단무의 시(詩). 그가 쓴 서책의 원본을 갖고 있다는 말에

잠시 빌릴 수 있나 청했던 것이 오늘 만남으로 이어졌다.

"단무의 서책은 모두 봤지만, 원본을 보게 될 줄은 몰랐네요."

그것도 이렇게 예상치 못한 곳에서. 그녀의 말에 지환은 미리 꺼내놓은 시조집을 설란 쪽으로 밀어주었다. 백 년도 더 전에 세상을 뜬 이가 마지막으로 남긴 시조집의 원본이다. 설란은 감격에 겨워 서책을 집었다.

혹여나 종이가 상할까 조심스럽게 한 장 한 장 넘겨보는 설란을, 지환이 조심스럽게 바라봤다. 마치 시선만으로도 그녀가 다칠 수 있다 생각하는 것처럼.

"하나만 물어도 되겠습니까."

서책의 상태에 감탄하고 있을 무렵, 설란은 건너편에서 들린 목소리에 고개를 들었다.

"대답할 수 있는 물음이라면 대답해 드리죠."

이리 귀한 선물을 받았으니 그 정도는 얼마든지 해줄 수 있었다. 설란은 기꺼운 마음으로 웃었다.

"건국 신화에 대해 어찌 생각하십니까."

그러나 그가 던진 물음은 너무도 예상외의 것이었다.

건국 신화? 밑도 끝도 없는 질문에 설란의 고개가 옆으로 기울었다.

"무엇이라 했죠?"

"건국 신화라 했습니다."

지금보다도 더 어렸을 무렵, 그러니까 왕녀사부도 정해지지 않았던 시절, 설란은 정명대비의 무릎 위에 앉아 들었던 이야기를 어렵사리 기억해 냈다.

붉게 흐드러진 란꽃송이

"글쎄요. 봉황과 관련된 얘기를 하는 것이라면, 내 대답 역시 알 것이라 생각하는데, 아닌가요?"

"그렇다면 질문을 바꾸겠습니다. 누군가 그것이 전부 사실이라 말한다면 마마께서는 믿겠습니까."

"……그러니까. 내가 봉황의 후손이라는 그 건국 신화를 말하는 거, 맞죠?"

"예."

"음…… 어려운 얘기를 하네요, 세자사께서는."

믿는다 하기엔 터무니없는 얘기였다. 어찌 사람의 선조가 봉황이겠는가. 그러나 믿지 않는다 하는 것도 께름칙한 일이다. 봉황이니 뭐니 한다지만 어찌 되었든 왕가에서 공인한 문서였다. 그것을 다른 누구도 아닌 왕가의 일원인 자신이 부정한다는 건 그리 좋은 모양새는 아닐 것이다. 설란이 대답을 회피하자, 지환이 대신 대답했다.

"마마께서 봉황의 후손이고, 특별한 능력을 갖고 있다면 어떠실 것 같습니까."

"글쎄요. 생각해 본 적은 없으나 능력이라…… 있으면 좋겠죠."

"그것이 마마를 위험하게 만든다 해도 말입니까."

"세자사의 의중을 짐작하기 힘들군요. 능력이라 하더니 그것이 또 위험이라 하니, 정확히 어떤 위험을 말하고자 함인가요?"

허무맹랑한 말이었다. 지환은 설란이 저를 놀린다 화를 내며 자리를 박차고 일어나도 어쩔 수 없는 일이라 생각하고 있었다. 그러나 그녀는 화를 내는 대신 되물었다. 어떻게든 이 대화를 이해하고자 하는 표정을 한 채, 물었다.

무엇이 위험하냐고.

지환은 제 속에서 따리를 틀고 있는 놈이 잠잠한 것을 느끼며 설란을 응시했다. 한쪽으로 땋아 내린 머리칼 끝에는 붉은 댕기가 매달려 있었고, 다홍색 치마는 이상하리만치 따뜻해 보였다. 궁녀들이 남몰래 흠모한다는 소문이 자자한 공주님이 고개를 들었다. 누구건 사랑할 수밖에 없는 그녀는 그렇게 제 앞에 앉아 웃고 있었다.

그런 사람이 있다. 한눈에 봐도 사랑받고 자란 티가 역력한 사람들이. 아낌없는 사랑을 받고 자란 이들은 어느 한 군데 모난 곳 없이 해맑아서, 자연스럽게 시선을 끌어당기기 마련이다.

마치 그녀를 좇아 제 시선이 움직이는 것처럼.

그러나 동시에 속에서부터 거부감이 들끓는 이유를 그는 잘 알았다. 저를 야금야금 갉아먹는 괴물이 거부하는 것이다. 그녀와 가까워지면 원한이 옅어진다는 것을 알기라도 하는 듯이.

"……제가."

손을 뻗으면 바로 그곳에 구원이 있었다.

몇 번이고 확인했고, 수없이 되새겼다. 그러나 결론은 같았다. 자설란은 제게 그 자체로 구원이었다. 그녀가 가까이 다가오면 기다렸다는 듯 머릿속이 고요해졌다. 눈을 뜨고 있건 감고 있건 저를 괴롭혀, 이제는 없는 것이 더 어색한 두통이 거짓말처럼 가라앉는 기분은 느껴보지 않으면 모르리라. 독기를 들이마시는 듯 고통스럽던 호흡이 편안해지고 동시에 생각한다.

아, 이게 살아 있는 기분이란 것이었지, 하고.

그렇기에 그녀는 제게 있어 구원, 그 자체였다. 손을 뻗고 싶었

붉게 흐드러진 란꽃송이

다. 잡고 싶었다. 무언가를 삼킬 때면 칼날이 베는 것 같은 기분을 더는 느끼고 싶지 않았다. 고통에 오래 노출되어 이제는 그것이 일상이 되어버린 상황에서 벗어나고 싶었다.

그러나 손을 뻗어도 좋을지, 그는 알지 못했다. 제겐 구원인 그녀였건만, 그녀에겐 제가 재앙일 것임이 분명했기에.

그리 편안했던 호흡이, 순간적으로 턱 막혀서, 내뱉는 말마다 뚝뚝 끊겼다.

"마마의 곁에 있기에는, 제가, 위험합니다."

"세자사께서 위험하다는 말인가요, 지금? 내게?"

설란의 눈이 동그래졌다. 당혹감에 목소리가 튀었다.

"예."

탁. 설란은 반쯤 펼쳐 놓았던 서책을 덮었다. 가벼이 들을 얘기가 아닌 모양이다. 그녀는 자세를 바로 한 채 미리 준비되어 있던 찻잔을 옆으로 밀었다. 드륵 소리를 내며 찻잔이 밀리는 소리가 고요함을 잠잠케 할 뿐이었다.

농일까, 진담일까. 설란은 잠시 그의 의중을 짐작하려 노력했다.

'당최 무슨 생각을 하는지 알 수가 있어야지. 그때 일을 모르는 척하는 것도 그렇고……'

세자의 복식을 하고 지환과 마주쳤던 날을 회상하던 설란이 눈살을 찌푸리며 그 생각을 떨쳐 냈다. 이렇게 서로 모른 척 입을 다물고 지나갈 수 있다면 그게 차라리 좋았다.

'대체 이자는 정체가 무엇일까.'

가장 좋은 패를 쥐고서 아무것도 없다는 양 제게 휘둘린다.

궁내에서 위치가 불안정하던 시기에 주변의 눈치를 보며 자라난 그녀였다. 만약 자신을 품어주었던 정명대비가 없었다면 그녀의 유년기는 더욱 엉망진창이 되었으리라.

그런 유년 시절 덕에 누군가의 의중을 짐작하는 것만큼은 진저리가 날 정도로 자신 있다 생각해 왔는데 아닌 모양이다.

"세자사."

"예, 마마."

"이미 알고 있을 테니 속 시원히 얘기해 보죠. 이런 식으로 둘러말할 주제도 아니잖아요? 그래서, 정인이 있다는 뜻인가요?"

이번에는 지환의 고개가 옆으로 기울었다.

"그거 아니에요? 그나마 다행이네. 그럼, 혹시 지금껏 등청을 미룬 이유가 오라버니의 치세 때 등청하기 위함입니까?"

"그것이 아니라……."

"뭐야, 그것도 아니에요? 그럼……."

아. 이 말을 하는 건 역시 자존심이 상한다. 설란은 마음의 준비를 하기 위해 깊게 숨을 들이마셨다.

"내가 마음에 안 드나요?"

"아닙니다!"

"아니에요?"

"예. 마마, 어찌 그런 말을……."

"아니면 됐어요."

설란의 입술이 씩 말려 올라갔다. 그녀는 당혹감을 감추지 못하는 지환과 시선을 마주하며 말을 이었다.

"세자사는 그렇게 위험해 보이지도 않고, 정인이 있는 것도 아니고, 등청해 나랏일을 하겠다는 뜻도 크게 없는 것 같네요. 그러니 됐어요."

"잘못 생각하고 계신 겁니다."

"그렇다면 얘기해 보세요."

지환의 낯빛이 어두워졌다. 그는 입을 다문 채 침묵으로 답했다. 그런 그를 바라보며 설란은 어깨를 으쓱였다.

"세자사께서 아무리 위험하다 한들, 글쎄요. 간과하고 있는 것이 있는 듯하군요."

설란은 방에 들어와 처음으로 찻잔을 향해 손을 뻗었다. 마시기 좋게 식어 잔잔한 온기가 손끝을 데웠다. 내색하지는 않았으나 갑작스럽게 자신이 위험하다는 지환의 말을 들었을 때 꽤나 놀랐다. 왜 그렇게까지 해서 이 혼사를 물리려 하는 것일까. 그런 생각을 하자 다시금 첫 만남이 떠올랐다. 저를 처음 봤을 때 저 큰 손 안에서 구겨지던 책등과, 경악한 표정이.

"내가 이 자하국의 공주, 자설란이라는 것을."

제가 마음에 들지 않는 것이라면, 글쎄. 안타까운 일이지만 어쩌겠는가. 서로 맞춰 나가야지. 세상사 자신이 하고 싶은 일만 하고 사는 사람이 몇이나 있겠는가. 서로 죽도록 싫어해도 이 혼사는 성사되어야만 했다.

설란은 쐐기를 박았다.

"게다가 자신이 위험하다 경고하는 것을 보면, 세자사께서는 그리 위험할 것 같지 않군요."

그러니까 도망갈 생각은 꿈에서도 하지 말라는 말을 꿀꺽 삼키며 설란이 웃었다. 참으로 해사한 웃음이었다.

＊

이번 부마 간택의 절차에 불만을 가진 이가 한둘이 아니었다. 몇은 이번 부마 간택을 혜조가 진두지휘한다는 사실이 불만이었고, 몇은 이미 최지환이 내정되어 있다는 사실이 불만이었다. 그렇게 대신들의 불만이 겹겹이 쌓이고 있을 때, 소문은 빠르게 퍼져 나갔다.

혜조가 아끼고 또 아껴 열여덟이 되도록 품 안에 끼고 있던 설란 공주의 부마가 정해졌다는 소문에 저잣거리가 들썩였다. 사내들은 부마로 내정된 최지환에 대한 얘기를, 여인들은 설란에 대한 얘기를 쉼 없이 떠들어댔다. 그러나 설란도, 지환도 알려진 게 많은 이들이 아닌지라 대체로 얘깃거리는 비슷비슷했다.

왕실 모두의 사랑을 받는 공주와, 최가 차남의 결합. 누구는 이보다 더 완벽한 결합은 없을 것이라며 꿈결 같은 목소리로 말했고, 누구는 혜조가 딸 사랑이 지나쳐 인재를 버렸다며 혀를 찼다. 부마가 된다면 벼슬길에 한계가 명확하기에 나온 한탄이었다.

그리고 소문의 중심에 서 있는 설란은, 가례가 반쯤 확정된 상황에서 기뻐하는 대신 비장한 표정을 한 채 양 허리에 손을 얹고 있었다.

"하나도 빠짐없이 알아내야 할 것이야."

설란의 지시에 궁녀 몇이 깊이 허리를 숙였다.

"예, 마마."

"사소한 소문이라 할지라도 쉬이 넘기지 말거라. 아이들의 입에서 나온 얘기가 오히려 진실에 가까울 수 있다는 사실을 잊지 말고! 내 중한 것을 알아온 이에겐 상을 내리겠느니라. 알겠느냐?"

"예!"

"그래, 가보거라."

궁녀들이 일사불란하게 빠져나가자 그제야 설란의 어깨에서 힘이 빠져나갔다. 푸쉬쉬 무너지며 침상에 반쯤 기댄 그녀의 곁으로 도아가 다급히 다가와 찬물을 건넸다.

"마마, 괜찮으시어요?"

"괜찮아. 긴장이 풀려서 그래."

단순히 긴장이 풀렸다고 하기엔 창백하리만치 핏기가 가신 설란의 얼굴에 도아는 울상 지었다. 그러나 그만하라 말릴 수도 없는 종류의 일이었다. 설란이 제게 비밀리에 최지환에 대해 알아보라 이른 것이 벌써 보름 전이었다. 그 보름 동안 설란은 세자의 강연을 네 번은 더 들었고, 지환과 개인적으로 두 번 만났으나, 여전히 그에 대해 아는 것이 없었다.

그것이 문제였다. 그에 대해 아는 것이 없다는 것.

양친에게 들킬 것을 감수하고 수면 위로 움직이기 시작한 이유였다.

'이상해. 분명 무언가 있는데.'

그것이 무엇인지 감조차 잡히질 않았다.

자신이 위험하다는 말을 한 뒤로 지환은 극도로 말을 아꼈다. 강연을 청강할 때나, 따로 만날 때나 그저 조용히 자신을 바라만 볼 뿐이었다. 마치 관찰하고 있는 것만 같았다. 혹은 혼돈스러운 생각을 정리하느라 애를 쓰는 것처럼 보이기도 했다.

"그래, 아무것도 없다고?"

"예. 모든 수단을 동원해 보았으나 이상할 정도로 정보가 없었습니다. 부인들께도 슬쩍 여쭤보았으나⋯⋯."

도아는 말끝을 흐리며 고개를 저었다.

알고 보니 그 청렴해 보이는 낯으로 뒷돈은 있는 대로 받는다거나, 그 순해 보이는 낯으로 기생 없이는 잠을 못 잔다는 얘기를 듣는 것보다 아무것도 알아내지 못했다는 말에 눈앞이 캄캄해졌다. 어느 가문에 수저가 몇 개인지까지 꿰뚫고 있는 '부인'들마저 아무것도 모른다니. 그게 말이 된단 말인가.

왕인 혜조가 모르는 것도 부인들은 알고 있었다. 어느 집안 영식이 망나니인지, 어느 집안 여식이 부모 몰래 사내와 사랑에 빠졌는지 하는 정보는 주로 부인들 사이에서 빠르게 돌기 마련이었다. 그네들은 그런 정보를 손에 쥐었고, 그것은 그대로 또 다른 권력이 되었다.

그런 부인들마저 고개를 젓는다는 것은 정말 아무것도 없다는 소리였다. 털어서 먼지 나지 않는 사람이 없다는 말이 무색할 정도다. 하늘에서 갑자기 뚝 떨어지지 않는 이상 불가능한 일이 지금 눈앞에서 벌어지고 있었다. 설란은 말도 안 된다 생각하며 반쯤 마신 잔을 내려놓았다.

"사소한 사건 하나도 없었다고? 그 긴 세월 동안?"

"그것이, 이상하게도 최지환과 대면한 사람을 찾는 것도 힘이 들었다 합니다."

"취향도 모르고, 성격도 모르고, 친우도 한 명 없다고?"

도아는 면구스러워 어쩔 줄 몰라 하며 대답했다.

"예……."

그런 사람이 존재한다는 게 가당키나 한 말인가. 허상을 쫓는 기분에, 설란은 눈살을 찌푸렸다.

처음 자설호에 대해 알아오라 시켰을 때만 하더라도 그녀는 특별날 것 없는 얘기들을 듣게 될 것이라 생각했다. 서책을 좋아하고, 바깥 활동을 즐기지 않으며 스승과 함께 학문에 심취한 그런 서생에 대해 듣게 될 것이라 믿어 의심치 않았다. 그런데 생각지도 못한 방향으로 흘러가고 있는 이 상황은 대체 뭐란 말인가.

"선비들 중에 간혹 있지 않습니까. 글이 좋아 서책을 손에서 놓지 못하는 이들이 말입니다. 정치의 복잡함은 뒤로 미뤄둔 채 성현의 말을 쫓고자 하는 사내이겠지요."

설란은 얼마 전 제가 했던 말을 떠올리며 헛웃음을 내뱉었다. 너무 가볍게 생각하고, 너무 가볍게 말했다. 단순히 서책을 즐겨 읽는 서생이라니. 지환이 성현의 말만 쫓고자 한 것이었다면 최소한 글동무나 사사받은 스승 정도는 있어야 말이 아귀가 맞지 않겠는가. 그러나 그의 주위엔 그조차도 없었다.

마치 사람과 관계를 맺으면 안 되는 것처럼 주변이 깨끗한 이를 어떻게 받아들여야 할까.

설란은 미간을 좁히며 말했다.

"넓히거라."

"예?"

"범위를 넓혀. 성년 이후가 아니라, 어린 시절부터 시작해. 내

짐작이 맞다면 구 년 전을 기점으로 무언가가 변했을 것이야."

"그 애가 어릴 적에는 그리 시문이 뛰어나다 자랑하던 이가, 구
년 전부터 태도가 돌변했단 말이지."

혜조가 했던 말이 사실이라면, 구 년 전에 무슨 일이 생긴 것
이 분명했다. 설란의 말에 도아가 결의에 찬 표정으로 고개를 끄
덕였다.

"예, 알겠사옵니다."

도아마저 방에서 나가자 홀로 남겨진 설란은 제 아랫입술을 톡
톡 두드리며 생각에 잠겼다. 나오는 것은 없고 생기는 것은 의혹
뿐이라. 안 그래도 복잡한 머릿속이 엉망으로 엉켰다.

'존재하지 않는 것 같은 사람이라니.'

귀신이라도 본 것인가. 그럴 리 없다는 것을 알면서도 설란은
그런 생각을 했다. 귀신, 아니면 헛것. 그 외에 설명할 만한 방법
이 생각나질 않았다. 만약 지환을 직접 보고 대화하지 않았다면
그리 생각했을 터다.

그러나.

'분명 살아 있는 사람이야. 그것도 아주 잘생긴.'

그게 또 이상했다. 최지환은 주관적으로도, 객관적으로도 매
우 준수한 사내였다. 키도 훤칠했으니 사람들 틈에 섞여 있어도
눈에 잘 띄었을 터다. 그런데 저잣거리의 사람들은 물론이거니와
같은 선비들 사이에서도 최지환을 본 이는 손에 꼽을 정도였다.

설란은 의도적이라고 밖에는 설명할 길이 없는 이 상황이 굉장

히 작위적이라 생각했다.

관계를 맺고, 감정을 나누며 살아가는 것이 인간이라면,

'최지환은 그게 없단 말이지.'

그는 새하얬다. 인간관계고 무엇이고 있는 것이 하나도 없어서, 살아 있는 사람이 맞나 의심스러울 정도로, 장안의 중심에 위치한 저택 안 제 방에 틀어박혀 구 년이라는 세월을 흘려보낸 최지환의 삶은 고작 한 줄로 요약할 수 있을 정도로 간략하고도 명확했다.

그 긴 세월 동안 두문불출한 선비.

"그저 학식이 깊고 준수한 줄로만 알았더니 감추는 것이 있는 사내라……."

털어서 먼지가 안 나오는 사람은 오히려 의심스러운 법.

기왕 치러야 하는 혼사라면 상대가 속이 빤히 들여다보이는 거울 같은 사내였으면 했다. 감추는 것이 많은 건 자신이면 충분했으니 말이다. 그러나 세상사 생각대로 돌아가는 것은 없다더니 실타래처럼 꼬인 것들은 풀릴 생각은커녕 점점 더 엉망이 되어가는 기분이었다.

고민은 많았으나 정보가 없으면 전부 쓸모없는 잡생각일 뿐이라, 결국 설란은 고개를 뒤로 젖히며 이어지던 고민들을 끊어냈다.

설란이 제 고민을 훌훌 털어내고 기운을 차렸을 무렵, 지환은 엉킨 생각을 정리하고 있었다. 당장 물려야 할 가례도 가례였으나 며칠 전 봤던 장면이 머릿속에서 떠나질 않았다.

'세자의 복식을 하고 있었지.'

잘못 봤다는 말로 자리를 피했으나 잘못 볼 리가 없었다. 지환은 제 손을 멍하니 바라봤다. 아직도 가는 팔목을 잡았던 감각이 남아 있는 것 같았다. 그럴 리 없다는 것을 알면서도.

"어째서?"

한창 등청해 인맥을 쌓고 정치판을 들여다보고 있을 나이에 방안에만 있었으니 세상 돌아가는 것을 모르는 것이 당연했다. 심지어 정명대비가 아니었다면 자하국에 공주는 존재하지 않았을 것이라는 것도 알게 된 지 오래지 않았다.

그러할진대 그가 들춰본 비밀은 심지어 왕실에서 철통같이 지키는 것이었다. 사람 몇을 써 알아낸 정보들로 유추할 수 있을 리 만무했다. 그러나 하나만은 확실했다. 세자의 복식을 하고 있던 설란이 무척이나 힘들고 지쳐 보였다는 것.

지환은 자신도 모르게 펼쳤던 손을 꽉 움켜쥐었다. 무슨 이유에서건 그런 표정을 한 설란을 보고 싶지 않았다. 꽃처럼 활짝 펴진 손바닥을 빤히 들여다보는 두 눈이 멍했다.

"웃으면."

아름다웠는데.

달싹이는 입술 사이로, 뱉어지지 못한 말이 잠시 머물렀다.

"여─ 도령, 안에 있어?"

멍하니 생각에 잠겨 있던 지환을 현실로 끌어낸 것은 무명이었다. 지환은 문밖에서 고래고래 외치는 무명의 목소리에 눈살을 찌푸렸다.

들어오라는 말도 없었건만, 알아서 문을 열고 들어오는 낯이 천연덕스럽다. 무명은 알아서 방석 하나를 꺼내 바닥에 던지고는 그 위에 털썩 주저앉았다. 양반다리를 한 그는, 자리에 앉기가 무섭게 불만을 토해냈다.

"미치겠다니까. 요새는 최가 대문만 나서도 사람이 따라붙는데, 어찌나 끈질긴지. 공주마마께서 작정을 하신 듯한데, 어쩔 생각이야?"

"마마께서?"

"그래. 거참, 어찌나 집요한지 나에 대해서도 알아내려고 하더라니까?"

무명은 왕실 사람들은 원래 다 그렇게 끈질긴 거냐며 투덜거렸다.

"혼담은 거절했을 텐데. 어째서?"

"그야 혼담을 거절하지 않았으니까."

"……지금, 그게 무슨 소리지."

"워워, 진정해 도령. 여기서 날뛰면 나도 어쩔 수 없어."

일순 타올랐던 분노에 찬물이 부어졌다. 이가 악물릴 정도로 화가 났으나 무명의 말이 맞았다. 이곳에서 괴물이 멋대로 날뛰게 둘 수는 없었다. 결국 지환은 까득 소리를 내며 화를 뱉어냈다.

"아버님께서 그리 어리석은 선택을 하실 리 없을 터. 그런데 어째서?"

"어리석다니. 무슨 그런 자조적인 말이 다 있어."

"어리석지 않다? 네놈도 모르는 바 아닐 터. 나는 괴물이다. 괴물이 공주마마와 가례를 올린다니. 어불성설이다."

"안 들키면 그만 아닌가."

저건 또 무슨 헛소리인지.

지환은 상대할 가치도 없는 말을 아무렇지도 않게 하는 무명의 모습에 눈살을 찌푸렸다. 말이 통하지 않는 상대와 대화를 하려 하니 절로 두통이 일었다.

설란과 독대했을 때 봉황에 대해 얘기를 꺼낸 적이 있다. 그녀가 혹여나 자신의 힘에 대해 아는가 떠보기 위함이었다. 그리고 그 짤막한 대화에서 그는 확신했다.

자설란은 아무것도 알지 못한다는 사실을.

원치 않았음에도 떠밀려 버린 이 기괴한 세계에 대해 알고 있어도 꺼려지는 일이다. 저주와 괴물, 그리고 수많은 발작들이 있는 세상에 자설란을 들이라니.

"안 될 일이다."

당장에라도 눈을 감으면 전각 한편에 앉아 난간에 몸을 슬쩍 기댄 채 호수를 바라보는 설란의 옆모습이 떠올랐다. 강연 내내 호수만 보고 있으면서, 귀는 열어놓고 있는지 재미있는 얘기가 나오면 입이 호선을 그리는 게 보기 좋았다. 얘기를 나눌 때면 제 눈을 똑바로 바라보는 것이 신기했다. 아무도 다가오지 않는 자신에게 손을 내미는 것 같아 속이 들끓었다.

그래도.

"무언가 꾸미고 있는 건 아니겠지."

"내가? 오, 도령, 미안한데 나는 그렇게까지 의리가 넘치진 않아. 말했잖아? 내가 여기에 있는 건 금괴 때문이라고. 공주마마께서 도령 뒷조사를 한다는 걸 일러주는 것도 무슨 이유가 있어서가 아니야."

그저 다시금 확인하러 왔을 뿐이지. 도령의 반응을. 보고 있으면 재미있거든.

무명은 개구지게 웃었다. 앳된 얼굴에 이를 씩 드러내고 웃는 모습은 꽤나 잘 어울렸다. 그러나 그리 웃을 줄 아는 사내의 속에 구렁이가 수십 마리는 들어앉아 있음을 잘 알고 있는 지환의 표정은 풀리지 않았다.

"······꿍꿍이가 있군."

"으응? 아니래도. 으하하! 난 이만 가볼게, 도령. 어차피 그 말만 전하러 온 거였고, 도령이랑 내가 마주 앉아서 시시콜콜한 얘기를 주고받을 사이는 아니잖아?"

그리 말하면서 슬금슬금 자리에서 일어나는 무명을, 지환이 매서운 시선으로 좇았다. 날 선 시선은 금방이라도 저를 집어삼킬 것만 같아서, 무명은 그럴 리 없다는 것을 알면서도 속으로 혀를 찼다.

'거참, 생긴 것처럼 성격도 좀 순하면 좀 좋아.'

하기야, 최지환이 이때껏 겪었던 것을 생각해 보면 순한 성품이 되는 것은 불가능에 가까웠다. 만약 그가 정말 유순했다면 무명은 두 가지 가능성을 고려했으리라. 최지환이 미쳤거나, 아니면 미치는 중일 것이라고. 다행히도 최지환은 미치지 않았고, 그렇기에 그는 온몸으로 화를 내고 있었다.

이 부당한 저주에 대해. 이유 모를 고통에 대해.

막 문을 열어젖히려는 무명의 등 뒤로 낮게 가라앉은 목소리가 따라붙었다.

"뭘 했지."

"아무것도 안 했대도. 만일 무언가 했어도, 그렇게 물으면 내가 아이고 죄송합니다, 하고 얘기해 줄 것 같아?"

나를 그리 오래 보고도 모르냐며 무명이 고개를 저었다. 팔짱을 낀 채 몇 번인가 뒷걸음질 친 무명은, 지환이 몸을 일으키자 걸음아 나 살려라 하며 도망쳤다. 어찌나 잽싼지 열어젖힌 문이 닫히기도 전에 저 멀리 멀어진 무명의 뒷모습을 짜증스럽게 바라보던 지환은 한숨을 뱉으며 자리에 앉았다.

처음부터 잡을 마음도 없었기에 가능한 빠른 포기였다. 이름마저도 무명(無名)이라 부르라던 사내다. 처음 만났을 때도 저 모습이었고, 올해로 십 년이 다 되어감에도 불구하고 자라기는커녕 조금의 변화도 없는 괴물 같은 존재다.

지환은 제가 한 생각에 제가 놀랐다.

"괴물이라."

누가 누구보고 괴물이라 칭하는지 모르겠다. 닫힌 문, 천을 덧대어 빛이라고는 한 줌도 들어오지 않아 대낮에도 컴컴한 방 안. 그 안에 홀로 앉아 가늘게 떨리는 제 손을 바라보던 지환이 일순 눈을 치켜떴다.

"크흑……!"

아.

또다.

또다시 대중도 없는 고통은 커다랗게 입을 벌린 채 그를 집어삼킨다. 고통에서 벗어나고자 무명의 멱살을 잡고 흔들었던 적도 있었다. 그 좋아한다던 금괴를 수레로 받아먹었으면 일을 하라며 윽박질렀던 시기도 있었다.

"젠, 장."

그러나 지금은 안다. 내장을 긁어 피가 흐르는 이 원인 모를 고통을 피할 방법은 없다는 것을.

쾅!

고통을 견디지 못해 내리친 바닥이 깊게 패였다. 바닥에 처박혔던 얼굴이 뒤로 젖혀지며 어둠에 가려졌던 얼굴이 모습을 드러냈다. 안 그래도 흰 얼굴은 핏기가 가셔 파랗게 질렸고, 고통을 누르기 위해 물어뜯은 입술은 피투성이였다.

"아, 으······!"

일순 그의 눈이 뒤집어지고, 차갑게 식어버린 손끝이 구원을 바라듯 애처롭게 바닥을 긁었다. 나뭇결이 일어나 손끝에 핏방울이 맺혔지만 그는 고통이 느껴지지 않는지 자해를 멈추지 않았다. 멈추기는커녕 바닥을 긁는 힘은 시간이 흐를수록 더 거세지기만 할 뿐이었다.

"크윽······."

그가 몸을 비틀자, 약해진 내장이 몸속에서 뒤틀렸다. 더는 견디지 못한 위벽이 녹자 그 속에서 흘러내린 위액이 주변 장기들을 단숨에 집어삼키기 시작했다. 고통에 비명을 지르려 입을 벌렸으나 소리조차 나오지 않아, 그는 침묵 속에서 발버둥 쳤다.

"커헉! 쿨럭, 쿨럭······!"

차라리 죽는 것이 더 나을 상태로 한참을 발버둥 친 뒤에야 울컥이며 뱉어낸 핏속에는 살점이 섞여 있었다. 장기의 일부인지, 그것도 아니면 정말 속에서 살점이 떨어져 나온 것인지 알 도리는 없었다. 피가 뒤엉켜 엉망이 된 살덩이들 사이로 다시 쿨럭이는 잔기침이 이어졌다.

평범한 인간이라면 몇 번이고 죽어 심장이 멈춰야 정상일 상황에서조차 그의 목숨은 끊어지질 않았다. 지환이 할 수 있는 유일한 일은 끈질기게 살아남아 다시 숨을 뱉고, 살아 있어야만 느낄 수 있는 고통에 잠식되는 것뿐이었다.

[먹어라.]

시시때때로 머릿속에서 웅웅 울리는 목소리는, 평소에는 무슨 말을 하는지 알아듣기 힘들었다. 그러나 지금처럼 몸이나 정신이 약해질 때면 목소리는 또렷하게 귓가에 틀어박혔다. 이번에도 형체 없는 목소리는 그가 입안에 고여 있던 피를 뱉어내자마자 기다렸다는 듯 속닥였다. 낮으며 동시에 위협적인, 동시에 등골이 서늘한 그것.

그의 정신이 가장 약해질 때만 노려 끝없이 이어지는 목소리에, 지환의 입술이 비틀렸다. 지금 그에게 있어 저를 충동질하는 목소리가 고통이라는 감각에서 도망칠 수 있는 유일한 수단이라는 사실이 참으로 모순적이라, 비틀려 올라가는 입꼬리가 기괴하기 그지없었다.

핏줄이 터져 붉게 물든 지환의 두 눈에 악이 가득 차올랐다.

지독하다.

죽는 것이 나은 삶이었다.

차라리 죽게 해주면 좋으련만, 분노한 신은 그것마저도 허용하지 않았다.

[원통하도다. 이 하찮을, 분노를, 감히 반신(半神)을 죽인……!]

피 끓는 소리에 감응하듯 그의 손이 움찔거렸다. 당장에라도 누군가의 목을 비틀어 버리고 싶어 발버둥 치는 손을 온몸으로 짓누른 지환은 시야가 흐려지는 눈에 힘을 주며 목소리에 저항했다.

"닥…… 쳐."

[먹어. 심장을, 간을, 피를 먹어 원한을 풀어 이 한을…….]

일순 그의 눈매가 매섭게 치켜 올라갔다. 주먹이 그대로 앉은 뱅이책상을 내리쳤다.

"빌어먹을— 닥치라고 했지!"

쾅 소리와 함께 낮게 으르릉거리는 소리가 방 안을 가득 울린 뒤에야 머릿속 목소리는 자취를 감췄다. 그토록 원하던 고요가 찾아왔음에도 지환은 조금도 기뻐 보이지 않았다. 밀물이 밀려올 때가 있으면 썰물처럼 밀려 나갈 때가 있듯, 이 고요는 잠시의 휴식을 의미할 뿐임을 알고 있기 때문이었다. 고개를 젖힌 채 몇 번이고 가쁜 숨을 내뱉던 그는 천천히 얼굴을 떨궜다.

눈 안에 보이는 것이라고는 온통 피와 살점들, 그리고 엉망으로 찢어 발겨진 이불자락들뿐이었다. 지환은 덜덜 떨리는 손으로 보고 싶지 않은 것들을 치워냈다. 장을 열어 엉망이 된 것들을 밀어 넣고 문을 닫아 그것들이 본디 없던 것처럼 외면하는 것이 그가 할 수 있는 유일한 일이었다.

순식간에 방 안은 다시 깨끗해졌지만, 여전히 그의 손끝은 덜덜 떨리고 있었다.

"젠장. 젠장할!"

이래서 지환은 혼자 있는 것을 극도로 꺼려했다. 아니, 무서워했다. 홀로 남은 순간을 노려 신벌이라 이름 붙여진 그것은 그를 파먹으려 피 묻은 발톱을 세웠기에. 누군가는 이것을 신벌이라 불렀으나 그는 이를 저주라 이름 붙였다.

아아, 그래. 이것은 저주였다. 제게 내려진 아주 지독한 저주.

그는 피로가 가득한 얼굴로 벽에 몸을 기댔다. 땀에 젖은 옷이 몸에 불유쾌하게 엉겨 붙었으나 갈아입을 생각조차 못할 정도로 그는 지쳐 있었다. 그는 벽에 등을 기대며 지친 정신도 같이 벽에 기대어 가쁜 숨을 뱉어냈다.

"저주받은 괴물이라."

중얼거리는 그의 시선은 방금 전까지만 해도 생채기로 인해 피를 줄줄 흘리던 손에 가 닿았다.

그의 시선이 닿는 곳부터, 인간이라고는 믿기 힘들 정도로 빠르게 상처가 낫고 있었다. 고작 몇 분이 흘렀을 뿐인데 이미 생채기로 가득했던 손은 처음 그대로 되돌아간 뒤였다. 엉망이 된 장기는 이보다 더 빨리 낫는다.

매일 밤, 매일 낮, 저주가 그를 덮치면 심장을 움켜쥐는 것보다도 더한 통증이 찾아들었지만 상처조차 남지 않는다. 홀로 있을 때를 골라 덮쳐 오는 저주는 그렇게 흔적조차 남질 않아 도와달라 손 뻗을 기회조차 박탈당했다. 상처가 없으니 누구에게 가 아프다 울 수도 없었다. 남는 것이라고는 오로지 눈에 보이지 않는 내적인 상처뿐이었다.

그러니 이게 괴물이 아니라면 뭐란 말인가. 지환은 제 비참한 모습에 자조 섞인 웃음을 흘렸다.

"안에 있느냐."

피할 수 없는 목소리가 문밖에서 들린 것은 그가 천천히 가쁜 숨을 안정시켰을 즈음이었다. 위로 밀려 올라가는 눈꺼풀이 묵직했다. 마음 같아서는 잠에 든 척이라도 하고 싶었으나 그럴 수 있을 리가 없다.

커다란 손으로 절망이 아로새겨진 눈을 가렸다.

이대로 모든 게 끝나 버렸으면 좋으련만. 누구라도 좋으니 제 심장을 틀어쥐어서라도 죽여주었으면. 아니면 적어도 이 감옥 같은 집안이라도 벗어나고 싶었다. 그러나 둘 다 불가능한 일이었기에, 지환은 삐죽하니 솟아오르려는 가시들을 억지로 안으로 밀어 넣으며 입을 열었다.

"예. 소자, 깨어 있습니다."

쇠붙이를 긁는 듯한 목소리에 문밖에 서 있던 재원의 낯빛이 흐려졌다. 또다시 제 아들에게 발작이 온 것임을 어렵지 않게 짐작한 그는, 잠시 머뭇거리다 이내 방 안으로 들어섰다. 문을 열자 훅 밀려오는 열기는 제 아들이 얼마나 커다란 고통에 몸부림쳤는가를 보여주는 척도였다. 채 빠져나가지 않은 비릿한 피 냄새에 그의 시선이 지환의 오른손을 빠르게 스치고 지나갔다. 지금 그의 앞에서 흐트러짐 없이 서 있는 아들은, 방금 전까지만 해도 온몸을 비틀며 고통을 삼켰을 터다.

이리도 힘들어 하는 자식에게 못난 부모는 또다시 짐을 지워야만 했다. 이 모든 것이 제 죄라, 재원은 속을 베어낼 듯 서늘한 칼날을 느끼며 눈을 감았다. 나이 든 부모의 얼굴에 한 겹 더 깊은 주름이 새겨졌다.

"……다른 이가, 아무도 없다더이까."

아무런 말도 하지 않았으나, 모든 것을 짐작한 얼굴로 지환이 물었다.

"상감마마께서는 너를 원하신다."

"최가를 원하시는 것이겠지요. 형님을 내어주십시오."

"네 형은 가문을 이을 장자이니라."

"그 가문, 전하께서 모든 것을 알게 된다면 손수 부숴 버릴 것이라 생각지 않으십니까!"

"······상관없다."

말의 앞뒤가 맞질 않았다. 그러나 지환은 더 대거리를 하는 대신 입을 닫았다. 오랜 세월 쌓아온 습관이었다. 제 아버지와 의견이 어긋날 때면 그는 항상 이렇게 입을 닫았다. 구 년 전부터 그가 자신의 얘기를 들어준 적이 없기 때문에 생겨난 버릇이었다.

"내달이면 일시적으로 금혼령이 내려지고, 그다음 달에 가례를 올릴 것이다. 이미 상감마마께옵서는 궁에서 가장 가까운 곳에 저택을 마련해 놓으셨다 하시더구나. 궁의 법도가 엄중하니 가례를 올린 뒤 한동안은 궁 근처에 얼씬도 하지 못하겠지만, 그 후에는 자주 입궐하라는 당부가 있으셨느니라."

상감께서는 공주에 대한 각별한 애정을 굳이 감추지 않겠다는 뜻이었다. 절대 불가하다며 속 끓는 외침을 뱉던 지환은, 그러나 이번에는 조용했다.

재원의 눈가에 그늘이 졌다. 입을 닫고 고개를 숙이고 있는 제 아들의 침묵이 너무 무거웠다.

"할 말, 없느냐."

기다리던 재원이 결국 먼저 입을 열어 묻자, 그제야 지환의 고개가 들어 올려졌다.

"제게 선택권이 있긴 한 겁니까."

"······가문을 위한 일이다."

결국 또다시 가문이다. 선택한 적도 없건만 태어난 그 순간부터 제게 지워진 굴레에 지환은 헛웃음을 터뜨렸다.

"하하…… 그러시겠지요. 그래서 제게 이리 목줄도 채우시고, 감시도 붙이신 것이 아닙니까."

죽지도 못하고 도망도 못 치도록. 둘 중 누구도 소리 내어 뱉은 적은 없으나 둘 중 모르는 이 없었다. 재원은 슬쩍 손을 뻗어 방바닥에 나뒹굴고 있는 촛대를 바로 세웠다.

"얘기, 들었느니라. 정녕 괜찮아지느냐."

동문서답이었으나 지환은 재원이 하는 말이 무엇인지 어렵지 않게 알아차렸다. 예상치 못한 방향으로 튀는 대화에, 그의 얼굴이 일그러졌다.

득 될 것이 없을 테니 말하지 않을 것이라 믿은 게 실수였던 것일까. 그러나 죽일 수도, 협박할 수도 없는 상대에게 그가 할 수 있는 일은 그리 많지 않았다. 지환은 저를 곧게 바라보는 시선을 피하며 무심히 대답했다.

"아버님께서 무슨 말을 하시는지, 소자는 모르겠습니다."

부자간의 대화는 항상 이런 식으로 흘러간다. 말하지 않으려는 이와 들으려는 이의 보이지 않는 힘겨루기가 계속 이어졌다. 이 지독한 반복이 흐르는 세월만큼 버거워진 재원의 낯빛이 어두워졌다.

부자 관계는 이미 오래전 망가진 채 굳어버려서 이젠 어떻게 바꿔야 할지 알 수 없을 정도가 되어버렸다. 재원은 피로로 인해 지끈거리는 두통을 느끼며 수없이 그랬던 것처럼 이번에도 설득하기를 포기했다.

"가례는, 올릴 것이다. 시기를 최대한 당겨 진행할 것이니 그리 알아라."

"아버님."

"그래."

"여기에서 멈추십시오. 농이 지나치십니다. 다른 누구도 아닌 공주입니다. 자하국 만백성의 사랑을 받는 공주마마입니다."

"내 알아서 할 것이다. 그러니 너는 아무것도 생각하지 말거라. 네가 선택한 일도 아닐뿐더러 네 의지는 조금도 들어가지 않았으니, 모든 책임 역시 내가 질 것이야."

오래전엔 언제나 인자한 아비였던 재원의 목소리는, 그러나 지나치다 싶을 정도로 차갑고 딱딱했다.

무명에게 얘기를 듣기 전까지, 재원의 생각은 지환과 같았다. 지엄한 왕의 명이었으니 지환을 세자사로 밀어 넣은 것까지는 어쩔 도리가 없었다. 한 일 년쯤 세자사로 있으면서 설란이 다른 사내와 혼사를 치르면 세자사에서도 빼올 생각이었다. 그러나 그렇게 시작된 만남은 설란의 능력으로 인해 예상치 못한 국면으로 접어들었다.

무명에게서 처음 얘기를 전해 들었을 때, 재원은 울었다. 오랜 세월 정쟁에서 살아남은 목석같은 그는, 얼굴조차 일그러뜨리지 않은 채 그저 눈물만 뚝, 떨궜다. 십년 가까이 찾아다녔던 방법이 드디어 보이기 시작했다는 것에 그의 눈이 뒤집힌 것은 당연지사였다. 아비로서 가질 수밖에 없는 이기심이 고개를 치켜들었다.

재원은 곧장 혜조에게 찾아갔다. 그리고 다시 물었다. 어떤 이유가 있더라도 자신의 아들을 부마로 들여야겠느냐고. 그리고 그 자리에서 혜조의 확답을 받아냈다. 그러니 어차피 물리지 못하는 혼사였다. 그렇다면 모르는 척 넘어가도 괜찮지 않을까. 용서받을 만한 일을 했으니, 이 정도는 눈 한 번 질끈 감아도 되지 않을까.

여기까지가 이번 부마 간택에 최지환이 낙점된 배경이었다.

재원은 그리할 수 없다며 목청을 높이는 제 둘째 아들을 바라보며 고개를 저었다.

"이미 결정된 일이야. 전하께옵서 네 입궐을 명하셨다. 세자사가 아니라 부마 후보로서 입궐하는 것이니 몸가짐을 더욱 조심해야 할 것이야. 혼례 전에 공주마마와 한 번이라도 더 얼굴을 익혀놓으라는 배려이시니 실수하지 말고."

"아버님!"

"어리석게 굴지 말거라! 이 혼사가 정녕 네놈이나 공주마마를 위한 것이라 생각하는 것이냐? 그리도 어리석은 것이야!"

제 팔을 붙드는 지환의 손에, 재원은 버럭 화를 냈다. 재원은 부러 매정하게 일갈했지만 객관적으로 봤을 때 그의 말은 조금도 틀리지 않았다. 이번 혼례로 가장 큰 이득을 얻는 것은 설란도, 지환도 아닌 바로 자하국의 세자 설호였다. 혜조는 사랑하는 딸을 최고의 신랑감에게 보낸다 하지만, 실상 들춰보면 최가가 설호의 뒷배가 되는 셈이었다.

지환은 얼마 전까지만 하더라도 혼사를 반대하던 제 아버지가 낯빛을 바꾸는 것을 보며 질끈 눈을 감았다. 어릴 적부터 혜조가 눈독 들일 만큼 영특했던 그는 제 아비가 보고 있는 것이 공주라는 것을 어렵지 않게 깨달을 수 있었다.

경솔했다. 자신이 지나치게 경솔했다.

기억도 나지 않을 정도로 까마득한 옛날, 그때 맡았던 맑은 공기와 따사로운 햇살에 정신이 잠시 나갔던 것이 분명했다. 그렇게 정신이 나간 채로 기(氣)니 뭐니 이상한 소리를 해대는 녀석 앞에서 경솔하게 입을 놀린 제 죄였다.

"……알아서 하십시오. 아버님께서 원하는 대로, 항상 그래왔지 않습니까."

"그래. 쉬어라."

재원은 딱딱하게 굳은 얼굴로 지환의 어깨를 한 번 두드린 뒤 방을 나갔다. 문이 닫힌 뒤에야 지환은 가라앉은 표정으로 중얼거렸다.

"빌어먹을."

재원의 마음은 정해졌다. 왕과 최가의 가주가 밀어붙이는 혼사이니 웬만한 일로는 돌이키는 것이 불가능할 터. 도망치는 것도 손에 휘감긴 족쇄가 있는 한 불가능한 일이었다. 벽에 등을 기대고 앉은 지환의 두 눈이 까맣게 점멸했다. 남은 방법은 하나뿐이었다. 비록 그것이 제 목줄을 죄는 위험한 선택이라 할지라도, 그는 끝도 없는 수렁에 다른 이를 끌어들일 생각은 조금도 없었다.

이곳은 자신의 수렁이었다. 빠져 죽는 것은 하나면 족하다. 그러니 그 죽음에 동반자는 필요치 않았다.

절대로.

4. 백여우의 저주

설란이 손짓하자 그녀의 머리를 매만지던 도아가 뒤로 물러섰다. 며칠이나 지났음에도 여태 아무것도 알아내지 못한 탓에, 설란의 기분은 바닥을 치고 있었다.

"아무리 생각해도 이상해."

"그러니까요, 마마. 참말로 이상해요. 수도에서 가장 실력이 좋은 이들인데 그들도 학을 뗐을 정도라니까요."

"부인들도 아무것도 알지 못하고, 궁녀들 사이에서도 아무 소문도 돌지 않았고, 어떤 주막에도 모습을 내비친 적이 없으며 기방은 물론이거니와 학당에서도 최지환을 아는 이가 없다고?"

"예. 정말 어렸을 적에는 스승을 초청해 배움을 청한 적이 있다는 얘기는 있었지만……."

"그 스승이라는 자도 몇 년 전에 작고했다…… 라."

"예, 마마."

"어디서 튀어나온 허깨비가 아닌 이상 그게 가능한 일이더냐. 소문 같은 것도 없다고?"

"안 그래도 저잣거리에 떠도는 소문이란 소문은 전부 끌어모아 정리하고 있사옵니다."

그런데 그 소문이라는 것들이 대부분 허무맹랑한지라⋯⋯.

도아가 말끝을 흐리자 설란은 알 만하다는 표정으로 고개를 끄덕였다. 막다른 길이었다. 첫인상은 그저 준수한 사내였다. 세상에 저렇게까지 잘생긴 남자도 있을 수 있구나, 라는 생각을 갖게 해준 것이 바로 최지환이었다.

그 첫인상을 비웃기라도 하듯 최지환은 알면 알수록 이해할 수 없는 사내였다.

"마마, 서 내관 들었사옵니다."

장지문 너머에서 궁녀의 목소리가 들린 것은 그때였다.

혜조의 곁을 지키는 서 내관이 이곳까지 온 이유는 하나뿐일 터다. 가례 시기가 점차 앞당겨진다면 쌍수를 들고 환영해야 했건만 설란은 기뻐하는 대신 미간을 좁혔다. 누군가를 만나기엔 시기가 좋지 않았다.

그런 그녀의 마음을 알 리 없는 서 내관은 씰룩이는 입꼬리를 애써 누르며 설란에게 다가왔다. 먼저 선수 친 것은 설란이었다.

"서 내관, 내가 혹시나 싶어 물어보는 건데, 눈 가리고 아웅 한다는 말, 들어본 적 있나?"

"예?"

"우연을 가장하여 운명을 말하려면 좀 더 치밀해야 하지 않겠냐는 말이네."

설란의 지적에 서 내관은 머쓱한 표정으로 허허 웃었다.

"송구합니다, 마마."

"이런. 내 서 내관에게 무어라 하려던 것은 아니었는데 그리 들렸나 보군."

마음 쓰였다면 기분 풀라는 설란의 장난 가득한 목소리에 서 내관의 입에도 함박웃음이 걸렸다. 그런 둘의 대화에 도아는 감탄 어린 시선으로 설란을 바라보았다. 방금 전까지 최지환에 대해 걱정하던 것은 없던 일이라는 듯 설란의 얼굴에는 화사함만이 가득했다. 궁인들 중에서는 무척 드물게 몇 개의 비밀을 알고 있는 도아는 그저 그녀의 처세술에 거듭 감탄할 뿐이었다.

"아, 그래서 이번에는 어느 가문의 영식이 우연을 가장해 나를 보러 오는가?"

설란은 적당한 순간에 슬쩍 대화를 돌렸다. 대개 부마 후보는 셋에서 많으면 넷 정도였다. 처음부터 최가의 차남이 상대였으니 그가 제 부군이 될 것은 확정적이라 할 수 있겠으나, 다른 후보들을 알아두어 나쁠 것은 없었다.

설란의 물음에 서 내관은 다급히 부인했다.

"아니옵니다, 마마. 최가의 지환이옵니다."

"……무어?"

"전하께옵서 이번 부마 간택은 오직 최가의 지환만을 후보로 두고 진행한다 하셨나이다. 전하께서 말씀하시길, 그보다 더 잘난 사내는 찾지 못하였으니 어찌할 도리가 없다 전하라 하셨습니다."

설란의 두 눈이 낮게 가라앉았다. 조건만 따져 보자면야 혜조의 말이 맞았다. 최지환은 누구와도 견줄 수 없는 사내일 것이다.

그러나 부마 후보가 오직 그뿐이라는 것은 혜조가 제게 보내는 또 다른 전언이기도 했다.

'무슨 일이 있어도 성사되어야 하는 혼사…… 라.'

자신도 바라는 바였기에 설란은 아무렇지도 않게 웃으며 말을 이었다.

"그렇군. 이번에는 어디로 가면 된다 하시던가?"

"백란궁의 후원이옵니다."

어머! 등 뒤에서 도아가 작게 탄성을 뱉어내는 것이 들렸다. 설란은 그것이 대다수 백성들이 보일 반응이라 생각했다. 완벽하지 않은가. 세자의 강연장에서 우연한 첫 만남을 가진 뒤 꽃이 만발한 후원에서의 산책이라니.

소문에 어떤 얘기가 덧대어질지 눈에 훤했다. 완벽한 왕가(家)에 굳건한 충신이 혈연으로 얽히니 앞으로는 그 누구도 쉬이 세자에게 왕으로서의 자질을 논할 수 없게 될 터. 설란은 그 밑거름을 제 눈으로 바라보며 아무렇지도 않게 고개를 끄덕였다.

"어찌 되었건 장소는 괜찮구나."

백란궁 후원은 그녀가 사리분별을 할 수 있었을 때부터 직접 가꿔온 곳이었다. 특히 봄꽃이 많아, 혜조는 매년 봄마다 이곳이 바로 무릉도원이라며 칭찬을 아끼지 않았다.

그러나 설란이 이번 장소를 마음에 들어 한 이유는 따로 있었다. 후원이 꽤 넓어 궁인들에게 들리지 않게 대화를 나눌 수 있기 때문이었다.

'사람을 써도 아무것도 알아내지 못한다면, 직접 묻는 수밖에. 지난 구 년간 대체 무엇을 했는지.'

그녀의 표정은 무척이나 단호했다. 이 혼사는 반드시 성사되어야 했기에 나오는 단호함이었다. 제 나이 열여덟. 이번 혼사가 궁을 벗어날 마지막 기회일지도 몰랐다. 이것마저 물 건너간다면 효연왕후는 기다렸다는 듯 자리를 털고 일어나 자신을 압박할 것이 분명했다. 무어라 항변할 기회도 얻지 못한 채 병약한 공주, 일 년의 절반은 자리보전을 해야 하는 약하디약한 한 송이 꽃이 되어 궁에 갇힐 것이다. 그 미래를 그려보는 것은 그리 어렵지 않았다.

"그러면 내 서둘러 준비를 마쳐야겠구나. 며칠 사이에 봄꽃이 전부 피었다 했지?"

의뭉스러운 표정으로 설란이 눈짓하자, 기다렸다는 듯 도아가 옆에서 맞장구를 쳤다.

"그럼요! 어찌나 아름다운지 다른 궁의 궁녀들도 보러 오고 싶어 안달할 정도랍니다."

"어머, 그러니? 얼마든지 보러 오라 하렴. 꽃도 봐주는 이들이 많으면 더 화사하게 피지 않겠니? 보자…… 머리만 마저 정돈하면…… 반각 정도면 되겠느냐?"

"반각이면 충분하지요."

답이 정해진 문답을 주워들은 서 내관은 설란의 속뜻을 단박에 알아차렸다. 그럼 자신은 이만 물러가 보겠노라 말을 올리곤 뒷걸음질 치는 그의 걸음이 잽쌌다. 장지문이 닫히기가 무섭게 버선발로 뛰는 소리와 상궁의 날카로운 타박이 잇따라 들렸다. 문밖으로 귀를 기울이고 있던 설란과 도아는 약속이라도 한 듯 앞다퉈 웃음을 쏟아냈다.

"고작 반각 안에 우연적인 운명을 만들어내야 한다니. 가혹하세요, 마마."

"결국 가례를 올리는 것은 나인데, 원치도 않게 왕실 구경거리
가 되어버렸으니 이 정도 심술은 부려줘야지. 서 내관도 그래. 있
지도 않은 공주마마의 운명적인 사랑 얘기를 여기저기 떠들고 다
닌다며?"

"어머, 그걸 어찌 들으셨어요?"

정작 설란에게 그 얘기를 말해준 도아는 처음 듣는다는 듯 두
눈을 커다랗게 뜨며 놀란 연기를 했다. 그런 도아를 밉지 않게 흘
긴 설란이 이미 정리가 끝난 머리를 매만졌다.

"얘깃거리가 되는 것은 썩 좋아하지 않지만…… 그런 얘기는 퍼
지면 퍼질수록 좋지. 세간에 파다하게 소문이 나면 없었던 일로
하기도 어려울 테니 말이야."

도아는 속뜻을 단숨에 알아듣고는 고개를 조아렸다.

"예, 마마."

이제 며칠 사이에 사실과 과장이 섞인 얘기들이 저잣거리를 떠
돌게 될 것이다. 정치적인 혼사에서 싹튼 풋풋한 사랑 얘기. 한
번 터진 소문은 굳이 다른 노력을 들이지 않더라도 자하국 전체
로 퍼져 갈 것이다.

"그래도 상감마마께옵서 너무하시옵니다."

"어째서?"

"부마 후보가 하나라니, 전례가 없던 일이어요."

도아의 말에 설란은 반사적으로 제 입가를 매만졌다.

"그러니. 나는 좋구나."

"어째서요?"

과거가 없는 사내다. 꺼려 할 이유가 충분했다. 그러나 설란은 쓸모도 없는 만남을 이어가는 게 얼마나 번거로운지 모른다며 고개를 저었다. 이미 부마도위는 최지환으로 내정되어 있다. 그러할진대 쓸데없이 시간을 버릴 이유가 없었다.

설란은 옷고름을 만지작거리며 몇 안 되는 이유를 읊조렸다.

"이상한 점이 있다지만 그 정도면 꽤나 괜찮은 남편감이기도 하고."

"여인을 만난 적이 없어서요?"

"글쎄, 그렇다기보단 사람 자체를 안 만나고 다니는 것 같지만 말이다……. 네 말대로 여자 문제로 골머리를 썩을 일은 없어 보이더구나."

"그럼요! 외사랑도 상대가 있어야 하는 걸요!"

후후, 작게 웃음을 흘리는 도아의 말에 설란은 고개를 끄덕였다.

"그래. 아무리 못 해도 한 번은 봐야 첫눈에 반하기라도 할 텐데, 이건 뭐 여인은커녕 술집 주모도 그를 본 적이 없다고 하니."

"그러게 말이에요. 그래도 마마께선 마음에 드신 게지요?"

"보아하니 기방에 들락거리는 것 같지도 않고, 학식도 깊고…… 음. 글쎄. 잘생겼잖아?"

설란은 분가루가 날리자 눈을 감곤 말을 이었다.

"그것도 아주."

가장 먼저 마음에 드는 것이 학식도 아니오, 집안도 아니오, 외양이라 말하는 설란은 무척이나 진실되어서, 도아는 속으로 작게 감탄했다.

"그러니 그 정도면 무척이나 좋은 조건이지. 아바마마께서 부마를 정하신다 하셨을 때 사실 걱정했었거든. 본래 부마 간택은 내명부의 일이니까."

"그렇죠."

만약 혜조의 모후, 정명대비가 살아 있었다면 그녀의 지휘 아래에 이뤄졌을 일들이었다. 그러나 정명대비는 사 년 전 세상을 떴다. 그다음으로 내명부를 이끌어가야 할 효연왕후는 애매한 위치였다. 대외적으로 그녀는 성품이 온화하고 공명정대하나 정치를 보는 눈은 없다는 평을 받는 왕후였다. 그것으로도 모자라 몸이 약해 최근 일 년은 병상을 전전했다. 근래 들어 다시 건강을 회복하고 있다고는 하나 또 언제 쓰러질지 모를 정도로 왕후는 병약했다. 설란이 그런 왕후의 병을 물려받은 것은 아닌가 하는 소문이 한차례 돌기도 했었다.

그것이 설란의 혼사에 엉뚱하게도 혜조가 끼어든 이유였다.

설란은 머리칼을 하나하나 땋아 나가는 도아의 손길을 따라 생각을 더듬으며 말을 이었다.

"게다가 아바마마께선 사내를 보는 눈이……."

단편적이었다. 게다가 여인이 꿈꾸는 남편감과는 거리가 백 보 정도는 떨어져 있었다. 설란이 말끝을 흐리자 도아가 재빨리 추임새를 붙였다.

"아아."

"그래서 난 사실 서른이 넘는 사내도 각오하고 있었단다. 보통 대과 합격자들 연배가 그렇잖아? 아바마마께서 과거도 통과 못한 사내를 부마로 삼을 것이라고는 생각하기 어려웠거든."

때늦은 공주를 보낼 혼처는 그리 많지 않은 법이었다. 적당한 가문에, 적당한 학식, 그리고 왕실과의 관계까지 전부 고려한다면 많아봤자 두어 군데로 좁혀지기 마련이었다.

그랬는데, 최가가 끼어들 줄이야.

이 혼담으로 혜조가 제 패를 내보였다는 것을, 정계에서 어느 정도 구른 이라면 전부 눈치챘을 터였다. 생각지도 못한 일에 다시금 손익을 따져 보던 설란은 역시 이 혼처가 꽤나 괜찮다는 것을 인정할 수밖에 없었다.

모순적이게도 기존의 기대치가 워낙에 낮아 반대로 만족도가 과하게 높아진 경우였다. 지환은 알려진 것이 적었으나 외양이 준수했고, 과거는 보지 않았으나 세자의 스승인 세자사로 임명될 만큼 학식이 깊었으며, 결정적으로 그녀보다 고작 두 살이 많았다. 두 팔 걷어붙인 뒷조사에도 알아낸 것이 이상하리만치 적었으나 어느 정도 감수할 수 있는 부분이었다.

그러니 이 정도면 괜찮은 혼사가 아니냐며 웃는 설란의 뒤에서, 도아의 안색이 차츰 흐려졌다.

고민에 빠진 얼굴과 잘근잘근 아랫입술을 씹는 것이 말 못 할 걱정거리가 있음을 짐작케 했다. 머리를 만지는 손도 점차 느려졌다. 그 잠시간으로도 머뭇거림이 느껴져서, 설란이 뒤쪽으로 고개를 살짝 젖히며 물었다.

"왜 그러니?"

"하면, 마마께옵서는 정녕 그 꽃도령과 가례를 올리시는 건가요?"

"꽃도령? 픕! 아주 잘 어울리는 별칭인데? 음…… 그래. 그렇게

되겠지. 지금이야 말이 나오는 정도지만, 내달이면 아마 아바마
마께서 교지를 내리실걸."

혜조의 마음에 든 이상 천지가 개벽하지 않는 한 가례는 진행
될 것이다. 게다가 이번 혼사는 여러 가지가 걸려 있는 복합적인
'거래'였다. 그러니 쉬이 파투 날 리 없다. 최가보다 더 많은 것을
쥐어줄 가문이 나타난다면 모를까.

그러나 현 상황에서 그런 가문은 존재하지도 않을뿐더러 있더
라도 위험을 감수하며 앞에 나설 가능성은 극히 적었다. 설란은
점차 어두워지는 도아의 낯빛에 짐작한 바를 뱉었다.

"무언가 마음에 걸리는 게로구나."

"저어, 마마…… 실은……."

"그래."

설란은 재촉하지 않고 도아가 먼저 말하길 기다렸다. 그녀의 오
랜 친우가 망설이는 일이라면 그만한 이유가 있을 것이라 생각했
기 때문이었다. 그녀의 생각대로, 몇 번인가 입술을 달싹이던 도
아가 뱉어낸 말들은 쉬이 믿기 힘든 종류의 것들이었다.

"취합하는 소문들 중에서 마음에 걸리는 것이 하나 있사옵니
다. 궁녀 중 하나가 어렵사리 알아온 것이온데……."

궁녀. 단어 하나에 설란의 눈빛이 달라졌다.

자하국에서 궁을 꾸려 나가는 여인들은 크게 세 부류로 나뉘
었다. 첫째는 수십 년간 왕실을 보필해 온 상궁이고, 둘째는 양반
가의 여식으로 이뤄진 궁녀이며, 셋째는 평민 여인들로 구성된 나
인이다.

그중에서도 왕실 내에서 궁녀의 위치는 조금 독특했다. 왕족을

직접 보필하는 위치에 있는 그녀들은, 대개 몇 년간 궁 생활을 한 뒤 혼기가 찼을 때 혼사를 치렀다.

또한 출퇴근을 하며 밤낮으로 궁 안팎을 들락거렸기에 일종의 정보를 물어 나르는 전서구이자 소문의 중심이었다.

설란의 눈빛이 바뀌자, 도아의 목소리가 한층 낮아졌다.

"그것이, 꽃도령에 대한 소문이라기보단 몇 년 전 최가에 대한 괴소문이 돈 적이 있사온데, 꽃도령도 관계가 있다 합니다."

"최가에 대한…… 괴소문이라?"

권세 좀 있는 양반네들에 대한 소문은 언제나 존재했다. 그러나 최가는 조금 달랐다. 청렴함은 굳이 말할 것도 없었다. 자하국이 세워질 때부터 존재하던 가문인지라 세월이 흐름에 따라 쌓여 온 재산은 굳이 뒷돈을 받을 필요도 없이 많았다.

게다가 이번 대의 가주인 최재원은 왕인 혜조와 어린 시절부터 알고 지내던 동무임에도 불구하고 아닌 것은 아니라 말하는 강직함을 가지고 있었다. 그러니 소문과는 거리가 먼 삶이라 할 수 있겠다.

사람들은 제 위에 있는 이들은 질투해도, 저 높은 곳에 있는 존재는 경외하는 법이다. 그게 바로 최가였다. 그러니 더러운 소문은 슬쩍 고개를 내밀었다가도 금세 뿌리 뽑혀 나갔다.

그런 최가와 관련된 기괴한 소문이라니. 설란이 흥미 어린 얼굴로 바라보자, 도아가 얼른 입을 열었다.

"예. 실은 몇 년 전에 이미 꽃도령에게 무슨 문제가 있는 것이 아니냐는 소문이 잠시 돈 적이 있답니다. 성인식을 치른, 부족할 것 없는 사내가 둘씩이나 있는데 어느 집안에도 청혼서를 보내지 않았으니까요. 그런데 찬물이라도 뿌린 것인지 어느 날 그런 소문이 싹 사라졌지 뭐예요. 그 소문이 돌고 일 년쯤 뒤에 최가에 대한 기이한 얘기가 돌았는데, 어찌나 이상하고 또 기이한지, 다른 사람들은 전부 코웃음만 쳤답니다. 상것들 사이에서 잠시 돌다 사라진 것이라 어렵사리 알아냈다 하지 뭐예요."

기이한 소문이라. 점점 흥미가 생긴다. 설란은 더 얘기해 보라는 듯 고개를 끄덕였다.

"자세히 얘기해 보렴."

"그게, 최가에서 대략 오 년 전쯤 일 년 동안 매주 소를 잡았다지 뭐예요. 백정들 사이에서 유명할 정도로 잡았다고⋯⋯."

"소를?"

"예. 더 이상한 것은 심장은 절대 훼손하지 말라는 명이 있었다는 거예요. 그래서 상것들이 이리 숙덕였답니다. 최가의 차남이 몹쓸 병에 걸려 살아 있는 소를 통째로 잡아먹는 걸로도 모자라 심장을 씹지도 않고 삼키고 있다고."

"⋯⋯통째로, 소를⋯⋯."

소를 통째로 잡아먹어야만 낫는 병이라니. 그게 가능하긴 하단 말인가. 잠시 지환이 입을 쩍 벌려 소머리를 씹으려 애를 쓰는 모습을 상상하다 눈살을 찌푸린 설란이 되물었다.

"그런 병이 있다고?"

"하여 소녀도 헛소문이라 생각했답니다. 그런데 진짜 이상한 건 다른 것인 게, 글쎄, 소는 그렇게 잡았는데 소고기를 본 이가 없다지 뭐예요."

"잠시만, 잠시만. 무슨 소리야, 그게. 매주 소를 잡았다 하지 않았느냐?"

"네. 그런데 반빗간-부엌- 아낙들은 소고기를 구경도 못 했다지 뭡니까. 매주 소를 잡은 것도 모르더라구요. 그런데 백정들 얘기는 또 다르더랍니다. 매주 돌아가며 소를 한 마리씩 잡았다며, 그때는 최가에서 장안의 소란 소는 전부 씨를 말리려는 줄 알았다고 진저리를 치지 뭐예요. 그런데 정작 잔치를 벌인 것도 아니고, 집안사람들이 고기반찬을 먹은 것도 아니라면 대체 그 많은 소들은 어디로 갔단 말이어요?"

뒤로 갈수록 말이 안 되는 얘기투성이다. 설란은 미간을 좁혔다.

이상한 점도 한두 가지가 아니었다. 그러나 소를 잡았다는 것만큼은 확실히 사실일 것이다. 백정들 사이에서 돈 얘기라면 두말할 것도 없었다. 생명을 거두는 것을 사명처럼 생각하는 이들이기에, 거짓을 말할 것이라고는 생각되지 않았다.

"이 얘기도 저잣거리에는 안 퍼졌답니다. 그 집안 대감께서 입단속을 어찌나 단단히 했는지, 백정들과 몇몇 반빗간 아낙들 사이에서만 알음알음 돌고 만 소문이라 하더이다."

결국 '여인네들' 입에서만 돌고 만 얘기라 혜조의 귀에도 들어가지 못했단 소리였다. 굳이 따지자면 등골이 오싹한 괴담이었으니 알 만한 일이었다. 왕이 귀를 기울일 법한 종류의 얘기가 아니었다. 왕도 왕이지만 글귀 꽤나 읽은 이라면 헛소리라 콧방귀를 뀔 법한 소문이었다.

그러나 설란은 도아의 얘기를 한 귀로 넘기지 않았다. 그녀는 여인이었으나 동시에 왕녀시강원을 꾸릴 정도로 체계적인 교육을 받아온 왕실의 일원이었으며 소문이란 것이 때로 얼마나 현실적인지 잘 아는 사람이기도 했다. 설란이 주목한 것은 '소'가 아니었다. 그녀는 다른 점에 주목했다.

'최가의 가주가 소문을 없애기 위해 두 팔 걷어붙였다?'

재원이 소문을 묵과했다면 설란도 별 이상함을 느끼긴 못했을 것이다. 괴이한 얘기라며 고개를 갸웃거리고 말았을지도 모른다. 그러나 최재원이 권력을 사용하면서까지 얘기가 퍼지지 못하게 했다면 얘기는 달라진다. 정상적이라면 재원은 그런 괴담 같은 소문은 들어본 적도 없어야 했다. 그런데 굳이 나서서 그것을 막았다는 건 혹여나 아랫것들 사이에서 말이 돌까 이전부터 온 신경을 곤두세우고 있었다는 뜻이었다.

그 말은 즉 '퍼지면 안 되는 것'이 그 소문 안에 있다는 소리였다. 그렇다면 무엇을 숨기려 한 것일까.

소?

톡톡. 경대 끝을 두드리는 손끝이 느렸다. 낮게 내리깐 두 눈이 짙어졌다.

"그걸 팔았을 리는 없고."

팔 생각이었다면 굳이 번거롭게 도축할 필요가 없다. 죽은 고기를 옮기는 것보단 살아 있는 것이 제 발로 가게 하는 편이 편했으니 말이다. 게다가 다른 가문도 아니고 최가가 도축업이라니. 말도 안 되는 가정이다.

"몰래 구워 먹었을 리는 더더욱 없고."

"꽃도령이 날것으로 소고기를 먹어야 하는 병에 걸렸다는 얘기가 돌았으니, 그런 병이 있는 건 아닐까요?"

"날고기를 먹어야 낫는 병이 세상 어디에 있다고."

설란이 황당하다는 표정을 짓자, 도아가 까르르 웃었다.

"그렇죠? 소문을 낸 사람도 그렇게 생각했는지, 그다음에는 조상님들에게 공양을 지냈는데 영혼이 와서 고기를 먹었다는 얘기랑, 실은 최가에 요물이 산다는……."

귀신에 요물까지.

그 와중에 도아는 매우 진지한 표정으로 '그래도 귀신보다는 요물 쪽이 더 가능성 있지 않을까요?'라며 종알거렸다.

갈수록 태산이다.

"말도 안 되는 소리. 날고기를 먹어야 하는 병도 들어본 적 없다만 서풍이 요물을 물리치려 매주 소를 잡았다는 건 정말이지, 말도 안 되는 얘기야. 성도청에 대한 서풍의 의견이 일관적이라는 것만 봐도 알 수 있지."

십 년쯤 되었을 것이다. 최재원이 성도청에 대한 지원을 줄여야 한다 주장하기 시작했던 것이. 결국 성도청은 궁에서 밀려났고 무녀들이 쥐고 있던 권력 역시 빠르게 깎여 나갔다.

'십 년…… 이라.'

이번에도 묘하게 겹치는 시기에, 설란은 눈살을 찌푸렸다. 구년, 혹은 십 년 그즈음에 대체 무슨 일이 일어났단 말인가.

"최지환을 본 의원이 있거나 무녀가 있거나 그런 건 아니고?"

"네. 그런 건 아니에요. 사실 이 소문도 꽃도령이 그랬을 거다, 라는 얘기만 돈 거지 실제로 꽃도령이 소를 잡았거나 잡는 곳에 나타났거나 그런 건 아니더라고요. 그래도…… 소문들 중에서는 가장 괴이해서, 마마께 말씀은 드려야 할 것 같아서요."

"가장 괴이했다고? 다른 소문은 또 무엇이 있기에?"

"그게…… 소를 잡았다는 소문과 같이 난 얘기가 있사옵니다. 이건 소문이라기보다는 사실인지라……."

"말해보렴."

"구 년 전, 서풍께옵서 솔거노비-저택에 같이 기거하는 노비-를 모두 내보내시고, 첫째 도련님을 절로 보내셨다지 뭐예요. 솔거노비를 내보낸 것은 집안이 번잡스러운 것이 싫어서라는 말이 있고, 도련님을 절로 보내신 건 학업을 위해서라는 얘기가 있었답니다."

최지문. 최가의 장남이자 미래 최가를 이끌어 나갈 사내이니 그를 산속 깊은 절로 보내 학업에 열중하게 한 것은 그리 이상한 일이 아니었다. 실제로 재력이 있는 가문에서는 비슷한 경우가 더러 있었으니 말이다.

그러나 솔거노비를 모두 내보냈다는 것은 아무리 생각해도 쉽게 이해되지 않는 일이었다. 노비를 집에 기거하게 하는 이유는 단순했다. 항상 저택을 관리하기에 용이하고 필요할 때 불러 일을 시키기에 좋기 때문이다. 그런데 그런 솔거노비를, 단 한 명도 남기지 않고 내보내다니.

'이상해.'

하나하나 떼어놓고 보면 그럴 수 있다, 싶은 일들이다. 소야 고기를 좋아하는 양반집에서는 종종 잡기도 했으니 그러려니 넘길 수 있다. 솔거노비의 경우에도, 때로 마음이 약한 이들이 몇몇 내보내곤 했으니 그리 특별할 것 없었다.

그러나 그럴 법한 일들이 겹치고 또 겹치면, 그것은 정말 우연일까. 아니면 무언가를 위해 반드시 해야만 했을 일들일까.

의심은 먹물과도 같다. 호수처럼 넓고 맑은 물이라 할지라도 한 방울의 먹물만으로 까맣게 물들 듯, 작은 의심은 삽시간에 머릿속을 새까맣게 물들이고야 마는 것이다. 설란은 이미 거뭇하게 물들어 버린 머릿속에 질끈 눈을 감았다. 아예 눈앞이 새까만 것이 낫겠다 싶었다. 얼마간의 시간이 흐른 뒤 다시 눈을 뜬 그녀는 곧장 자리에서 일어났다.

"그래. 혹시 모르니 알아봐야겠구나."

당장 고민해 봤자 답이 나오는 일도 아니었다. 설란은 이 문제를 뒤로 미뤄두었다. 일단 지금은 반각이 지나기 전에 후원으로 나가는 게 가장 중요했다. 이쪽에서 시간제한을 둔 이상 너무 늦게 나가는 것은 예의에 어긋나는 일이었으니 말이다.

"이쪽에서 퍼뜨리는 얘기 외에 다른 소문이 돌고 있진 않은지도 확인해 보렴."

"저만 믿으세요, 마마님. 소문이 돌더라도 제가 다 막을게요."

흰 노리개를 달아주던 도아가 주먹을 불끈 쥐며 말했다. 그런 그녀의 모습에 한바탕 웃음을 터뜨린 설란은 눈꼬리에 맺힌 눈물을 훔쳤다.

"그래. 네 말대로 너만 믿으마. 난 가서 꽃도령의 마음을 꽉 잡아올 테니 넌 소문을 잡으렴."

"예!"

서로 결연하게 바라본 다음, 한 번 더 와르르 웃은 설란과 도아는 사이좋게 방에서 나왔다.

상궁도, 궁녀도, 나인도 모두 물린 채 홀로 후원으로 향하는 설란의 걸음걸이는 가벼웠다. 심지어 왕인 혜조가 주도하고 있는 판 위의 주인공이었으나 그녀의 행동거지에서는 긴장감이 조금도 느껴지지 않았다. 모르는 이가 본다면 꽃구경을 하고 있는 사람처럼 보일 것이나, 정작 설란의 두 눈은 까맣게 물들어 있었다. 뻗어 나가는 팔다리와는 달리 그녀의 정신은 방금 도아에게 전해 들은 소문에 멈춰 서 있었다.

'소라. 무슨 의식인 건가. 왕실에서 의례적으로 하는 기우제도 질색하는 그 최가가? 아니, 아닐 거라는 생각은 배제하고……. 아니 그런데 돼지도, 닭도 아니고 소를, 그것도 날고기를 대체 어디다…….'

"마마."

'소라. 그 많은 소를 남몰래 공수하기도 쉽지 않았을 터인데. 사람들의 입을 막으면서까지 중요한 일이라는 소리이고, 소를 도살한다는 사실이 알려지지 않기를 바랄 만한 일이라…….'

"공주마마."

중얼거리며 생각에 잠겨 있던 설란은 귓가에 들리는 목소리에 화들짝 놀라며 뒤돌았다. 그리고 이번에는 껑충 뛸 정도로 놀랐다.

"그……!"

무의식중에 돌아간 고개인지라 상대방의 거리 같은 건 생각지도 못한 설란이었다. 시선이 돌아간 그 자리에 제가 말갛게 비치는 새까만 눈동자가 있었다. 콧등이 부딪쳤던가. 살짝 스친 것 같기도 했다. 저치와는 키 차이가 났으니 아마 허리를 숙이고 있었으리라.

아. 그래. 설란은 일순 새하얗게 질린 머릿속에 제가 마주한 이의 얼굴을 새겨 넣는 데 성공했다.

최지환, 그였다.

"어? ……악!"

고개를 돌렸더니 바로 코앞에 지환의 얼굴이 있을 것이라 그 누가 상상이나 했겠느냐 말이다. 별생각 없이 설란을 불렀던 지환 역시 그녀의 모습에 따라 놀라고 말았다. 바로 며칠 전에 봤던, 칼같이 예법을 지키던 공주님이 그의 머릿속에서 증발하듯 사라졌다. 대신 저보다 두 살 어린 소녀가 그 자리를 대신했다. 스치듯 허공에서 부딪친 시선에, 그의 심장이 무언가에 얻어맞은 듯 덜그럭거렸다.

뭐지?

상념은 길지 않았다. 설란이 뒤로 한 번 더 경중 뛰자, 언제 그랬냐는 듯 그의 온 신경은 다시 그녀에게로 쏠렸다. 동그랗게 뜬 두 눈은, 풀숲에 몸을 숨기고 있다 들킨 토끼 같았다. 익숙지 않은 한 발 뛰기에 설란의 중심이 흔들리자 그는 자신도 모르게 손을 내밀었다. 뻗어진 손에 오히려 그녀가 놀랄 것이라고는 생각조차 해본 적이 없기에 나온 행동이었다.

그러나 그녀는 순수한 호의에 놀랐고, 흔들리던 중심은 빠르게 무너져 내렸다.

"어? 어어……!"

뒤로 넘어가는 그녀를 따라 풍성한 치맛단이 풀썩이며 들렸다. 고개를 젖힌 설란의 눈 안에 푸른 하늘이 가득 들어찼다. 모든 순간들이 갑자기 느려진 것처럼 장면장면, 점점이 끊어졌다. 설란은 제가 중심을 잃었다는 사실을 깨달은 그 순간에도 창피하다는 생각을 먼저 했다. 이 무슨 추태란 말인가. 소리는 멀어 들리지 않는다 해도 사방이 훤히 뚫렸으니 모습은 보일 터다.

이 사내에 대해 뭐든 알아오겠다고? 정면 승부만이 남은 답이라고?

귀까지 새빨갛게 달아오른 설란은 제 다짐을 재빨리 바꿨다. 가능하기만 하다면 마음은 안 훔쳐도 괜찮으니 꼴사납게 넘어지기 전에 이 자리에서 사라졌으면 좋겠다고. 그렇게 빌며 눈을 질끈 감았다.

그러나 예상했던 고통은 아무리 기다려도 들이닥치지 않았다. 바닥에 짐덩이처럼 내팽개쳐져 등은 욱신거리고 치마는 더러워지는 상황을 상상했으나, 부끄러움 대신 반쯤 허공에 몸이 붕 떠 있는 기이한 느낌에 설란은 천천히 감았던 눈을 떴다.

"……괜찮으십니까?"

귓가를 간질이는 낮은 목소리가 들렸다. 처음 봤을 때 꽃과 같다며 그녀가 찬탄해 마지않았던 지환의 얼굴이 바로 코앞에 다가와 있었다. 어찌나 가까운지 아슬아슬한 거리를 유지하고 있는 얼굴에서 온기가 느껴질 정도였다. 맞닿지 않더라도 서로의 온기를 느낄 수 있다는 사실을, 설란은 이번에 처음 알았다. 당연한 말이지만 그녀는 저와 비슷한 나이의 사내와 이리 가까이 맞닿은 경험이 없었다.

"마마?"

그것만으로도 놀랄 일인데 심지어 제 손을 잡고 있는 남자는 지나치다 싶을 정도로 준수해, 과한 충격을 받은 그녀의 심장이 쿵 하고 바닥으로 떨어졌다. 이건 꿈인가? 저를 잡고 있는 최지환이 현실인지 확인하기 위해 번거롭게 손을 뻗을 필요도 없었다. 걱정이 가득 담긴 새카만 눈동자와, 매끈한 콧날이 조금만 고개를 움직여도 닿을 위치에 있었으니 말이다.

오! 속으로 비명과도 같은 단말마를 내지르며 그녀는 다시 눈을 질끈 감았다. 벌새의 날갯짓처럼 그녀의 눈꺼풀은 재빠르게 덮였다. 그녀는 신의 존재를 믿지 않았지만, 지금 이 순간만큼은 간절히 빌었다.

천지신명께서 존재하신다면 부디 이게 꿈이길!

"……마마?"

그러나 갑자기 신이 뿅 하고 나타나 그녀를 이 상황에서 구해 주는 기적은 일어나지 않았다. 조심스레 저를 부르는 목소리에, 역시 매년 지내던 기우제는 다 헛짓이었다고 속으로 실컷 욕을 퍼부었다. 그렇게까지 많이 바쳤으면 소원 한두 개쯤은 덤으로 들어줄 수도 있는 거잖아요! 심지어 그렇게 어려운 것도 아닌데!

신이 듣는다면 기우제와 이게 무슨 관계냐며 기막혀 할 주장을 속으로나마 격렬하게 펼친 설란은 곧 어색하게 웃으며 눈을 떴다.

그렇게 간절히 빌었건만, 방금 전 본 얼굴은 여전히 그 자리에 있었다. 걱정스레 저를 살피는 지환의 모습에 입안이 바짝 말라오는 것 같았다. 그녀는 만약 눈앞에 토끼 굴이 있다면 그곳에라도 뛰어들고 싶다는 생각을 하며 조심스레 입을 열었다.

"음, 고마워요."

"아닙니다. 마땅히 해야 할 일을 했을 뿐입니다."

"아. 그러고 보니, 청월? 맞죠, 호가……."

"예. 맞습니다."

"그렇죠? 생각해 보니까 아주 멋진 호인 것 같아요."

푸른 달이라니. 무언가 아련한 느낌이 있는 호라며 횡설수설하는 설란을 지환이 가까스로 진정시켰다.

"감사합니다. 그보다, 마마. 혹 어디 다치신 곳은……."

"아, 아뇨. 일단, 난 괜찮아요. 그런데…… 음. 그게, 청월이 깨닫지 못하는 것 같아서 말하는 건데, 이 자세는 조금 그렇지…… 않나요."

설란이 눈짓하는 방향으로 시선을 옮긴 지환은, 그제야 제 팔이 다른 누구도 아닌 공주의 허리를 휘감고 있다는 것을 자각했다. 자각하기가 무섭게 팔 안쪽에 와 닿는 체온이 갑자기 불길처럼 뜨겁게 느껴지기 시작했다.

몇 번이고 설란과 마주했으나 처음 느끼는 감각이었다. 너무도 자극적이라 그대로 속이 들끓는 것 같은 그 묘한 기분.

지환은 반사적으로 숨을 멈춰 버리고 말았다. 방심했다. 혹은 몸의 변화를 자각조차 못할 정도로 정신이 팔려 있었다. 코끝은 거의 닿을 정도로 가까웠고, 조금만 집중한다면 서로의 숨결을 느낄 수도 있는 거리였다.

고작 그녀가 몇 번 눈을 깜빡였을 따름이었다. 그 찰나에 지환은 다급히 설란을 일으켜 세우고는 뒤로 물러섰다. 언제 서로 부둥켜안고 있었냐고 묻는 듯한 재빠름이었다.

저를 구했으면서도 저 멀리 떨어져 선 지환의 모습에 설란의 눈이 가늘어졌다. 미래 제 부군 될 이의 생각지도 못한 면모는 참으로 바람직하기 그지없었다. 방금 전까지 창피함에 어쩔 줄 몰라 하던 것도 잊은 설란은, 장난이 가득 묻은 말투로 말했다.

"흐응. 청월은 부끄러움이 많군요."

"그, 크흠. 남녀상열지사(男女相悅之詞)라 하였습니다. 이런 모습을 누가 보기라도 한다면 마마의 위상에 누가 될까 두려울 뿐입니다."

노인들이나 할 법한 소리에 설란이 눈살을 찌푸렸다.

"있잖아요, 아직 정식적으로는 아니지만 그쪽이랑 이쪽, 곧 부부가 되거든요? 남녀상열지사(男女相悅之詞)는 무슨."

그러면서 성큼 가까이 다가섰다. 아직 아무것도 안 했는데 대놓고 거리감을 두는 지환에 대한 반발심이었다. 과거 행적이 하나도 없는 지환을 꺼려했던 얼마 전의 자신은 까맣게 잊은 모양이었다.

바로 눈앞에서, 저보다 얼굴 하나는 작으면서도 고개를 들어 올려 '안 그래요?' 묻는 설란의 존재에 지환은 있지도 않은 두통을 느끼며 다시 뒷걸음질 쳤다. 그녀가 눈앞에 있으니 약속한 것처럼 저를 괴롭히던 고통들은 사라졌으나 그 위에 새로운 고민거리가 얹어진 셈이었다.

무명의 말은 진짜였다.

'왕실의 피는 유효하다 했던가.'

설란이 시야에 들어올 때면, 한 치의 오차도 없이 모든 고통이 썰물처럼 빠르게 사그라졌다. 해 아래에서는 절절 끓던 살갗이 고요했다. 지끈거리는 두통에 절로 흘러나오던 신음도 잠잠하기 그지없었다. 익숙지 않은 평온함이 그 자리를 대신했다. 그러나 이리 가까이 다가가면 또 다른 열기가 몸을 들썩이게 만든다는 것을 처음 안 지환은, 새삼스럽게 설란을 바라봤다.

"내 말이 틀렸나요?"

처음 그녀를 만났을 때 얼마나 놀랐던가. 얼굴에 뒤집어쓰고 있던, 견고하다 생각했던 가면이 벗겨질 정도로 놀라, 자신도 모르게 눈앞에 나타난 구원을 붙잡을 뻔했다. 그 충동을 이기기 위해 희생된 책의 책등은 못 쓸 정도로 망가지지 않았던가.

무슨 종류의 기적이냐 누가 묻는다면 한마디로 설명할 자신이 없었다.

그러나 그녀가 눈 안에 들어오면 벌떼가 웅웅거리듯 시끄럽던 머릿속이 일순 고요해진다는 건 부정할 수 없는 사실이었다. 한 걸음, 두 걸음, 그녀가 가까이 다가올수록 항상 제 옆에 딱 달라붙어 헛소리를 지껄여 대는 환각이 신기루처럼 천천히 지워졌다. 그리고 찾아오는 것은 완벽한 고요, 잡음 하나 없는 상태에서의 평안이었다.

그러니 그녀는, 그에게 있어선 존재만으로도 기적이었다.

공주라는 신분도, 아름다운 외양도, 때때로 엉뚱한 면모도, 그에겐 모두 그리 중요하게 느껴지지 않는 것들이었다. 오직 그녀가 일으키는 기적이 너무 아름답게 빛나서, 그러면 안 된다는 것을 알면서도 저도 모르게 양껏 손을 뻗게 된다.

제발 나 좀 살려달라 그렇게 소리 없이 외치면서.

마치 지금처럼.

"어어……?"

눈동자가 흔들린다 싶었던 지환은 언제 그랬냐는 듯 애처로이 팔을 뻗어 설란을 끌어당겼다. 그런데 또 그 힘이 봄바람보다도 약해서 마음만 먹는다면 쉽게 뿌리칠 수 있을 정도였다. 뿌리치는 게 맞긴 했다. 반쯤 혼약자라도 정식으로는 고작 두 번밖에 보지 않은 상태에서 부둥켜안는 게 좋게 보일 리가 없지 않은가.

그러나 팔꿈치를 스치며 제게 가로질러 오는 그의 손이 사시나무 떨듯 떨리고 있어서, 설란은 그를 뿌리칠 순간을 놓치고 말았다.

"……음."

한 치의 빈틈도 없이 꽉 끌어안긴 뒤에야 설란은 속으로 놀라움의 탄성을 뱉었다. 나쁜 의미로? 아니, 아주 좋은 의미로.

이 남자, 안겨보니 의외로 품이 넓었다.

'글만 읽는 서생인 줄만 알았더니 그건 또 아닌 모양이네.'

어차피 성사되어야만 하는 혼사이니 좋은 점만 보자, 라는 생각이 아예 없는 건 아니었기에 설란은 넓은 품에 후한 점수를 주었다. 그래. 이왕 결혼해야 한다면 품이 넓은 남자가 낫지.

"저기."

뿌듯하게 점수를 준 것과는 달리, 지환의 어깨를 톡톡 두드리는 설란의 목소리는 조심스러웠다. 곧 부부가 된다는 말을 하기가 무섭게 금방이라도 울 것처럼 일그러지던 얼굴을 본 것이 마음에 걸렸다. 품이야 넓었다만 아이가 엄마를 찾는 것처럼 다급하게 뻗어진 손엔 대중도 없었다.

'왜 그러는지 잘은 모르겠지만.'

그래도.

"있잖아요, 산통 깨려는 건 아닌데, 그렇다고 이렇게 갑자기 끌어안는 건 좀 빠르다고 생각하지 않아요?"

아, 떨어졌다. 천천히 증발되는 온기에 생각지도 못했던 아쉬움이 미련스럽게 눌어붙었다.

'흠. 조금만 늦게 말할 걸 그랬나.'

도아가 들었다면 잔소리를 한 시진은 늘어놓았을 일이다. 궁녀가 공주에게 잔소리라니. 상궁들이 듣는다면 기함할 일이었으나 도아였기에 가능한 일이기도 했다. 이 장면을 도아가 봤다면 어떤 표정을 지었을지 상상하며, 설란은 속으로 작게 웃었다.

어쩌면 잔소리가 아니라 양손을 맞잡은 채 꿈에 젖은 목소리로 낭만적이라 말할지도 모르지.

여러 부인들에게 어릴 적부터 갖가지 얘기들을 들은 덕분에 그녀는 혼인 후의 삶에 대해 그리 큰 기대를 갖고 있지 않았다. 부인들의 얘기 속에서 남편이란 단어 그대로 '남'의 편이었고, 시댁 생활은 고달팠으며 아이를 키우는 것은 장난이 아니었다.

그러니까, 가례를 올리기도 전에 이렇게 뒤로 넘어갔다 끌어안았다 정신이 없는 사건들이 가득할 것이라고는 상상도 못 했었다.

"상황이 조금 묘하기는 한데, 괜찮으면 좀 걸을까요?"

그녀의 제안에 지환도 이곳을 벗어날 필요가 있다 싶었는지 고개를 끄덕였다. 등 뒤에서 느껴지는 상궁과 궁녀들의 시선이 너무도 뜨거웠기 때문이었다. 굳이 소문을 퍼뜨리지 않아도 이 정도면 반나절이 채 지나기 전에 낯 뜨거운 소문이 장안에 파다하게 퍼질 게 분명했다.

설란과 지환은 다시 일 보 물러서서 서로 어색한 거리를 유지한 채 걷기 시작했다. 물론 둘 사이에 가득한 것은 봄꽃들뿐이라, 멀리서 보면 그것도 한 폭의 그림이었지만 말이다.

먼저 침묵을 깬 것은 지환이었다.

"하나, 확인하고 싶은 것이 있습니다."

"얼마든지요."

"제가 마마의 부군이 되어도, 괜찮으십니까."

"이번 혼사에 제 의견이 들어가 있는지 묻는 건가요?"

"예."

이렇게 직설적으로 물어올 줄이야. 당황한 설란은 대답할 말을 찾기 위해 고민해야만 했다.

"글쎄요…… 그렇다 한다면 어찌 대답해 줄 건가요?"

"저는, 마마께는 부족한 사내입니다."

"정확히 무엇이 부족하죠?"

"……모든 것이, 부족합니다."

"이상하군요. 아바마마께서는 청월, 당신을 무척 높게 평가하고 있답니다. 저 역시 마찬가지고요. 아, 제가 오라버니의 강연을 청강했다는 것을 잊은 게 아니라면 괜히 하는 말이 아니라는 것쯤은 알 것이라 생각해요. 그러니, 이 상황에서는 당신은 부족하니 혼사를 물리자고 하는 대신 자신감을 가지라 얘기해 줘야 하는 거겠죠?"

이런 상황에서는?

그 정도의 가문에, 학식에, 외양까지 갖췄으면 조금 덜 겸손해도 된다며 설란이 웃었다. 그러나 겸손이라는 단어로 치장하기에 지환의 낯빛은 지나칠 정도로 어두웠다. 안 그래도 느리던 그의 걸음이 어느 순간 우뚝 멈췄다.

쏴아아―

바람에 타고 올라온 진한 꽃향기를 맡으며 설란 역시 걸음을 멈췄다.

"제 곁에 있으시면, 마마께서 위험합니다. 그러니 부디 제 청을 들어주실 수 없겠습니까."

"그 청이 무엇인지, 먼저 얘기하는 것이 순서겠죠."

일단 듣기나 해보자는 설란의 말에, 지환은 삐뚜름히 입술을 비틀었다. 이제부터 제가 할 말들은 그저 듣기만 할 수는 없는 종류의 것이었기에.

평생 꾸고 싶은 꿈이라도 언젠가는 깨어나야만 하고, 아름다운 그 어떤 순간도 결국엔 흘러가 버린다. 그녀는 제게 있어 그런 꿈이었다. 결국엔 깨어나야만 하는.

"이 혼사, 마마께서…… 거절해 주셨으면 합니다."

그래서일까. 그 한마디를 하는 것이 이토록 어려운 이유는.

지환에게 남은 방법은 오직 이것 하나였다. 재원이 수십 번 거절한들 왕의 의지를 꺾을 도리는 없었다. 게다가 얼마 전까지만 해도 이 혼사를 막기 위해 고군분투하던 재원마저 찬성 쪽으로 돌아섰다. 그러니 지위도, 권력도 자하국의 공주인 설란보다 한창 낮은 지환으로서는 이외엔 뾰족한 수가 없었다.

그 갑작스러움에, 설란은 우뚝 멈춰 섰다. 봄꽃이 만발하던 설란의 머릿속에, 처음 저를 보자마자 희게 질렸던 사내의 얼굴이 다시금 떠올랐다.

"다시 물을게요. 아무런 책임도 묻지 않을 테니 진지하게, 사실만 답해준다 약조해요."

"약조하겠습니다."

"……정인이 있나요?"

"아닙니다."

"그렇다면 외사랑인가요?"

"예?"

"홀로 마음에 둔 여인이 있느냐는 뜻이에요."

"아뇨, 그런 이유가 아닙니다."

"하면 왜죠? 내가 어디가 부족한지 말해봐요."

"마마께는 아무런 문제도 없습니다. 온전히 제 문제입니다."

"더더욱 이해할 수가 없군요."

설란은 무작정 싫다는 남자를 어린아이를 보는 듯한 기분으로 바라봤다. 그녀 역시 지환이 누군가를 마음에 두고 있다면 이 혼사, 하고 싶지 않다 말했으나 실상 그런 사사로운 이유로 물릴 수 없음을 잘 알고 있었다. 수없이 많은 이해관계가 이 혼사 하나에 얽혀 있었다. 한 수를 물리면 수십 개가 와르르 무너지는 상황을 그도 모르진 않을 터. 그런데 이런 억지라니.

무어라 한 소리 하려 입술을 달싹이던 설란은 방금 전까지만 해도 잊고 있던 것이 떠올라 입을 다물었다.

"소를 잡았대요. 매주. 그런데…… 이상하게 고기를 본 사람은 없다지 뭐예요."

설마. 그럴 리가 없다.

그녀는 애써 고개를 저어 상념을 떨쳐 냈다. 그러나 생각은 끈 질기게 그녀의 치맛자락을 붙들고 늘어졌다. 단호하게 베어냈던

가능성들이 다시금 서로 손에 손을 잡고 이어지기 시작했다.

일정 기간을 두고 꾸준히 사라진 고기, 그리고 그것을 굳이 감춰야만 했던 이유. 굿이나 미신을 제외하면 남는 것은 오직 하나였다.

비밀리에 식량을 조달해야 하는 유일무이한 이유,

모반(謀反).

'아냐. 아바마마께서 그 사실을 눈치채지 못하실 리 없어.'

그렇다면 무엇이란 말인가. 모반 쪽으로 기울던 설란의 생각을 끊어낸 것은 낮게 가라앉은 목소리였다.

"저는, 괴물입니다."

뭐?

설란은 제가 잘못 들었나 싶어 다시 말해달라는 표정으로 그를 바라봤다. 다행인지 불행인지, 지환은 한숨과 함께 다시 입을 열었다.

"못 믿으시겠지요. 그러나 사실입니다."

지환의 고개가 동쪽으로 빗겼다.

"동쪽으로 사십 보 떨어진 곳에서 마마의 궁녀가 이곳을 계속 훔쳐보며 비명을 질러대고 있습니다. 서쪽으로 오십 보 떨어진 곳에서는, 김 상궁과 서 내관이 가례에 대해 얘기를 나누고 있고, 다들, 이곳을 주목하고 있군요."

"뭐, 그게 무슨……."

말이 안 된다. 그녀는 동쪽과 서쪽을 향해 반사적으로 고개를 틀었다가, 다시 정면을 응시했다. 보이는 것이라고는 나무나 건물뿐이었다. 궁인들을 전부 물렸으니 사람이 보일 리 없었다. 나를 속여먹으려는 것인가?

당혹스러움이 사라지자 연쇄 작용으로 화가 밀려왔다. 그녀의 눈에서 불길이 일었다. 성큼, 지환에게 다가선 걸음은 이내 소매 깃을 붙드는 손으로 이어졌다.

"차라리 겁박하지 그래요."

"……무슨-."

"모르는 척하지 말아요. 그날, 청월 당신이 눈치챘다는 건 나도 알고 당신도 알고 있는 얘기니. 그러니 그런 말도 안 되는 얘기를 지껄일 생각이라면, 차라리 겁박을 해요. 이 혼사, 물리지 않는다면 소문을 내겠다고."

흔들리는 지환의 두 눈을 보자 설란은 혹시, 라는 의심 어린 가능성마저 집어던졌다. 이 남자는 알고 있다. 자신이 그날 세자의 복식을 입은 채 세자로서 궁 안을 활보했다는 것을. 혹은 그것에 무슨 이유가 있다는 것까지도.

"……무엇을 말씀하시는지 모르겠습니다."

순간적으로 머릿속이 까맣게 질릴 정도로 화가 치밀었다.

"모른다고? 그러면서 괴물? 하! 이것 봐요, 내가 그렇게 세상 물정 모르는 것 같아요?"

피할 수 없는 일이기에 어떻게 해서든 즐겁게 부딪치려 노력했었다. 그가 정쟁의 중심에 위치한 최가의 차남이라는 사실 이전에 차분한 듯한 성격을 먼저 보았고, 꽃도령이라는 별칭이 붙을 정도로 고운 외양에 관심을 쏟았다.

그렇게 이 정도면 괜찮다고 자위하며 기꺼이 상황을 받아들이려 노력했다. 어차피 물릴 수도 없는 일이었으며, 물려서는 안 될 일이었으니까.

그런데 정작 당사자는 자신이 괴물이라며 장난을 치다니.

"청월."

뚝, 아래로 떨어뜨렸던 시선이 위로 죽 직선을 그리며 밀고 올라왔다. 새까만 두 눈동자에 일렁이는 것은 열기였다. 그 무엇보다 뜨겁게 타오르는 열기와, 얼음장처럼 차가운 시선이 허공에서 부딪쳤다.

"장난치지 마세요. 그대에겐 이 혼사가 장난으로 보입니까?"

"장난이 아닙니다."

쏟아내려던 화는 갑자기 잡아당겨진 팔에 그대로 고꾸라졌다. 지환은 제 팔을 감싸듯 움켜쥐며 그대로 서 있던 위치를 바꿔 버렸다. 마치 춤을 추듯 빙그르르 돈 설란이 두 눈을 크게 떴다. 반쯤 지환의 팔에 몸을 지탱하는 모양새가 되어버린 설란의 미간이 구겨졌다. 그러나 지환은 그녀에게 사과하지도, 그녀를 다시 일으켜 세워주지도 않았다. 바싹 마른 입술을 달싹이며 말했을 뿐.

"헛된 얘기도 아니고, 마마를 얕본 것도 아닙니다. 그저 진실을 얘기했을 뿐입니다."

음울하게 가라앉은 그의 두 눈 속에서 시커먼 물이 일렁이는 것만 같다. 그러나 실제로 일렁이고 있는 것은 그의 등 뒤에 있었다.

"저주받은 저는, 그저 괴물에 불과합니다."

비밀을 뱉어내는 목소리가 느렸다.

"그러니 마마와 가례를 올릴 수 없습니다."

말이 끝나자마자 허공에 먹물을 흩뿌린 듯 그의 등 뒤에서 아홉 갈래로 찢어진 검은 덩어리가 서서히 번져 나갔다. 차디찬 한

겨울에 앙상하게 발가벗은 나뭇가지처럼, 아홉 가닥의 꼬리는 허공을 찢어 내리며 일렁였다. '괴물'이라 부를 법한 그의 모습에 설란은 목이 막힌 것처럼 가쁜 숨을 뱉어냈다.

'하……!'

장난이 아니다. 진짜였다. 그녀의 입술 사이에서 한숨 같은 탄성이, 혹은 한탄이 터져 나왔다.

시야 안에 검은 덩어리들이 들어온 뒤에야 모든 이상한 점들이 하나로 엮였다. 흰 종이 위에 수없이 찍혔던 점들은 일순 하나로 이어져 결론으로 내달렸다.

수재라 칭송받던 소년의 갑작스러운 은거, 성년이 지났음에도 누구 하나 혼사를 올리지 않은 최가의 사내들, 꾸준히 사라진 소까지.

이것이었구나.

벼락같은 깨달음이 내리쳤다. 설란은 자신도 모르게 질끈, 눈을 감았다. 그러나 임의로 만들어낸 어둠 속에서도 앵무새처럼 같은 생각만이 반복될 뿐이었다.

그 모든 기행(奇行)의 이유가, 바로 이것이었구나.

모든 것이 바로 최지환을 중심으로 얽혀 있었다. 이제야 이해가 되었다. 어째서 최지환이 구 년 전부터 갑작스러운 은거 생활을 시작했는지. 왕의 꾸준한 권유에도 과거를 보지 않던 이유가 무엇인지. 어째서 아랫것들 사이에서 떠도는 소문을 최재원이 그리도 엄하게 단속해 왔는지.

그 모든 것이 아들의, 가문의 치부를 가리기 위한 발버둥이었다니. 먹물을 엎어버린 듯 먹먹하던 그녀의 머릿속이 일순 희게 질렸다.

그 흰 바탕 위에 새겨진 것은 새까만 두 글자, 저주(詛呪).

"과한 부탁임을 압니다. 그러나, 이외엔 달리 방법이 없었습니다."

지환은 제 어깨를 붙든 손이 잘게 떨리는 것을 느끼며 천천히 그녀를 밀어냈다.

둘 사이에 주먹 하나가 들어갈 정도로 작은 틈이 생기자 희게 질린 설란의 얼굴이 지환의 눈에 들어왔다. 낯익은 얼굴이었다. 그래서일까, 그녀의 낯빛을 보는 순간 목구멍에 돌덩이가 틀어막히는 것만 같았다. 숨이 턱하니 질려서 저도 모르게 다시 뻗어 나가려는 손을 막기 위해 주먹을 쥐어야만 했다.

이런 얼굴을 보고 싶었던 것은 아니었는데.

언제고 어느 때고 그녀의 곁에 있을 때면 그제야 살아 있는 기분이 들었다. 본능적으로 설란이 가까워질 때면 깊게 숨을 들이마시고 고개를 들어 하늘을 보았다. 그렇게 구원을 갈망했건만, 지금 이 순간만큼은 간절히 바라고야 만다.

그녀가 보이지 않는 곳으로 도망치고 싶다고.

"마마."

그 작은 부름에, 설란은 화들짝 놀라며 뒷걸음질 쳤다. 그러나 거리가 벌어졌음에도 설란은 그의 어깨를 붙든 손에서 힘을 풀지 않았다. 오히려 혹여나 그가 저를 뿌리칠까 싶어 더 꽉 붙잡았다.

"저주라고."

설란의 목소리가 가늘게 떨렸다.

떨고 있는 건가? 내가? 이제 와 더 놀랄 일도 없다 생각했는데 그건 또 아닌 모양이다. 이렇게 온몸이 사시나무 떨듯 떨리는 것을 보면 말이다. 설란은 혹여라도 제가 정신을 놓을까 걱정돼 아랫입술을 꽉 물었다.

그러나 떨림은 가시지 않았다.

"저주라니."

그 한 단어가 도무지 이해되지 않아서, 설란은 같은 말을 반복했다. 마치 넋을 놓은 것처럼.

머릿속이 흐렸다. 이건 반칙이다. 차라리 모반을 일으킬 계획이 있다는 말을 하는 게 더 받아들이기 쉬웠을 것이다. 밑도 끝도 없이 갑자기 괴물이라니. 저주받았다니. 그렇게 던져 놓고 아무런 설명도 없이 휙 가버리는 건 용납할 수 없었다. 악문 잇새로 덜덜 떨리는 목소리가 새어 나왔다.

"그건…… 대체, 뭐……."

제대로 된 말은 아니었지만, 지환은 눈치껏 알아들었다. 그는 방금 전까지 진지하던 게 전부 거짓이었다는 듯 어깨를 으쓱이며 매우 가벼운 목소리로 말했다.

"말 그대로 저주입니다."

설란에게는 그가 일부러 가볍게 행동하는 게 훤히 보였다. 그 모습이 왠지 상처받은 것처럼 보여서, 괜스레 목소리가 높아졌다.

"그러니까! 대체 무슨 저주인지, 제대로 설명을 하란 말이에요! 그렇게 말하면 아, 그러세요? 알았습니다. 이 혼사 떼를 써서라도 물러보지요, 라고 말할 것이라 생각했다면 크게 착각한 겁니다. 당장, 전부, 설명해요. 내가 이해할 수 있게!"

"설명……."

지환은, 예상치 못한 방향으로 흘러가는 상황에 당혹감을 감추지 못하고 중얼거렸다. 그가 예상한 여러 상황들에 그녀가 도망을 간다든가, 비명을 지르며 저를 하옥하라 명하는 것은 있어도 전후 사정을 요구하는 건 없었다. 그토록 놓지 못하고 있던 최가가 드디어 저를 버릴 것이라는 생각까지는 했어도, 자설란이 자신을 이렇게 꽉 붙잡을 것이라고는 상상도 못 했다.

그러나 그는 빠르게 흐트러진 정신을 수습했다. 갈 길을 잃고 헤매던 시선이 천천히 그녀가 서 있는 땅을 향했다.

"설명을……."

"그래요. 처음부터, 차근차근 설명해요."

들어줄 테니.

그 말은 참으로 다디달아서, 치맛자락 사이로 코만 겨우 비죽이 내민 꽃신에 박혀 있던 시선이 천천히 위로 올라왔다. 가장 먼저 곱게 물이 든 다홍빛 치마가 보였다. 난을 수놓은 그 치마를 따라 유려하게 흘러내린 긴 머리칼에 잠시 홀린 시선은, 그 언저리에서 머물다 한참 만에 굳게 다물린 입술을 마주했다. 비명을 지르지 않는 입술이 낯설다. 희게 질리지 않은 두 볼이 생소했다.

저를 피하지 않는 낯모를 두 눈은 심지어 떨림조차 없어서, 지환은 저도 모르게 생각했다.

참으로 아름다우면서도…… 신기한 여인이라고.

피로 이어진 가족도 받아주지 못한 몸이다. 그가 저주받은 괴물이라는 것을 알고 있는 부친은, 그 사실을 알게 된 후부터 저와 거리를 뒀다. 어린아이였을 때는 눈치채지 못했을 정도로 미미한 거리였다. 서 있을 때면 그에게서부터 딱 한 걸음 더 멀어져 있는 거리. 그것을 처음 알아차렸던 때가 그의 나이 열셋이었다. 우연히 아래로 떨군 시선이 발견했던 거리는, 어린 소년에겐 영겁보다도 멀었었다.

한 걸음. 그 먼 거리가 그와 그녀 사이에는 없었다. 그것은 무척이나 묘한 기분이었다. 뱃속 간질거리는 기분을 찬찬히 더듬으며, 그는 입을 열었다.

"열한 살 때, 그 일이 일어났습니다."

아무것도 모르던 어린 시절 모든 일은 시작되었다. 마치 남의 얘기를 하듯, 목소리는 낮고 또한 차분했다.

"여우들 중에서 몇몇 여우들은 매우 특별하다고 합니다. 그중에서도 백여우들은 신이 되기 위해 수행을 하고 있다는 소문이 돌 정도라는 것은 이미 익히 들어 아실 것입니다."

그렇기에 백여우를 잡는 것은 사냥꾼들 사이에서 터부시되는 일이었다.

"그러나 백여우의 털은 무척 아름다워, 금기를 어기는 사냥꾼들이 나타나곤 합니다. 가죽은 값비싸게 팔고, 고기는 버리거나 육포로 만들어 다른 육포들과 섞어 팔아넘긴다더군요."

설란도 언젠가 들은 적이 있는 이야기였다. 어느 부인의 집에 그런 식으로 몰래 사들인 백여우 가죽이 있다는 얘기는 여인들이 심심할 때면 자주 입에 올리는 것이었다.

그러나 실제로 사냥꾼이 백여우 사냥에 나서는 것은, 거의 없다시피한 일이었다. 생명을 거두는 사냥꾼들 사이에서 미신이란 신보다도 더 강력한 존재였기 때문에 백여우 사냥은 백 년에 한 번 일어날까 말까 했다. 그토록 희귀한 일이었다.

"어릴 적 제가 먹은 것이, 바로 그 백여우의 육신으로 만든 육포였습니다."

그런데, 하필이면 그 희귀한 일이 제게 일어났을 때의 허망함이란. 벌써 구 년이나 된 일이지만 바로 어제 일어난 일처럼 생생했다. 수십 년이 지나도 잊힐 리 없는 그날은 차라리 각인이나 다름없었다.

설란의 손끝이 가늘게 떨렸다. 한 귀로 듣고 흘렸던 야사가 눈앞에 나타났으니 쉬이 진정되지 않았다. 그녀는 가까스로 입술을 달싹여 바람 빠지는 듯한 소리로 말했다.

"저주면…… 무녀나, 무당이나……."

"전부 알아봤습니다. 현재로써는 이 저주를 끝낼 방도가 없습니다."

지환은 세상이 무너진 것만 같은 표정을 하고 있는 설란을 고요히 내려다보다, 바싹 마른 입술을 달싹였다.

"그러니, 간청 드립니다."

제게 향하는 지환의 목소리가 처음으로 떨렸다. 애써 그 떨림을 감추려는 듯 말끝이 뚝 끊어졌다. 설란은 그동안 자신도 모르게 숙이고 있던 고개를 천천히 들어 올렸다. 방금 전까지만 해도 땅에 피어 있는 꽃들만 헤아리던 그녀의 눈 안에, 금방이라도 뚝 눈물을 떨어뜨릴 것 같은 얼굴을 한 채로 웃고 있는 사내가 한가득 들어찼다.

저주라 했나.

설란은 방금 전 모두 털어놓으라 재촉한 제 행동이 그에게 얼마나 큰 상처가 되었을 것인가 생각하며 아랫입술을 꾹 물었다.

자신을 바라보는 지환은 덤덤했지만, 사실 그렇게 말할 수 있는 종류의 얘기가 아니다. 덤덤할 수 있을 리가 없지 않은가. 굴곡 하나 없이 탄탄했던 삶이 손바닥 뒤집히듯 고꾸라지는 것은 어떤 기분일까. 그는 그것을, 고작 몇 번 본 사람 앞에서 제 입으로 고해하듯 말해야 했던 것이다.

지금 지환이 느끼고 있을 기분을 짐작조차 못 할 것 같다 생각하던 그녀는 이내 제 삶을 떠올리고는 눈을 질끈 감아버리고 말았다. 그런 설란의 귓가에 남자의 간절한 바람이 내려앉았다.

"혼사를 깨주십시오."

아아.

그녀는, 이제 와 보니 저를 꼭 닮은 것 같은 사내의 웃음을 그대로 붙여 넣은 듯 따라 웃었다. 마치 울 것 같은 미소였다.

✳

평소라면 아침 수라상을 막 물리고 하루를 시작했을 묘시의 끄트머리였다. 그러나 혜조는 평소와 달리 이르게 열린 상참을 휘 둘러보며 불쾌함을 여과 없이 드러냈다. 궁문이 열리기가 무섭게 이른 등청을 한 동파들과, 그 뒤를 이어 경쟁적으로 들이닥친 서파들의 눈 밑은 하나같이 거뭇했다. 그러나 구태여 간밤의 안부를 묻지 않더라도 밤새 한숨도 못 잤음을 온몸으로 주장하고 있는 이들을 내려다보는 혜조의 시선엔 딱히 안쓰러움 같은 건 담겨 있지 않았다.

"통촉하여 주시옵소서!"

"통촉하여 주시……."

"요컨대, 경들은 이번 부마 간택에 공정성이 부족하다 말하고 싶은 겐가."

턱을 괸 혜조의 말에 오른편에 서 있던 동파들이 어깨를 움찔 떨며 고개를 숙였다. 그 모습이 참으로 우스워서, 혜조의 눈에 날이 섰다. 평소라면 당당할 이들도 찔리는 구석이 있으니 슬쩍 시선을 피하는 것일 터.

사실 멀리 갈 필요도 없이 그들의 주장은 시작부터가 어불성설이었다. 왕실의 혼사는 명백히 내명부의 수장인 왕후의 권한이었다. 그것을 혜조가 대리로 행하고 있는 것이니 결국 그의 의지가 왕후의 의지인 셈이다. 그러니 그것이 부당하다 말하는 이들을 내려다보는 혜조의 시선이 서릿발처럼 차가운 것은 당연한 일이었다.

영겁과도 같은 침묵의 시간이 지나고, 유일하게 목소리에 힘이 가득했던 동파의 수장이 한 걸음 앞으로 나섰다.

"그러하옵니다. 송구하오나 공주마마의 부군을 정하는 일이옵니다. 엄연히 부마 간택에는 그 절차가 존재하옵니다. 금혼령을 내린 뒤 동자봉단(童子捧單)을 받아 날을 정해 초간택, 재간택……."

혜조는 손을 휘저어 부마 간택 절차를 처음부터 끝까지 줄줄이 읊을 것 같은 동파의 수장인 영상의 말을 끊어냈다. 파리를 쫓기라도 하듯 가벼운 손짓이었으나 내관 몇이 조심스레 왕의 기분을 살폈다. 미간에 깊게 패인 주름을 보건대 왕은 지금 상황 자체를 매우 불쾌해하고 있었다.

"그래. 그대의 말이 옳다. 예법에 맞춰 해야 마땅한 일이지. 그러나 영상, 공주의 나이를 생각하라. 공주의 몸이 약해 몇 번이고 미뤄졌던 부마 간택이다. 하여 성년이 멀지 않았기에 부득이하게 절차를 간소히 하고자 함이다. 그것이 아니라면 과인이 부마 간택의 절차도 알지 못한다 말하고 싶은 것인가?"

서늘한 왕의 일갈에 동파 몇이 마른침을 삼켰다. 대꾸를 하려 입을 달싹였던 영상은 혜조가 말을 잇자 입을 다물었다.

"또한."

혜조는 왼편에서 고개를 숙인 채 고요히 서 있는 재원을 곁눈질하며 말을 이었다. 수많은 관료 중에서 유일하게 재원만이 이 소요와는 무관하다는 듯 평화로워 보였다. 정작 부마 간택 문제의 중심에 서 있는 이가 저리도 평온하니 되레 헛웃음이 나와, 혜조는 반쯤 입술을 비틀어 올리며 말을 마쳤다.

"부마 간택은 내명부의 고유 권한이다. 그럴진대, 어찌 이에 대해 왈가왈부하는가?"

한마디로 입 다물라는 소리였다. 그러나 그 목소리에서 노기는 사라져 있었다. 무식하게 들이닥친 것에 화가 났을 뿐, 이 정도의 반발은 혜조도 충분히 예상한 바였다. 부마 간택에 후보가 셋도, 둘도 아닌 데다가 그 후보란 것이 하필이면 서파의 수장, 최재원의 차남이라니.

어린아이가 보더라도 혜조의 의도를 짐작할 수 있을 정도로 노골적인 행보가 아닐 수 없었다. 더는 반대를 용납하지 않겠다는 듯한 혜조의 태도에 영상의 악문 턱에 힘이 들어갔다.

"전하의 말이 맞사옵니다. 어찌 내명부의 일에 이리 왈가왈부한단 말이오!"

기다렸다는 듯 서파 중 한 명이 목청을 높였다. 힘을 얻은 서파들이 웅성거리자 동파 몇이 의미심장한 시선을 주고받았다.

부마 간택이 내명부의 고유 권한임은 그들도 잘 알고 있는 사실이었다. 그러나 서파에 힘을 실어주겠다는 왕의 소리 없는 주장을 묵과할 수는 없어 이른 아침부터 부당함을 외친 것이다. 심지어 유일무이한 부마 후보는 고작 전날 공표되어 그들에겐 시간적인 여유도 없었다. 시간이 없으니 주장의 근거는 빈약하고, 시간에 쫓기니 논리는 힘을 잃을 수밖에 없었다.

혜조가 의도한 대로 흘러가고 있는 셈이었다. 혜조는 서로 시선을 주고받는 동파들의 움직임에 비틀려 올라가려는 입술을 내리눌렀다.

그렇다 할지라도 최후의 방안은 준비해 왔을 터. 동파가 되돌아올 수 없는 강을 건너기 전에 서서히 내놓으려 했던 패를 이쯤해서 꺼내들어야 할 듯싶었다. 제 아래에서 수없이 얽히고 있을 생각들을 짐작하던 그는 불만이 가득 차오른 영상의 얼굴을 내려다보며 속으로 혀를 찼다.

저리도 욕심이 많아서야.

눈앞에서 고깃덩이가 움직이면 한 치의 망설임도 없이 침을 줄줄 흘릴 사내를 바라보는 혜조의 시선엔 온기 한 점 없었다. 그는 아주 천천히, 봉황이 양각된 팔걸이를 검지로 다각다각 두드리며 웅성거림이 잦아들길 기다렸다. 그리고 서서히 고요함이 내려앉았을 때, 그는 거대한 미끼를 던졌다.

"또한."

저 눈먼 고기를 낚기 위한 미끼를.

"공주가 어서 가례를 올려야 세자빈도 맞이할 것이 아닌가?"

먹음직스러운 고깃덩이에 동파는 물론이거니와 서파 쪽 인사들도 흥분해 웅성거리기 시작했다. 방금 전까지 뜨거운 감자나 다름없었던 부마 간택은 이미 그들의 머릿속에서 사라진 지 오래였다. 자고로 궁을 떠나면 출가외인(出嫁外人)이 되어버리는 공주보다야 향후 자하국의 왕이 될 세자의 옆자리가 더 탐이 나는 법이다.

"시기가 많이 늦었지. 아니 그런가."

그리고 동파의 수장, 영상은 단숨에 혜조의 의도를 눈치챘다.

부마 간택에 대해 침묵하면 세자빈 간택에서 이득을 보게 되리라. 탐욕스러운 눈동자가 반짝였다.

방금 전까지만 하더라도 이러한 전례가 없다며 목청을 높이던 동파들이 단숨에 입을 다무는 순간이었다.

혜조가 서서히 움직이기 시작했을 때, 설란은 들썩이는 생각들을 억지로 내리누르던 참이었다.

"알아보지 않아도 된다니요, 마마."

최지환의 뒤를 캐느라 이틀하고도 반나절을 홀라당 날려 버린 도아는 두 눈을 동그랗게 뜨며 물었다. 설란은 그런 도아를 향해 애써 웃어 보이며 허공에 손을 휘저었다.

"더는 필요 없어졌으니 여기서 이만 접으렴."

단호한 말에 무어라 반박하려던 도아는 이내 입을 닫았다. 아무리 친우같이 자라났다 할지라도 극명한 신분 차이는 바로 이런 점에서 드러났다. 도아는 궁녀인 제가 건드려서는 안 될 일임을 빠르게 눈치채곤 쏟아내려던 걱정마저 속으로 주워 담았다.

반나절 전까지만 하더라도 최지환의 마음을 훔쳐 보겠노라 장난스레 웃던 공주는 사라진 지 오래였다. 그 자리를 대신한 것은 얼굴이 희게 질린 채 억지로 웃음을 그려내고 있는 여인이었다. 금방이라도 쓰러질 것 같은 얼굴이 눈에 밟혀 도아는 몇 번이고 입술을 달싹였으나 결국 한마디도 뱉지 못했다.

그 대신 도아는 허리를 숙이며 대답했다.

"예, 마마."

"그래. 수고했어. 너도 이제 가서 쉬려무나."

"예."

언제 그랬냐는 듯 활짝 피어나는 미소에 미소로 대답한 도아는 종종걸음으로 방을 빠져나갔다. 탁, 문이 닫히기가 무섭게 설란의 얼굴에서 그린 듯한 미소가 사라졌다. 그림에서 먹색이 빠져나가듯 설란의 얼굴에서 핏기가 사라졌다.

억지로 버티고 있어야 할 이유가 사라지자 몸을 지탱하고 있던 힘마저 날아가 버려, 그제야 그녀는 마음 놓고 무너져 내렸다. 꽃이 떨어지듯 바닥에 주저앉는 모양새가 아슬아슬해 보였다.

설란은 바닥을 응시하던 고개를 천장으로 들어 올렸다. 깊게 숨을 들이마시는 얼굴은 희게 질려 있었다.

"하."

파르르 떨리는 손이 얼굴을 감쌌다. 긴장과 경악으로 창백하게 질린 손끝은 얼음장처럼 차가웠다. 그 냉기를 느끼면서도 이 모든 것이 꿈만 같아서, 그녀는 손에 얼굴을 파묻은 채 바닥에 금방이라도 닿을 정도로 깊게 고개를 숙였다.

'저주라고.'

생각하는 것만으로도 온몸이 떨려와, 예민해진 감각을 타고 느껴지는 고동 소리에 모든 신경을 집중하며 설란은 저주라는 단어를 곱씹었다. 그런 식으로 표현하고 싶지 않았다. 그러나 그녀가 본 것은 그 단어로밖에는 표현할 수 없었다.

불길하게 일렁이는 아홉 개의 꼬리. 새까맣게 물들은 그것은 심지어 온전한 형체도 갖추지 못한 채였다. 그럼에도, 직접 보고 들었음에도 쉬이 믿기질 않아 그녀는 입술을 물어뜯었다. 그 기세가 어찌나 사나운지 도아가 봤다면 기겁해서 차라리 제 손을 물으라며 한바탕 난리가 났을 정도였다.

'최가의 차남에게, 저주라고.'

혼사를 깨야 하나.

가장 먼저 드는 생각은 그것이었다. 가례를 계획대로 진행할 수 없다는, 무섭다는 생각. 사람이라면 당연히 갖고 있을, 생경한 것에 대한 공포가 그녀를 발끝에서부터 휘어 감았다. 저주받은 사내의 아내로 평생을 살 만큼 그를 사랑하는 것도 아니었고, 그 정도로 담대한 기백이 있는 것도 아니었다.

인지하지도 못한 순간에 괴물이라는 단어가 빠르게 떠올라, 억지로 지워냈다. 멋대로 흐르려는 생각의 물꼬를 틀어막았다.

아니, 그는 '그건' 아니었다. 그녀는 이를 악물고 생각을 끌어나갔다.

그래. 그는 그저 운이 아주 나빴을 뿐이다. 하필이면 그날, 하필이면 백여우의 육신을, 하필이면…….

질끈, 그녀는 눈을 감았다.

'하필이면 내 부군이.'

하하. 미치겠다.

저도 미쳐 가는 것만 같아, 설란은 허벅지를 매섭게 꼬집었다. 눈앞에서 별이 튀며 엉키던 생각들이 일순 멈췄다. 그러나 여전히 해결점은 보이질 않았다. 그녀로서는 이 모든 것들을 어찌하면 좋을지 도무지 알 수가 없었다.

"내가, 꿈을 꾸고 있는 건가."

차라리 꿈이었으면 좋겠다.

설란은 고개를 저어 생각을 떨쳐 냈다. 현실도피를 하기엔 지금 당장 그녀가 처한 일들이 너무 급박했다. 혼사를 깨려면 당장 움직여야 하고, 이대로 진행할 것이라면 저주를 어떻게 해야 할지에 대한 태도를 확실히 해야 한다.

잠시 멍하니 앉아 있던 그녀는 무언가에 홀린 듯한 표정으로 자리에서 일어났다. 이마에 손을 짚고 방 안을 빙빙 돌던 설란은 무언가를 떠올리고는 우뚝 멈춰 섰다. 설란은 떨리는 손으로 구석에 밀어놓았던 궤를 꺼냈다. 궤에 넣어놓았던 서책들을 하나나 꺼낸 그녀는, 맨 아래쪽에 깔려 있던 서책 몇 권을 찾은 뒤에야 굳은 표정을 풀었다.

모든 아이들이 그렇듯, 그녀도 어린 시절엔 귀신이니 요괴니 하는 얘기들을 무척 좋아했었다. 도아의 도움을 받아 야사를 모아놓은 책 몇 권을 구하기도 했었으니.

그녀가 찾고자 한 것이 바로 그것이었다.

"여우…… 백여우라……."

빠르게 책장을 넘기는 손길이 거칠었다. 그러나 한 장 한 장 책장이 사락거리는 소리를 내며 넘어갈 때마다 그녀는 서서히 저 멀리 가출했던 이성이 돌아오고 있음을 느낄 수 있었다.

이 혼사를 그만둔다고?

갈 길 잃고 흔들리던 시선에 힘이 들어갔다.

하! 그렇게 간단한 일이 아니다. 이건 앞으로 몇 십 년도 넘는 그녀의 미래를 담보로 해 얻을 수 있는 것들을 셈하는 거래였다. 작게는 세자인 자설호의 미래가, 크게는 자하국의 미래가 걸린 거래였다. 처음부터 그녀에겐 도망칠 구멍이 존재하지 않는 거래인 것이다. 모든 것을 버리고 도망가지 않는 한 그녀는 결국 맞절을 올려야 했다.

도망?

설란은 제가 그 생각을 했다는 것만으로도 우스워 책을 집어 던지곤 배를 잡고 한참을 웃었다. 엉망으로 얼굴이 일그러진, 기괴한 웃음이었다.

그것이 가능한 말인가. 애당초 불가능한 가정을 지워낸 그녀는 아랫입술을 짓씹었다. 그렇다고 이렇게 만사 다 포기하고 앉아 세상 한탄만 하는 것은 그녀와 어울리지 않았다. 다시 낡은 서책을 움켜쥔 가느다란 손에 바짝 힘이 들어갔다.

쉼 없이 넘어가던 책장은 어느 순간 소리도 없이 멈춰 섰다. 맨 위에서부터 책장을 훑어 내려가는 눈동자가 파르르 떨렸다.

─털이 새하얀······.

눈앞에 일렁이던 아홉 가닥의 검은 덩어리가 아른거렸다. 설란은 제대로 읽히지 않는 단어들을 억지로 머릿속에 밀어 넣었다.

―요염한 여인으로 변해 사람을 홀리며…….

그 어디에도 저주에 대한 내용은 없었다. 절반 넘게 읽었건만, 확인한 것이라고는 책 속의 글은 전혀 도움이 되질 않는다는 것뿐이었다. 책장이 우그러질 정도로 세게 잡았던 손에서 힘이 풀렸다. 그대로 바닥에 책을 떨어뜨린 그녀는 비척이며 자리에서 일어났다.

최지환과 다시 얘기를 해볼 필요가 있다. 무슨 수가 있을 것이다.

어떻게 해서든…….

"상감마마께옵서 납시었사옵니다!"

그녀가 한 걸음을 떼기도 전에 문이 열리더니 다급한 표정의 김 상궁이 들이닥쳤다. 예상치 못한 왕의 방문에 발을 동동 구르던 김 상궁의 시선이 이내 바닥에 엉망으로 널려진 서책들과 먼지가 가득 쌓인 궤, 그리고 얼굴이 희게 질린 설란을 차례로 스치고 지나갔다. 그러나 김 상궁이 무어라 말을 하기도 전에 먼저 입을 연 것은 설란이었다.

"아바마마께옵서?"

엉망이 된 방 안과는 달리 너무도 멀쩡한 공주의 모습에 당황한 김 상궁의 목소리가 떨렸다.

"0, 예…… 잠시 후원을 거니는 건 어떠시냐며…….”

"그래."

발로 서책을 툭툭 차 구석진 곳으로 몰아넣은 설란은 언제 그랬냐는 듯 멀쩡한 얼굴을 연기하는 데 성공했다. 헝클어진 머리칼을 틀어쥐며, 그녀는 입술을 비틀었다.

"아바마마께서 부르신다면, 가야지. 어찌하겠느냐."

5. 대립

도아를 보낸 뒤였기 때문에 설란의 의관을 손봐준 것은 다른 궁녀였다. 익숙지 않은 손길에 몸을 맡긴 채 설란은 생각에 잠겼다.

　'최지환. 저주. 백여우.'

　제가 들은 것들이 뚝뚝 끊어져 머릿속을 스쳐 간다. 어찌 이리 일이 꼬이는 것인지 모르겠다. 설란은 머리칼이 땋아 내려지는 것을 느끼며 잠시 눈을 감았다.

　'이곳에서 벗어나려면 가례를 올리는 것밖에는 없다. 부마 후보는 최지환 한 명뿐이고, 그자는 저주받았다.'

　답 없는 질문들만 허공에 던져진다.

　"마마, 다 되었나이다."

　"……그래."

　고개 숙인 궁녀를 지나친 설란은 혜조가 기다리고 있을 후원으로 향했다.

'어찌해야 하나.'

그렇다면 저주를 푸는 것은 어떠할까. 하지만 어떻게? 설란이 제대로 된 답 하나 내지 못한 채 몸집만 불리는 고민들을 보며 한숨을 내쉬었을 무렵엔 이미 후원에 도착한 뒤였다. 꽃이 한가 득 피어난 그곳에서 하늘만 바라보고 있던 혜조는 내관의 언질에 고개를 돌렸다.

자하국의 왕은 공주가 눈 안에 들어오자 기다렸다는 듯 인자 하게 웃었다. 바야흐로 극의 막이 오르는 순간이었다.

왕의 웃음에 화답하듯 설란 역시 입가에 미소를 띠우며 예를 갖췄다.

"아바마마를 뵈옵니다."

"하하, 그래. 이 아비가 공주를 보고 싶어 잠시 들렀느니라."

멀리서 본다면 애틋한 부녀의 만남으로 보이는 순간이었기에, 먼발치의 궁녀들은 하나같이 흐뭇한 미소를 지었다. 혜조의 끔찍 한 자식 사랑은 왕의 인기를 높이는 요인 중 하나이기도 했다. 그 러나 정작 그 당사자는 긴장을 늦추지 않은 채 혜조의 안색을 살 피고 있었다.

갑작스러운 혜조의 방문은 항상 무언가를 동반했었기에 반사 적으로 나오는 자기방어였다. 그런 딸아이의 경계에 혜조는 허허 로이 웃으며 말했다.

"조금 걷자꾸나."

"예."

얼마나 걸었을까. 정신을 차렸을 땐 온통 꽃밖에는 없었다. 바람을 따라 물씬 풍기는 향은 정신이 아득해질 정도로 짙었고, 화사한 색채는 저도 모르게 시선이 갈 정도로 아름다웠다. 그러나 정작 주인이 향과 색을 즐기지 못하니 그 가치는 무심한 시선만큼 빛바랠 수밖에 없었다.

눈치껏 뒤로 물러선 궁인들에게 목소리가 가 닿지 못할 정도로 멀리 떨어진 뒤에야 굳게 닫혀 있던 혜조의 입이 열렸다.

"란아."

설란의 아명이 혜조의 입에서 흘러나왔다. 그것이 못내 끔찍해, 설란은 가볍게 몸을 떨었다.

"예."

"……가례 시기를 앞당겨야 할 것 같구나."

역시나.

설란은 저도 모르게 침통한 신음을 흘렸다.

"가례를 올리면 한동안은 입궐이 어려우니 그 전에 주변 정리를 하거라."

혜조의 말은 제대로 들리지 않았다. 그저 웅웅거리는 소리 같았다. 어째서 이렇게 서둘러야만 한단 말인가. 안 그래도 파격적으로 진행되고 있는 부마 간택이었다. 대비가 살아 있었다면 뒷목을 잡았을 정도로 대중없이 진행되는 가례 준비는 번갯불에 콩 구워 먹는다 표현해도 모자랄 게 없을 정도였다. 안 그래도 법도에 깐깐한 대신 몇이 이런 식으로 부마 간택을 한 적이 없노라 목청 높일 정도로 빠르게 진행되고 있는 것을, 앞당겨야 할 이유가 무엇이란 말인가.

혜조는 무언가 고민에 빠진 듯한 제 딸아이를 바라보며 말을 이었다.

"왜 그러느냐. 문제라도 있는 게냐."

걱정 어린 그 물음에 설란의 눈에 초점이 돌아왔다. 방금 전 방 안에서 찾아보았던 책자가 눈앞에서 아른거렸다.

'이 혼사를 피하고 싶습니다.'

뱉어서는 안 될 말이 목구멍까지 치달았다. 긴장될 일이라고는 눈을 씻고 찾아봐도 없었지만 손바닥에 흥건히 배어 나오기 시작한 땀에 그녀는 속으로 마른 웃음을 터뜨렸다.

단 한 번도 혜조의 속을 썩여본 적 없는 공주라는 위치가 새삼 그녀를 긴장케 하고 있었다. 싫다는 말을 해본 적 없었기에 입 밖으로 그 말을 뱉었을 때 돌아올 반응이 그녀의 심장을 옥죄이는 듯했다. 모후를 대할 때와는 또 다른 감정에 결국 그녀가 뱉어낸 것은 반쪽짜리에 불과했다.

"……최가여야만 합니까."

혜조의 얼굴에 의아함이 떠올랐다.

"영특한 네가 그 연유를 모르지 않을 텐데. 무슨 문제라도 있는 게냐."

문제라. 요괴니 괴물이니 저주니 하는 얘기들을 꺼내든다면 제 아비는 무슨 표정을 지을까. 잠시 든 생각에 설란은 다시금, 소리 없이 웃었다. 최악의 상황은 모든 사실을 알게 된 뒤에도 최가에 밀어 넣어지는 것이었다. 설란은 입안에서 뱅뱅 맴도는 말을 꿀꺽 집어삼켰다. 대신 그녀가 뱉어낸 것은 정론이었다.

"아닙니다. 다만, 균형이 어그러질 것을 염려할 뿐이옵니다."

틀린 말은 아니었다. 당장 서파에 힘이 주어진다면 수십 년간 유지되어 왔던 아슬아슬한 균형이 그대로 무너져 내릴 터다. 저울의 추가 기우는 그 순간부터 서로 보이지 않는 칼을 뺄들 것이라 말하는 목소리는, 그러나 단조로웠다.

단순히 저를 염려한다 생각한 혜조의 시선에 온기가 돌았다. 그는 보기만 해도 뿌듯한 제 딸을 바라보며 잔웃음을 흘렸다.

"하하! 그래, 그리 보일 테지."

아깝도다. 네가 아들이었다면 장차 이 나라의 왕이 되었을 것인데.

이제는 입버릇이 되어버린 말이 허공에 잠시 맴돌았다. 그것이 얼마나 덧없는 말인지 알기에, 설란은 답하는 대신 침묵을 지켰다.

자신이 세자로 태어나고 자설호가 공주로 태어났다면?

설란은 확신할 수 있었다. 그랬다면 자하국 왕실에 쌍생아는 없었으리라는 것을.

"잘 생각해 보거라. 패는 하나가 더 남아 있질 않느냐."

그것만으로도 설란은 혜조가 하고자 하는 말을 짐작하고는 낮은 신음을 뱉어냈다. 아직까지 비어 있는 세자빈의 자리가 머릿속을 스쳐 지나가자 그녀는 제 아비가 그리고 있는 계획이 무엇인지 잠시나마 엿볼 수 있었다.

"친우는 가까이, 적은 더 가까이…… 입니까."

"하하! 그래, 이해가 빠르구나."

친왕파인 서파에겐 부마 자리를, 사사건건 왕의 의견을 걸고넘어지는 동파엔 세자빈의 자리를. 영상의 딸이 마침 연배가 맞았던가. 이전에도 물리기 어려운 혼사일 것이라 생각은 해왔지만 이제야말로 확신할 수 있었다.

이 혼사는 성사되어야만 한다. 상대인 최지환이 괴물이건, 저주를 받았건 그 사실은 더는 중요한 문제가 아니게 되어버린 것이다.

❋

"그게 무슨 말입니까, 가례를 진행하다니!"

지환의 경악에, 오히려 재원이 얼굴을 굳히며 눈썹을 밀어 올렸다.

"무슨 소리를 하는 게야. 얘기가 끝났다 내 이미 네게 언질을 주지 않았느냐."

"그러나……!"

무언가 말하려던 지환은 서늘한 제 아비의 시선에 그대로 입안에서 빙빙 맴돌던 말을 삼켜 버렸다. 뱉지 못한 것이 아니라, 말하더라도 아무것도 변하지 않을 것임을 알기에 그저 속으로 삼켜 버린 것이다.

저주받은 그 순간 그가 잃은 것은 수없이 많았지만 그중 가장 뼈아픈 것이 바로 이것이었다. 언제고 변하지 않던 아버지의 신뢰. 그날 그 시각을 기점으로 그는 자랑스러운 아들이 아니라 언제고 무슨 사고를 칠까 걱정스러운 아비의 짐이 되어버렸다. 그것을 때때로 저를 보는 눈을 통해 느끼곤 했다.

지금 이 순간처럼.

주먹을 쥔 손에 힘을 주자 더욱 얽혀드는 팔찌가 그의 처지를 부각시키는 것 같았다. 손에 얼굴을 파묻어 버린 지환을 바라보며 재원은 조용히 말을 이었다.

"가례는 내달에 올릴 것이다. 공주마마께옵서 하루라도 서두르시길 원하시어 절차도 간소하게 진행한다더구나. 그러니 전하께서 준비하신 사택에 자주 들러 부족함 없게 준비하도록 해라."

지환은 제 귀를 의심했다. 무언가 아주 잘못 돌아가고 있다는 생각만이 그를 사로잡았다. 미치겠군. 그는 속으로 욕을 씹어뱉었다.

설란이 모든 것을 알게 된 뒤에도 가례가 중단되지 않을 것이라고는 상상조차 못했다. 다른 누구도 아닌 무려 자하국의 공주이지 않은가. 이 혼사는 그녀가 저주받은 사내와 평생을 함께하겠다는 의미였다. 믿기 힘든 현실에 그는 무어라 말해야 할지 감도 잡지 못해 결국 입을 다물었다. 정황을 알지 못하니 쉽게 입을 열 수 있을 리 없다.

지환이 아무런 대꾸도 하지 않은 채 그저 고개를 숙이자, 그 위로 재원의 어두운 낯빛이 내려앉았다.

"……가문을 위한 일이다."

그 말이 왜 이렇게 무거운지. 지환은 속으로 바람 빠지는 소리를 내며 뒤에 이어질 말을 짐작했다.

"또한 세자저하를 위한 일이니라."

역시나.

세자저하와 가문, 그리고 자하국을 위한 일. 재원이 굳이 말하지 않아도 그 모든 말의 대전제는 '네가 할 수 있는 유일한'일 것임을 모르지 않았다. 이렇게 되면 피할 길이 없다. 애당초 그에겐 선택권이 존재하지 않았기에.

"혼사 전날까지 시시때때로 입궐해 공주마마와 친분을 쌓으라는 전하의 명이 있으셨다. 세자사가 아닌, 부마로서 입궐하라는 명이시다."

"……그리하지요."

색깔 없는 노기가 지환의 목소리에 녹아 있었다. 그것을 읽어 낸 재원의 낯빛이 흐려졌다. 그러나 둘 중 누구도 먼저 말을 꺼내지 못한 채 짧은 대화는 끝이 났다.

사랑채를 벗어난 지환은 아득, 이를 물었다. 그럴 리 없건만, 바람이 차게 느껴졌다.

뜻대로 되는 것이 하나도 없었다. 죽고자 하였으나 생은 끈질기게 저를 붙들고 늘어졌고, 가례를 물리고자 하였으나 공주는 괴물을 보고도 아무런 언질이 없었다.

"……도망가야 하나."

저 홀로 청명한 하늘을 바라보며 중얼거리는 목소리가 무심했다.

도망? 갈 수 있을 리 없다. 그는 곁눈질로 제 손목을 휘감고 있는 족쇄를 내려다봤다. 색실을 엮어 만든 팔찌는 힘을 주면 금방이라도 끊어질 듯 약해 보였으나 그의 힘으로는 절대 풀 수 없는 종류의 것이었다. 동시에 제 목줄이기도 했다. 이걸 걸고 있는 이상 그는 새장 안의 새나 다름없었다.

'일단 무슨 일인지 공주에게 물어야겠군.'

이 문제를 해결하려면 어차피 한 번은 만나야 할 사람이었다. 저택을 나와 궁 쪽으로 걷던 지환은, 그러나 얼마 걷지도 못하고 무언가에 홀린 듯 멈춰 섰다.

발이 땅에 붙은 것처럼 움직이질 않았다. 잠시 제 발 아래를 빤히 내려다보던 그는, 한참의 시간이 흘러서야 이유를 깨달았다.

내키지 않았다.

'내키지 않는…… 다, 라.'

지환은 이젠 익숙해진 두통에 몸을 맡기며 중얼거렸다.

공주를 만나야 한다. 그 생각을 하기가 무섭게 생리적인 기대감과 정신적인 거부감이 동시에 일어났다.

설란은 그에게 있어선 기적과도 같은 존재였다. 가까이 가는 것만으로도 윙윙거리며 신경을 날카롭게 만드는 이명이 사라졌고, 머리를 쪼개 버릴 듯한 두통이 가셨다. 지난 구 년간 지독히 괴롭힌 고통에서 벗어나게 해준다는 것만으로도 그녀는 그에게 있어 무한한 가치를 가졌다.

그러니 만나고 싶었다.

그러나 만나고 싶지 않았다.

왜? 의문과 동시에 답이 그의 속에서 튀어나왔다.

'공주가 저주를 알고 있으니까.'

아, 그래. 이거다. 제가 괴물임을 알고 있는 사람이기에 그는 그녀를 만나고 싶지 않았다. 자신의 저주를 알고 있는 사람이라면 흔히 내비치는, 못 볼 것을 본 듯한 그 시선. 그녀가 자신을 그런 눈으로 보는 걸 상상만 해도 등골이 서늘해졌다.

수없이 경험해도 익숙해지지 않는 것이 있다. 지환에겐 제 저주와, 그것을 알고 있는 사람들의 시선이 바로 그러했다.

그렇다하여 돌아갈 수도 없는 노릇인지라 그는 다시 걷기 시작했다. 저택에서 궁은 참으로 가까워, 눈 깜짝할 사이에 궁 안에 들어선 그의 걸음은 서서히 느려졌다.

설란에게서 어떤 반응이 나올지 이미 짐작하고 있기에 궁 안에 들어서자 몸이 먼저 반응했다. 추를 매단 듯 무거운 발을 가까스로 내딛던 지환은 손을 들어 눈을 덮었다. 일부러 말도, 가마도 물린 채 걸어오던 걸음이 갑자기 덧없게 느껴졌다.

방금 전까지만 해도 이 혼사를 물러야 한다는 생각으로 머릿속이 꽉 차 있었다면, 지금 그의 머릿속엔 도망가고 싶다는 생각만 가득했다.

궁인들이 저를 스쳐 지나가며 의아한 시선을 던지는 게 느껴졌으나 지환은 그대로 굳은 채 서 있었다. 지금이라도 도망갈까. 구년 동안 머릿속을 가득 채웠던 충동이 다시 그를 두드려 댔다.

도망갈까. 죽는다 할지라도, 몸이 불타오른다 해도 도망갈까.

도망…….

"여기 서서 뭐 해요?"

그의 고뇌를 끊어낸 것은, 듣기만 해도 누구인지 짐작할 수 있는 목소리였다.

자하국의 공주를 처음 본 이들은 하나같이 입을 모아 말했다. 소문처럼 연약해 보이는 공주님이라고. 그러나 그녀를 조금이라도 오래 곁에서 모신 이들은 알았다. 자설란이 마냥 온실 속 화초가 아니라는 것을.

이번 일도 마찬가지였다. 설란은 오래 좌절하지 않았다.

불가능한 선택지들을 지워 나가자 남은 것은 오직 하나뿐이었다. 최지환과의 가례. 피해서도 안 되고 피할 수도 없는 혼사다.

그렇다면 앞으로 나아갈 뿐이었다. 설란은 그 선택지를 손에 쥔 뒤로 거침없이 움직이기 시작했다. 가장 먼저 한 일은 최대한 가례날을 앞당기는 것이었다.

당연한 말이지만, 궁 안에서 그녀의 행동반경은 제한적일 수밖에 없었다. 피할 수 없다면 피해야 하는 문제를 해결하면 그만인 일. 어떻게든 저주를 풀 방법을 찾기 위해선 궁 안에 머무는 것보단 밖으로 나가는 편이 수월했다.

그다음으로 그녀가 한 일은 우연을 가장한 필연을 만드는 일이었다.

"일단 나간 뒤에 해결책을 찾아봐야겠지."

비장한 얼굴로 중얼거리는 설란의 옆에서 도아가 참지 못하고 물었다.

"마마, 무엇을 말하심인지요?"

제 고뇌를 보고 넘기지 못하는 도아의 물음에 설란이 기다렸다는 듯 한숨과 함께 고민을 늘어놓았다. 한쪽에 서 있는 김 상궁과 다른 궁녀들의 귀에 들릴 정도의 목소리로.

"응? 아아. 별거 아니란다. 왜, 신부는 첫날밤에 들 때 엄나무를 품에 넣고 있어야 한다잖니. 이왕 할 거라면 대무녀에게 주술이라도 걸어달라 부탁하는 게 더 효과가 있지 않을까 싶어서."

여인들 사이에서는 유명한 미신이었다. 사가에서부터 붙어온 귀신을 떨쳐 내고 안 좋은 기운을 없앤다는 의미로, 수많은 여인들이 혼사 물품으로 준비하는 것이 바로 엄나무 가지를 꺾어 만든 부적이었다. 평소에 미신에 큰 관심을 보이지 않던 설란이었기에, 도아는 놀란 기색을 감추지 않았다.

"어머! 그러게요. 어찌 그 중한 걸 잊었을까요! 마마의 말씀대로 그리하는 편이 효과가 더 좋겠어요! 대무녀의 신력은 자하국에서 단연 최고니까요."

부적은 여인들만의 미신이었기에 왕실에서 준비하는 혼사품에는 포함되어 있지 않을 것임을 모르는 이는 없었다. 잠시 고민하던 도아는 이내 손뼉을 치며 설란이 원하는 답을 내어놓았다.

"마마, 하면 소녀가 성도청에 가 슬쩍 얘기를 넣을까요?"

"오…… 그래. 그래줄래? 아무래도 아바마마께 직접 말씀드리긴 조금 그런 일인지라."

"그럼요! 여인들의 일인걸요. 걱정 마세요, 마마. 소녀가 책임지고 확답을 받아오겠어요!"

"그러면…… 이왕이면 내 직접 만나서 받고 싶다 말해주렴. 아무래도 중한 것이니 여러 손을 타는 것보단 그게 낫지 않겠니."

듣고 보니 또 그렇다. 도아는 이제 비장하기까지 한 얼굴로 두 주먹을 불끈 움켜쥐었다.

"예!"

설란은 저만 믿으라는 도아를 보며 생긋 웃어주었다.

성도청 무녀쯤 되면 저주에 대해서도 다른 이들과는 비교할 수 없을 정도로 해박할 터다. 공주가 사사로이 무녀를 만났다는 얘기가 돌게 되더라도 새신부가 엄나무 부적을 받으러 갔다 하면 대다수는 그러려니 넘길 일이었다. 어서 성도청에 다녀오겠다며 도아가 바삐 나간 뒤로 멍하니 생각에 잠겨 있던 그녀가 흐르는 시간을 자각한 것은 궁녀가 내온 찻잔이 차게 식은 뒤였다.

"마마."

궁녀는 고개를 숙인 채 말을 이었다.

"내관이 이르길, 막 세자사께서 입궐하셨다하옵니다."

그다.

굳이 연유를 물을 필요도 없었다. 당연히 가례를 무를 것이라 생각했던 제가 오히려 시기를 앞당겼으니 그것을 따져 물으러 왔으리라. 설란은 그렇게 지레짐작하며 그의 위치를 물었다.

"그래, 어디쯤이라더냐."

"서 내관에게 연통을 넣어보겠나이다."

"……아니. 아니다."

그녀는 자리를 박차고 일어났다. 옆에서 김 상궁이 자고로 여인이란 진득하게 기다려야 한다며 만류했으나 그것에 굴할 설란이 아니었다.

"내, 직접 마중 나갈 것이니라."

스스로를 가차 없이 괴물이라 칭한 사내를 한시라도 빨리 봐야했다. 그래야 이 혼돈이 조금이나마 가라앉을 것 같은 기분이었다. 갑작스러운 공주의 외출에 궁인들 사이에서 한바탕 소란이 일었다. 줄줄이 제 뒤를 따르는 궁인들에게는 시선조차 주지 않은 채 설란은 백란궁을 빠져나왔다.

얼마나 걸었을까. 뒷모습이었으나 몰라볼 수도 없었다. 주변을 스쳐 가는 궁녀들이 양 볼을 붉힌 채 슬쩍 시선을 주는 사내가 어디 흔하겠는가.

당장에 만나서 할 얘기가 산더미 같았다. 그러나 홀로 서 있는 뒷모습을 눈에 담자 머릿속에서 넘쳐흐르던 말들이 삽시간에 자취를 감췄다. 갑자기 자리에 멈춰 선 설란을 따라 궁인들이 우르르 멈춰 섰다.

"마마……?"

조심스레 저를 부르는 상궁을 향해 손을 들어 조용하라 명한 설란의 시선은 양팔을 아래로 늘어뜨린 채 서 있는 최지환에게 박혀 움직이지 않았다.

스쳐 가는 시선들이 수없이 많은 곳이다. 소리 없는 숙덕임에 귀가 따가울 법도 한데, 그는 아무것도 보이지 않고 그 무엇도 들리지 않는 것처럼 서 있었다.

그 모습이 낯익었다. 마치 어릴 적 자신을 타인의 시선으로 보는 듯한 기이한 기분이 들었다.

"여기 서서 뭐 해요?"

그래서일 것이다. 이렇게 아무렇지도 않은 척 다가간 이유는.

설란이 어깨를 톡톡 두드리며 묻자 정신을 놓고 있었는지 지환은 화드득 놀랐다. 갈팡질팡하던 마음을 정하기도 전에 반사적으로 고개를 돌린 탓에 그의 낯빛은 희게 질려 있어서, 오히려 설란이 놀랄 정도였다.

"어디 아픈가요?"

"아닙니다. 여기에 왜……."

"아아. 혹 길을 잃은 아이가 있는 건 아닌가, 살펴보러 나왔답니다."

그 '길 잃은' 아이가 자신이라는 걸 눈치채지 못한 지환이 그러시냐며 슬쩍 옆으로 비켜섰다. 그 딴에는 공주의 앞길을 막지 않겠다는 의지의 표명인 듯했으나, 제삼자가 보기엔 그보다 더 우스운 일도 없었다.

제가 지나쳐 가지 않자 의아한 기색을 띠는 지환의 얼굴에, 설란은 그만 바람 빠지는 웃음을 흘리고야 말았다. 학식이 깊기로는 여간한 학자들 못지않은 인간이 이리 어수룩하게 구는 게 한심해 보이지 않는다니. 제 눈이 잘못되긴 단단히 잘못된 게 분명했다.

그러지 않고서야…….

"그래, 길 잃으신 도령께서는 무슨 차를 좋아하시나요?"

"예? 아……!"

이제야 상황을 파악하고 얼굴을 붉히는, 구미호에게 저주받아 스스로를 요괴라 칭하는 이 사내와 가례를 올려도 나쁘지 않을 것 같다는 생각이 들 리 없지 않은가.

설란은 어쩔 줄 몰라 하는 지환의 모습에 와르르 웃음을 쏟아내고는 몸을 돌려 백란궁 쪽으로 방향을 잡았다. 설란이 슬쩍 눈짓하자, 지환이 그런 그녀의 옆에서 걷기 시작했다. 궁인들이 서로 의미심장한 시선을 주고받았다.

과시하듯 지환과 나란히 걸으며, 설란은 확신했다. 곧 오늘 일에 살을 붙인 얘기가 궁을 넘어 저잣거리에 퍼질 것이라고.

"도아가 우리는 차는 아주 맛이 좋답니다. 그 솜씨는 궁녀들 중에서도 한 손에 꼽지요. 잠시 심부름을 보냈으니 궁에 도착할 때쯤엔 돌아와 있을 겁니다."

"그렇군요."

다시 차갑게 굳은 목소리다. 설란은 그것이 못내 마음에 들지 않아 눈썹을 휘어 올렸다.

"그거 알아요? 이렇게 차를 마시는 건 처음이라는 거."

부인들이 이 일을 알게 된다면 예의며 법도며 시끄러울 게 분명하니 둘만의 비밀로 하자며 설란이 배시시 웃었다.

춤을 추듯 사뿐히 걸어 나가는 설란을 따라 걷던 그는, 천천히 고개를 들어 올렸다. 화사하게 빛나는 햇빛 아래에서 바람결을 따라 흔들리는 다홍빛 치맛자락이 눈에 밟혔다.

하늘이, 바람이, 그리고 따사한 햇살이 등을 떠미는 것만 같아, 그는 자신도 모르게 입을 열었다.

"마마께서는……."

눈치껏 거리를 벌려준 궁인들 덕에 그의 목소리는 설란에게만 가 닿았다.

"정녕 괜찮으십니까."

끝부분이 떨리는 목소리는 무언가를 꾹 참는 것 같았다. 비스듬한 시선이 그런 지환의 얼굴을 살폈다. 무엇이 괜찮냐는 뻔한 반문은 하지 않았다. 그가 참는 것은 아마 둘 중 하나일 것이다. 분노, 혹은 당혹. 어느 쪽이건 그의 반응이 정상적이었다.

"아니라면, 제 말뜻을 이해하지 못하신 겁니까."

"그럴 리가 있나요. 아주 잘 이해했답니다. 그대가 나를 속일 생각이 없다는 것도 이해했죠."

하루 이틀 보는 것도 아니고, 평생을 같이 지내야 하는 부부 관계를 속여 넘긴다는 것엔 한계가 존재했다. 게다가 언제 어떻게 들킬지 모르는 비밀을 품고 혼사를 진행하기엔 그녀의 신분이 과하다 싶을 정도로 높았다. 오히려 왕에게 비밀을 감춘 채 혼사를 진행시킨 최재원이 무슨 생각인지 모르겠다는 생각이 들 정도로.

모든 것을 이해했다는 대답에 지환의 눈가가 깊게 패였다.

"그렇다면 어째서."

물리지 않는 겁니까. 이 혼사를.

얘기는 돌고 돌아 제자리였다. 가례를 올려야만 하는 그녀를, 이 가례를 어떻게든 막으려는 그는 도무지 이해하질 못했다.

성큼. 사이를 갈랐던 거리가 가까워지는 것은 순간이었다. 숨을 쉬고 있는데 숨이 막히는 기분이다. 지환은 의식적으로 허공에 떠도는 공기를 들이마시려 애를 써야만 했다. 제게 이렇게 가까이 다가오는 사람은 정말이지, 자설란이 처음이었다.

마주 선 둘 사이의 거리가 좁았다. 한 걸음? 아니, 당장 고개만 기울이면 설란의 이마가 제 어깨에 닿을 정도였다. 차분한 숨소리가 들렸다. 움찔한 지환이 미처 한 걸음 물러서기 전, 그녀의 고개가 먼저 젖혀졌다.

아. 그대로 사고가 정지하는 기분이었다. 그 와중에도 젖혀지는 고개를 타고 흐르는 머리칼이 소리를 내는 것 같다는 생각을 했다.

"생각을 좀 해봤어요."

"무슨 생각을 하셨습니까."

"이상하다는 생각이었죠. 저주받았다고 했던가요."

"예."

"집안의 일인 데다, 어릴 적 벌어진 일이니 서풍은 모든 사실을 알고 있겠군요."

침묵으로 돌아온 대답은 긍정이었다. 설란은 역시나, 라고 중얼거리며 말을 이었다.

"나는 서풍은 믿지 않더라도 그의 가문은 믿는답니다. 그렇다면 최가가, 모든 사실이 들통 날 수 있다는 위험을 감수하면서까지 이 혼사를 밀어붙이는 이유는 뭘까요. 두 가지 가정을 해봤답니다. 첫째, 아바마마께서 모든 사실을 알고 있다. 둘째, 아바마마께서는 모르나, 그래야만 하는 이유가 있다."

설란은 손을 뻗었다. 부지불식 뻗어 나간 손은 그대로 지환의 옷깃을 잡아당겼다. 갑작스러운 힘에 지환의 상체가 앞으로 쏠렸다.

"가장 현실적이고, 가장 가능성이 높은 가정은 두 번째더군요. 최가로서도 왕실과의 혼사는 아무래도 놓치기 힘든 것일 테니."

"이유는 아무래도 좋습니다. 어떤 것이건 이 혼사가 중단되어야 한다는 건 변하지 않으니."

"……이렇게 나오겠다면 어쩔 수 없죠. 얘기를 뛰어넘는 수밖에."

애당초 최재원의 의도 같은 것은 알 바 아니었다. 아무리 머리가 깨지도록 고민해 봤자 무언가를 선택할 수 있는 것도 아니니 말이다. 설란은 그다지 필요하지도 않으면서 거창하기만 했던 서두를 그대로 잘라냈다.

새까만 두 눈이 그의 시선을 온전히 잡고 놔주지 않았다. 조금이라도 한눈파는 것은 용납하지 못한다는 듯 그녀는 올곧게 시선을 마주친 채 입술을 달싹였다.

"그대에게 깃든 그 괴물이, 저를 잡아먹게 놔둘 건가요?"

지환의 얼굴이 일그러졌다.

"어찌……!"

"그러니 괜찮아요."

탁. 설란이 옷깃을 놓았다. 그녀는 다시 높아진 시선에 고개를 들며 씩 웃었다.

"지금껏 등청하지 않은 것도 최대한 사람과 접촉하지 않으려고 노력한 것일 테죠. 바깥출입을 삼간 것도 같은 이유일 테고. 그러니 그렇게 알아내려 해도 아무것도 없어 사람의 애를 먹였죠, 당신은."

뒷조사했다는 걸 밝히는 폼이 당당하기 그지없었다. 도아가 보았다면 그걸 말하면 어쩌냐며 거품을 물었을 만한 일이었다.

"그거 알아요? 보통, 사람은 자신을 먼저 생각해요. 도저히 뱉을 수 없는 비밀이 있어도 이불 속에서 혼자 웅크리고 있다 보면 문득 그런 생각을 하는 거죠. 왜 나만 이런 일을 겪어야 하는 거지. 누구에게라도 좋으니 얘기를 하고 싶다— 고."

어린 시절 어두컴컴한 방 안에 스스로를 가둔 채 끊임없이 곱씹었던 생각들이 생각지도 못한 입에서 흘러나왔다.

"나는 무슨 잘못을 했나. 이렇게 태어난 게 잘못인가. 어째서 그때 그런 선택을 한 걸까. 곱씹고, 또 곱씹다 보면 출구가 없는 긴 굴속에 빠진 것 같은 기분이 들어요."

지환의 입이 일자로 늘어섰다.

"어찌."

짤막하게 끊어진 물음에 설란의 입술이 말려 올라갔다. 쓰디쓴 미소였다.

"나 역시 그랬으니까."

"마마께서는……."

"세상에는 말할 수 없는 일들도 있는 법이지요."

"마마. 저는 여전히……."

"혹시 기방 가봤어요?"

순간 지환은 멍해졌다. 대화를 따라가고 싶어도 따라갈 도리가 없다. 한마디를 하기가 무섭게 바뀌는 주제에 지환은 얼떨떨한 기분이 되어버렸다.

왜? 제게 묻는 설란의 표정이 너무 진지했기에. 기방이라니. 지환은 그 물음을 곱씹다, 자신도 모르게 작게 웃었다. 단 한 번도 생각해 본 적 없는 질문이었다. 기방이라니. 마치 자신이 평범한 사내인 것처럼 물어오는 그 질문이 너무도 기꺼워서, 지환은 저도 모르게 꽤나 부드러운 목소리로 대답했다.

"가본 적, 없습니다."

"앞으로 갈 생각은요?"

"……가야 하는 겁니까?"

"아니! 얘기가 왜 그쪽으로 튀어요? 당연히 가면 안 되지! 이쪽이 일편단심 일부종사(一片丹心 一夫從事)면 그쪽도 일편단심 일부종사(一片丹心 一婦從事)를 해야 하는 거 아니에요?"

주먹을 불끈 쥐며 주장하는 설란의 모습은 사뭇 비장해 보이기까지 했다.

대화를 하며 걷기 시작한 걸음이 길었다. 무슨 말을 하는지 듣지 못하는 궁인들은 그저 즐거이 대화를 나누는 둘의 모습을 바라보며 흐뭇함을 감추지 않았다. 대화 중간중간 설란이 보여주는 다채로운 표정이 더욱 둘을 다정해 보이게 했다. 백란궁에 도착했음을 한참 뒤에야 눈치챌 정도로 대화에 빠져 있던 지환은 시간이 단숨에 줄어든 것 같은 감각에 당혹감을 감추지 않았다.

붉게 흐드러진 란꽃송이

애당초 지환은 처음부터 설란이 하는 얘기를 절반 정도밖엔 이해하지 못했다. 만약 그가 저주받지 않았더라면 자연스럽게 경험했을 것들을 전부 뛰어넘어 발생한 몰이해였다. 기방이 무엇인지 모르는 것은 아니었다. 그러나 그로서는 도대체 그녀가 왜 지금 이 순간 기방에 열을 올리는지 전혀 모를 일이었다. 저주받은 괴물에게 시집오는 것보다 기방이 더 중요하다니, 그의 사고방식으로는 도무지 이해가 가지 않는 탓이었다.

"애당초 기방 같은 곳엔 관심 없습니다. 그보다, 지금 중요한 것은 그것이 아니라……."

"가본 적도 없고. 갈 생각도 없고. 그러니 됐어요."

"예?"

"그대는, 무언가를 잘못한 것도 아니고, 원해서 저주받은 것도 아니죠."

"그것이 무슨……."

"등청할 수 없음에도 포기하지 않은 학문은 세자사로서 부족함이 없을 정도며, 술을 가까이한 것도 아니죠. 아는지 모르겠지만, 공주의 혼처로 그 정도면 꽤-."

아직도 넋을 놓은 듯한 지환의 얼굴에, 설란은 그 앞에서 검지를 흔들며 한 번 더 강조했다.

"나쁘지 않답니다. 그러니 난 괜찮아요."

이 혼사는 예정대로 진행될 것이라며 그녀가 웃었다. 꽃 같은 웃음은 거짓이라곤 티끌도 없이 마냥 환했다. 그린 듯한 그의 표정이 한순간 완전히 무너져 내렸다.

그 화사함을 이해할 도리가 없었다. 최악의 패를 내보였건만 그게 아무것도 아니라며 웃는 얼굴이 이해되질 않았다.

어떻게 괜찮을 수가 있단 말인가.

"정녕 그리 생각하십니까."

낮게 가라앉은 목소리는 한없이 어두웠다. 궁을 둘러싼 돌담
벽에서 멈춰선 지환은 답답함을 느꼈다. 당연히 도망갈 것이라 생
각했다. 이번 혼사가 취소되지 않은 것도 혜조가 밀어붙였기 때
문이라고, 막연히 그리 여겼었다. 설마하니 공주 본인이 이 문제
의 무게를 느끼고 있지 못할 것이라고는, 정말이지 상상도 못 했
다. 그는 자연스럽게 주위를 살폈다. 모퉁이를 막 돌았기 때문에
궁인들은 모퉁이 너머에서 멈춰 있는 채였다. 아무도 보지 않는
다. 아무도 주변에 없다. 그 사실을 먼저 확인하던 그는, 그 자연
스러움에 치를 떨었다.

이렇게 몸에 익은 버릇 하나하나가 매 순간 저를 일깨운다.

"괴물을 왜 괴물이라 부르는지 마마께서는 알고 계십니까?"

낮게 깔리는 그의 목소리를 따라 천천히 등 뒤에서 아홉 가닥
의 얼룩이 일렁이기 시작했다. 검은 안개 같은 그것들은, 끊임없
이 뭉쳤다가 풀어지기를 반복했다. 마치 자아를 가진 것처럼.

지환은 점차 희게 질리기 시작하는 설란의 얼굴을 내려다봤다.
티 내지 않으려 애쓰고 있었지만 공포를 조절할 수 있는 인간이
과연 세상에 몇이나 된단 말인가.

이제야 익숙한 얼굴이다. 제가 알고 있는 반응에 기뻐해야 하
는 건지 슬퍼해야 하는 건지 모르겠다. 뱃속에서 바늘이 제멋대
로 날뛰는 느낌에, 지환의 얼굴이 일그러졌다.

"언제 날뛸지 모르는 짐승이라 그리 부릅니다. 제어되지 않는

존재라 언제 이를 드러낼지 예측조차 할 수 없는 것이란 말입니다. 마마, 저를 믿으신다 하셨습니까? 좋습니다. 그렇다면 마마께서는 '이것'을 믿으십니까?"

가닥가닥 나뉜 꼬리가 한차례 일렁였다.

"이건, 제 뜻에 따라 어찌할 수 있는 것이 아닙니다. 언제 마마를 잡아먹을지 모르는, 그런 괴물이란 말입니다."

제 안에 똬리를 틀고 자리 잡은 요괴. 구 년간 몸과 정신을 좀먹어온 여우 괴물. 한 마디 한 마디를 뱉어내는 지환의 턱에 힘이 들어갔다. 그의 기분에 반응하듯 아홉 가닥의 꼬리가 천천히 설란을 감싸기 시작했다.

가까이 다가오자 펑, 펑 하는 작은 소리가 귓가를 간질였다. 소리를 따라 그녀의 눈동자가 데굴 움직였다. 검은 덩어리가 흩어질 때 나는 소리라는 것을 깨닫자 그녀는 자신도 모르게 속으로 욕설을 내뱉었다.

저건 또 뭐람!

설란은 떨리는 손끝을 어떻게든 진정시키고자 치맛자락을 움켜쥐었다. 값비싼 옷감이 그녀의 손 안에서 엉망으로 우그러졌다. 그에게 잡힌 팔이 아파서 절로 눈살이 찌푸려졌다. 이렇게 힘으로 억눌리는 것은 익숙하지도 않을뿐더러 유쾌하지도 않았다. 그때까지만 해도 공포만이 가득했던 얼굴에, 처음으로 다른 감정이 선연히 떠올랐다.

"그걸 지금 말이라고 합니까."

설란은 연지를 칠해 붉은 입술을 사정없이 물어뜯었다.

"무르라고? 정녕 그게 가능할 것이라 생각하는 겁니까? 자하국 왕의 뜻입니다. 그것을 고작 공주가 무를 수 있다 믿는 겁니까? 혼사를 결정할 권리가 주어질 것이라고? 이번 혼사에 얼마나 많은 것들이 걸려 있는지 그대는 정녕 모른단 말입니까?"

매서운 말들이 제 입에서 쏟아졌다. 그럼에도 치솟은 화는 가라앉질 않았다. 예정에도 없던 이가 부마로 간택되어 정신이 없는 것은 그녀도 마찬가지였다.

그럼에도 좋은 점만 생각했다. 좋은 점만 보고자 그렇게 한쪽 눈을 감아버렸다.

그런데 갑자기 자신은 저주를 받았다고 하질 않나, 혼사를 무르라 하질 않나.

"그대는 그리도 순진한가요?"

계속 제 속을 긁어댄다, 이 남자는.

"최가와 연을 맺어야 한다면 형님이……."

"장남은 불가하죠. 내 아이가 태어나면, 그 아이도 계승권을 갖게 됩니다. 그런데, 장차 가문을 이끌어 나갈 최지문의 아이에게 왕위계승권이라? 하! 모르겠습니까? 최지문과 내가 가례를 올리게 되면 그 아이는 장차 최가의 가주이면서 동시에 왕위계승권을 갖게 된다는 것을!"

설란의 눈에서 불이 튀었다.

"정녕 아바마마께서 그리 위험한 길을 선택하리라 생각하는 겁니까?"

수많은 가능성과, 철저한 손익 계산을 통해 내려진 결론이 최가의 차남이었다.

현 자하국엔 세자를 위한 세력이 필요했다. 손바닥 뒤집듯 언제든 마음을 바꿀 이가 아닌, 보다 충성심이 강한 존재로. 그러나 과유불급이라 과한 것은 독이 되는 법. 그렇다면 첫째보단 둘째가 안전하다. 장남이 죽지 않는 한 가문을 이어받을 가능성이 한없이 공(空)에 가까워지니 말이다.

이왕이면 벼슬에 뜻이 없는 이라면 더 좋았다. 권력욕이 없다는 말은 훗날 왕위계승권으로 내란이 일어날 가능성이 낮다는 말과 일맥상통했으니. 그렇게 두툼한 종이 위의 이름을 하나하나 지워내며 낸 결론이었다.

그렇게 선택된 이가 최재원이었다.

불가능해 보이는 조건들을 모두 만족시키는 이가 딱 한 명 있었으니 혜조가 눈독 들이는 것도 무리는 아니었다. 유일한 문제였던 재원의 반대마저 사라졌으니 더 빨리 진행되면 되었지 중단될 리 없지 않은가.

"아바마마께서는 절대 이 혼사를 무르지 않으실 것입니다. 저 역시 마찬가지로 이 혼사를 무를 생각이 전혀 없고요."

"그래서, 마마께서는 괴물과 혼례를 올려도 괜찮으시다, 이 말씀이십니까."

괜찮은가 아닌가의 문제가 아니라는 걸 여전히 이해하지 못하는 것 같아 설란의 미간이 찌푸려졌다. 그녀는 고개도 돌리지 않은 채 제 얼굴 옆에서 알짱거리는 꼬리를 움켜쥐었다. 갑작스러운 손길에 놀란 검은 덩어리들이 그녀의 손안에서 팡팡거리며 터졌다. 실체가 있는 것은 아닌지 손 안에 남은 것이라고는 서늘한 기운뿐이었다. 설란은 아무것도 묻어나지 않은 제 손을 빤히 바라보며 입술을 짓씹었다.

"아직도 모르겠습니까. 괜찮으냐 괜찮지 않느냐가 아니라, 난 지금, '그래야만 한다'고 말하고 있는 겁니다."

"……방금 전, 마마께서는 이리 말하셨지요. 결국 사람은 자신을 생각하게 된다고. 마마께서는 어째서 그러지 않으십니까. 혼사를 거절했을 때 발생할 일들에 대한 책임감입니까."

그것들로도 모든 것이 이해되지 않는 선택이다. 보통 인간은 아무리 강한 책임감이나 의무감을 갖고 있어도 제 목숨이 위험한 상황을 감수하진 않는 법이다. 사람의 생존 욕구란 생각보다 커서, 보통은 위험을 느끼면 도망가기 마련이었다. 그런데 이 여인은 도망가지 않는다. 공포에 질린 게 뻔히 보이는 얼굴을 치켜든 채 오히려 제게 훈계를 늘어놓는다. 여인이라면 유약한 존재만을 알고 있는 지환에게 그런 설란의 대응은 낯설기 그지없는 종류의 것이었다.

그의 물음에 조금 놀랐는지 설란의 눈이 동그래졌다. 그러나 그녀의 고민은 그리 길지 않았다. 머리를 싸매고 고민해도 어차피 해결할 수 없는 일이었다.

"뭐, 고귀한 희생쯤으로 해두죠."

어차피 해야 할 거라면 거창해 보이는 게 좋잖아요?

샐쭉 웃으며 내놓은 대답이 황당하면서도 또 그럴듯하게 들려서, 지환은 그만 할 말을 잃고 말았다.

짧은 산책을 마치고 방 안으로 들어온 두 사람 사이에 차가 놓이고, 그 차가 차갑게 식은 뒤에야 설란은 긴 침묵을 깼다.

"그렇다고 내가 포기했다는 뜻은 아니니 곡해하지 마세요."

"무슨……."

"나는 그대의 저주를 풀 겁니다."

노력하겠다, 도 아니고 풀고 싶다는 말도 아니다. 반드시 풀고야 말겠다는 단호함이 거기에 있었다.

"불가능합니다."

"그건 해봐야 아는 거죠."

"구 년입니다. 그 긴 시간 동안 시도해 보지 않은 것이 있을 것이라 생각하십니까."

"아니요."

달그락. 찻잔을 드는 소리가 컸다. 공주로서 그녀가 받았을 교육들을 생각해 볼 때 의도적인 소음이었다.

"서풍이 할 수 있는 것들은 전부 해보았겠죠. 하지만."

달그락.

"자설란이 할 수 있는 것들은 해보지 못했을 겁니다."

올곧은 시선에는 거짓이 없었고, 반듯한 자세는 당당함 그 자체였다. 도망치지 않는다. 도망치기는커녕 저를 바라보며 그 저주, 풀어보이겠다 말하는 설란의 모습에 지환은 아무런 대꾸도 할 수가 없었다.

"마마, 세자저하께서 드셨나이다."

장지문 너머에서 궁녀의 목소리가 들린 것은 그 치열한 힘겨루기가 한창일 때였다. 설란의 시선이 지환을 잠시 스치고 지나갔다. 눈으로 묻는 물음에 그는 고개를 끄덕였다.

"드시라 하라."

드르륵, 문이 천천히 열리고 자설호가 안으로 들어섰다.

"이런. 스승님께서도 계셨습니까."

"저하를 뵙습니다."

"편하게 하십시오. 제 스승이시지 않습니까."

예고도 없이 밀어닥친 설호는 그저 유유자적했다. 그는 조금도 줄지 않은 찻잔 두 개와, 손댄 흔적이 전혀 없는 다과를 눈에 담고는 부드럽게 웃었다.

"오라버니께서 예까지 무슨 일이시어요?"

"오라비가 이제 곧 출가할 누이가 보고 싶어 왔단다. 그런데⋯⋯ 이미 즐거운 시간을 보내고 있을 줄은 몰랐구나. 그래, 내 그 좋은 시간을 방해한 건 아니냐."

"오라버니!"

"하하. 농이다. 농이야. 그보다⋯⋯."

지환을 스쳐 간 시선은 설란에게서 멈춰 섰다.

말을 꺼내도 괜찮을지 잠시 고민하는 기색이 설호의 얼굴에 역력했다. 감추지 못한 것이 아니라 일부러 감추지 않은 그의 표정에, 설란은 한숨처럼 고개를 끄덕였다. 그러자 설호의 시선이 다시금 지환에게 향했다. 이번에는 탐색이라도 하는 눈빛이다. 그 모든 것이 겨우 찰나에 이뤄졌다. 고민은 길지 않았다. 쉬이 미룰 얘기도 아닐뿐더러, 어차피 전후 사정을 알지 못하는 이들은 알아듣지도 못할 얘기였다. 설호가 입을 연 것은 그러한 이유가 컸다.

"어마마마께서, 부르셨다 하던데."

"벌써 오라버니께 그 얘기가 들어갔군요."

"⋯⋯하필, 내가 그때⋯⋯."

"오라버니."

자책하는 설호의 말을, 설란이 끊었다.

"괜찮아요."

무엇이 괜찮냐는 말도 없다. 설란은 그저 버릇처럼, 그러나 무척이나 단호하게 말했다.

"괜찮아요, 오라버니."

그런 둘의 대화는 기이하기 그지없어서, 지환은 입을 다문 채 둘을 바라봤다. 그 시선을 먼저 눈치챈 것은 설란이었다. 그녀는 호숫가처럼 고요한 지환의 시선이 어색하다는 양 웃었다.

"이제 오라버니가 이리 찾아오는 날도 얼마 남지 않았는데 그리 사과만 하시면 제 마음이 불편해요."

"……내달이라 하였던가?"

"예. 최대한 당기려 했는데도 그렇답니다."

"출궁하면 한동안은 입궐할 수도 없는데 그리 좋더냐."

"지나가는 궁인들 붙잡고 물어보세요. 열이면 열, 청월이 얼마나 잘생기었는지 조잘대느라 정신이 없을걸요."

그렇게 인기 많은 사내와 가례를 올리는 것이니 얼마나 좋겠느냐며 웃는 설란의 말에 괜스레 지환이 헛기침을 뱉었다.

"어허! 스승님께서 다 듣고 계시지 않느냐."

"들으라 하는 말인걸요."

아. 더는 버티기가 어려웠다. 지환은 진지하게 생각했다. 둘 다 그만해 줬으면 좋겠다고.

＊

방법이 없다. 누가 목덜미를 눌러 숨구멍을 막은 것 같은 답답함에 지환은 이를 악물었다. 턱에 힘이 바짝 들어간 채로 궁을 벗어나는 걸음이 가빴다. 고작 한 식경도 채 지나지 않았건만, 찻잔을 사이에 두고 갖가지 얘기들을 나눈 것이 한낱 일장춘몽(一場春夢) 같았다. 그러나 오늘 일로 확신할 수 있었다. 설란은 이 혼사를 깰 생각이 전혀 없다는 사실을.

대체 어째서.

제가 괴물임을 말하는 게 쉬웠을 리 없었다. 그러나 말했다. 모든 용기를 쥐어짜고 또 쥐어 짜내 한 말이었다. 이 상황을 해결할 유일한 방법이라 여겼기에.

그런데 그녀의 반응은 어떠했나.

저주를 풀고야 말겠다는 그녀의 말이 머릿속에서 웅웅 떠돈다.

'풀 수 있을 리가 없다.'

그 안일함에 화가 났다.

'왕위에 오를 제 오라비를 위해 목숨을 건다는 말과 무엇이 다르다고!'

언제 제 속에 똬리를 튼 괴물이 저를 향해 발톱을 세울 줄 알고 괜찮다며 웃는단 말인가?

지환은 오늘처럼 저를 옥죄이는 족쇄에 분노가 치민 적도 또 없었다. 차라리 제가 자유로운 몸이었다면 가문이고 핏줄이고 전부 떨쳐 내고 도망쳤을 텐데, 여전히 오른팔에는 풀 수 없는 족쇄가 단단히 매어 있었다.

'그깟 기방이 목숨보다 중하다니.'

왜 화가 나는지 모를 일이다. 모든 것을 밝혔고, 그럼에도 선택한 것은 자설란이다. 할 만큼 했으니 손을 떼도 될 터다. 다 말해주었으니 제겐 죄가 없다, 그리 확언할 수도 있었다.

그러나 화가 났다.

'무엇을 보고 나를 믿어.'

그저 화가 나서, 그는 저택 뒤편으로 향했다. 그 모습이 참으로 매서워 식솔들 중 누구 하나 왜 그러시냐 물을 생각조차 못할 정도였다. 걸음걸음마다 힘을 줘 땅이 파일 정도였으나 지환은 그것도 미처 인지하지 못할 정도로 온통 제 생각에만 빠져 있었다.

그렇게 화를 내며 걷던 그는, 붉게 물들인 장지문이 눈에 들어오자마자 기다렸다는 듯 손을 뻗어 문을 열어젖혔다.

쾅 소리와 함께 열린 문에, 안쪽에 있던 사내는 눈을 동그랗게 떴다. 문을 열어젖힌 이가 정말 제가 아는 그 도련님이 맞는지 의문스러워 눈을 비비는 손이 잽쌌다. 그도 그럴 것이 그가 고용된 이유이자 목적인 최지환은 지난 구 년 동안 이곳에 제 발로 찾아온 적이 없었기 때문이었다.

끔뻑. 끔뻑. 무명은 몇 번이고 눈꺼풀을 깜빡인 뒤에야 제 눈앞에 서 있는 이가 헛것이 아님을 알았다. 방에서 뒹굴던 그는 잽싸게 몸을 일으켰다.

"와— 도령이 무슨 일이래? 해가 서쪽에서 떴나?"

들려오는 답은 없었다. 방 안을 둘러보는 시선이 무거웠다. 알지 못할 것들이 어지러이 놓여 있는 방 안은 언뜻 너저분하기도, 나름의 규칙을 갖고 정리되어 있는 것 같기도 했다. 그러나 창을 막아놓은 제 방과 다를 것 없이 어두웠다. 무명의 장난스러운 낯빛을 스쳐 가는 시선이 차디찼다.

"음. 도령?"

무명에게 다가가는 지환의 걸음이 느렸다. 발을 끈다기보다는 굳이 서두르지 않는 기색이었다. 혹은 생각에 잠긴 것도 같았다. 그러나 애당초 그리 크지 않은 방이었기에, 그는 몇 걸음 만에 무명의 멱살을 틀어쥘 수 있었다.

"이것, 풀어라."

억눌린 기세가 사나웠다. 멱살을 움켜쥐는 손에 바짝 힘이 들어가, 부러 하는 말이 아님을 알았다. 아. 무명은 그의 두 눈을 뚫어져라 바라보며 바람 빠진 소리를 냈다. 이런 식으로 저치는 제게 주장한다. 자신의 속에 반신(半神)이 들어 있다는 것을. 무명은 숨이 잘 쉬어지지 않는 상황에서도 겁을 먹기는커녕 되물었다.

"밑도 끝도 없이 무슨 소리야? 풀어? 뭘?"

저를 틀어쥔 손목을 타고 흘러내리는 팔찌를 두 눈으로 훤히 보면서 묻는 목소리에는 약간의 장난기마저 묻어 있는 듯했다.

"이 빌어먹을 족쇄 말고 또 뭐가 있지."

"허어. 우리 도련님께서 또 뭐에 성이 나서 헛소리를 하는 걸까."

정도라고는 없는 말에 지환은 참는 대신 그대로 손을 뻗었다. 쾅, 허공에 반쯤 들려 있던 사내가 그대로 뒤로 밀리며 벽에 거세게 부딪쳤다. 흙을 발라 굳힌 벽도 돌벽보다는 못하지만 내리치면 고통이 상당한 법이다.

"크……."

벽에 부딪치는 순간 반사적으로 깨문 입술이 찢어져 피가 흘렀다. 뚝, 바닥에 떨어지는 붉은 피가 인간 같지 않은 무명이 살아 있는 존재임을 알려주는 몇 안 되는 증좌였다. 그러나 인상을 쓰며 고통을 삼키는 무명을 목전에 두고도 지환의 얼굴엔 별다른 표정 변화가 없었다.

"장난하는 것 같나. 네놈이 쉽게 죽지 않는다는 건 이미 알고 있어. 하지만 몇 번이나 그 목을 비틀면 어떻게 될까. 심장을 뽑아도 살아 있을까? 어떨지 매우 궁금하지 않아?"

등골이 서늘해질 경고였다. 단순히 경고에서 끝나지 않을 것이라는 예감이 사내의 머릿속을 강하게 두드려 댔다. 무슨 일이 있었는지는 모르겠으나 지금 최지환은 진심으로 저를 협박하고 있었다. 손끝이 저릿해지는 압박감에 사내는 입술을 비틀어 올렸다.

"내가 죽으면 곤란해지는 건 도련님일 텐데. 아, 그리고 심장 뽑으면 진짜로 죽으니까 협박으로도 하지 말아줘. 내 아무리 금은보화를 좋아한다지만 돈 벌다가 죽고 싶진 않거든."

개같이 벌어서 정승같이 쓰라는데 개같이 벌기만 하고 죽는 건 너무 억울하잖아. 킬킬거리며 말하는 사내는 상황의 심각성을 전혀 인지하지 못한 것처럼 보였다.

오히려 평소보다 더 생기 있어 보이는 눈동자가 이 상황을 즐기는 것처럼 느껴지기까지 했다. 지루한 일상생활에 간혹 열리는 축제를 즐기는 사람처럼 사내는 이를 드러내며 활짝 웃었다.

그 모습 어디에도 겁을 집어먹은 티는 없었다. 족쇄를 풀기도 전에 사내가 죽으면 정말로 골치가 아파지기에, 지환은 천천히 손에서 힘을 풀었다. 모래주머니가 바닥에 떨어지듯 둔탁한 소리를 내며 엉덩방아를 찧은 사내는 엄살을 부리며 제 엉덩이를 쓸었다.

"아오, 아파라. 그래. 도련님이 답 없이 이렇게 쳐들어올 인사는 아니고…… 뭐 공주님 때문이야?"

"그 입 닥쳐."

"흐흥……. 여기까지 와서 이 난동을 부릴 만한 이유라면, 하나
뿐이지. 진짜로 가례를 올릴 셈인가 보네. 우와, 대단한 공주님인
데."

여장부야, 여장부. 박수까지 쳐 가며 얼굴 한 번 본 적 없는 설
란의 용맹함을 칭찬하던 사내는 매서운 지환의 시선에 어깨를 으
쓱이며 손을 내렸다. 그런 무명에게 무어라 말하려던 지환은 그
저 미간을 좁히며 고개를 돌렸다.

애당초 그런 존재였다.

처음 모습을 드러냈을 때부터 제대로 된 것이 하나도 없는 사
내는 심지어 이름을 물었을 땐 그런 건 없으니 무명(無名)이라 부
르라며 웃기까지 했었다. 저주에 걸린 다음 날 홀연히 나타나 지
금까지 처음 본 그 모습 그대로인 사내를 지환은 이렇게 부르곤
했다.

최가에 기생하고 있는 또 하나의 괴물.

그 괴물은 바닥에 쪼그려 앉은 채 고개만 위로 젖혀 지환을 눈
에 담았다.

"그래서 그 끈을 끊어주면 도망이라도 칠 셈이었나?"

"그래."

꽤나 비장한 표정을 한 지환을 보며 무명은 쯧쯧 혀를 찼다.

"정말이지 도련님은 성장하질 않는구나."

그는 몸을 틀어 바닥에 나뒹굴고 있는 작은 방울을 집어 들었
다.

"방에 틀어박히거나 도망치거나. 어찌 그리 생각이 제한적인지. 나이를 먹었으면 좀 색다른 방법을 떠올려 보는 게 어때? 언제고 아들이 도망갈까 안절부절못하는 대감이 가엾지도 않아?"

"그 외에 다른 선택지가 존재하긴 하는 건가."

"그건 도련님이 어떻게 생각하느냐에 달려 있지 않겠어?"

"하! 그래서 지금 내게 평범하게 가례를 올리고, 가정을 꾸려, 남들처럼 살라 말하는 건가?"

"상대인 공주가 상관없다 하잖아?"

"……그래, 지금은 그렇겠지. 지금은."

"뭐가 그렇게 걸리는데?"

"미쳐 발작을 일으키는 모습을 봐도 괜찮다 할까. 그런 치와 한 지붕 아래에서, 한 이불을 덮고 살 수 있다 말할까. 정녕 네놈은 그게 가능한 일이라 생각하나."

끝없이 피를 탐하고 누군가를 찢어발기고 싶어 난동을 부리는 이 저주받은 몸으로? 차마 입 밖으로 뱉지 못할 말을 삼키며 지환은 끓는 속을 부여잡았다.

그는 아비가 희망에 취한 말들을 뱉을 때마다 속이 뒤틀리는 것을 느꼈다. 성인이 됐을 때 끝도 없이 읊어지던 양반가 여인들의 이름을 들었을 때 그러했고, 매년 반복되는 과거시험 얘기가 그러했다. 재원은 저주를 억누르고 있는 색실이 있으니 제 둘째 아들이 조금만 노력한다면 평범한 사람처럼 살 수 있을 것이라 믿고 있는 듯했다.

실상은 전혀 다름에도 불구하고.

오른팔에 매인 색실이 요동치는 저주를 눌러주기는 했다. 그러나 완전하지 않다는 것이 문제였다. 자신이 성장하면 저주도 같이 힘을 더해 강해졌다. 성인이 되자 그 속도는 더욱 빨라져 이젠 저주에 좀먹는 몸과 정신이 겉으로 드러날 정도였다. 홀로 남은 밤이면 피를 토한다. 귓가에서 읊조리는 목소리는 날이 갈수록 점점 더 또렷해진다. 그 목소리를 수 시간 듣다 보면 자신도 모르게 생각하고야 마는 것이다. 누구든 죽여 버리면 이 고통에서 벗어나지 않을까. 그리고는 제 생각에 제가 놀라 비명을 내지른다.

그렇게 자신은 한계에 달하고 있었다.

그는 그렇게 생각했다. 구 년 전 기적적으로 나타났던, 저주를 억누를 수 있는 이 묘책도 드디어 한계에 달한 것이다. 그러니 이제야 조용히 죽을 수 있을 것이라고. 조금만 더 버티면 누구도 해치지 않고, 가문에 누가 되지 않은 채 조용히 이 끈질긴 삶을 끝낼 수 있을 것이라고.

자설란이 나타나지 않았다면.

갑자기 예고도 없이 제 눈앞에 기적이 나타나지만 않았어도 그는 초연히 제 죽음을 받아들였을 것이다.

수년간 이어졌던 절망과 고통 속에서 예고도 없이 나타난 희망에 그는 기뻐하는 대신 오히려 겁을 집어먹었다. 왜 고통이 사라지는 것일까. 어째서 그녀 앞에 서면 아버지가 항상 말했던 평범함이 제게도 주어질 것 같다는 꿈같은 생각이 드는 것일까. 그런 식으로 그는 절망과 희망을 오갔다. 그럴 때마다 점차 지쳐 가는 스스로를 미처 깨닫지도 못한 채로.

딸랑, 무명이 흔든 방울 소리가 끝없이 이어지던 절망 속에서 지환을 끌어냈다.

"워워, 도련님. 꼬리 집어넣어. 쯧, 슬슬 한계인가."

낮게 중얼거리는 목소리에 지환은 그제야 제 등 뒤를 돌아봤다. 의지와는 상관없이 언제 튀어나왔는지 모를 아홉 가닥의 꼬리가 그의 뒤에서 일렁이고 있었다.

마치 저를 집어삼키고 싶다는 듯이.

검은 덩어리들의 일렁임에 지환의 속에서 무언가가 끊어졌다. 그는 양손으로 얼굴을 감싼 채 토해내듯 말을 뱉었다.

"그래. 한계야. ……몇 년 전부터, 이미 한계였어."

그러니 날 좀 죽여줘.

방 안에 그의 목소리가 음울함을 가득 담은 채 울렸다.

그런 그를 잠시 바라보던 무명은 뒷목을 긁적였다. 이 정도일 것이라고는 생각지도 못했기에 당혹감이 컸다. 그러나 무명은 인정해야만 했다. 자신이 꽤나 이 도령에게 무심했다는 사실을.

"공주 옆에서는 괜찮다며."

그래서 그는 무척 드물게 손에 잡히는 대로 말을 뱉어냈다.

"그럼 옆에만 있음 될 거 아냐."

"……뭐?"

손안으로 모습을 감췄던 두 눈이 살벌한 기색을 띠며 무명을 쏘아봤다. 왕실 혼사가 뉘 집 개 이름이냐는 지환의 태도에도 불구하고 무명의 생각은 달랐다.

옆에만 있는다라. 이거 좀 괜찮은 것 같은데? 방향을 정하니 남은 것은 냅다 내달리는 것뿐이라, 그는 주저 없이 지환 앞에 주저앉으며 본격적인 설득을 시작했다.

"공주는 봉황의 피를 이었어. 이미 흐려져 사라져야 했을 그것이, 자설란 공주에게만 나타났다는 건 무슨 이유가 있을 거란 말이지."

"하."

"아니, 얼마나 좋아? 봉황의 피를 이은 여인을 부인으로 맞아야 하는 입장이고, 도련님은 지금 한계야. 어차피 해야 하는 혼사라면 구색만 갖추자는 거지, 구색만. 공주 쪽에서는 원하는 것을 얻고, 도련님은 저주를 좀 누르고."

"……님."

"뭐?"

"자하국의 공주마마시다. 예를 갖춰라."

무명의 말을 끊어내는 지환의 목소리는 낮았다. 의미를 짐작하지 못한 채 눈만 데룩데룩 굴리던 무명은 지환이 마마께 예를 갖추라며 경고하자 배를 잡고 바닥을 굴렀다.

"푸, 프, 푸흐하하핫! 그, 그래, 푸하하!"

체통이며 뭐며 전혀 상관하지 않고 요란스럽게 웃어대는 무명을 잠시 내려다보던 지환이 미간을 구겼다. 그러나 무명은 저를 걷어차는 발길질에도 한참 동안 웃음을 멈추지 못했다.

"으학, 아, 나, 배, 배 아파, 으하하! 아, 아아…… 공주님, 그래, 공주님."

한참의 시간이 흐른 뒤에야 겨우 진정한 무명은 밭은 숨을 뱉으며 몸을 일으켰다.

"하아…… 정말이지 도련님은 재미있다니까."

"사족은 그만 붙여."

"네네, 그럼요. 그래야지요. 어쨌든 공주님 곁에선 고통이고 뭐고 없을 테지. 그렇게 서로 원하는 걸 맞바꿔."

돈을 주고 필요한 물건을 사라 얘기하는 듯한 무명의 태도는 기가 막힐 지경이었다. 아무리 세상 돌아가는 것을 모른다 할지라도 이건 정도가 심하지 않은가. 지환은 천진난만한 표정으로 눈을 깜빡이는 무명을 바라보며 진지하게 되물었다.

"네놈은…… 혼인한다는 것이 무슨 뜻인지 알고 있긴 한 거냐."

"뭐 그거잖아. 검은 머리 파뿌리 될 때까지 어쩌고저쩌고……. 그런데 어차피 아이는 없는 게 서로에게 나을걸. 계승권 문제며 뭐며 복잡해지니까."

그러니 합방은 안 해도 되는 것 아니냐며 무명은 속 편한 소리를 했다.

"세상 모든 부부가 행복하게 깨 볶으며 사는 것도 아니니 둘 사이가 조금 냉랭해도 이상하게 생각하는 사람 없을 테고. 그리고 어차피 공주님도 도련님이 저주받은 걸 알면 알아서 피할 거 아냐."

누이 좋고 매부 좋고. 얼마나 좋냐며 무명은 웃었다. 그게 아니면 다른 방법이라도 있어? 고개를 옆으로 기울며 묻는 무명을 바라보며 지환은 끙 소리를 흘렸다. 결국 무명이 내놓은 방법이라는 건 합방도, 아이도, 부부다운 관계도 전부 포기한 채 그저 한 지붕 아래에서 부부라는 이름만 달고 살라는 소리였다.

차디찬 집, 숨이 막힐 듯한 침묵이 흐르는 공기. 그런 공간을 하나 더 만들라는 소리에, 지환의 눈이 서늘한 빛을 띠었다.

"응? 다른 방법 있으면 말해봐."

무명이 씩 웃으며 저를 재촉하자 지환은 눈살을 찌푸렸다. 다른 방법이 있을 리가 없다. 그러니 제 발로 무명을 찾아온 것이 아닌가.

"그 방법은 안 돼. 마마께선…… 두려워하질 않으신다."

두려워하질 않아? 무얼? 잠시 고민하던 무명은 그게 다른 무엇도 아닌 최지환, 그라는 것을 깨닫고는 실로 오랜만에 제 감정을 여과 없이 드러냈다. 저 끔찍한 저주의 잔흔을 보고도 두려워하지 않는 여인이라니. 무명의 두 눈이 동그래졌다. 그는 씰룩이는 입술을 어떻게든 누르려 애쓰며 되물었다.

"뭐? 에? 정말? 심지어 대감께서도 처음 봤을 땐 혼절했는데?"

재원이 저주의 상징인, 검게 물들어 버린 꼬리를 처음 봤을 때 뒷걸음질 치다 정신을 놓았던 얘기를 입에 담으며 무명은 한없이 놀라워했다. 낳고 기른 부모도 한 번에 받아들이기 어려운 것을 생판 남이 아무렇지 않아 했다는 것에 감탄을 아끼지 않던 무명은 이내 고민에 빠졌다.

"흐음…… 그런 강심장이라면…… 도련님이 '괴물'이라는 걸 보여주면 되잖아?"

그 말에 지환의 어깨가 움찔 떨렸다.

"안 돼."

한 치의 망설임도 없는 단호한 거절에 무명은 속으로 연신 감탄사를 뱉어냈다. 어떤 상황에서건 날카롭게 가시를 세우던 도련님이 이토록 두려워하는 모습을 보게 될 줄이야. 하기야 괴물일 때의 모습은 그가 봐도 끔찍하긴 했다.

남에게 보여줄 법한 것은 아니지. 고개를 주억이며 홀로 생각에 잠겨 있던 무명은 이내 제가 놓친 게 있음을 깨닫고는 입술을 말아 올렸다.

"뭐야. 단순하네. 이미 저주받은 걸 알면 그냥 경고를 해. 위험하니 가까이 오지 말라고. 공주마마께선 영특하다 하셨으니 알아서 거리를 두겠지. 아니면 굳이 겁을 줘야 할 다른 이유라도 있는 거야?"

그 물음에, 지환은 처음으로 제 감정을 정면으로 마주 봤다.

왜냐고? 생각 외로 답은 금방 나왔다.

사람들은 괴물을 기피했다. 당연한 일이다. 자칫 잘못했다간 그 괴물이 목줄을 틀어쥘 테니 피해야 마땅한 일이지 않은가. 아비인 재원도 처음 그를 봤을 땐 도망쳤었다. 그래서 그의 세상에선 지금껏 그게 당연한 일이었다.

그런데 설란은 그게 뭐 어떠냐며 되레 그에게 되물었다. 저를 죽일 것이냐고.

죽일 거냐고? 누구도 묻지 않은 질문에 꽉 쥔 손등 위로 파르라니 핏줄이 도드라졌다.

"마마께서는…… 내가 위험하다는 것을 전혀 모르신다. 아니, 위험하다고 생각 자체를 안 하시지."

"호오?"

지환의 표정을 살피던 사내의 눈이 반짝였다.

이건 또 흥미롭다. 대다수의 사람들은 자신과 다른 존재를 배척하고 두려워한다. 다름은 위험의 다른 말이기도 했기에 이는 일종의 생존본능과도 같았다.

그런 점에서 최지환의 존재는 공포라는 단어로 치환되기에 부족함이 없었다. 반신에게 저주받아 그 흔적을 몸에 새긴 채 끝없이 고통받는 존재. 아차 하는 순간 그 누구보다 수많은 인간들을 손쉽게 죽일 수 있는 저주받은 이. 그런데도 두려워하지 않는 여자라니. 그런 존재를 찾았음에도 괴로워하는 사내라니. 그 기이한 관계가 눈에 보이는 것만 같아, 무명은 저도 모르게 눈살을 찌푸렸다.

"거참…… 도령도 불쌍하네."

무명은 처음으로 그렇게 생각했다. 최지환을 본 지 올해로 구년. 길다면 긴 그 시간 동안 단 한 번도 그를 가엾게 여긴 적이 없었다. 가엾게 여기기는커녕 고래 등 같은 집안에서 태어났으니 그리 강한 저주를 받고도 아직까지 살아 있어 행운아가 아닌가, 라는 사람 좋은 생각을 해왔었다.

그러나 지금 처음으로, 그의 눈에 비친 최지환은 불쌍했다.

"괴물인데도 인간적인 고민을 해야 한다니. 그건 얼마나 끔찍한 일일지 상상도 안 가네. 차라리 아무것도 모른 채 학살을 자행하다 죽는 게 더 나았을 거란 생각이 방금 들었어. 한 십 수 명만 갈가리 찢어놓으면 피에 미쳐 죽었을 텐데 말이야."

"네놈 목숨도 그에 포함시켜 주랴."

"크하하핫! 아이고 도련님, 너무 그리 날 세우지 마쇼. 이래봬도 내가 도련님을 살리기 위해서 밤낮 안 가리고 분골쇄신하는 중이거든."

"필요 없으니 이 족쇄나 풀어주면 좋겠다만."

다시 얘기가 처음으로 돌아왔다. 지환이 들어 올린 팔에 둘러진 팔찌를 본 무명은 고개를 저었다.

"절대 안 될 말이지. 도련님, 내 그거 만들겠다고 얼마나 용 쓴

지 알긴 합니까?"

"부탁한 적 없어."

"금괴가 대신 부탁했지. 어찌 되었건 그거 어차피 끊어지지도 않겠지만 끊을 생각은 꿈에도 하지 마쇼. 그게 그래 봬도 도련님을 살리고 있는 생명 줄이거든."

생각지도 못한 정보에 지환의 입매가 비틀려 올라갔다.

"그 말은…… 이걸 끊으면 죽는단 말이로군."

미미할 정도지만 죽음에 대한 희망이 그 속에 녹아 있다. 거참. 말 한 번 안 듣는 도련님이다. 이해 못 할 것도 아니지만 일이 복잡하게 돌아가는 건 딱 질색이었기에 무명은 혀를 찼다. 앞으로 한 걸음 다가서는 무명의 걸음이 무거웠다. 무명은 손을 뻗어 지환의 팔목에 걸린 색끈을 툭, 건드렸다. 무심한 손길이었으나 들리는 낯빛 속 표정은 그저 새까맸다. 무명의 입술 끝이 비틀렸다.

"죽어도, 곱게 죽진 못할 겝니다."

그 목소리가 참으로 스산해서, 지환은 여상한 시선으로 제 팔목을 내려다봤다.

6. 대화

"오시(午時)에는 대무녀와 약조를 잡아놓았습니다. 미시(未時) 엔 최가의 차남이 입궐한다 하였고, 저녁 수라상을 물린 뒤에는 왕후마마께 알현을……."

"어마마마께서?"

"예. 긴히 나눌 얘기가 있다 하시었습니다."

"……그래."

김 상궁을 물린 설란은 조금은 지끈거리는 머리에 후 한숨을 뱉어냈다.

"마마…… 괜찮으시어요?"

옆에 서 있던 도아가 눈치 빠르게 찬물을 건네며 물었다. 그것을 받아 든 설란의 손이 미미하게나마 떨리는 것 같기도 했다.

"괜찮아."

괜찮지 않음에도 그녀는 버릇처럼 웃어 보였다.

효연왕후. 그녀는 설란과 설호의 모친이자 쌍생아를 낳은 뒤로 몇 번이나 왕비를 내치라는 상소를 지켜봐야만 했던 여인이었다. 몇몇 호사가들이 비운의 왕비라 이름 붙일 정도로 왕후의 스물은, 파란만장했다.

바람 잘 날 없던 효연왕후의 삶이 안정되기 시작한 것은 자설호의 재능이 빛을 발하기 시작하면서부터였다. 문무는 물론이거니와 어질기까지 한 세자에 대한 찬양은 효연왕후에 대한 찬양으로 이어졌다. 그리고 병약하기만 했던 자설란이 미색을 드러내기 시작하자 효연왕후의 자리는 더더욱 견고해졌다.

그렇게 그녀는 다시 왕비로서 제자리를 되찾았다. 젊었을 적 했던 마음고생으로 인해 몇 가지 병을 얻었을지언정, 그 약한 몸 탓에 적극적으로 무언가를 하지 못할지언정, 누구도 헐뜯지 못하는 명실상부 자하국의 왕비가 된 것이다.

세간에 알려진 얘기는 그러했다. 그리하여 오래오래 행복하게 살았습니다. 비현실적인 동화 속 결말처럼.

"괜찮아."

스스로에게 다짐하듯 설란은 같은 말을 반복했다. 물로 입을 축인 설란은 다시 그릇을 건네며 자리에서 일어났다.

"무녀를 보러 가자."

방을 나선 설란은 미리 준비되어 있는 연-가마의 일종-에 오르며 생각했다. 조금이라도 더 빨리 이곳에서 벗어나고 싶다고.

"마마, 이리 대무녀를 보러 가니 이제야 정말 실감이 나요."

"내가 혼례를 올리는 것이?"

"예. 제삿날 말고는 무녀들을 볼 일이 없으니 더 그런 듯해요."

"그래. 그건 그렇구나."

자하국은 해마다 몇 번의 제사를 치렀다. 이를 주도하는 이들이 바로 무녀였는데, 그녀들은 대개 성도청(星禱廳)에서 기거하며 자하국의 번영을 기원하는 일을 도맡고 있었다. 설란이 연을 타고 향한 곳이 바로 그 성도청이었다.

설란은 성도청 내부에 짙게 드리워진 향내에 코를 찡긋거리며 준비된 자리에 앉았다. 여긴 몇 번을 와도 익숙해지지 않는다는 생각이 가장 먼저 머릿속을 가득 채웠다. 그럴 수밖에 없는 일이다. 거리가 멀어질수록 마음에서는 더 멀어지는 법이니.

자하국이 처음 세워졌을 때, 성도청은 궁 안에 위치해 있었다. 그러나 점차 정국은 안정되었고 세월이 흘러 왕의 권력은 쪼개졌다.

삿된 것을 다루는 성도청이 궁 안에 있어서는 안 된다는 수많은 상소로 인해 궁 밖으로 자리를 옮긴 것이 대략 팔 년 전의 일이었다. 그리고 그 일선에는 최가가 있었다.

'그래봤자 걸어서 일각도 걸리지 않지만 말이지.'

설란은 한쪽 벽에 바짝 붙어 서 있는 무녀 몇을 눈으로 훑었다. 지환이 저주받았음을 확인한 뒤에 그녀가 가장 먼저 떠올린 것이 바로 무녀였다. 성도청을 가득 메운 무녀들의 신력 역시 진짜가 아닐까, 하는 생각.

'저주가 있다면 신력도 있을 터.'

이미 굿이니 무녀니 제사니 하는 것들은 자하국에서 상징적인 행위가 되어버린 지 오래였다. 그러니 설란 역시 성도청은 상징적으로 존재하는 곳이거니 여겼었다. 무녀도, 신력도 믿지 않았었다.

최지환의 저주를 직접 보지 않았더라면 앞으로도 그렇게 믿었을 타다. 성도청은 쓸데없이 왕실의 재정을 갉아먹는 존재라는 서파와 동파의 주장에 일견 동의하면서. 그러나 지금은 달랐다. 이전에는 믿지 않았던 일들이 현실감을 갖게 되자 그녀가 알고 있던 상식도 뒤집혔다. 제 세상이 엉망으로 뒤섞인 것이다. 허공을 가득 채운 향내에 속이 어지러운 것 같다고 중얼거리며 그녀는 시선을 돌렸다.

대무녀가 방 안으로 들어온 것이 바로 그때였다. 고운 얼굴에 허리까지 길게 내려오는 머리칼. 큰 제사가 있을 때마다 몇 번이고 참석했던 설란에겐 익숙한 얼굴이었다.

"송구하옵니다, 마마. 일이 있어 늦었사옵니다."

허리에서부터 땅으로 길게 늘어지는 무녀복을 능숙하게 거둬들이며 고개를 숙이는 대무녀는 기껏해야 서른 중반으로밖엔 안 보였다. 그녀가 십 년 전에도 서른 중반으로밖에는 보이지 않았다는 사실이 설란의 머릿속을 스치고 지나갔다. 새삼스러운 자각이었다.

몇몇 궁녀들이 그런 대무녀를 볼 때마다 높은 신력이 노화를 늦추는 것이라 숙덕이던 것을 웃음으로 넘겼었지. 이제야 설란은 그게 영 불가능한 얘기가 아닐지도 모른다는 생각을 하며 대무녀를 맞이했다.

"괜찮네. 내 사사로이 청을 한 것이니 오히려 사과해야지."

"아니옵니다. 어찌 그런 말씀을 하시옵니까."

틀에 박힌 듯한 말을 주고받으면서도 설란의 시선은 바삐 움직였다. 어지러운 문양들이, 그러나 나름의 체계를 갖고 방 안을 장식하고 있었다. 그 문양들은 무녀가 입고 있는 무복에도 동일하게 새겨져 있었는데, 조금씩 색이 다른 게 차이점이라면 차이점이었다.

문양 다음으로 그녀의 시선이 닿은 곳엔 줄지어 서 있는 무녀들이 있었다. 무녀에 대해서라면 설란도 아는 것이 몇 가지 있었다. 대다수의 무녀들은 걸음마를 채 떼기도 전에 성도청이 거둬들인다는 이야기 같은 것들을.

"일단 앉지. 물어볼 것이 있어."

설란의 말에 대무녀는 싱긋 웃으며 자리에 앉았다.

"얘기는 전해 들었답니다. 솔아."

뒤에 서 있던 무녀 하나가 고개를 숙인 채 앞으로 걸어 나왔다. 솔이라 불린 무녀의 손에는 새하얀 비단으로 만들어진 부적이 들려 있었다. 여인의 손 안에 쏙 들어갈 크기의 부적은 대무녀의 손을 거쳐 설란에게 전달됐다.

손안에서 매끄럽게 미끄러지는 감촉에 설란의 눈썹이 위로 죽 밀려 올라갔다. 굳이 묻지 않아도 꽤나 값비싼 비단을 썼다는 것을 알 수 있었다. 하루 이틀 사이에 마련할 수 있는 수준이 아니었다.

미리 준비를 해놓았다는 소리렷다.

"활옷 속에 넣어두시면 되옵니다."

사용법까지 친절하게 일러주는 목소리에 설란은 그제야 부적을 품 안에 밀어 넣으며 대답했다.

"고맙네. 또 하나 묻고 싶은 것이 있는데……."

설란이 말끝을 흐리며 제 뒤에 서 있는 무녀들을 바라보고 있음을 눈치챈 대무녀는 눈을 휘어 웃으며 그녀들을 내보냈다. 마치 병풍처럼 서 있던 무녀들이 줄지어 자리를 피하자 방에 남은 것은 오직 설란과 대무녀, 단둘뿐이었다.

"하문하시지요."

둘 사이에 흐르는 진지함이 일순 파삭 소리를 내며 깨진 것은 갑작스럽게 상체를 숙인 설란의 행동 때문이었다. 그녀는 방금 전까지 점잔을 빼던 것이 무색할 정도로 얼굴 한가득 걱정을 피워 올리며 목소리를 낮추었다.

"그, 미신 말이야. 혹시 진짜인가?"

갑작스러운 태세 전환에 당황한 것은 대무녀였다.

"……예?"

얼빠진 듯한 대무녀의 반문에도 설란은 아무것도 모른다는 양 푹푹 연신 한숨을 뱉어냈다.

"아아니. 어디 물어볼 곳이 있어야지. 그대도 알겠지만 내 몸이 약해 자리보전을 오래하지 않았는가. 그런데 혼삿날에 귀신이 들러붙는다니."

무섭지 않겠느냐며 있는 힘껏 엄살을 부리는 공주님의 모습에 긴장감이 가득하던 대무녀의 얼굴도 살짝 풀어졌다. 겉보기엔 설란이 전혀 위협적이지 않은 외양을 갖고 있다는 것도 한몫 단단히 했다.

대무녀의 시선이 찬찬히 설란을 살폈다. 두 눈을 동그랗게 뜬 채 미간을 살짝 좁힌 설란의 모습을 보고 있자니 새신부의 귀여운 고민이 손에 잡힐 것만 같아서, 그녀는 속으로 작은 웃음을 터뜨렸다.

"후후, 아예 없다고는 할 수 없지요."

한결 부드러워진 목소리에 설란이 입술을 비죽였다.

"귀신이 정녕 존재한다고?"

"귀신이라기보다는 사념에 가깝답니다. 오래도록 한곳에 머물렀던 이가 떠나는 것을 아쉬워해 사념들이 들러붙는 경우가 간혹 존재하온데, 그럴 때면 신부가 며칠 앓게 됩니다. 미신이 여인들 사이에서 돌게 된 연유이지요."

"으으……."

설란이 부적을 꼭 들고 다녀야겠다며 몸을 부르르 떨자, 경계를 완전히 거둔 대무녀의 입술이 부드럽게 휘어졌다. 사실 겉보기와는 달리 그녀는 예순을 훌쩍 넘긴 노파였다. 오랜 세월을 살아왔으니 사람 보는 눈이 생길 만도 했건만, 정치니 뭐니 하는 일들에서 두어 걸음 떨어진 채로 밀면 밀려나며 오직 무녀들만을 감싸 안았던 그녀에겐 설란이 쓰고 있는 가면을 알아차릴 만한 눈치가 없었다.

대신 그녀는 온화했고, 또한 가냘프고 어린 존재들에게 매우 약했다. 어린 무녀들을 키우고 거두며 쌓아온 모성이 의외의 곳에서 나타나는 순간이었다. 방금 전까지만 해도 제 아이들을 위협할 것만 같던 설란은 이제 그 아이들과 그리 달라 보이지 않아, 그녀는 부드럽게 웃으며 설란을 달랬다.

"너무 걱정 마세요. 부적이 마마님을 지켜 드릴 것입니다."

"그렇겠지? 하아…… 실은 요새 내 걱정이 이만저만이 아니라네. 대무녀도 들은 적이 있겠지만, 어릴 적 내 몸이 약한 이유가 저주를 받아서라는 말이 한창 돌지 않았는가."

정확히는 공주를 내쫓기 위해 동파에서 꾸며낸 얘기였지만 설란은 굳이 그것까지 입에 담지는 않았다. 대신 대화의 방향은 오묘하게 혼사 후의 저주에 집중되었다. 설란은 삼엄한 궁의 경비 아래에서도 그토록 오래 앓았던 제 과거를 조목조목 되짚으며 궁 밖 삶에 대해 진득한 걱정을 드러냈다.

핍박받은 이들은 남의 고통에 보다 절실히 통감하는 법. 궁 안에서 궁 밖으로 밀려나는 것으로도 모자라 점차 설 자리가 줄어들고 있는 성도청의 대무녀는, 번민에 가득 찬 설란의 얼굴에 가슴 깊이 공감했다.

"하여 궁을 나서기 전, 꼭 묻고 싶었다네. 저주라는 게 실제로 가능하다면 푸는 방법도 있는지⋯⋯."

길게 늘어지는 한숨 속에서, 점차 가늘어지는 눈동자가 저 홀로 반짝였다.

성도청에서 궁으로 돌아가는 길 내내 설란은 생각에 잠겼다.

"충분히 가능한 일입니다. 저주를 푸는 것 역시 가능합니다. 인간이 내린 저주는 결국 그 정도의 힘밖에는 내질 못하니까요."

결국 바꿔 말하면 인간 외의 존재가 한 저주는 또 다르단 소리다. 설란의 고민은 바로 그곳에서부터 시작했다. 적당히 에둘러 물어볼 수 있는 건 다 물어본 지금, 대무녀에게 사실을 밝히고 도움을 청할 것인가 말 것인가. 그걸 정하기 위해서는 대무녀에게 방도가 있을지, 그 가능성을 따져 봐야만 했다.

'생각해 보면 동파도, 서파도 성도청을 참으로 싫어했지.'

삿된 것에 국운을 거는 것은 말이 되질 않는다며 제삿날을 정할 때마다 규모를 축소하라는 상소가 빗발쳤다. 오랜 세월 그 자리를 지켜온 성도청을 향한 공격이 과하다 싶을 때도 수없이 많았다. 그런 서파의 수장이 바로 최재원이었으니 쉬이 성도청의 도움을 받진 못했을 터다.

그렇다면…….

빠르게 가지를 쳐 나가던 상념이 일순간에 언제 그랬냐는 듯 뚝 끊어졌다. 등 뒤에서 웅성이는 소리에 그녀의 관심이 자연스레 그쪽으로 쏠렸다. 그 소란이 무엇에서부터 기인했는지 굳이 오래 고민할 필요도 없었다.

"마마, 마마!"

양 볼이 붉게 물든 채 두 눈을 반짝이는 도아의 부름에 설란은 진주를 꿰어 만든 발을 걷었다. 소문이 그사이에 널리 퍼지긴 퍼진 모양이다. 고작 발 하나를 걷었는데 기대감에 가득 찬 궁인들의 얼굴이 가득 들어차는 걸 보면 말이다.

'준수하긴 하지.'

그녀는 아무렇지도 않은 척 도아를 진정시키고 천천히, 아주 천천히 고개를 돌렸다. 고개를 돌리기가 무섭게 이제는 낯이 익은 사내가 보인다. 도포가 잘 어울리는 사내가.

최재원도, 최지문도 닮지 않았으니 지환의 이목구비는 외가 쪽에서 짙게 물려받은 것일 게 분명했다. 억지로 시선을 끌어 모으는 것이 아닌, 자연스럽게 눈이 가는 분위기 역시 마찬가지일 테고 말이다. 앞으로 남은 일생 동안 그녀의 곁에서 살아갈 사내가, 그녀가 타고 있는 연을 향해 빠르게 다가오고 있었다.

"도아야."

설란이 조용히 부르자, 도아는 재빨리 그녀가 연에서 내리는 것을 도왔다. 주름진 치맛자락을 정돈하자 그 짧은 사이에 거리를 좁힌 지환은 제게 집중된 시선들이 불편해 어쩔 줄 몰라 하고 있었다.

오랜 세월 방 안에 칩거하듯 살았으니 이리 많은 사람들에게 관심을 받아본 것은 손에 꼽을 터다. 기방은커녕 여인네의 손이나 잡아본 적 있을까 싶은 모습에 설란은 결국 참지 못하고 눈꼬리를 휘었다. 설마하니 사내를 두고 이런 생각을 할 것이라고는 십팔 년 인생 동안 상상조차 해본 적이 없었건만.

'너무 귀엽잖아.'

만약 지환이 듣는다면 공주님께선 대체 왜 그러시는 거냐며 눈살을 찌푸릴 생각이긴 했다. 그녀가 그런 생각을 하는 사이에 지환이 예를 갖추려 하자 설란은 재빨리 손을 저어 말렸다.

"됐습니다, 우리 사이에. 약조한 시각보다 조금 일찍 도착했나 보네요?"

"송구합니다."

"흐으음. 송구라……."

말끝을 늘리며 설란이 등 뒤로 바삐 무어라 손짓하자 도아를 필두로 한 궁녀들이 빠르게 뒷걸음질 쳐 거리를 벌렸다. 목소리가 들리지 않을 정도가 되자 설란은 백란궁 쪽으로 걸음을 잡으며 말을 이었다.

"설마 오늘도 설득하러 온 건 아니겠죠?"

가례를 무르라고. 그런 말을 할 생각이라면 어서 돌아가라는 설란의 으름장에, 지환이 한숨을 뱉었다.

"설득당하실 생각도 없으시잖습니까."

"그건 그렇지만. 그래서 오늘은 뭘 보여줄 건가요? 꼬리는 이미 봤으니, 이번엔 귀?"

여우 귀가 뽕 튀어나오는 거냐며 그의 머리를 살피는 설란의 눈이 반짝였다. 기대감이 가득 차 있는 얼굴을 보고 있자니 지환은 사라진 두통이 다른 이유로 생기는 것 같다 생각하며 대답했다.

"없습니다."

귀 같은 건. 딱 잘라내는 지환의 말에 설란의 두 눈이 실망으로 물들었다.

"어째서죠?"

꼬리는 있는데 귀가 없는 게 말이 되냐는 설란의 항의에 당황한 것은 지환이었다. 귀가 왜 없냐고? 생각조차 해본 적 없었다. 애당초 저주의 잔흔이라고만 여겼던 것들인지라 그것에 대해 깊이 생각해 본 적이 있을 리 만무했다.

"⋯⋯글쎄요."

"아쉽네요. 귀는 정말 귀여울 것 같았는데."

"⋯⋯그런 말을 하는 분은 마마뿐일 겁니다."

"다른 이들은 무어라 하는데요?"

아득한 기억이다. 그러나 구 년 전, 그 어둠 속에서 저를 구원할 이들이 문을 열었을 때의 일은 아직도 생생해 저를 괴롭힌다. 마루 위를 뛰어다니다 귀한 청자를 깬 날이었다. 화가 머리끝까지

난 아비는 저를 광에 가두어 반성하라 벌을 내렸다.

굳게 닫힌 문이 다시 열린 것은 해가 뜬 뒤였다. 벌을 충분히 받은 귀한 도련님을 거두기 위해 두터운 도포와 뜨겁게 데운 물을 준비하고 광 문을 열어젖힌 이들의 반응은 약속이라도 한 듯 똑같았다.

낯익은 이들이 낯선 얼굴을 하고 자신을 바라봤었다.

"비명을 지릅니다. 공포에 질린 눈을 하고, 괴물이라 외치며 도망칩니다. 그렇지 않으면 괴물을 죽이겠노라 잔뜩 갈라진 목소리로 외치며 무기를 들고 덤벼 오죠."

제게 손가락질하며 새된 목소리로 외치더군요. 도련님을 어찌했느냐고.

웅성이던 소리는 아직도 귀에 어른거리는 것 같았다. 아무런 거리낌 없이 저를 내리치던 몽둥이도 생생했다.

"제가 바로 그 '도련님'이었는데도 그 누구도, 단 한 명도, 나를 알아보지 못했습니다."

그러니 신기합니다.

신기했다. 화가 가라앉자 불쑥 고개를 드는 감정은 그것이었다. 어째서 이 여자는 공포에 질리지 않나. 그리고 동시에 두려웠다. 진짜 제 밑바닥을 봤을 때 설란이 비명을 지르며 도망간다면 그땐 정말 속이 썩어 문드러질 것만 같아서.

"마마와…… 이런 대화를 할 수 있는 것만으로도."

충분합니다.

설란은 선을 긋는 지환의 마지막 말에 미간을 좁혔다. 정말이지, 땅 파고 들어가는 데는 일가견이 있는 사내다. 그러나 연민은 들지 않았다. 사실 누군가를 연민할 만한 위치도 아니긴 했다. 대신 그녀는 모른 척했다. 지환이 하는 말에 담긴 속내가 무엇인지 읽어냈으면서도, 그녀는 아무것도 모르는 척 생긋 웃으며 말을 돌렸다.

"오늘 예까지 걸음 한 목적이 있을 테죠. 저들에겐 소리가 들리지 않을 테니 말해봐요."

슬쩍 뒤쪽을 눈짓하는 설란에, 멀찍이 떨어져 있는 궁인들을 확인한 지환이 고요히 가라앉은 시선을 돌려 그녀를 응시했다. 둥근 이마가 가장 먼저 시야에 잡힌다. 선을 타고 흐르는 콧날이, 그 아래에 자리 잡은 붉은 입술이 서로 덧대어져 자설란을 그려냈다.

"오늘은."

모른 척 눈 한 번 감으라는 무명의 말이 왜 이럴 때 생각나는지 모를 일이다.

"이 저주가 얼마나 위험한지 설명하러 왔습니다."

설란은 매우 진지한 표정으로 제가 얼마나 위험한 존재인가에 대해 얘기하겠다는 사내를 멍하니 바라봤다.

'그러니까, 지금, 자기는 위험한 놈이니 알아서 피하라고 경고하러 왔다고?'

악당이 목청 높여 나 악당이오! 외치는 것만 같은 상황에 설란은 멍하니 눈을 깜빡였다.

"뭐라고 했죠?"

내가 뭘 잘못들은 것 같은데. 다시 말해달라는 설란의 부탁에 지환은 거리낌 없이 같은 말을 반복했다.

"이게."

곧게 뻗은 검지가 심장께를 가리킨다.

"얼마나 위험한지 말하러 왔습니다."

그 표정, 진지하기 그지없다. 결국 설란은 헛바람처럼 터지려는 웃음을 부여잡기 위해 애써야만 했다.

"그, 그게 무슨…… 푸흐…… 끄, 끄흑……!"

물론 그다지 성공적이진 않았지만.

한 번 터진 웃음은 쉽게 멎질 않아서, 설란은 방에 도착한 것으로도 모자라 도아가 차까지 내오고 난 후에야 겨우 웃음을 멈출 수 있었다.

몇 번이고 가쁜 숨을 뱉은 그녀는 이내 신기해 죽겠다는 표정으로 말했다.

"솔직히 말해봐요."

"……무엇을 말입니까."

되돌아오는 목소리는 조금 퉁명스러웠다. 설란과 마주치지 않는 시선이 화났다 말하고 있는 것도 같았다. 그의 입장에서는 그럴 수밖에 없었다.

그도 그럴 것이, 그는 이 문제에 대해 높이 뜬 달이 사라지고 다시 해가 뜰 때까지 눈 한 번 붙이지 못하고 고민했었다. 장기가 녹아내리는 고통에 허우적거리면서도 생각을 쥐어짜내 흐려지려는 정신을 붙들기를 반복하며 날을 꼬박 새웠던 것이다. 그리하여 해가 떴을 때, 최소한 설란에게 제가 얼마나 위험한 존재인지 알려야겠다는 결론을 내리곤 손가락 하나도 까딱하기 힘든 몸을 일으켜 여기까지 가까스로 도달하지 않았던가.

그런데 정작 공포로 질려 절망해야 할 사람은 숨이 넘어갈 정도로 웃기만 하니 기가 막힐 수밖에. 지환은 여전히 겁은커녕 눈꼬리를 휘어 웃는 설란을 빤히 바라보았다. 한 가지만을 목표로 달려왔던 그의 얼굴에 처음으로 생경한 감정이 떠올랐다.

'어째서 저렇게 웃을 수 있는 것일까.'

심지어 제 아버지마저도 제가 저주에 걸린 이후엔 한 번 웃어 준 적이 없었다. 그런데 몇 번 보지도 못한, 낯설다면 낯설다 할 수 있는 그녀는 무엇을 믿고 저렇게 제 앞에 아무렇지도 않게 앉아 방싯방싯 웃을 수가 있단 말인가.

'이상해.'

너무도 비현실적인 상황이었다. 상상 조차 해본 적 없는 존재가 눈앞에 그렇게 당연하게 앉아 있었다.

그는 미처 깨닫지 못하고 있었지만, 사실 설란은 그가 바라 마지않았던 존재였다. 모든 사실을 안 뒤에도 저를 피하지 않고 두려워하지 않는 여인.

눈 밑에 짙게 그늘이 졌다가, 무얼 생각하는지 미간에 주름을 만드는 사내를 가만히 바라보던 설란은 그의 앞에서 몇 번 손을 휘저었다. 그러자 자신만의 세계에서 빠르게 빠져나와 저를 올곧게 바라봐 오는 지환의 시선이 나쁘지 않았다.

'정말이지. 등청했다간 구렁이 같은 치들에게 잡아먹힐까 걱정스럽네.'

설란은 무척이나 진지한 표정으로 물었다.

"스물 아니죠?"

지환은 잠시 제 사고 회로가 정지되는 기분을 느껴야만 했다.

왜냐? 너무 뜬금없는 물음이라서.

"예?"

"아니, 스물이라기엔……."

너무 순해 보여서. 그보다는 순진해 보인다고 해야 하려나, 라는 말을 뱉으려던 설란은 말간 눈동자에 그만 그 말을 꿀꺽 삼켜 버렸다. 뭔가 기분이 이상하다. 그래, 아무것도 모르는 순진한 이를 희롱하는 기분이라고나 할까. 제 비유가 이상하다는 건 미처 깨닫지 못한 설란이 큼큼, 목청을 더듬고는 재빨리 말을 돌렸다.

"농이었는데…… 뭐. 못 알아들었으면 됐어요. 자아, 문도 닫혔고, 차도 준비됐고. 나 역시 들을 준비가 됐으니 이제 설명해 봐요."

뭐가 됐건 들어줄 수 있다는 듯 말하는 설란을 잠시 바라보던 지환이 몇 번 입술을 달싹이다 그대로 닫아버렸다. 방금 전까지 충만했던, 제 무서움을 그녀에게 이해시키고 말겠다는 자신감이 빠르게 사그라졌다. 지환이 보기에 저주에 대한 설란의 몰이해는 그 정도였다.

"아무렇지도 않습니까."

"무엇을 말함이죠?"

"제 입에서 무슨 말이 나올지, 걱정되지 않느냐는 뜻이었습니다."

"걱정이라. 청월, 말할 수는 없지만…… 내가 겪어온 것들도 그보다 덜하진 않을 거예요. 그거 알아요? 사람은 처음 겪는 일엔 쉽게 당황하고 허둥대지만 두 번째 겪을 땐 이상하리만치 차분해진다는 거. 난 이미 충분히 기이한 세상에서 살아왔어요. 그러니 거기에 그대의 기이한 세상이 섞인다 해서 크게 변할 것도 없지 않나, 그렇게 생각했더니 마음이 편해지더군요."

"기이한⋯⋯."

"세상이요."

"마마가 살아오신 곳이 기이한 세상이라면, 제가 살고 있는 세상은 위험합니다."

꾹꾹 눌러 담은 감정에 짓눌린 것 같은 목소리에 설란은 섣불리 대꾸하지 않고 침묵했다. 오랜 시간 수많은 사람들을 상대해 가며 점차 날카로워진 직감이 그래야 한다 말했기에 그녀는 조용히 입을 다문 채 지환의 다음 말을 기다렸다.

"저는 저주받았습니다. 그러나 스스로를 괴물이라 칭한 이유는 단순히 저주받았기 때문만은 아닙니다."

그렇게 단순한 이유가 아니었다. 지환은 뼈마디가 도드라질 정도로 힘을 주고 있는 제 손을 내려다보며 긴 탄식처럼 말을 뱉어 냈다.

"언제고 어느 때고 홀로 남게 되면 저는 환청을 듣습니다."

처음 그것을 들었을 때는 너무 무서워 아버지에게 달려갔었다. 그리곤 눈앞에서 닫히는 문을 보며 입안으로 설움을 삼켰었다. 그의 나이 열두 살 때의 일이다.

"처음엔 사냥꾼을 죽이라는 것으로 시작합니다. 나무 바닥을 긁는, 피 끓는 목소리가 제 머릿속을 갉아 내리는 것 같은 기분이 전신을 휘감을 때면 감히 반신(半神)을 죽인 자에 대한 분노가 쏟아져 목을 옥죄입니다. 그러다 어느 순간부터는 누가 되었건 상관없으니 인간을 죽이라 악을 쓰며 외치며 저를 뒤흔들기 시작합니다."

억울하게 죽은 이의 저주는 끔찍했다. 그것이 반신(半神)이라
면 더 말해 무엇할까. 심장을, 간을, 피를, 살을 내놓으라며 악다
구니를 쓰는 목소리에는 당해낼 재간이 없어서 그는 그저 눈을
감은 채 그것을 온전히 감내해야만 했다.

"하루는 견디다 못해 장지문을 박차고 뛰쳐나가기까지 했습니
다. 만약 그 밤, 문 앞에 시비가 있었다면 저는 한 치의 망설임도
없이 그대로 목을 비틀었을 것입니다. 그럴 생각이었으니까요. 누
구든 죽여 피를 취할 생각이었으니까요. 저는 그때 인간이 아니
었습니다. 그것이 제가 스스로를 괴물이라 칭하는 연유입니다. 마
마께서 저를 피하셔야 하는 이유이기도 합니다."

저는, 언제고 어느 때고 누군가를 쉬이 죽일 수 있는 존재입니
다.

몇 날 며칠 바짝 마른 것처럼 그의 목소리는 갈라져 있었다. 그
목소리 사이사이에는 오랜 시간 축적된 고통이 손에 잡힐 것처럼
선명했다. 그것을 조용히 바라보던 설란은 엄지로 찻잔의 끝부분
을 둥글게 매만졌다. 쉬이 괜찮다는 말을 뱉을 수 없었다.

전날까지만 해도 멀쩡하던 사람이 하루아침에 저주받았다는데
제정신일 수 있는 이가 몇이나 되겠는가.

"……그래서, 사람을 죽인 적이 있나요?"

조용히 뱉은 물음은, 그 무게가 상당했다. 고운 입에서 나오는
죽음이라는 단어에 잠시 지환의 어깨가 떨렸다. 그는 몇 번이고
숨을 내뱉은 뒤에야 그녀의 물음에 답할 수 있었다.

"없습니다."

아귀가 맞아 들어가기 시작한다.

"소를 도축한 것도 이 때문이겠군요. 피 때문인가요? 아니면 심장?"

"……둘 다입니다."

"분명, 인간을 해치고 싶은 충동을 누르기 위해서겠지요."

"그렇습니다."

"그러면, 그만둬요."

도저히 이해되지 않는 대화의 흐름에 지환이 대답하지 않자 설란은 두 눈을 샐쭉 접으며 웃었다. 현 상황과는 어울리지 않는, 참으로 이질적인 웃음이었다.

"스스로를 괴물이라 지칭하는 것, 그만두라고요."

"마마."

여전히 이해하지 못했구나. 지환이 그런 생각을 할 때였다. 찻잔을 내려놓은 설란이 갑자기 앉은 채로 상체만 기울여 둘 사이에 놓인 상을 넘어 제 앞에 바짝 다가온 것이. 한 팔로 상을 꾹 누른 채 남은 한 손을 뻗어 지환의 옷고름을 제 쪽으로 바짝 당긴 설란은 더는 웃고 있지 않았다.

조금이라도 움직이면 콧잔등이 부딪칠 것만 같았다. 바짝 들이밀어진 두 눈은 어느 순간보다도 반짝이고 있어서, 지환은 자신도 모르게 손을 뻗어 그것을 만져 보고 싶다는 생각을 했다.

눈가를 덧그리고, 오뚝하게 솟은 콧대를 따라 흐르다 붉게 물든 입술을…….

그러다 단호함이 가득 찬 두 눈에 홀린 듯 생각이 멈춰 버렸다. 더 이상 아무런 생각도 들지 않았다. 오직 저를 비추는 그녀의 두 눈만 남았다.

"나는 누군가를 해치지 않기 위해 노력하는 이가 괴물이라고는 생각하지 않습니다. 그리고 그 누구도 이 자설란의 부군을 그런 식으로 비하할 수는 없답니다."

설란은 씩 웃으며 지환을 놓아주었다.

"그 자신이라 할지라도 말이지요."

이 순간 그녀는 단호하게 제 마음에 닻을 내렸다. 이 남자의 저 주를 풀 것이라고.

공주님이라기보단 여왕님 같은 설란의 태도에선 어색함이라고 는 한 줌도 느껴지지 않았다. 턱을 당기고 차분히 가라앉은 눈으 로 저를 바라보는 그녀의 목소리는 단호했다. 구 년간 너무도 당 연하게 생각해 오던 것이 잘못되었다 말하는 여인의 모습에 지환 은 문득 오래도록 혼자 풀지 못했던 문제의 답을 본 것 같은 기 분을 느꼈다.

저도 모르게 고개를 끄덕일 뻔했다. 심장이 간질거려서 온몸으 로 그 간질거림이 옮겨가 몇 번이고 되묻고 싶다는 충동이 속에 서 들끓었다. 정말 그렇게 생각하냐고. 너는 괴물이 아니라는 그 한마디를 몇 번이고 다시 듣고 싶어서.

"그러니, 이 문제로 다시 저를 설득할 생각은 말아요. 아, 그리 고 볼 때마다 궁금했었는데……. 그 팔찌, 혹시 무슨 의미가 있는 건가요?"

종종 땋인 색실의 알록달록함이 성인이 훌쩍 넘은 사내와는 영 어울리질 않았다. 어린 여아나 할 법한 색 조합에, 처음 봤을 때부터 눈에 밟혔던 색끈을 지적하자 오른팔을 들어 올린 지환은 조금 씁쓸한 표정으로 대답했다.

"의미라기보다는……. 저주를 억제하기 위해 차고 다니는 겁니다."

"억제라니. 그걸 만든 이는 누군가요?"

"저 역시 아는 것이 적어 누구라 설명하기 어렵습니다. 그저 이름이 무명(無名)이라는 것만 알 뿐입니다."

"무명이요? 잠시만. 내가 생각하는 그 글자를 쓰는 건가요?"

"예. 없을 무(無)에 이름 명(名), 이름이 없다는 뜻의 이름을 쓰는 자입니다."

"무녀인가요?"

"아닙니다. 그러나 제가 저주에 걸린 날, 그 누구도 저를 알아보지 못하던 그 와중에, 유일하게 저를 알아본 이입니다."

거의 십년 전의 일이었으나 아직도 잊지 못하는 순간이었다. 그저 공포만 가득하던 얼굴들 사이로 유일하게 무심했던 표정이 화인처럼 박혔으니 아마 평생 잊지 못할 터였다.

이곳에 괴이한 일이 일어나지 않았느냐며 찾아온 무명은, 늘어져라 하품을 하며 바닥을 기던 제게 손을 내밀었었다. 그땐 그 손이 구원인 줄 알았지. 참으로 어리석은 생각이었다. 자조적인 웃음을 지은 지환이 기억을 더듬으며 말했다.

"그전까지는 본 적도 없던 이가, 살이 찢어지고 뼈가 부러져 피범벅이 된 저를 가리키며 말하더군요. 이 집안 둘째 도령이 바로 이자라고."

내밀어진 손을 홀린 듯 잡았다. 그 손을 잡지 않으면 정말 죽을 것 같았기에 부디 놓지 말라 속으로 간절히 기도마저 했었다.

"그 무명이, 최가에서 찾아낸 방도군요."

"예."

"갑자기 찾아든 귀인(貴人)이라."

"아뇨. 아닙니다."

"무엇이요?"

"그는…… 인간이 아닙니다."

설란은 제가 잘못 들은 줄 알았다. 그녀는 잠시 그가 했던 말을 더듬었다. 사람이 아니라니. 지환의 얼굴을 살폈으나 장난이나 거짓말이라기엔 그의 표정이 너무 진지했다.

"무슨 소리예요?"

"그의 정체는 저도 알지 못합니다. 물어본 적도 없지만, 묻더라도 답해주지 않을 테니 아마 알 방법은 없을 겁니다. 그러나 자신을 무명(無名)이라 칭하는 사내는 붉은 주립에 검은 복식을 즐겨 입으며 구 년 동안 조금도 나이 들지 않은 또 다른 괴물입니다."

설란은 오소소 소름이 돋아난 팔을 쓸었다.

"늙지 않는단 말인가요."

"아뇨. 조금 다릅니다. 그는 변하지 않는 존재입니다."

설란의 고개가 옆으로 기울었다. 제 말을 명확하게 이해하지 못했다는 티가 났다. 이걸 어떻게 설명해야 할까. 사실 자신도 무명을 어떻게 설명해야 할지 명확하게 알지 못했지만, 그는 천천히 말을 뱉어내기 시작했다.

"그는 시간이 흘러도 머리칼이 자라지 않습니다. 다쳐도 상처가 남지 않으니 죽지도 않죠."

"변하지 않는 존재."

그는 고개를 끄덕여 설란의 중얼거림에 긍정을 표했다. 무명을 설명할 만한 표현은 정말이지 그것밖에는 없었다. 좋건 싫건 그와 구 년을 부대끼며 살아왔기에 확신할 수 있었다. 무명이 인간이 아니라는 것을.

언제였던가, 지환은 무명을 죽이려 했었다. 그가 죽어야 이 지긋지긋한 색끈도 끊어질 것이라 생각했기에 한 시도였다.

홧김에 달려든 것도 아니었다. 고통을 느끼며 차근히 세운 계획이었다. 목을 졸라도 소용이 없으니 단숨에 혈관을 베어내자. 아무리 대단하다 한들 피가 분수처럼 솟아나면 죽겠지. 그렇다면 어설픈 곳을 베지 말고 목을 찌르자. 장검은 좁은 방 안에서는 거추장스러울 테니 아니 되겠지. 단검이면 충분할 터였다. 품 안에 숨기고 있다 단번에 해치우면 끝날 일이었다.

그 결과가 어땠던가.

피를 철철 쏟아내며 씩 웃던 무명의 모습이 다시금 떠올라, 지환이 낯을 굳혔다.

"그리 괴물 같은 이도 저주를 풀 방법을 모르는 건가요."

"예. 그저 이 색끈을 만들어주며 이게 제 최선이라 말하더군요."

"당신을 지키는 거죠. 이 끈이."

"아뇨. 이건 제 족쇄입니다."

"족쇄라니, 무슨 뜻이죠."

지환은 오른팔을 들었다. 팔목 부근에서 늘어진 색끈은 무척이나 약해 보였다. 툭, 당기면 끊어질 것처럼.

"색끈을 차고 있는 한 저는, 아니, 제 속에 있는 괴물은 최소한의 통제를 받습니다. 그러나 동시에 수도를 벗어나지 못합니다."

"설마. 혹시……."

"예."

"서풍이 그리했다고요? 무슨 연유로?"

"최가가 어찌 덮을 수 없을 정도로 멀리 도망쳐 가문의 이름에 먹칠을 할까 걱정하신 것이겠죠."

그리 말하는 목소리가 서늘했다.

"그러니."

다시 설란을 바라보는 그의 시선은 조심스럽기 그지없었다. 혹여나 그녀가 놀랄까, 혹여나 상처라도 받을까 걱정하는 기색이 가득 담겨 있었다.

"마마께서는 이 저주를 풀 방법을 못 찾으실 겁니다."

단정짓는 말은 참으로 가슴 아프게 들렸다.

그러나 정황상 지환의 말에 틀린 점은 없었다. 백여우 사냥은 백 년에 한 번 일어날까 말까 하는 희귀한 일이다. 신의 저주를 감수해야 할 정도로 급박한 상황에 처한 사냥꾼이 아니면 억만 금을 준다 할지라도 나서는 이 하나 없었기에 그토록 희귀했다. 그에 신이 되고자 수련하던 백여우의 육신을 시중에 유통시킬 확률까지 더해지면 어떨까.

백여우의 저주를 받는다는 것은 그 정도로 희귀한 일이었다. 이전에 비슷한 일을 겪었던 사람이 있었을지라도 수백 년 전의 일일 가능성이 농후했다. 상황이 그러하니 해결법을 찾는 것도 쉽지 않을 것이 자명했다. 지환은 헛된 희망을 품지 말라 말하고 있었다.

"성도청의 무녀에게 물어본 적은 있습니까?"

희망을 품지 말란 지환의 말에 그녀는 희망으로 답했다.

설란은 수십 대에 걸쳐 전승되어 온 성도청에 많은 가능성과 기대를 걸고 있었다. 성도청의 무녀들. 자하국이 건국된 순간부터 국운을 이끌어왔던 그녀들은 이 나라의 또 다른 역사라 해도 손색없을 정도였다. 근래 그 세가 약화되고 있다 할지라도 여전히 적지 않은 영향력을 발휘하는 성도청의 가장 중요한 기능은 바로 그것이었다.

"이미 알고 있겠지만, 자하국에서 조금이라도 신력이 있는 이들은 모두 성도청에서 거두죠."

무녀의 발굴과 양성. 그것은 성도청에서 중히 여기는 일들 중 하나였다. 신력을 갖고 태어나는 아이가 워낙 희귀하기도 하거니와 자칫 무녀를 확보하지 못하면 그대로 성도청의 맥이 끊어지기 때문이었다.

'동파와 서파가 강하게 비난하는 부분이기도 하지.'

그러나 설란은 성도청을 배척하는 최재원의 생각을 이해할 수가 없었다. 성도청이 유일한 희망이라는 사실을 최재원이 몰랐을 리 없지 않은가. 오히려 제 아들이 저주받았다 했을 때 그 역시 가장 먼저 대무녀를 떠올렸으리라.

그렇다면 대체 어째서? 어째서 그는 도움을 요청하긴커녕 성도청을 벼랑으로 모는 데 거리낌이 없단 말인가.

설란은 찻잔 속 연꽃을 바라보며 최재원의 속내를 짐작해 보고자 노력했다. 가장 쉽게 생각할 수 있는 것은 사적인 일보다 공적인 일을 더 중시하는 그의 성품이었다. 그러나 아무리 최재원이라 할지라도 자식의 목숨이 달린 일에 그리 냉정해질 수 있을 리 없다. 설란의 눈가가 반달 모양으로 접혔다. 영 가능성이 없는 일은 아니었지만 그렇게까지 생각하고 싶지 않은 건 역시 제 욕심이려나.

"무녀의 삼분지 일은 자하국을 떠돌며 신력을 가진 아이들을 성도청으로 보내고 있으니 신과 관련된 일이라면 자하국 안에서만큼은 성도청보다 더 많이 아는 이는 없을 거예요."

설란의 설명에 그제야 지환도 의아함을 느꼈다. 생각해 본 적 없던 가능성이 그녀의 입에서 흘러나오자 그의 표정도 심각해졌다. 산골짜기에 숨어 살지 않는 이상 신력이 있는 아이라면 성도청으로 향하기 마련이다. 결국 바꿔 말하면 자하국에선 성도청을 제외한 곳엔 신력을 가진 존재는 없다는 소리였다. 생각에 잠긴 지환의 모습에, 설란은 잠시 말을 멈추고 찻잔을 들었다.

"그러니 저주를 풀 실마리가 존재한다면, 성도청이 가장 유력할 겁니다."

"선택해야겠군요."

성도청에 약점을 보이고 도움을 청할 것인지, 성도청을 배제한 채 해결책을 찾아볼 것인지. 생각해 보면 선택이라는 단어로 표현하기에도 참 민망한 일이었다. 당장 유일한 가능성이 그것뿐이니 모 아니면 도가 아니던가. 그러나 굳이 그 말을 입 밖으로 꺼내 지환의 기분을 망치고 싶진 않았다. 안 그래도 고민할 거리가 산더미같이 쌓여 있음을 잘 알기에, 그녀는 향이 옅은 찻물을 입에 머금으며 고개를 끄덕였다.

결국 선택은 그의 몫임을 누구보다도 잘 알고 있기에.

지환이 떠나고 난 뒤 잠시 눈을 감고 휴식을 취하던 설란을 현실로 건져 낸 것은 도아였다. 모기만 한 목소리로 마마, 마마, 하고 부르는 익숙한 목소리에 설란은 천천히 정신을 차렸다.

"그래. 시간이 되었구나."

조심스럽게 저를 깨운 도아를 향해 살포시 웃어 보인 설란은 이내 자리에서 일어났다. 그 어떤 상황에서도 굳건한 그녀였지만 모후와 관련된 일이면 유달리 약해졌다.

설란은 저보다 더 어쩔 줄 몰라 하는 도아를 향해 괜찮다는 뜻으로 어깨를 한 번 두드려 준 뒤 옷을 갈아입고 궁을 나섰다. 겉보기엔 여느 때와 다름없는 모습이었다. 그러나 미세하리만치 느린 걸음걸이나, 멍하니 허공을 응시하는 시선 같은 것들이 그녀의 심정을 조금이나마 짐작케 했다.

아무리 노력해도 결국 끝은 다가오는 법. 설란은 전양궁을 눈에 담으며 슬쩍 아랫입술을 물었다. 입에 담을 땐 그리도 쉬웠다. 애정 가득한 모후에 대해 얘기하며 아무것도 모르는 이들 앞에서 기뻐하는 것은 손바닥을 뒤집는 것보다 쉬운 일이었다. 그런데 이렇게 직접 얼굴을 마주해야 할 때면 누군가가 제 발을 잡고 늘어지는 것만 같이 온몸에서 힘이 빠져나간다.

그럴 리 없다는 것 정도는 알고 있다. 심리적인 이유라는 것 역시 누구보다도 그녀가 가장 잘 아는 사실이었다.

그럼에도.

"마마?"

"응? 아, 그래."

그럼에도 이 순간이 너무 견디기 힘들어서.

멈춰 서 있던 걸음을 다시 옮기며 설란은 속으로나마 눈을 감았다.

한참의 시간이 흐른 뒤에야 그녀는 자설란의 모습으로 전양궁 앞에 섰다. 왕후의 궁은 고풍스러움이 가득했다. 각양각색의 꽃보다는 녹빛이 더 눈에 띄었으나, 그조차도 드물어 주위가 온통 갈색빛 혹은 흙빛이었다.

"마마."

옆에서 속삭이는 도아의 목소리에 그제야 설란은 퍼뜩 정신을 차렸다. 그녀를 꽤나 기다리고 있었는지 말없이 열리는 문이 고요했다. 그 안으로 발을 들여놓으며 설란은 깊게 숨을 들이마셨다.

"어마마마."

"그래. 왔느냐."

"……예."

상석에 앉아 있는 효연왕후는 시선만 올려 설란을 바라봤다. 앉으라는 말도 없었다.

"이제 곧, 도망칠 수 있겠구나."

움켜쥔 손에 잘 정돈된 손톱이 살갗을 파고들었다. 효연왕후는 고요히 선 채로 그저 듣고만 있는 설란을 향해 날 선 말을 거듭 쏟아냈다.

"네 오라비를 버리고, 이 자하국을 버리고 도망가겠구나."

"아니옵니다. 제가 어찌…….."

콰앙!

반상을 내리치는 손이 매서웠다.

"그러지 않고서야 네가 어찌! 네가 어찌 출궁을 생각해! 세자의 모습을 한 채 그리 태연스레 얘기를 할 수가 있어!"

"어마마마께서 저를 부르셨고, 아바마마께서 정하신 일입니다."

"아니 된다 했어야지! 그리할 수 없다 무릎을 꿇고 간청했어야 지!"

"어마마마."

아. 숨이 막힌다. 이 단어를 뱉을 때마다 목이 턱턱 막혀서 설란은 쉬어지지 않는 숨을 억지로 들이켰다.

"오라버니의 상태는 많이 호전되었습니다. 이제는 소녀가 없이도……."

"호전? 네 지금 호전이라 하였느냐? 하! 그래, 그리 믿고 싶은 것이겠지. 아직도 네 오라비가 어찌 버티는지 모르니 하는 말이야!"

"어마마마. 오라버니께서는 호전되고 있습니다. 또한 저와 오라버니 역시…… 이미 오래전부터 한계였습니다."

아시잖습니까.

한계였다. 효연왕후만 모르는 그 한계를 혜조와 설란, 그리고 설호는 이미 알고 있었다. 남녀의 차이는 쌍생아로 태어났어도 가릴 수 없었다. 설호는 점점 자랐고 목소리가 굵어졌으며 눈매가 변해갔다. 예정되어 있던 제한 시간이 도래한 것이다.

"아니다."

까득, 이 가는 소리가 선연했다. 앞당겨진 가례 시기에 효연왕후는 이미 혜조와 한차례 목소리를 높인 뒤였다. 출궁한 공주는 한동안 입궐이 불가했기에 나온 불안이었다. 그것이 법도였으니 설란 역시 한동안은 궁 근처엔 얼씬도 하지 못할 터였다.

효연왕후는 간헐적으로 떨리는 손끝을 감추기 위해 펼쳐 놓은 서책을 움켜쥐었다. 그녀의 손 안에서 종이가 엉망으로 구겨졌다.

"한계라니. 그런 것이 있을 턱이 없다. 있어서는 안 돼."

"어마마마."

허공을 바삐 훑던 두 눈에 일순 초점이 사라졌다. 붉게 칠한 왕후의 입술이 벌어졌다. 그 안에서 터져 나온 것은 분명 독이었다.

"어째서 네가 그리 태어나서."

붉은 입술을 타고 나온 말은, 그대로 칼날이 되어 설란에게 박혔다.

"원하지도 않았던 계집아이가. 하필이면 세자의 것을, 네가 빼앗아서."

아. 그것은 너무도 선연해 차마 눈조차 감을 수 없는 통증이었다.

"너만 없었으면."

혼잣말처럼 중얼거리는 그 말을 도저히 더는 들을 수 없어 설란은 고개를 떨구었다. 벗어나야 했다. 이 왕궁에서. 보이지 않는 울타리가 둘러쳐진 감옥에서.

가례는 마지막 기회였다. 도망치지 못한다면, 이번에야말로 무너질 것이라는 강한 확신이 그녀를 사로잡았다.

❋

무명은 제 방 한가운데를 차지하고 있는 사내를 질린다는 표정으로 바라봤다. 사실 질리기도 어려운 관계다. 질리려면 그만큼 보거나 부대끼는 게 있어야 할 텐데 둘 사이엔 그것조차 없으니 말이다. 일 년에 많아봤자 서너 번 볼까 말까 하던 사이이니.

그러니 돈독함은커녕 큰일이 없으면 서로의 존재를 잊고 사는, 딱 그 정도의 관계라 표현하는 게 더 걸맞을 터다. 그래야 할 터인데. 무명은 속으로 폭 한숨을 내쉬었다. 그런 남자를 요 며칠 사이에 대체 몇 번이나 보는지 모를 일이다.

"아, 방이 가까운 것도 아닌데 꼭 여기까지 와서 그러고 있어야 겠어?"

그의 말마따나 둘의 방은 저택의 끝과 끝에 위치해 있었다. 재원은 무명의 거처를 최대한 지환과 가깝게 잡고 싶어 했지만 정작 당사자인 지환이 결사반대를 외친 결과였다.

이유가 뭐더라. 대놓고 감시받는 느낌이 싫다고 그랬었나.

당장 목숨이 왔다 갔다 하는 상황에서 그런 걸 따지다니, 기가 막혔지만 무명이 아는 최지환이란 그런 성격이었다. 어릴 적부터 서책을 가까이해서인지 영특하면서도 동시에 네가지가 없는 존재. 아버지인 재원의 말은 대부분 조용히 따랐지만 수틀리는 일이 있으면 무슨 일이 있어도 하지 않는 고집쟁이. 그 고집의 지분 대다수를 차지하고 있는 무명의 눈이 뾰족해졌다.

'거참 속 모를 도령이야.'

물론 매년 두둑한 보수를 챙기긴 했지만 무명이 지환의 목숨줄을 붙여놓고 있다는 것은 명백한 사실이었다. 그렇기에 나는 새도 떨어뜨린다는 권세가 최재원도 그에게만큼은 한 수 접고 들어가는 편이었다.

그러나 정작 지환은 어떠한가.

며칠 밤을 새워 저주를 억누를 색끈을 만들어줬더니 틈만 나면 족쇄를 끊어달라 눈을 부라리질 않나. 피를 보고자 하는 충동을 완화시키기 위해 그 귀하다는 소 심장이며 간을 갖다 바쳤더니 차라리 저를 죽이라며 이를 득득 갈질 않나. 어찌 되었건 무명에게 있어 지환은 참으로 까다로운 도련님이 아닐 수 없었다. 때론 제가 목숨을 붙여놓아야 하는 존재라는 것도 잊고 어디 한번 붙어보자며 달려들고 싶었으니 말이다.

둘 중 누구도 먼저 굽히고 들어가질 않으니 사이가 좋을 리 만무하다. 덕분에 우연히 마주친 날에는 서로를 잡아먹을 것처럼 으르렁거리곤 했었다. 정확히는 무명이 슬슬 지환의 성질을 긁은 것이긴 했지만, 그 정도의 관계가 편했다. 괜히 눈물 바람으로 제발 살려달라며 제가 무슨 구원자인 양 매달리는 사람들보다야 지환처럼 헛짓 그만하고 꺼지라 외치는 것이 속은 더 편했으니까. 그래서 이 일을 맡은 지난 구 년간 그는 꽤나 만족하고 있었다.

끝까지 그래야만 했는데.

"……어이, 도련님."

이런 식으로 갑자기 조언자가 되는 건 썩 내키지 않는 변화란 말이지. 무명은 속으로 투덜거리면서도, 벽에 등을 기댄 채 양손으로 얼굴을 감싸고 있는 지환을 툭툭 건드렸다. 평소라면 이를 드러내고 저리 꺼지라는 둥 바짝 날을 세웠을 도련님은 오늘따라 얌전했다. 무명이 슬쩍 미간을 좁혔다.

사람은 변하면 죽는다던데, 죽을 때가 된 건가. 그러고 보면 며칠 전에도 이상했었지.

거기까지 생각이 미친 무명의 표정이 사뭇 심각해졌다. 지금 그는 좋으나 싫으나 지환의 목숨을 책임지고 있는 중이었다. 그 말인즉슨 지환의 죽음 역시 제 책임이라는 소리다. 생각만 해도 골치가 아파서, 무명은 슬쩍 지환의 오른팔을 살폈다.

색끈은 아직 괜찮고.

그럼 대체 뭐가 문제려나. 그는 돌부처처럼 앉아 있는 지환의 앞에 쪼그려 앉아 샅샅이 살폈다. 물론 얼굴을 가리고 있었기에 보이는 게 그리 많지는 않았지만.

"……도련님, 설마 우는 건 아니지?"

"……쓸데없는 소리 그만 지껄이고 좀 꺼져."

지환이 대답하자 무명의 얼굴이 환해졌다.

오오. 이제야 대화가 좀 되겠네.

"아-아니, 걱정이 되니 그렇지. 도련님 귀가 좀 빨간 것 같기도 하고. 근데 대체 왜 내 방에서 이러고 있는지 이유라도 말해줄 순 없는 거야? 뭐 좀 할 만하다 싶으면 쳐들어오는 탓에 피해가 막심하거든."

좋게 좋게 말하곤 있었지만 결국 퇴출령이나 다름없는 말에 그제야 얼굴을 감싸고 있던 손이 아래로 미끄러져 내렸다. 기가 막히다는 그의 표정에, 무명이 어깨를 으쓱였다.

"뭐야. 안 우네."

"대체 네놈 머릿속에 내가 어떤……."

"응?"

무명이 고개를 옆으로 기울자 지환은 입을 닫았다. 굳이 말을 할 필요도 느끼지 못했을뿐더러 왜 여기서 이러고 있느냐면 할 말이 없기도 했다. 사실 그가 멀쩡한 제 방을 놔둔 채 무명의 방까지 오게 된 연유엔 그리 별다를 게 없었다. 생각을 정리할 필요가 있었는데 마땅히 떠오르는 장소가 없었다는 것과, 고통으로 점철되어 있는 자신의 방으로는 가고 싶지 않다는 생각이 합쳐져 나온 결과였을 뿐.

지환은 뻣뻣해진 몸을 일으키려다 무언가 떠올리고는 다시 자리에 앉았다.

"잠시 얘기 좀 하지."

"얘기라니…… 거 도련님, 뭔가 크게 착각하는 것 같은데……."

"좀 더 강한 주술을 걸어라."

무명의 얘기를 끊으며 지환은 제 오른팔을 내밀었다. 손목에 걸려 있는 색끈은 항상 지환이 벗어 던지고 싶어 하던 것이었다. 어찌나 싫었으면 족쇄라 표현했을까.

그가 색끈을 싫어하는 이유는 단순했다. 겉으로 보기엔 어린 소녀들이 좋아할 법한 색끈은 저주를 억제하는 것뿐만 아니라 지환의 행동반경을 제한하는 역할을 하기 때문이었다.

최대한으로 용납되는 것이 자하국의 수도. 그 이상 나아가려 한다면 온몸에 전류가 흘렀다. 웬만한 고통에는 면역되어 있는 지환마저 몸서리칠 정도로 강한 전류는 순식간에 기절로 이어졌다. 색끈을 끊으려 시도해도 마찬가지였다. 몇 번이고 집 안에서 기절한 경험이 있는 그에겐 보기만 해도 끔찍할 색끈을 더 강하게 만들어달라는 말에 무명이 한 손으로 입을 가렸다. 무언가 크게 오해한 무명의 눈동자가 일렁였다.

"……서, 설마 내가 접때 차라리 학살하다 죽임당하는 게 나았

붉게 흐드러진 란꽃송이

을 거라고 말해서 그러는 거야? 아무리 도령이 재수 없다손 쳐도 이건 아니지! 이런 식으로 삶을 포기하지 마! 난 아직 못 받아낸 게 많……!"

설득에서 시작해 외침으로 이어지던 말은 손을 뻗어 그의 입을 틀어막아 버린 지환의 재빠른 행동으로 중간에서 뚝 끊어져 버렸다. 지환은 제게 입이 틀어 막힌 채로 욱욱 거리며 무어라 말하려 애쓰는 무명을 질린다는 시선으로 바라봤다.

"……난 네놈과 대화하다 보면 두통이 일어. 헛소리 그만하고, 할 수 있는지 없는지 그것만 대답해라. 알아들었으면 고개를 끄덕여."

손에 힘이 들어가자 얼굴이 찌그러진 만두처럼 된 무명이 다급히 고개를 끄덕였다. 간절한 그의 눈빛에, 길게 한숨을 뱉은 지환이 손에서 힘을 뺐다. 입이 자유로워지기가 무섭게 쏟아낸 것이 지환이 원하는 답은 아니었지만 말이다.

"그러니까 설마하니 공주마마께 저주가 미칠까 두려워서 그러는 건 아니지?"

세상에, 세상에! 무명은 지환이 주먹을 불끈 쥔 채 부르르 떨면서도 아무런 대꾸도 하지 못하자 이번엔 양손으로 제 입을 틀어막았다.

세상에 이럴 수가!

"역시인가."

"무엇이."

"흐으음. 이걸 말을 해줘야 하나 해주지 말아야 하나……."

말끝을 길게 늘이며 의뭉을 떨던 무명은 지환의 눈매가 점차 차갑게 가라앉자 항복의 뜻으로 양손을 들어 올렸다. 방석도 깔지 않은 바닥에 아무렇게 주저앉은 그는 방금 전까지의 난동은 전부 거짓이라는 양 진지하기 그지없는 표정으로 말했다.

"그 감정, 과연 진짜일까?"

"무슨 의미지."

"단순하잖아? 도령도 마음 한구석에선 이미 알고 있을 텐데. 자하국의 공주마마께선 왕족의 피를 짙게 이어받았어. 하여 저주받은 도령이 눈에 담기만 해도 고통이 사라지는 존재야. 벌레 수십 마리가 우글거리는 것 같던 머릿속이 일순 잠잠해지고, 뒤틀려 어그러지던 속도 멀쩡하게 만들지. 그런데 마침 가례를 올려야 하는 여인이라네? 상황이 너무 좋지 않아?"

점차 가늘어지는 무명의 목소리에, 지환은 되묻는 대신 자리에서 일어났다. 그는 뻐딱하게 고개를 튼 채로 개구지게 웃고 있는 무명을 내려다봤다. 화를 내거나 멱살을 틀어쥐는 대신 그저 바라만 볼 뿐이었다.

그러나 그 시선이, 평소와 다를 것 없어야 할 두 눈이 제게 보내는 그 무언가가 섬뜩해서, 무명은 자신도 모르게 양팔을 쓸었다.

"쓸데없는 소리하지 말고, 이 족쇄나 강하게 만들어라. 매년 금을 수레로 받아 가면 일을 해야지. 안 그래?"

바싹 마른 목소리가 방 안을 울렸다. 방금 전까지만 해도 귀를 붉히고 양손으로 얼굴을 가린 채 어쩔 줄 몰라 하던 사람이라고는 생각하기 어려울 정도로 지금 그의 얼굴엔 표정 하나 없었다. 평소에 쉬이 감정을 드러내는 사내가 아니었건만, 자설란에 대한 얘기가 나오자 무섭게 일변하는 모습이 낯설 정도였다.

저런 상태의 최지환은 건드려서 좋을 게 없다는 것을 수년간의 경험으로 터득한 무명이 끙 소리를 내며 순순히 고개를 끄덕였다. 족쇄가 더 이상 족쇄가 아니게 되는 순간이었다.

7. 가례

"받아들이겠습니다."

"응?"

차를 홀짝이던 설란의 고개가 들렸다.

"무얼요?"

"이번 가례, 받아들이겠습니다."

"……저기, 청월…….."

"예."

"당장 이틀 뒤가 가례날인 건 알고 있는 거죠?"

"알고 있습니다."

알고 있다 답하는 이의 표정에 '뭘 잘못했는지 모르겠다'가 가득해서, 설란은 뒷목을 잡고 싶은 충동을 가까스로 참았다. 그동안 별말 없기에 당연히 수긍하고 있는 줄 알았는데 아니었던 모양이다.

이미 혼례복도 다 나왔고 대무녀에게서 부적까지 받아왔다. 하고자 한다면 당장에라도 가례를 올릴 수 있도록 모든 준비가 끝나 있는, 심지어 다른 누구도 아닌 자하국 공주와의 혼사였다. 왕실 사람들은 물론이거니와 수많은 대신들이 주목하고 있는 혼사를 코앞에 두고 할지 말지 고민했다는 남자에게 무슨 말을 해야한단 말인가.

설란의 눈이 가늘어졌다. 안 그래도 풍성한 속눈썹이 서로 맞붙을 정도로 가까워지자 팔랑거리는 것이 꼭 나비의 날갯짓을 닮았다. 설란은 그가 어디서부터 잘못했는가를 설명해야 하나 고민하다, 다 때려치우고 본론을 꺼냈다.

"받아들이지 못하면 어쩔 생각이었는데요?"

"글쎄요. 이번에야말로 출가를 해볼까 했습니다."

야반도주라도 할 생각이었다 말하는 지환의 낯은 진지하기 그지없었다. 이걸 웃어야 해, 화를 내야 해. 잠시 고민하던 설란은 말해 뭐하겠느냐는 생각에 픽 웃었다. 도망이라는 건 생각보다 달콤한 단어였고, 그 단어에 취해 상상하는 건 그녀도 수없이 해본 일이니 말이다.

"뭐, 좋아요. 아직 가례를 치른 것도 아니니 용서해 주죠."

뺨이라도 한 대 맞을 각오를 하고 있던 지환은 놀라움을 감추지 않았다. 정말이지 얼굴을 맞대면 맞댈수록 저를 놀랍게 하는 여인이었다. 지환은 어깨를 쭉 편 채 자신이 이렇게 자비롭다 말하는 것 같은 설란을 새삼스러운 시선으로 바라봤다. 제가 괴물인 걸 알아도 피하지 않는 시선은 올곧았고 저주의 잔흔을 향해 뻗는 손은 거침없었다.

"부부는 일심동체라 하잖아요? 이제 평생을 같이 살아야 할 텐데, 믿어봐요, 한번. 내가 그 저주, 어떻게든 부셔 버릴 테니까."

생긋 웃으며 하는 말에 지환은 저도 모르게 웃음을 터뜨렸다. 갑자기 왜 웃느냐며, 설마 정말로 도망칠 작정이었냐며 눈을 흘기는 설란을 보면서도 웃음은 그치지 않았다. 어제까지 그렇게 저를 괴롭히던 고민이 단숨에 사라지는 기분이다. 얼마나 유쾌한지 그럴 리 없다는 것을 알고 있으면서도 믿고 싶은 기분이었다. 설란은 항상 어깨에 힘이 들어가 있던 지환이 즐겁게 웃는 모습을 밉지 않게 흘기다, 결국 저도 픽 웃고 말았다. 권세며 부며 부족한 것 하나 없는 최재원도 풀지 못한 저주다. 좌절해도 모자라지 않을 정도로 명확한 것 하나 없는 상황이건만 웃음이 나왔다.

그런 둘의 웃음은 문을 넘어, 백란궁에 서서히 퍼졌다. 장지문 너머에 서 있던 궁녀들이 서로 시선을 주고받다 흐뭇한 웃음을 지었다는 것은 그리 감출 것 없는 비밀이었다.

시간은 빠르게 흘렀다.

와아아—

중간에 엎어질 것이라 장담하던 몇몇 호사가들의 단언이 무색하게 왕실과 최가의 혼사는 물 흐르듯 진행됐다. 그뿐이랴. 수많은 절차들이 번잡하다는 설란의 주장과 공주가 한 살이라도 더 나이를 먹기 전에 가례를 치르고야 말겠다는 혜조의 의지로 인해 가례 절차 중 대부분이 생략되는 파격적인 행보를 선보였다.

그리하여 세간의 관심이 온통 집중된 가례날이 밝았다. 궁인들은 셋만 모이면 이번 혼사를 찬양하느라 여념이 없었고, 궁 밖

백성들은 행렬 때 혹여나 공주를 볼 수 있지 않을까 하는 기대감으로 부풀었다.

관직 하나쯤 꿰차고 있는 이들이라면 어느 쪽에 서야 살아남을 수 있을지 눈치를 보는 역사적인 날에, 정작 주인공인 설란은 만사 귀찮다는 표정으로 방 안에서 축 늘어져 있었다. 고작 이틀 전 혼인날을 입에 담으며 즐거이 웃던 것과는 상반되는 모습이 아닐 수 없었다. 지루함이 가득한 눈이 데굴데굴, 바삐 움직이는 궁녀들을 따라 움직였다.

아침 일찍부터 서두르던 궁녀들의 손놀림은 오후가 되어서야 끝이 났다. 다 되었다며 뒤로 물러서는 궁녀들의 얼굴에는 하나같이 뿌듯함이 가득했다.

"마마……."

도아는 화폭 속에서나 존재하는 월궁항아(月宮姮娥) 같은 설란을 바라보며 감탄을 아끼지 않았다.

"마마보다 더 아름다운 신부는 없을 거여요!"

제가 장담한다며 가슴께를 콩콩 두드리는 도아의 모습에, 설란은 몸을 축 늘어뜨리는 것으로 답을 대신했다.

"하아."

힘들다.

"옷이 너무 많아."

"당연하죠! 혼례복인걸요!"

"머리 장식도 무겁고."

"걱정 마세요, 마마! 아름다워요!"

"……그리고 화장도 두꺼워."

"괜찮아요, 마마! 정말 아름다우셔요!"

"아니, 그 말이 아니라……."

뭐 하나 덜어낼 수 없을까 눈을 굴리던 설란은 빠르게 포기했다. 제 말을 이해하지 못했을 리 없건만 같은 대답만 반복하는 도아 때문만은 아니었다. 도아와 똑같은 표정을 한 채로 조금도 물러설 수 없다는 비장한 기운을 풍겨대는 궁녀들의 기세가 상당했기 때문이었다.

결국 설란은 여기에 하나 더 더하지 않는 게 다행이라는 생각을 하며, 면경으로 시선을 돌렸다. 면경 속에 비친 제 얼굴은 제가 보더라도 놀랄 지경이었다. 이래서 여인들이 분을 찍어 바르는구나, 하는 생각이 들 정도였다.

언제 어떤 상황이 터질지 몰라 평소 화장을 거의 하지 않는 설란은 괜스레 기분이 이상해져서, 면경을 빤히 들여다보았다.

눈을 깜빡이자 면경 속에 들어앉은 여인도 눈을 깜빡이고, 손을 들자 같이 손을 들어 보이는 걸 보면 저 여자가 자신이 맞긴 한 것 같은데, 왜 이리 어색한지 모를 일이다. 그런 저를 보며 궁녀들이 흐뭇하게 웃고 있다는 것을 알 리 없는 설란은 미간을 좁혔다.

'나 원. 청월이 보고 누구냐며 놀라는 거 아닌지 모르겠네.'

그러나 감탄은 짧고 귀찮음은 길었다. 면경을 들여다보는 것도 잠시, 금세 질린 설란은 등받이에 몸을 기대며 나른한 표정으로 천장을 응시했다. 평소보다 풍성한 치맛자락도, 배는 무거운 머리 장식도, 답답한 얼굴도 모두 귀찮기 그지없었다. 평생에 단 한 번 뿐이라는 혼사, 여자들에겐 꿈과 희망이 가득한 날이라고들 한다만 그녀에겐 그저 출궁이라는 목적을 달성하기 위한 가장 빠르고 확실한 방법에 불과했기에 더 그렇게 느껴졌다.

'뭐, 맞절하는 이는 마음에 들지만…… 그렇다고 이렇게까지 거창하게 할 필요가 있는 걸까.'

대충 물 한 잔 떠놓고 절하면 안 되나, 라는 중얼거림에 궁녀들이 못 들은 척 고개를 돌렸다.

수많은 절차를 생략하느라 몇 날 며칠 밤을 꼴딱 샌 이들이 들으면 울 법한 생각을 하며 설란은 늘어진 몸을 추스를 생각조차 하지 않았다. 그렇게 한참동안 늘어져 있던 설란은 이내 고개를 뒤로 젖히며 목청을 높였다.

"아− 아. 하늘이 차−암 맑구나."

"어마, 마마! 조심하시어요."

그렇게 고개를 움직이면 머리 장식이 흐트러진다며 도아가 발을 동동 굴렀다. 그러거나 말거나, 턱을 괸 채 창가에 걸린 구름을 바라보는 설란은 꿋꿋했다.

"괜찮아, 괜찮아. 어차피 장식이 하도 많아서 뭐가 흐트러진 거고 뭐가 안 흐트러진 건지 아무도 못 알아차릴걸. 그보다…… 대체 난 언제까지 물 한 모금 못 마신 채 이렇게 기다리기만 해야 하는지 좀 알아오지 않으련."

일각만 더 기다렸다간 맞절을 하기도 전에 말라 죽어버리겠다며 한숨을 폭 쉬는 설란의 모습에, 도아가 비장한 표정으로 대답했다.

"아니 되어요, 마마. 부마께오서 궁 문턱을 넘기 전까지 방에서 여인이 나갔다간 큰일이 난단 말이어요!"

그러고 보니 그런 미신이 있었지. 설란은 반쯤 잊고 있던 수많은 미신 중 하나를 떠올리며 폭 한숨을 뱉었다.

혼례 당일, 여인은 평생 지냈던 방에서 신부로서의 준비를 마치고 기다려야 했는데, 신랑이 그 방문을 열고 처음으로 소녀가 아닌 여인으로서 부인을 맞이하기 전에 신부나 다른 여인이 문지방을 넘어서면 안 됐다. 실수로라도 그런 일이 벌어진다면, 심하게는 악귀가 붙는다 해서 혼사가 취소되는 경우도 있었다.

물론 설란은 믿지 않았지만 말이다.

그러나 그 미신은 개중에서도 꽤나 철저하게 지켜지는 편이라 방 안에 있는 궁녀들은 전부 전날 들어온 이들이었다. 고로 설란은 그녀들과 밤을 지새웠다 해도 과언이 아닌 것이다.

"청월(靑月)은 대체 언제쯤 이 궁 위에 뜰 생각인지."

푸른 달이라는 그의 호로 말장난을 하며 설란은 턱을 괬다. 그런 그녀의 옷자락을 정돈해 주며 도아가 샐쭉한 표정으로 대답했다.

"어찌 그리 서두르셔요. 마마께옵서는 이 궁에서 떠나는 게 아쉽지 않으신가 보아요."

도아는 백란궁을 뜨는 것이 아쉬웠다. 비록 집안 상황에 떠밀려 궁녀가 되었지만, 궁은 그녀에게 있어 또 다른 고향이나 다름없었다. 사가에서는 기울어진 가세를 어떻게든 세우려 애를 쓰느라 또래 여아들과 어울릴 기회가 별로 없었다. 그러니 궁 안에 들어온 뒤부터 궁녀들과 단단히 쌓아온 관계는 그녀의 인생에서 가장 뜻 깊은 것들 중 하나였다.

게다가 궁에 들어왔기에 설란을 만날 수 있었다.

아직도 눈에 선하다. 저보다도 작았던 설란의 모습이. 밀려나는 것에 익숙해 누구의 치맛자락도 붙잡지 못한 손이 허하다는 생각이 가장 먼저 들었었다. 기대감 없는 두 눈은 그저 차가워서 시렸고, 그럼에도 제게 주어진 것들을 해내는 강인함은 닮고 싶었다.

"소녀는 아쉬워요."

그런데 그녀의 공주님은 어서 이 궁을 벗어나고 싶어 하는 것 같아, 그것이 마냥 서운해 도아는 볼을 빵빵하게 부풀렸다.

"마마께서 떠나시면 백란궁은 한동안 비게 될 터인데······. 이곳에 마마가 아닌 다른 분이 살게 된다는 게 저는 너무 싫어요!"

이런. 거기까지는 생각해 본 적도 없던 설란이 도아의 투정에 곤란하다는 듯 웃었다.

"이 백란궁을 공주의 거처로 삼은 것도 무척 이례적인데도?"

"그것은······."

반박하려던 도아는 불퉁한 표정으로 입을 꾹 닫았다. 설란의 말대로 백란궁은 본디 세자빈이 주로 머물던 궁이었다. 아름다운 궁의 정경과 고즈넉함은 둘째로 치더라도, 세자의 궁과 가장 가까이 위치해 있기 때문이었다. 설란은 세자의 쌍생아이면서도 누구에게도 말 못 할 이유 때문에 백란궁을 하사받았지만 본래는 좀 더 외곽에 위치한 궁을 받는 것이 정상이었다.

공주에게 주어지기에는 너무 좋고, 또 너무 넓은 궁. 설란은 궁녀들이 쉼 없이 움직여도 될 만큼 큰 방을 휘 둘러보며 샐쭉 웃었다.

"잠시라도 이 궁에서 머물 수 있었던 게 나는 참 좋아. 오라버니께서 혼사를 치르면 세자빈께서 지내게 되겠지만, 뭐 주인도 없이 외로이 비어 있는 것보단 사람들이 북적이는 게 낫잖니?"

설란의 말에 그것도 그렇다며 도아가 고개를 끄덕였다.

장지문 밖이 소란스러워지기 시작한 것은 바로 그때였다. 발소리는 물론이거니와 숨소리도 내지 않고 움직일 수 있는 상궁들이 의도적으로 소리 내는 이유는 하나였다.

"마마! 부마께옵서 오셨나 봐요! 어서어서 일어나시어요! 어마, 장식이! 마마! 그쪽 자락을 밟으시면 아니 되어요!"

새신랑이 오고 있으니 완벽하게 준비하고 있으라는 소리지. 그녀에겐 본격적으로 귀찮은 절차가 시작되는 소리였다. 설란은 갑자기 몸이 두 개라도 된 것처럼 바삐 움직이는 도아를 진정시키며 자리에서 일어났다. 비뚤어진 장식은 쓱 빼내고, 주름진 치맛자락은 대충 손으로 툭툭 털어내며 설란은 마음을 다잡았다.

이제 곧 시작될 전투를 위해.

"......!"

그러나 장지문이 열리고, 문지방을 넘으며 안으로 들어온 이를 본 순간 그녀의 머릿속에 꽉 들어차 있던 갖가지 생각들이 단숨에 자취를 감췄다.

왜? 시각적인 충격이 너무 커서.

보통 혼례날은 신부의 날이라고들 한다. 여러 이유가 있지만 여인이 가장 아름다울 수 있는 날들 중 하나이기 때문이라 설란은 생각했었다.

가장 좋은 옷을 입고, 평소에 하지 않던 화장을 하는, 그런 날. 그런데,

"정말......"

지금 제 눈에 보이는 건 누구란 말인가. 신부보다 더 아름다운 신랑이라니.

이거 반칙 아니야? 이럴 수는 없었다. 설란은 갑자기 울고 싶어졌다.

제 앞에 서 있는, 자하국의 전통 혼례복을 갖춰 입은 최지환은 긴장했는지 얼굴이 딱딱하게 굳어 있었다. 어색하게 보여야 할 그 긴장이 되레 그의 비인간적인 외양을 더욱 빛나게 해준다는 게 모순적이었다.

정말 조각 같은 이 남자가 살아 있는 게 맞는지 확인해야만 할 것 같아, 설란은 바짝 마른입으로 다급히 말했다.

"잘 어울리네요."

고맙다는 뜻인지, 아니면 그냥 예를 갖추는 것인지, 가볍게 고개를 숙이는 지환의 모습에 궁녀 몇이 얼굴을 붉혔다. 그러나 둘 중 누구도 그 사실을 눈치채지 못했다.

"마마께선……."

지환은 무심코 중얼거리던 것을 입속으로 삼켰다. 절반은 위로 틀어 올리고 나머지 절반은 풀어 내린 머리칼이 아름답다 칭찬해야 할까, 그것이 아니라면 혼례복이 무척이나 잘 어울린다 말해야 할까. 입안에서 맴돌던 말은 그대로 속으로 넘어갔다.

제 혼례복을 입을 때까지도 실감하지 못했던 것이 이제 와 실감 나기 시작했다. 그는 설란을 향해 손을 내밀었다. 거절당할 것이라는 공포 없이 누군가에게 손을 내밀 수 있다는 것은 얼마나 큰 기쁨인지. 뻗어오는 손끝에서 전해져 오는 온기가 따스했다. 그 온기에 지환은 제 마음을 담았다.

붉게 흐드러진 *란꽃숭아*

"마마께선, 아름다우십니다."

낯부끄러운 말에 설란은 모른 척 고개를 돌렸다. 이 남자는 보는 눈이 이렇게 많은 데도 이런 말을 잘도 한다 싶었다. 설란이 휙 고개를 돌리자 지환의 눈이 가늘어졌다.

화려한 금박과 자수의 활옷이 잡힌 손을 따라 들썩였다. 주름 하나 지지 않게 하려 애를 쓰던 도아의 노력이 무색하게, 하나하나 위치까지 잡아놓았던 것들이 단숨에 무너졌다. 겹겹이 쌓인 옷의 무게가 상당할 텐데도, 지환은 아무렇지도 않게 그녀를 들어 올렸다. 새신부의 발이 너무도 손쉽게 허공으로 붕 떠올랐다.

걸음마를 시작한 이후로 이렇게 들려본 적이 없는 설란이 당황하는 것은 당연한 이치였다. 당황한 그녀는 차마 입 밖으로 비명을 내지르진 못하고 두 눈을 동그랗게 뜬 채 발을 허우적거렸다.

어? 어어? 어어어?

어쩔 줄 몰라 하는 설란과 그녀의 주위에서 경악하는 궁녀들을 뒤로한 채, 지환이 작게 속삭였다.

"혹여나 마음이 바뀌셨을까 다시금 묻습니다."

속닥이는 목소리가 간지러웠다.

"무르시려면 지금이 마지막 기회입니다."

몰래 이 말을 하기 위해 굳이 그녀를 들어 올렸단 소리였다. 게다가 그 좋은 목소리로 속삭이는 말이란 건 참으로 얄미워, 설란의 눈이 뾰족하게 섰다.

"어림도 없으니 그만 포기하는 게 어때요? 그대는 오늘 얌전히 내 부군이 되어야 할 겁니다."

"전 괴물입니다."

"이것 봐요, 괴물 씨. 모르는 것 같아 말해주는 건데 난 공주거 든요."

그러니 얌전히 공주님의 말을 들으라며 설란이 통퉁거렸다.

"그러니 괴물은 얌전히 공주님 손에 잡히세요."

동화에서나 나올 법한 대사를 읊는 목소리가 근엄했다. 제 속에 뚜리를 튼 괴물을 해치워 주겠다는 이가 왕자님이 아니라 공주님이라는 사실에 지환의 두 눈이 사르르 접혔다. 잘생긴 남자가 있는 힘껏 꾸민 걸로도 모자라 세상 행복하게 웃는 걸 보자니 설란의 눈이 동그래졌다. 왜 이러는지, 심장께가 간질거린다. 주변 궁녀들이 전부 그 자리에서 굳은 뒤에야 지환은 설란을 얌전히 내려놓았다.

"고, 공주마마를 그리 들어 올리시면 아니 됩니다."

경계 가득한 시선으로 제 주인의 옆에 선 도아의 모습에 지환은 속으로 헛숨을 내쉬었다. 정작 경계할 것은 따로 있는데 엉뚱한 우물만 파고 있질 않은가. 결국 그는 마지막 기회마저 내버린 공주에게 손을 내밀 수밖에 없었다.

"부디."

작은 목소리는 정중했다. 방금 전 일은 까맣게 잊은 설란이 멍하니 그 위에 제 손을 얹었다. 저보다 한 마디는 더 큰 손이 맞잡아온다. 보통 사람들보다 좀 더 뜨거운 온기가 그대로 손을 타고 밀려 올라왔다. 이것도 저주 때문인가, 생각하던 그녀는 이내 피식 웃었다. 생각이 그쪽으로만 치우친 게 분명했다. 이런 사소한 것마저 저주 탓을 하게 되다니. 이러다간 하나부터 열까지 저주 타령을 하게 될지도 모르니 자제할 필요가 있다.

붉게 흐드러진 란꽃송이

손을 맞잡은 채 궁 밖으로 나오자 둘을 기다리고 있던 궁인들이 약속이라도 한 듯 고개를 숙였다. 섬돌 아래부터 죽 깔려 있는 붉은 천이 인상 깊다. 설란이 그 천을 밟을 수 있게 배려하며 지환은 줄곧 앞을 응시했다. 설란은 고개를 들어 정면을 바라보고 있는 지환을 훔쳐봤다.

"제 얼굴에 뭐가 묻기라도 했습니까."

"묻기야 묻었죠. 얄미움이. 대체 몇 번이나 확인하는 거예요?"

제가 그렇게 못 미덥냐는 말에 그제야 그의 시선이 움직였다. 까맣게 내려앉은 두 눈은 무슨 생각을 하는지 알 수 없을 정도로, 일렁임 없이 차분했다.

"불안해서 그렇습니다."

"무엇이?"

"마마께서……."

말끝을 흐리는 눈이 먼 허공을 응시했다.

"어느 순간, 눈치조차 채지 못한 순간, 사라져 버릴까. 그것이 불안해서, 그렇습니다."

"내가요?"

"예."

설란은 왜 그런 생각을 했느냐고 묻는 대신 맞잡은 손에 힘을 줬다. 있는 힘껏 꽉 쥐어주니 올곧던 시선에 파문이 일었다.

"걱정 마요. 이래봬도 안 될 판을 시작하는 성격은 아니라서."

"괴물에게 시집오는 사람이 할 말은 아닌 것 같군요."

"내가 평범한 공주는 아니거든요."

"이 길을 지나면, 돌이킬 수 없는 일입니다."

그 말에 설란은 새하얀 꽃잎이 흩뿌려진 붉은 천의 끄트머리를 응시했다. 붉은 천으로 만들어진 길은 왕실의 대소사를 치르는 곳인 서원정으로 이어져 있었다. 그 끝에는 왕족들과 대소 신료들이 둘을 기다리고 있을 터다. 무엇을 돌이킬 수 없는지는 굳이 듣지 않아도 알 수 있었다. 몇 번이나 같은 말을 반복해야 이 남자가 믿을까. 설란은 그런 생각을 하며 지환에게만 들릴 정도로 작게 속삭였다.

"그거 알아요? 그쪽처럼 도망가라고 재촉하는 괴물도 없을 거란 거. 진짜 괴물은 그리 말하지 않아요. 대신 몸을 낮추고 연기를 하죠. 괴물이 아닌 것처럼 가면을 쓰고, 바람 반대편에 몸을 숨긴 채 기다린답니다. 사냥감이 긴장을 푸는 그 순간을."

모르는 것 같아 말해주는 거예요. 설란은 언젠가 사냥터에서 커다란 수사슴을 잡을 때를 떠올리며 중얼거렸다.

"그러니 만약 괴물 중의 괴물을 뽑는 과거시험이 있었으면, 청월, 당신은 분명 낙방했을걸요. 사냥감이 전부 도망쳐서."

"……도망가는 시늉이라도 해주시면 좋겠습니다만."

그 말에 그녀는 슬쩍 눈을 흘겼다.

"미안하지만 나도 사냥하는 쪽이어서요."

그러니 그렇게 애원해도 도망은 못 치겠네요. 이쪽도 자존심이 있어서.

"이미 알고 있습니다."

처음 저주의 잔흔을 봤을 때 덜덜 떨리는 손끝을 감추지 못하면서도 끝내 시선을 돌리지 않는 것을 보며 본능적으로 깨달았다. 자설란이 곱게 자란 난(蘭)이 아니라는 것을.

악공들의 연주가 들리기 시작할 정도로 서원정에 가까워지자 자연스레 대화가 끊어졌다. 바야흐로 예식의 서막이 오르는 순간이었다. 활짝 열린 서원문이 둘을 반겼다. 문 양옆에는 무녀들이 수놓았을 것이 분명한 푸른 천이 길게 늘어져 있었다. 백년가약을 맺는 남녀를 축복하는 글귀가 천 위에 빼곡히 새겨져 그것이 금빛 천인지, 푸른 천인지 헷갈릴 정도였다.

자하국의 혼례는 크게 두 가지로 나뉘었다. 혼례와, 축하연으로. 그래서인지 혼례 절차는 꽤 간단한 편이었다. 서원문에서부터 시작되어 서원정에 다다르는 대로에 깔려 있는 붉은 천을 두 남녀가 가로지른 뒤 혼례주를 나눠 마시면 예식은 끝이 난다.

그러나 혜조의 애정을 보여주기라도 하듯 자설란의 혼례는 화려했다. 눈을 돌리는 곳곳마다 걸려 있는 붉은 천은 한 마당 부르는 것이 값이라는 홍도원의 것이었는데, 금색 실로 수놓은 그것들은 왕실의 상징으로, 화복과 번영을 뜻했다. 보기만 해도 눈이 어지러울 정도의 화려함이라, 설란은 몇 번이고 눈을 깜빡였다.

둥, 둥, 둥-

새신랑과 새신부를 반기는 북소리가 허공을 가득 메우고, 궁인들은 안쪽으로 둘을 이끌었다.

서원문을 넘어서자 그제야 실감이 나기 시작했다.

'정말 하는 건가.'

언젠간 하게 될 것이라 생각했던 혼례였다. 왕궁을 벗어나기 위한 유일한 수단이었기에 기대도 환상도 없었건만, 제 손을 꼭 잡아오는 온기를 자각하자 입안이 바짝 말라왔다.

나란히 걸어가야 하는 서원문을 넘기 무섭게 떨어져 나간 손이 허했으나 동시에 허하지 않았다. 양옆에 고관대작들이 하나같이 고개를 숙이고 있었고, 정면에는 혜조를 비롯한 왕실 식구들이 함박웃음을 머금으며 자리에 앉아 있었다.

지환은 머뭇거림 없이 앞으로 걸어가는 설란을 바라보았다. 도 망가라, 도망가라 그리 수없이 되뇌었건만, 결국 그녀는 여기, 제 옆에 서 있다. 붉은 비단을 밟기 시작한 이상 이미 늦었다는 것쯤 은 그가 누구보다 잘 알고 있었다.

되돌릴 수 없는 일이 되었다.

이제 자설란은 최지환의 내자가 되어 평생을 살 것이다. 죽은 뒤에는 그의 무덤 옆에 묻힐 것이고, 왕실 계보에는 그의 부인이 되어 자리 잡을 것이다.

"하하하. 천생연분이로구나."

기쁘게 웃는 혜조와,

"그러하옵니다, 전하."

맞장구를 치는 최재원.

그리고 둘을 축복하는 수많은 사람들이 증인이나 다름없었다. 지환은 점점 가까워지는 혼례상을 바라보며 생각했다. 이런 생각 을 하면 천벌을 받을지도 모른다 생각하면서도, 생각했다.

그녀가 도망가지 않아 다행이라고.

그리고 동시에 다짐했다.

제 속에 똬리를 튼 괴물이 그녀를 집어삼키지 못하게 하겠노라 고.

※

붉게 흐드러진 란꽃송이

자고로 여인은 출가외인이라, 혼례를 올리면 남이나 마찬가지라는 말이 있다. 공주도 예외는 아닌지라 맞절을 하기가 무섭게 궁을 떠나야 하는 것이 자하국 왕실의 법도였다. 혼례를 한 공주가 오래 궁에 머물면 부정을 탄다는 속설 때문이었다.

툭.

설란의 고개가 가마에 닿았다. 일어설 수도 없는 가마 안에 있었으나, 그 어느 때보다도 자유로운 기분이 온몸을 휘감았다. 이 기분을 알고 있다. 처음 말에 올랐을 때도 느꼈고, 활시위를 처음 당겼을 때도 느꼈었다.

아, 그래. 이 기분은 벅참이다.

"끝났다."

눈앞이 흐리다. 아쉬움인지, 미련인지, 그것도 아니라면 벅참 때문인지 저도 알 도리가 없었다. 그러나 하나만큼은 확실했다. 저곳에 남겨두고 온 하나뿐인 제 오라비에 대한 미안함이 그 어딘가에 숨어 있다는 것만큼은.

정식적인 가례 절차는 끝났으나 축하연이 아직 남아 있었다.

실제 가례는 왕과 왕후, 그리고 고관대작들 앞에서 평생을 약조하고 맞절을 하는 것으로 간단히 끝이 난다. 이후 새로이 지낼 저택에 머물며 초야를 치르는 것이다. 요란스럽게 준비하는 시간을 생각해 봤을 때 허무할 정도로 간단한 절차가 아닐 수 없다.

대부분의 공주들이 힘들어 하는 것은 둘째 날이었다. 가례를 올린 다음 날 공주는 '손님'으로 궁에 입궐해 연회에 참석하게 된다. 엄연히 주인공이건만 자하국 역사상 존재했던 대부분의 공주들이 축하연을 싫어한 이유가 바로 여기에 있다.

왕실 혼사를 왕실 내에서만 해결하는 나라가 있다면, 왕실의 경사를 동맹국과 함께 나누려는 나라가 존재하기 마련이다.

설란에겐 무척이나 아쉽게도 자하국은 후자였다. 그리고 자하국의 동맹국은 예국과 호국, 그리고 천랑국으로 꽤 많은 편이었다. 덕분에 그녀는 내일 하하호호 웃으며 자하국의 명망 깊은 가문의 수장들과 타국의 사신들을 상대해야 했다. 이미 사신들은 도착했을 테니 도망가는 것도 불가능할 터다.

인형처럼 얌전히 앉아 몇 시진이고 덕담과 선물을 받아야 한다니. 생각만 해도 끔찍해, 설란의 얼굴이 절로 창백해졌다.

"아아…… 가기 싫다."

살짝 열린 창으로부터 흘러나오는 설란의 앓는 소리에, 가마에 바짝 붙어 있던 지환의 입꼬리가 살짝 말려 올라갔다. 억지로 끌려 나와 투덜거리던 무명이 놀랄 정도로 부드러운 미소였다.

무명은 고삐를 당겨 말을 가까이 붙이곤 무척이나 진지한 표정으로 물었다.

"도령…… 내 설마 싫어 물어보는 건데, 미친 건 아니지?"

방금 전까지 웃는 게 거짓이었다는 듯 지환의 눈살이 찌푸려졌다.

"매번 말하지만, 네놈은 상대해 줄 생각도 안 드는 말을 대체 언제까지 할 생각이지."

"아니, 미친 게 아니라면 지금 진짜 저 공주, 아아, 알았어, 알았다니까? 공주마마를 연모한다는 건데…… 도령, 설마 못 느꼈어?"

붉게 흐드러진 란꽃속에

쉴 새 없이 종알종알대는 목소리가 시끄러워 지환은 눈살을 찌푸렸다. 사람의 마음은 참으로 간사한지라, 숨죽이고 귀 기울여야 겨우 들리는 설란의 것은 참으로 듣기 좋더니 무명의 목소리는 어찌나 거슬리는지 말로 다 표현하지 못할 정도였다.

지환이 대꾸하지 않자, 무명은 자문(自問)에 자답(自答)했다.

"난 너무 놀라 뒤로 넘어갈 뻔했는데."

무명의 호들갑에 지환의 시선이 그제야 옆으로 움직였다. 관심을 받자 무명은 샐쭉 웃었다.

"마마께선, 이상하리만치 왕실의 피를 짙게 타고났어."

"무슨 뜻이지."

"자하국의 건국 신화 몰라? '하늘에서 온몸이 불타오르는 신 하나가 자신의 나라를 세우고자 땅으로 내려왔노라. 두 다리가 땅에 닿자 비천한 땅의 것들이 하늘의 달큰함을 좇아 손을 뻗었도다. 날뛰던 요괴들을 제압한 신의 후예가 비옥한 땅에 나라를 세우니 자하국의 시조라'."

오래되어 고지식한 학자들이나 알고 있을 법한 건국 신화를 읊조리는 목소리에는 한 치의 망설임도 없었다.

낮은 목소리와 표정이라고는 한 줌도 없는 딱딱한 얼굴.

언제나 제멋대로이던 이가 지금 이 순간만큼은 감정 없는 인형처럼 보여서, 지환은 자신도 모르게 고삐를 쥔 손에 힘을 줬다. 평소에도 무명이 평범한 존재가 아니라는 것쯤은 알고 있었다.

제가 저주받은 날 갑자기 나타나 색끈으로 저주를 억누르고 금괴를 받아 챙기며 저택에 들어앉은 사내.

평범? 그보다 더 웃긴 소리는 없으리라. 저치가 평범할 리 없다.

지환은 눈을 질끈 감았다 떴다. 감기는 눈꺼풀을 따라 끝없이 이어질 것 같던 생각을 끊어냈다. 지금 중요한 것은 무명의 정체가 아니었다. 중요한 것은 무명이 한 말이었다.

고개를 돌리자 제 신부가 된 여인이 타고 있는 가마가 눈에 들어왔다. 붉게 칠한 가마를 눈 안에 담자 그 전까지만 해도 쉼 없이 널뛰던 심장이 천천히 제 박동을 되찾기 시작했다.

아아 그래. 그녀가 있었다. 지켜야 할 사람이, 자신을 괜찮다 말해주는 여인이 있었다. 지환은 붉게 달아오른 눈가를 꾹꾹 눌렀다. 그리고 천천히 제 귀에 들어왔던 단어들을 짚었다. 건국 신화라면 그 역시 전부 외우고 있었기에 그리 어렵진 않았다.

'요괴를 제압하는 것이라면 이 고통을 의미하는 것인가. 신의 후예……'

무언가를 직감한 지환의 안색이 어두워지자 무명은 언제 그랬냐는 듯 장난스러운 웃음을 되찾았다.

"그렇게 심각해지지 마, 도령. 혼례날이잖아?"

광대처럼 생글생글 거리며 웃는 무명은 참으로 얄미웠다. 웃는 얼굴엔 침을 못 뱉는다던데, 무명에게는 거리낌 없이 뱉을 수 있지 않을까 하는 생각이 들 정도였다. 지환은 맞절을 하면서도 느끼지 못했던 피로함을 느끼며 입을 열었다.

"지금, 그 건국 신화가 전부 사실이라 말하는 것인가."

"왜? 못 믿겠어?"

"건국 신화는 보통 왕실의 신성성을 높이기 위해 만들어진 부분이 많으니 하는 말이다."

"호오…… 최가 사람이 그런 말을 하니까 기분이 이상한데. 왕권을 수호하는 가문이잖아?"

왕권을 높이기 위해 왕을 신성시하는 것은 그리 드문 일도 아니었다. 멀리 갈 것도 없이 유일하게 황제를 칭하는 호국이 그러했다. 갈색 눈에 갈색 머리칼을 갖고 태어나는 황제의 핏줄은 오래전부터 신의 후예라 떠받들어졌으니 말이다.

그러나 그것도 무지한 백성들에게나 해당되는 말이었다.

"사석이니까."

"흐응. 글깨나 읽은 선비님들은 헛된 얘기는 믿지 않는단 소리인가. 그런데 도령, 다른 이들은 몰라도 도령은 믿어야지."

어린아이도 믿지 않는다는 그 반신의 저주를 직접 받았잖아?

"저주와 신은 다르지 않나."

달라도 많이 달랐다.

저주와 귀신. 그것들은 무녀의 존재 이유나 다름없었다. 무녀가 있고 실제로 그들이 퇴치했다는 귀신과 저주가 있다. 그러니 그쪽은 믿을 구석이라도 있었지만, 신은 달랐다. 일단 '하늘' 자체가 그렇다. 하늘에 사는 신이 땅으로 내려왔다는 문장 자체가 허무맹랑하지 않은가. 최대한 양보해서 하늘에 신이 정녕 산다 치자. 그렇다면 그 신은 어째서 무릉도원과도 같은 신계를 버리고 땅으로 내려온단 말인가.

그 외에도 신의 존재에 대해 의문을 표하자면 한도 끝도 없었다. 존재를 증명하는 쪽보다 불가능한 이유를 대는 것이 더 쉬운 것이다.

"너무 그렇게 냉정하게 나누지 마. 실상 신과 귀신은 별 차이 없을 수도 있으니."

"어느 쪽이 정답이건, 관심 없으니 물음에 답해라. 지금 마마께서 그 신의 피를 짙게 이어받았다는 말을 하고 있는 게 맞나."

서론 본론을 겅중 뛰어 결론을 내놓으라는 지환의 닦달에 무명은 순순히 고개를 끄덕였다. 사실 그렇게 유쾌한 얘기는 아니었다. 게다가 여기서 더 질질 끌었다간 멱살을 잡힐 것이라는 예감 아닌 예감도 들었고.

"아아. 그런 셈이지. 참 희한하단 말이야. 호국도 아니고……. 자하국은 왕족의 피가 꽤나 옅어졌어야 하거든."

"어째서지?"

"자하국 왕실의 시조인 봉황은, 호국과 비교했을 때 급이 높은 건 아니었으니까."

"하급신이라는 소린가."

"응? 아니 아니. 그 정도는 아니고. 그래도 중상급 정도는 됐지. 근데 호국 쪽 신이 너무 급이 높아서 상대적으로 그렇다고."

그러고 보니 공주가 쌍생아라 했던가? 그게 관련이 있는 건가. 무명이 중얼거리며 뱉어내는 말이 길었다. 그것들을 곱씹던 지환은 살풋 눈살을 찌푸렸다.

그의 몸속에 똬리를 튼 괴물이 이를 드러내고 웃으며 제게 말을 건네는 것 같았다.

'끝일 줄 알았나?'

꾹 쥔 주먹 사이로 뚝, 핏방울이 떨어졌다.

"……그럼, 건국 신화가 전부 사실이라면, 마마께선……."

어째서 생각하지 못했을까. 지환은 자신의 실책을 뼛속 깊이 깨달으며 신음을 흘렸다. 무명이 만든 부적으로도 막지 못한 고

통이었다. 이를 악물고 피가 나도록 바닥을 긁어도 사라지지 않
던 목소리였다. 단지 설란이 눈 안에 들어오는 것만으로도 그 모
든 것들이 사라지는 것이 무엇을 의미하는지 어째서 되짚지 않았
을까. 어째서 그저 기적이라 감탄만 했을까.

"비천한 땅의 것들이 하늘의 달큰함을 좇아 손을 뻗었도다."

자책하는 지환을 흔들어 깨운 것은 무명의 목소리였다.

"두려운 겝니까? 도령이 마마의 피를 탐하게 될 것이?"

그의 가장 깊은 곳에 잠들어 있던 괴물을 깨우는 말끝에, 저택
에 도착했음을 알리는 시비의 목소리가 허공을 가득 울렸다.

무명은 제게 향한 날 선 시선에 기꺼이 웃었다. 그토록 괴물이
되고 싶지 않아 죽음을 바라던 사내가 살기 가득한 형형한 시선
을 갖게 된 것이 못내 즐겁다는 듯이.

※

왕실에서 준비한 가마는 값비싼 것이었다.

타는 이가 혜조의 사랑을 듬뿍 받는 공주인 데다가, 심지어 그
공주의 혼례를 위한 가마이니 얼마를 들이건 아깝지 않았고 몇
번을 들여다봐도 만족스러울 리가 없었다. 혜조는 혹여나 궁을 떠
나는 길, 공주의 몸이 상하기라도 할까 아낌없이 돈을 썼고 장인
은 거기에 더해 조금이라도 더 화려하게 만들기 위해 애를 썼다.

그리하여 완성된 가마는 붉은빛과 금빛으로 가득해 먼 곳에서
도 쉬이 눈에 들어올 정도로 화려하고 아름다웠다. 문제라면 그
게 조금 과하다는 것이었다. 사실 좀 많이 과했다.

그 덕에 설란은 가마 바로 옆에서 이어지는 지환과 무명의 대화를 조금도 듣지 못했다.

왜? 방음이 너무 잘 돼서.

덕분에 설란은 축복을 비는 이들의 외침도 듣지 못했다. 백성들이 던져 주는 꽃들도 보지 못했다. 대신 그녀는 머리 한가득 꽂힌 장식들이 무겁다는 생각과, 몇 겹이나 겹쳐 입은 옷감이 저를 짓누르는 것 같다는 생각을 하며 가마 벽에 등을 기댄 채 멍하니 천장을 바라보고 있었다. 만인이 축복하는 혼사였건만, 정작 당사자는 그 축복을 전혀 느끼지 못하는 기이한 상황이 되어버린 것이다.

'내가 정말 궁에서 나오다니.'

너무 오래 바란 일이 드디어 이뤄졌다는 현실이 믿기 어려웠다. 그래서일까. 설란은 가마에 오른 그 순간부터 조금 붕 뜬 기분을 느끼고 있었다. 너무 정신없이 지나 버린 가례 절차 때문일지도 몰랐다. 혹은 이젠 사사로이 궁에 출입할 수 없다는 사실이 실감 나지 않기 때문일지도 모른다.

"아아……."

갓 혼례를 올린 신부의 두근거림이나 기대감과는 참 거리가 먼 표정으로 그렇게 한참을 앉아 있던 그녀는 이내 다른 고민에 휩싸였다.

'내가 청월의 부인이 되다니. 부인이라…… 으으음…… 실감이 잘 안 난달까.'

누가 들으면 맞절까지 하고 어떻게 실감이 안 나냐며 기막혀할 일이었지만 그녀는 진심이었다. 좀 더 정확히 말하자면 일평생 그녀가 해왔던 연극을 역할만 바꿔 이어 나가는 기분이었다. 자신의 것이 아닌 거죽을 뒤집어쓰고, 자신의 자리가 아닌 자리에 서서 아무렇지도 않게 웃는 그때와 별다를 것 없는 기분.

'왜지.'

속이 좀 울렁이고 생각이 좀 복잡하다는 것만 제외한다면 오히려 손끝은 차가웠다. 눈을 몇 번 깜빡이자 손바닥 뒤집히듯 바뀌어 버린 제 상황에 쉬이 적응이 되지 않아 그녀는 슬쩍 눈살을 찌푸렸다.

그때였다. 가마 문이 열린 것은.

문이 열리자 희미하게 새어 들어오던 빛이 한꺼번에 왈칵 쏟아졌다. 자비 없는 빛에 눈이 부시고, 여과 없이 밀려드는 소리는 너무 많아 귀가 멍멍할 정도였다.

순간적으로 가늘게 뜬 눈 사이로 불쑥 손이 들어왔다. 단단한 손은 그녀가 알고 있는 것이었다. 고요하던 심장이 이게 바로 현실이라 말하는 듯 쿵쾅거리며 엇박자로 뛰기 시작했다.

그제야 그녀는 왜 가마 안에서 그리도 붕 뜬 것 같은 기분이 들었는지 알아차릴 수 있었다.

'아아, 그래. 나는 이제 혼자가 아니야.'

빤히 보고만 있자, 내밀어졌던 손이 허공으로 사라졌다. 그게 못내 아쉬워 설란이 고개를 드는 순간 가마의 지붕을 손으로 짚은 채 몸을 숙인 지환과 시선이 마주쳤다.

"어디 몸이 안 좋습니까."

"아뇨."

"그럼, 부디."

남은 손 하나를 다시 건네는 모습이 낯익으면서도 낯설다. 뻗어진 손끝을 따라 시선을 올리자 제 반려자가 조금은 긴장된 낯빛으로 저를 보고 있는 것이 눈에 들어왔다. 새까만 눈동자에 비치는 자신의 모습에, 설란은 느릿하게 눈을 깜빡였다.

그 순간 자신이 입고 있는 옷이 무슨 색인지, 한없이 높게 올린 머리 장식들이 무엇을 의미하는지 한꺼번에 뇌리에 박히기 시작했다. 조심히 자신을 끌어당기는 손을 따라 가마에서 벗어나며 그녀는 심장이 제 입안에 있는 것 같다는 생각을 했다.

오, 신이시여, 제가 혼례를 치른 게 사실인가요?

"……까."

눈이 빛에 익숙해지고 웅웅거리던 소리가 차분히 가라앉자, 그제야 설란은 그가 자신에게 무언가 말하고 있다는 것을 깨달았다.

"으응?!"

자신도 모르게 힘껏 외친 설란은 찬물을 끼얹은 듯 고요해진 주위에 놀라 두 눈을 동그랗게 떴다. 주위 시비들이 놀란 기색을 감추지 못하고 고개를 숙인 채 안절부절못하는 모습이 보였다. 그제야 전후 사정을 파악한 설란이 어쩔 줄 몰라 할 때, 지환이 작게 웃었다.

그가 웃자 쩡하니 얼어붙었던 주변 분위기도 부드럽게 풀렸다. 꽃이 피는 것처럼 서서히 번져 가는 웃음들은 지환이 그녀를 저택 안으로 안내할 때까지 이어졌다.

저택에 발을 들이고, 정신을 다잡은 뒤에야 설란은 지환이 제 손을 잡고 있으면서도 묘하게 거리가 멀다는 것을 깨달았다. 사선으로 엇나간 시선, 어딘가 긴장으로 굳어버린 얼굴. 그리고 손을

붉게 흐드러진 란꽃송이

잡고 있음에도 벌어진 거리감까지.

예민한 여인의 감이 날카롭게 반응하는 순간이었다.

그리고 저택 안으로 들어오기가 무섭게 떨어져 나간 손에, 설란은 자신의 감이 틀리지 않았음을 확신했다. 멀어져 가는 그의 뒷모습을 얼떨떨하게 바라보던 그녀는 이내 당혹감을 감출 수 없었다.

'대체 무슨 일이 일어난 거야?'

가마에 오르기 전까지 꽤 괜찮은 분위기가 아니었던가. 서로 장난스러운 말도 주고받고 맞절을 할 땐 조금이나마 마음이 통했던 것 같았는데 가마에서 내리기가 무섭게 이토록 갑작스러운 태도 변화라니.

"마마, 바로 안채로 뫼시겠습니다."

기쁨으로 가득한 얼굴의 도아가 종종걸음으로 다가와 설란에게 고했다. 그러나 그녀는 망부석처럼 굳어 움직이지 않았다.

"마마?"

고개를 갸웃하는 도아를 옆으로 밀어낸 것은 물러서 있던 무명이었다. 이 모든 것을 방관자의 입장에서 지켜보던 무명은 지환이 그녀를 역병처럼 대하는 것을 보며 절레절레 고개를 흔들었다.

"거, 내가 마마께서 궁금해하는 걸 알려줄 수 있을 것 같은데."

장난스레 휘어진 두 눈이 가까이 다가오자, 먼 곳을 보는 것 같던 설란의 눈동자에 초점이 돌아왔다. 그녀는 놀라는 대신 처음 궁문을 벗어나 가마에 오를 때부터 눈에 띄었던 그를 위에서부터 천천히 훑어 내렸다. 가장 먼저 눈에 들어오는 것은 검은 복식에 빨간 주립(朱笠)이었다. 작은 체구에 무당이나 입을 법한 것들을 챙겨 입은 모양새가 언뜻 기이했다. 히죽 웃는 얼굴이 오히려 섬뜩해서 설란은 한쪽 눈썹을 죽 밀어 올렸다. 네놈은 누구냐 그녀가 묻기도 전에 먼저 나선 것은 도아였다.

"무엄하다! 당장 물러서지 못할까! 이분이 뉘신지…….."

"아아, 알지. 모를 리 있나. 자설란 공주마마 아니신가. 자하국에 사는 이들 중 이를 모르는 머저리도 있던가? 하지만 마마께선 내가 누군지 궁금하시겠지."

자신을 밀치려는 도아의 발버둥에도 무명은 바닥에 뿌리라도 내린 양 고고히 서 있었다.

그제야 설란의 눈이 가늘어졌다. 그녀는 방금 전 지환의 갑작스러운 행동에 너무 놀라 잠시나마 흐려진 시야를 탓하며 속으로 헛웃음을 흘렸다. 이리 쉬이 감정이 흔들려서야.

못 알아볼 리가 없다.

상전을 대신해 화를 내려던 도아를 막아서는 손이 희었다.

"도아야, 뒤로 물러나렴."

조용한 그녀의 명령에, 사뭇 불안한 기색을 감추지 못한 채로 도아가 조용히 뒤로 물러섰다. 시비들과 거리가 벌어지자 그제야 설란은 천천히 입을 열었다.

"그래, 내 네가 원한 대로, 그에게 무슨 헛소리를 지껄인 것인지 고할 기회를 주마."

차갑게 내려앉은 시선에 무명은 속으로 감탄을 뱉었다.

아직 상황 파악을 못 한 것 같은 무명의 모습에 설란이 입술을 비틀어 올렸다. 간간이 있었다. 아무것도 모르고 화목한 왕실에 대한 소문들만 믿는 머저리들이.

정말이지. 그런 이들은 하나같이 참으로 어리석은 착각을 해 그녀를 번거롭게 만든다.

자설란이 혜조의 품 안에서 곱게 자라기만 한 공주라는, 아무 것도 모르는 여인이라는 착각을. 그녀를 다루는 것이 무척 쉬울 것이라는 오판을.

"대답 여하에 따라 그 세 치 혀를 뽑을지 말지 정해야 할 테니 말이야."

그러나 그녀는 설란(雪蘭)이다.

한겨울 차디찬 눈 위에서도 살아남는 꽃이다.

자신을 바라보는 설란의 모습에 단숨에 압도되어 버린 무명은 속으로 낮은 신음을 흘렸다. 이거, 만만치 않은 공주님이라는 생각을 하며.

자연스럽게 저를 압도하는 기세에 당혹감을 느끼는 것도 잠시, 무명은 가면을 바꿔 쓰듯 미소 짓는 설란의 모습에 혀를 찼다.

'자하국 왕실에 아직까지 이런 왕족이 남아 있을 줄이야.'

그야말로 놀랄 노 자였다. 봉황의 후예라 일컬어지는 자하국의 왕족이었으나, 그 피가 옅어진 지 벌써 십 수 년이다. 무명은 자신도 모르게 마른침을 삼켰다. 그 끝이 다해가는 신의 힘이, 마지막으로 화려하게 불타오르고 있다 생각하며.

무명은 그런 설란을 부인으로 맞아들인 지환의 운명이 가혹한 것인지 축복받은 것인지 모르겠다는 생각을 했다. 그도 그럴 것이.

'저리 화려히 불타는 여인이라니.'

왕조가 바뀔지도 모르겠다는 제 생각을 비웃듯, 온몸으로 아직 자하국 왕실은 건재하다 말하는 것 같지 않은가. 얘기가 재미있게 돌아간다 생각하며 무명은 속으로 킬킬 웃었다.

그런 무명의 생각은 안중에도 없는 설란은 속 깊은 공주님의 모습을 한 채 도아를 손짓해 불렀다.

"예, 마마."

"내 잠시 이자와 할 말이 있으니 자리를 마련해 주련?"

도아에게 묻고 있었으나 실상은 설란과 지환의 도착을 기다리며 저택을 관리해 온 시비들에게 하는 말이었다.

아랫것들의 입을 막고 얘기가 새 나가지 않도록 관리하라는 설란의 의도를 알아챈 도아의 눈이 반짝였다. 그리하여 고작 일각이 흐른 뒤 설란은 원하던 바를 이룰 수 있었다.

"그래, 자리도 마련되었으니 얘기를 들어보지."

설란은 상석에 앉아 동그란 눈을 끔뻑이며 저를 바라보는 무명을 향해 말했다. 흐르는 시간이 아까우니 어서 그 입을 열라고. 그러나 찻잔에서 모락모락 올라오는 김이 한 숨 죽은 뒤에야 열린 입에서 툭 튀어나온 말은 그녀가 원하던 것과는 달랐다.

"히야─ 진짜 무섭네."

입 한 번 대지 않은 찻잔을 옆으로 죽 밀어내고 상체를 앞으로 기울인 무명의 표정은 묘했다. 그러나 반질거리는 두 눈은 미처 감추지 못한 탐욕으로 일렁이고 있었다.

"오싹오싹해. 마마, 진짜 피를 짙게 이어받았구나?"

그 무례함이 하늘을 찌를 듯했고, 행동거지는 어린아이들보다도 못해서 설란은 진지하게 고민했다. 이자가 일부러 제 속을 긁으려 연기하고 있는 것인가에 대해서. 그도 그럴 것이 대여섯 살

먹은 어린아이도 왕족에게 말을 낮추면 안 된다는 것쯤은 알고 있다. 그런데 지금 무명은 어떠한가. 마치 제 친우에게 하는 것 같은 말투라니.

설란은 화를 내는 대신 바짝 다가온 동그란 얼굴을 찬찬히 살폈다. 그리곤 결론 내렸다. 자신의 앞에서 엉덩이를 든 채 히죽이고 있는 사내는 연기하고 있는 것이 아니라고.

그러나 여전히 무명의 행동과 말투에는 묘하게 백지 같은 부분이 존재했다. 갖춰야 하는 예나 법도는 아예 모르는 것 같았고, 여인의 눈을 뚫어져라 보는 것이 무례라는 것도 모르는 것 같았다. 밥을 먹을 때 수저를 사용해야 한다는 것을 배우지 못한 갓난쟁이가 손으로 밥알을 만지작거리는 것과 비슷했다.

배우지 못한 것이다. 그리하면 안 된다는 것을.

만약 다른 상황이었다면 설란은 더는 무명을 상대하지 않고 그대로 자리를 박차고 일어섰을 터다. 천둥벌거숭이 같은 녀석을 상대하는 취미는 없다. 굳이 관계도 없는 이를 붙잡아 하나하나 알려줄 정도의 친절함도 없다.

그러나 상황이 상황이었기에, 설란은 자리를 박차는 대신 검지와 중지로 무명의 얼굴을 뒤로 밀어냈다. 엉덩방아를 찧듯 무명이 다시 방석에 주저앉자 설란은 낮은 한숨과 함께 입을 열었다.

"물은 것은 그게 아닐 텐데."

"아아, 그 말."

무명의 눈이 즐거움으로 반짝였다. 고작 열여섯은 되었을까 싶은 무명은 검지로 툭, 툭 탁상의 가장자리를 두드렸다.

"별말 안 했어. 마마가 이어받은 그 짙은 봉황의 피에, 도령의 저주가 미쳐 날뛸 수도 있다는 말을 했을 뿐이야."

같은 언어를 쓰고 있는데도 무슨 소리인지 이해가 되질 않는다. 그러나 무명은 자세한 설명을 해주기는커녕 장난스레 고개를 끄덕여 댔다. 안 그래도 기괴한 새빨간 주립이 위아래로 흔들리자 더 신경이 쓰여, 설란은 억지로 시선을 잡아 내렸다.

"계속 피를 입에 담는데, 혈통을 말하는 건가?"

"그렇지."

"왕실 혈통이, 저주와 연관이 있다 말하는 건 아니겠지."

"오! 맞췄어. 굳이 말하자면 저주가 아니라 하늘신과 연관이 있지. 모든 왕족과 황족들은 전부 그 시조가 신이야. 자하국 같은 경우엔 그 선조가 봉황이고. 그게 대를 거듭할수록 그 피가 옅어졌는데, 이상하게 마마는 꽤나 짙게 타고났거든."

봉황의 피를.

'봉황의 피'라는 단어를 내뱉는 무명의 눈동자가 일순 까맣게 죽은 것 같이 가라앉았다. 방금 전까지만 해도 생기가 넘치던 이에게서 혼이라도 빠져나간 모양새다. 무기질적인 그의 눈을 바라보며 설란은 미간을 찌푸렸다.

"무슨 소리지. 봉황이라니."

"모르는 척하지 마. 왜, 자하국 건국 신화에 나오잖아? 온몸이 불타는 신. 그게 봉황이야. 자하국 왕족들은 봉황의 후손들이란 소리지. 그런데 하늘에서 내려온 신의 피나 향은 땅에서 사는 요괴나 신들에겐 참으로 매혹적이거든. 아, 물론 걱정할 필욘 없어. 짙게 물려받았다곤 해도 지신(地神)들에게 있어 마마는 그저 향기로운 꽃 정도이지 홀릴 정도는 아니거든. 마마의 피를 탐하는 건 아주, 아아─주 저급한 것들뿐일걸."

좌우로 움직이던 검지가 우뚝 멈췄다. 그 손은 그대로 뻗어 나가 설란을 상징하는 난꽃이 새겨진 찻잔을 움켜쥐었다. 난꽃을 쓸어내리는 손짓에 의도성이 다분했다.

"아, 그래. 예를 들면…… 신에게 저주받았다거나?"

마디마디가 도드라진 무명의 손을 바라보던 설란의 시선이 위로 죽 밀려 올라갔다. 그 잠시간의 대화에서 그녀는 수없이 많은 것들을 얻었으나 그중에서 가장 경악할 만한 수확은 바로 이것이었다.

저자는 인간이 아니다. 찰나의 대화였으나 확신할 수 있었다. 저치는 인간이 아니다.

지환이 했던 말이 떠올랐다.

"자신을 무명(無名)이라 칭하는 사내는 붉은 주립에 검은 복식을 즐겨 입으며 구 년 동안 조금도 나이 들지 않은 또 다른 괴물입니다."

그러나 듣는 것과 직접 보는 것은 달라서, 설란은 아랫입술을 꾹 물었다.

'저자는, 대체……'

그 무엇도 확신할 수 없는 상황에서, 그것 하나만큼은 부정할 수 없을 정도로 확실했다. 그가 인간이 아니라는 것.

"마마께서는, 언제고 깨달으실 겁니다. 이 세상이 더는 이전처럼

가례 327

보이지 않는다는 것을."

어째서일까, 하필이면 이때 그늘진 낯으로 제게 중얼거리던 그
의 모습이 눈앞을 스쳐 가는 것은.

"그렇다면 그때서 후회하시겠죠."

들릴 리 없는 바람 소리가 귓가를 스쳐 갔다.

"저를 가까이하지 말걸, 이리 생각하실 겁니다."

딱딱하게 굳은 얼굴로 앉아 있는 설란을 보고 무슨 생각을 했
는지 모를 무명은 고개를 옆으로 기울이며 말을 이어 나갔다.
"나는 그저 그 말을 해줬을 뿐이야."
도령이 공주를 탐해 그 피를 취할 수도 있다는 얘기를.

붉게 흐드러진 란꽃숭이

8. 호(狐)린

신방에 오도카니 앉아 있는 신부는 아름답다는 표현이 부족할 정도로 아름다웠다. 봉황을 수놓은 붉은 대례복은 흰 피부를 더욱 돋보이게 했고, 하나로 올린 머리칼 아래로 드러난 가녀린 목은 사람의 시선을 끌었다. 벽에 난 동그란 창을 올려다보는 시선은 무언가 몽환적이면서도 아련해 보여, 궁녀들의 눈은 저도 모르게 여인을 좇았다.

　아아, 저리 아름다운 공주님이라니. 궁녀들은 저마다 다른 생각을 하고 있었으나 그 갈래를 따라가다 보면 결국 결론은 같았다.

　공주마마께옵서 경건한 마음으로 초야를 기다리고 계시는구나! 선남선녀가 맺어졌으니 자하국의 복이로다! 저리 아리따운 공주마마와 꽃도령을 닮은 아가님은 얼마나 귀여울까.

　내일이면 궁으로 돌아가야 한다는 것이 아쉬워 궁녀들은 속으로나마 한숨을 푹푹 내쉬었다.

그러나 세상사 동상이몽(同床異夢)이라,

'안 온다 이거지?'

열린 창 너머로 번져 가는 노을에, 설란은 이를 바득 갈고 있었다. 청초함이며 경건함은 눈을 씻고 찾아봐도 없었다. 초야를 앞둔 신부의 두근거림도, 내일부터 달라질 생활에 대한 기대나 불안감도 지금 그녀에겐 한 줌도 존재하지 않았다.

만약 주변에 아무도 없었다면 지금쯤 무명은 설란의 손에 작신 두들겨 맞았으리라. 그 정도로 그녀는 분노하고 있었다.

무엇에?

이 모든 상황들에.

'봉황이라니.'

설란은 자신이 그동안 현실적인 감각 안에서 참으로 착실하게 살아왔다 자부할 수 있었다. 나름의 운도 따라줬고, 노력도 했다 자신할 수 있는 삶이었다. 쌍생아로 태어나 첫 울음을 뱉어내는 순간부터 줄타기를 하듯 불안한 삶이었지만 그래도 괜찮았다. 어찌 되었든 그녀는 제 핏줄과 함께 살아남았고, 냉랭한 시선들을 딛고 일어서 제 자리를 만드는 데 성공했다.

그런데 갑자기 뒤집어져 버린 삶은 따라가기도 벅찰 정도로 빠르고 또 변칙적이었다. 지환의 저주를 풀기 위해 온 힘을 다하고 있어야 할 순간에 이번엔 건국 신화라니. 그것도 모자라 자신이 봉황의 후손이라니. 눈앞에 펼쳐진 손이 창백했다. 그녀는 그것을 뚫어져라 바라봤다. 불길이 튀어나오지 않을까, 하는 생각에 서였다.

"하."

점점 흐려지는 현실 감각에 설란은 입안 여린 살을 물어뜯었다. 아릿한 피 맛에 살짝 눈살을 찌푸린 설란은 두통이 일 정도로 쌓였던 생각들을 구석으로 밀어놓았다. 어찌 되었건 지금 가장 중요한 건 그게 아니었다.

'그래. 초야가 먼저지.'

궁에서 나온 이상 그녀가 할 수 있는 일들이 늘어났다는 것은 확실했다. 움직일 수 있는 범위도 전과는 비교할 수 없을 정도였다. 그러나 아직 궁녀들이 궁으로 돌아가기 전이었다. 초야를 치르지 않았다간 그 얘기가 혜조의 귀에 들어갈 것이고, 자칫 잘못하면 큰 문제로 번질 수 있다.

그렇게 만들 수는 없었다. 어떻게 올린 가례인데, 여기까지 와서 고꾸라지다니.

여러 가능성들을 재며 설란은 점점 짙어지는 노을을 확인했다. 해가 완전히 지고 달이 떠오른다면 신부는 다음 날 해가 뜰 때까지 사사로이 방을 벗어날 수 없었다.

움직이려면 지금이었다.

슬슬 초야를 치르기 위해 등장해야 할 신랑의 부재에 도아가 안절부절못할 때쯤 설란은 기다림을 끝내고 자리에서 일어났다. 갑작스러운 설란의 움직임에 궁녀들이 당혹감에 휩싸였을 때였다.

"잠시 걷고 싶구나. 달이 뜨기 전에 돌아올 테니 따르지 말거라."

가만히 앉아 기다리는 것은 이쯤하면 충분했다. 길게 늘어지는 옷자락 속에서 옹골지게 주먹을 움켜쥔 채 그녀는 장지문을 열어젖혔다.

도망가면 잡아오면 그만이지.

어딘가에서 땅을 파고 있을 제 부군에게, 맞절을 한 이상 운명 공동체가 되었음을 확실히 해둬야겠다 다짐하며 설란은 문지방을 밟았다.

왕족, 특히 공주는 사사로이 궁을 벗어나는 것이 불가능했기에 설란이 저택에 온 것은 오늘이 처음이었다. 그녀가 평생 살 곳에 정작 그녀의 의견은 하나도 반영되지 않은 셈이었다.

길 잃기 딱 좋은 상황이었지만, 양반가의 저택이라는 것이 구조가 비슷비슷하기 마련이라, 그녀는 아주 수월하게 지환이 있을 법한 곳을 찾아냈다.

'저기로군.'

주변이 휑한 사랑채에 도착한 설란은 낮게 혀를 찼다. 분명 사람들까지 물리고 틀어박힌 것이리라. 어떻게 설득해야 하나 잠시 고민하던 설란은 마음을 다잡았다. 시간도 없을뿐더러 어차피 그런 식으로 설득할 수 있는 내용도 아니었다.

그래서 그녀는 들어가도 괜찮냐는 물음도 없이 과감히 문고리를 잡고 장지문을 열어젖혔다.

"어라?"

그러나 사랑채 안엔 사람 온기라고는 한 줌도 찾아볼 수 없었다. 텅 비어 있는 사랑채를 눈 안에 담은 설란의 고개가 옆으로 기울었다. 당연히 있을 것이라 생각했던 존재가 눈에 보이지 않자 그녀는 눈살을 찌푸렸다.

"마마?"

사랑채가 아니라면 대체 어디일까. 고민하던 설란은 등 뒤에서 들린 목소리에 고개를 돌렸다. 시비 중 하나가 양팔에 새하얀 천을 가득 안은 채 서 있는 게 보였다. 시비는 어찌하여 신방에 있어야 할 새신부가 사랑채에 있는지 도무지 모르겠다는 표정으로 물었다.

"무슨 일이신지요?"

시비의 물음에 잠시 고민하던 설란은 이내 마음을 정했다. 섬돌을 딛고 아래로 내려온 그녀는 시비에게 물었다.

"부군께서 어딜 가셨는지 혹 보았느냐."

"예. 잠시 바람을 쐬러 가신다며 말을 몰고 나가셨나이다."

".....어디로 갔는지는 말하지 않고?"

"아니옵니다. 저택 뒤편에 말을 탈 만한 곳이 있사온데, 그곳으로 가신다 하였습니다."

시비의 말에 설란은 잠시 고민했다. 그리 멀리 가지 않았다면 금방 돌아올 것이라는 생각이 들었기 때문이었다. 그렇다면 찾으러 가지 않아도 될 터. 그러나 그것만 믿고 신방으로 돌아가기엔 무명이 한 말이 귓가를 맴돌았다.

저주가 봉황의 피를 탐한다.

실제로 지환이 그녀의 피를 탐한 적은 없었다. 그러니 헛소리라 치부해도 될 일이었다. 그러나 설란은 지금 이 일을 그저 넘긴다면 훗날 크게 되돌아올 것임을 확신할 수 있었다. 이런 식의 의심은 시간이 흐를수록 싹을 틔우고 줄기를 뻗어 몸집을 키우는 법. 설란은 지금 당장 이 의심이라는 걸 뿌리 뽑을 필요가 있다 생각하며 입을 열었다.

"그래. 하던 일, 마저 보거라."

결단을 내린 설란은 시비를 보낸 뒤 머뭇거림 없이 뒷문으로 걸음을 옮겼다. 말군-여인들이 말을 타기 위해 입는 바지도, 남장을 할 수도 없었기에 말을 탈 수는 없었다. 그러나 안에서 들어가 기다리느니 걸어서라도 지환의 얼굴을 봐야 한다는 확신이 그녀를 움직이게 만들었다.

저를 빼놓고 누군가가 홀로 고뇌하고, 홀로 결정한 뒤 통보하는 것을 더는 참아줄 수가 없었다. 이젠 그녀의 삶과 밀접하게 연관되어 버린 최지환이라면 더더욱.

'저런 자와 십년 가까이 붙어 있었다니.'

말로 전해 들었을 때는 알 수 있을 리 없던 감정이 일렁였다. 생사를 오고 가는 일을 그보다 더 가볍고 무심하게 얘기할 수 있는 사람이 또 있을까. 정말이지, 지환이 미쳐 버리지 않은 게 대단하다 싶을 정도였다.

어린 나이에 원치 않는 저주에 걸려 수년간 끝없는 고통에 노출되어 있었던 그의 얼굴이 떠오른다. 어째서 가장 먼저 떠오르는 낯빛이 제가 괴물이라 고하는 일그러진 그것인지 모를 일이다. 괜히 마음이 더 쓰여, 설란의 걸음이 바빠졌다.

아들이 도망가거나 자결할까 걱정한 아비로 인해 행동의 반경도, 삶의 주도권도 빼앗겼던 사내. 마음 놓고 사람을 만나지 못했으니 친우도 없었고, 누군가의 가르침을 받지도 못했으니 스승도 없었다.

설란은 자신이 그 상황에 처했으면 어땠을까, 잠시 고민하다 고개를 저어 그 생각들을 털어냈다. 누군가의 인생을 멋대로 재단하는 것이 얼마나 위험한지 잘 알고 있었기에.

대신 그녀는 뒷문으로 향하는 걸음을 재촉했다. 조심하고자 했건만 가는 길에 만난 시비만 다섯이었다. 이렇게까지 된 이상 얘기가 아예 안 나오길 바라는 것은 어불성설이었다.

'뭐, 그건 일단 나중에 처리하고.'

뒷문이 눈에 들어오기 시작하자 설란의 걸음이 점차 빨라졌다. 반쯤 뛰듯이 걸어가 뒷문을 열어젖힌 설란은, 그 자리에 오도카니 멈춰 섰다.

"……여기서 뭐 해요?"

어디로 가야 할지 몰라서가 아니라, 말 타고 나갔던 사람이 말은 옆에 묶어둔 채 벽에 기대 주저앉아 있어서.

들릴 리 없는 이의 목소리에, 멍하니 허공을 바라보고 있던 지환의 고개가 돌아갔다.

솨ㅡ

바람이 둘 사이를 스쳐 지나갔다. 뛰느라 풀어 헤쳐진 머리칼이 일순 허공을 부유했다. 초저녁이라 그러한지 조금은 찬바람이 그의 심장을 훑었다. 눈 안에 가득 들어오는 것은 오직 그녀뿐이었다. 무명의 속닥임이 귓가를 간질였다. 그러나 바람에 휩쓸린 마음은 애써 숨기려던 그것을 드러내 눈앞에 내보여 준다.

저주로 인한 거짓된 마음이건, 아니건, 이미 그녀를 담지 않았느냐 타박하며.

쿵.

심장이 내려앉았다.

시간이 그대로 멈춘 것만 같았다. 어스름 지는 하늘, 노을 밑에 짙게 깔린 구름, 그리고 서늘한 바람을 타고 쿵, 다시금 심장이 위에서 아래로 떨어졌다.

그는 그것에 대고 물었다.

이 심장은 피를 탐하는 괴물의 것인지, 아니면 아직 미약하게나마 남아 있는 지환, 자신의 것인지. 심장은 답했다. 무엇일 것 같느냐고.

"마마께서 여긴 어찌……."

"그야 초야임에도 새신랑이 나타나지 않으니까요!"

그제야 지환은 흘러간 시간을 깨달았다.

"아. 벌써 이리……."

"해가 다 졌지요. 시비는 말을 타고 나갔다 하던데 돌아오는 길인가요, 아니면 계속 여기 말을 매어두고 시간을 보내고 있던 건가요."

어느 쪽이건 제대로 설명하지 않는다면 가만있지 않겠다는 설란의 표정에, 대답하는 그의 목소리에는 다급함이 가득했다.

"잠시, 생각을 한다는 게 시간이 이리 간 줄 몰랐습니다. 미안합니다."

지환은 사과하면서 동시에 자책했다. 다른 날도 아닌 초야였다. 신부를, 그것도 공주인 설란을 홀로 두다니. 비난받아도 할 말이 없었다. 그런 지환의 모습에, 설란이 조용히 그에게 한 걸음 다가섰다.

"서방님."

갑작스러운, 아직은 익숙지 않은 호칭에 화들짝 놀란 지환의 낯빛이 화드득 붉어졌다. 그 모양새가 마치 붉디붉은 꽃이 피는 것 같다는 생각을 하며 설란이 부드럽게 웃었다. 뻗어 나간 그녀의 손이 지환의 볼을 감쌌다.

"얘기, 들었습니다. 청월, 당신이 내 피를 탐할지도 모른다 하더군요."

설란은 까맣게 죽어버린 지환의 낯빛을 똑바로 바라보며 계속해 말을 이었다.

"뭐, 무섭지 않다면 거짓이겠지요. 그런데 청월. 도망갈 생각이라면 접어두는 것이 좋을 겁니다. 도망갈 기색이 보인다면 어디 묶어둘 생각이니까요. 아, 그리고 그 안에 든 백여우가 내 피를 노리면 어쩌지, 하는 걱정도 하지 마세요. 난 그리 순순히 당해줄 정도로 약하진 않으니."

"어째서……."

그는 땅에 박혀 있던 시선을 들어 올렸다.

지환은 설란을 하나부터 열까지 이해할 수 없었다. 괴물이라 스스로를 밝혔을 때도 그렇다. 그는 놀라 도망가는 대신 괜찮으니 가례를 올리자 하던 그녀를 이해하기 어려웠다. 보통 사람이라면 마땅히 겁에 질려야 할 상황에서 그녀는 겁에 질리는 대신 어깨를 펴고 웃으며 그에게 말했다.

스스로를 괴물이라 칭하는 짓은 이제 그만두라고.

그래서 지환은 그녀의 위치와 상황이 그럴 수밖에 없도록 만들었다 생각했다. 그가 최가의 차남이라는 위치에서 도망가지 못하는 것처럼, 그녀도 자하국의 유일무이한 공주라는 자리에서 도망치지 못하는 것이리라. 그리 생각했다.

그렇다면 잘해주자. 사랑, 까진 어려울지라도 제 속의 괴물로부터 그녀를 안전하게 지키고 서로를 존중하는 부부가 되자. 그렇게 생각했다. 몇 번인가 설란을 만나며 평생 단 한 번도 가능하지 않을 것이라 생각했던 사랑을 할 수도 있지 않을까 하는 기대감을 갖기도 했다.

그 모든 것이 오늘, 무명의 손안에서 부서지기 전까진 그도 앞으로의 삶에 나름의 기대를 갖고 있었다. 다른 무엇도 아닌 그 자신이 그녀를 상처 입힐 수 있다는 말을 듣기 전까진.

지환은 제 얼굴을 감싸고 있는 설란의 손 위에 자신의 것을 겹쳐 올리며 말을 이었다.

"어째서 마마는 확신할 수 있는 겁니까."

"무엇을요?"

"이 괴물로부터 살아남을 수 있다는 확신 말입니다."

"아아."

설란의 눈에 이채가 돌았다. 그녀는 생긋 웃으며 대답했다.

"뭐 그건 나중에, 천천히 얘기해 줄게요. 일단 들어가죠. 새신랑도 새신부도 사라져 지금쯤 시비들과 궁녀들이 난리가 났을 걸요?"

설란의 말이 맞았다. 벌써 해가 반쯤 져 주변에 어둠이 내려앉고 있었다. 지환은 순순히 고개를 끄덕여 그녀의 말에 긍정하곤 매어둔 말고삐를 풀어 손에 쥔 채 저택 안으로 들어섰다. 시비에게 말을 넘긴 둘은 신방으로 돌아왔다.

그리고 도착하기가 무섭게 발을 동동 구르던 궁녀들이 와르르 설란에게 달려들었다.

"마마아―!"

"어딜 가셨던 겁니까! 마마를 찾으러 사람을 풀어야 하나 얘기하던 중이었나이다!"

"어찌나 걱정했는지 아시옵니까!"

금방이라도 뚝뚝 눈물을 흘릴 것 같은 궁녀들의 모습에 설란이 그녀들을 달랬다.

"내 잠시 서방님과 저택을 둘러보느라 시간 가는 줄 몰랐지 뭐야."

웃으며 사과하는 설란의 모습에 궁녀들은 약속이라도 한 듯 입을 다물었다. 방금 전까지만 해도 울음을 터뜨릴 것 같던 그녀들은, 이제 서방님과 산책을 하느라 시간 가는 줄 몰랐다는 낭만적인 설란의 말에 서로 시선을 교환하며 너 나 할 것 없이 얼굴을 붉혔다.

궁녀들의 열 오른 시선을 받으며 설란은 직감할 수 있었다. 내일 해가 뜨기도 전에, 오늘 일이 불타오르는 사랑 얘기가 되어 저 잣거리를 휩쓸 것임을.

연신 흐뭇하게 웃고 있는 궁녀들을 헤치고 앞으로 나온 것은 도아였다. 그녀는 엄나무 조각이 든 천을 다급히 설란의 품에 안겨주었다.

"아직 늦지 않았사와요, 마마! 어서어서 신방으로 들어가셔요!"

도아에게 등이 떠밀려 어, 어 하며 신방에 덜컥 들어선 설란과 지환이 멍하니 서 있는 사이 장지문이 쾅 닫혔다. 당황한 설란과 지환의 눈이 허공에서 마주쳤다.

"……픕!"

웃음보가 터진 설란이 와르르 웃음을 쏟아냈다.

"푸흐흐! 아, 놀랐죠. 프흐- 도아가, 미신을 잘 믿어서…… 으후, 달이 뜨기 전에 신방에 새신랑 새신부가 없으면 평생 불행하다는 얘길 믿고 있거든요. 그래서 저렇게 서두른 거예요."

아아. 그제야 도아가 허둥거리던 이유를 알게 된 지환은, 그러나 의아한 기색을 비치며 대답했다.

"그런 미신이 있다는 건 처음 듣습니다."

"아아. 보통 그런 건 여인들 사이에서 도는 얘기니까요. 엄나무 조각을 품고 초야에 들어야 한다든가, 초야를 보낸 뒤 아침에 새신랑이 맨발로 섬돌을 디디면 평생 자식 운이 없다거나, 하는 것들이요."

설란의 말을 듣던 지환이 순간 진지해졌다. 그는 무언가를 생각하는 듯하더니, 매우 진중한 표정으로 대답했다.

"……섬돌, 조심하겠습니다."

섬돌을 조심한다니? 잠시 당황한 설란은 이내 그 말의 뜻을 이해하곤 아랫입술을 꾹 물며 가까스로 대답했다.

"서, 풉, 섬돌, 프흡, 아니, 크흣- 네, 으흐, 그래줘요."

"……?"

"아, 아뇨. 사내들은 이런 미신을 잘 믿지 않는 편인지라……."

귀엽달까. 설란은 입 밖으로 뱉지 못할 말을 삼키며 웃었다.

"고마워요. 비웃지 않아서."

"아닙니다. 그 외에 조심해야 할 것들은 또 없습니까?"

"음. 네."

"그럼, 잠시 제 얘길 들어주시겠습니까."

미리 펴놓은 침상 옆에 앉는 지환의 모습에, 설란은 천천히 그 옆에 앉았다. 그제야 그는 차분하게 그녀를 하나하나 살필 수 있었다. 자신을 곧게 바라보는 까만 눈동자가, 어떤 일에도 굴하지 않고 제 손을 맞잡아오는 자그마한 손이 눈 안에 가득 들어찼다.

해야 할 말인 걸 알고 있는데, 할 것이라 다짐까지 했었는데, 어째서 이제 와 머뭇거려지는지 모르겠다. 설란은 몇 번이고 입술을 달싹이기만 하는 지환을 재촉하지 않았다.

"초야를, 미뤘으면 합니다."

한참의 시간이 흘러서야 뱉어진 말에, 설란은 그럴 줄 알았다는 표정으로 고개를 끄덕였다.

"좋아요."

"……괜찮으십니까?"

"어쩔 수 없는 일이죠. 걱정되는 거잖아요? 날 해칠까 봐."

"그…… 예."

혹여 자신이 다칠까 손을 뻗는 일에도 조심에 조심을 더하는 남자는 분명 저보다 머리 하나는 더 컸다. 그런데 왜 이리 귀엽게 보이는지 모를 일이다. 설란은 그새 눈이 나빠진 건가, 생각하며 고개를 끄덕였다.

"그러니 괜찮아요."

그녀의 말이 떨어지기가 무섭게 지환의 얼굴에 안도감이 스쳐 갔다. 그것을 놓치지 않은 설란의 눈이 가늘어졌다. 무엇 때문에 안도했는지 모르는 바는 아니었다. 그래도 그건 그거고 이건 이거인 법. 설란은 무척 진지한 표정으로 입을 열었다.

"어찌 되었든 초야인데 이리 아무것도 안 할 순 없잖아요?"

그리곤 톡톡. 길게 쭉 뻗은 검지가 연지를 발라 붉은 입술을 두드렸다.

이쯤 했으면 재주껏 알아들으라는 그녀의 손짓에, 지환은 심장께가 간질거리기 시작하는 것을 느끼며 잘게 웃었다. 잔잔한 호수에 돌을 던지면 물결이 퍼져 나가듯, 환히 번지는 지환의 웃음소리에 감았던 눈을 뜬 설란이 무어라 한 소리 하려던 그 순간.

그가 그대로 팔을 뻗어 설란을 끌어당겼다. 둘의 입술이 맞부딪치고, 지환의 혀가 그녀의 입술을 가르며 깊게 파고들었다.

훅, 초가 꺼지며 담백하기 그지없는 초야가 둘의 입맞춤처럼 서서히 깊어져 갔다.

설란은 진시(7-9시)가 되어서야 잠에서 깨어났다. 깨어났다기보다는 옆에서 느껴지는 시선에 예민한 감각이 몸을 억지로 일으켰다는 표현이 더 맞을 터였다. 무거운 눈꺼풀을 몇 번이고 깜빡이자 그제야 살짝 열린 창을 타고 새어 들어오는 햇살과 바람이 느껴져, 설란은 푸스스 웃었다. 어제의 난리가 꿈인 것만 같은 평화로운 아침이었다.

"깼습니까, 부인."

평화로운 분위기에 흠뻑 젖은 채 아직 남아 있는 잠기운을 즐기던 그녀는 바로 옆에서 들려오는 소리에 화들짝 놀라며 자리를 박차고 일어났다. 이불을 걷어내며 벌떡 일어나자 바로 옆에서 턱을 괸 채 저를 보고 있던 지환의 입술이 휘어지는 게 보였다.

"언제부터, 아니, 그게 아니라, 지금 뭐라고…… 부, 부……."

"부인?"

지환은 뭐가 잘못됐는지 모르겠다는 표정으로 고개를 갸웃했다. 그 얼굴에 약간의 장난기가 섞여 있는 듯도 했다. 잠시 멍하니 그 모습을 바라보던 설란의 얼굴이 점차 붉게 달아오르기 시작했다. 얼마 전까지만 해도 사람답게 생기기만 하면 괜찮지 않나 생각했던 자신에게 외쳐 주고 싶었다. 아니라고. 잘생김도 극치를 넘어서면 자다 깬 모습에도 심장이 아프다고. 그 증거로 지금 그녀는 심장이 아팠다. 그것도 매우 아팠다. 설란은 이불 끝을 움켜쥔 채 중얼거렸다. 오, 정말이지. 막 잠에서 깨어난 미남은 심장에 너무 나쁘다고.

"괜찮습니까, 부인?"

아픈 심장을 부여잡고 설란은 제 귀를 의심했다. 그래서 조용히 지금 무어라 했느냐 되묻자 지환은 대수롭지 않은 표정으로 같은 말을 반복해 들려줬다. 그런 반복이 세 번쯤 이어진 뒤에야 설란은 자신이 잘못 들은 것이 아님을 인정할 수밖에 없었다.

순식간에 귓불까지 불타오르듯 화르륵 달아오른 설란은 잠시 숨까지 멈추고 말았다. 그녀는 탐미주의자는 아니었지만 취향과는 무관한 수준에 도달한 지환의 얼굴엔 반사적으로 감탄을 뱉어낼 수밖에 없었다. 그런 남자가 고개를 갸웃거리며 부인이라 부르니 어찌 얼굴을 붉히지 않겠는가. 설란은 한 손으로 얼굴을 가린 채 가까스로 고개를 저을 수 있었다.

"아뇨, 괜찮습니다. 괜찮으니까, 그, 부인이라는 호칭 좀……."

"부인께서 저를 서방님이라 부르지 않았습니까. 그러니 이제 저도 호칭을 맞게 바꿔야 마땅한 일이지요."

"그건, 그렇지만, 아니, 그게……!"

"……왜 그럽니까, 부인?"

정말 걱정되는지 지환은 몸을 일으켜 설란의 낯빛을 샅샅이 살

피기 시작했다. 축 늘어진 양 눈꼬리에 결국 설란은 백기를 치켜
들었다. 처음 본 그 순간부터 생각했지만, 저 얼굴은 너무 안 좋
다. 심장에 너무 안 좋았다.

"……이젠 다 괜찮은 것 같으니 그만해요."

설란의 말에 지환이 믿지 못하겠다는 표정으로 다시금 물었다.

"어디 아픈 건 아닙니까?"

"아뇨, 정말 괜찮아요. 정말로."

몇 번이고 강조하는 설란의 모습에 그제야 지환은 걱정을 접어
두고 뒤로 물러섰다. 남아 있던 잠기운마저 달아나 버린 설란은
초야를 치렀다기엔 너무도 깨끗한 주위를 휘 둘러보며 잠시 고민
했다. 어디 가서 닭 피라도 조달해야 하는가에 대해서. 초야를 치
른다 하여 항시 피가 비치는 것은 아니었으나, 그 외에 이 깨끗한
잠자리를 어떻게 할 방도가 떠오르는 것도 아니었다.

설란은 저를 보며 좋다고 웃고 있는 지환의 볼을 쿡쿡 찔렀다.
그러다, 저를 말똥말똥 바라보는 지환의 시선에 그녀는 폭 한숨
을 내쉬었다. 첫날밤을 놓고 이런 고민을 하게 만들다니. 성도청
무녀건 무명이건 타국의 무녀들이건 탈탈 털어 저주를 풀고야 말
겠노라 다짐하는 설란의 두 눈이 불타올랐다.

'일단은 가까운 성도청부터!'

그런 그녀의 모습을 하나도 빠짐없이 바라보던 지환은 속으로
웃음을 터뜨렸다. 사람 표정이라는 게 저렇게 휙휙 바뀔 수 있다
는 걸 그는 이번에 처음 알았다. 가만히 보고만 있어도 시시때때
로 변하는 표정이 재미져서, 시간이 흐르는 줄도 모를 정도였다.
시간적 여유가 있다면 조금 더 보고 싶었지만 슬슬 궁녀들이 들

이닥칠 때였기에 지환은 약간의 아쉬움을 감추지 않으며 자리에서 일어났다.

품 안에서 작은 단도를 꺼낸 그는 설란이 미처 말릴 틈도 없이 빠르게 제 손바닥을 베어냈다. 설란과 같은 생각을 한 것이다. 그 모습에 설란의 두 눈이 크게 뜨였다. 눈짐작만으로도 알 수 있었다. 가볍게 벤 것이 아니라, 혈관이 다칠 정도로 깊숙이 칼날을 쑤셔 박았다는 것을.

뚝뚝, 피가 떨어지고 난 뒤에야 한 박자 느린 설란의 작은 외침이 방 안에 울렸다.

"미쳤어요!"

"……예? 아."

다급히 제 손에서 단도를 뺏어드는 설란의 모습에 지환이 낮은 탄성을 터뜨렸다. 기껏해야 손바닥만 한 단도를 손에 쥔 설란의 얼굴은 핏기가 싹 가셔 창백하기 그지없었다. 뚝뚝, 손금을 타고 흐르는 피가 이불을 흠뻑 적시자 안 그래도 창백해진 얼굴이 파랗게 질리기까지 했다. 그제야 그는 제 설명이 꽤나 부족했음을 깨닫고는 벌써 아물어가는 상처를 뒤집어 보여주며 말했다.

"괜찮습니다."

물론 여전히 부족하기 그지없는 설명이었지만 말이다. 자신이 뭘 잘못했는지 전혀 모르겠다는 표정으로 오히려 단검이 위험하니 달라고 말하는 지환의 모습에 설란은 그대로 뒷목을 잡았다.

"상처가……."

"예. 이 정도 상처는 눈 깜짝할 사이에 낫습니다. 이 저주는 저를 최대한 오래 괴롭히는 것이 목적인지, 죽고 싶어도 죽을 수 없더군요."

그제야 이해가 갔다.

초야를 치렀다는 증좌가 필요한 상황에서 당장 피를 구할 수 없으니 상처가 나도 금방 낫는 제 손을 베자는 생각이었을 터다. 설란은 어금니를 꽉 문채로 그의 손에 흥건한 피를 닦아냈다. 그의 말대로 상처는 눈 깜짝할 사이에 사라진 채였다. 그러나 아직도 눈앞에 선연했다. 손바닥을 가르고 들어가는 칼날과 대중없이 살갗을 베어내는 지환의 무심한 표정이.

"다시는 이러지 마요."

"괜찮습니다. 금방⋯⋯."

"피라면 도아를 시켜 쉬이 구할 수 있으니까, 이러지 말라면 하지 마요. 알겠어요?"

조금 화가 난 듯한 시선에, 그제야 지환이 알겠다며 고개를 끄덕였다. 피 묻은 이불을 옆으로 밀어놓은 채 설란은 지환을 제 앞에 앉혔다.

"쉽게 낫는다고 내 허락도 없이 칼 맞고 다니면 화낼 겁니다."

갑작스러운 훈육의 시작이었다. 당혹감이 가득한 지환의 얼굴에도 설란은 제 뜻을 굽히지 않았다. 그녀는 무어라 반박하려던 지환의 입을 제 손으로 단단히 틀어막은 다음 말을 이어 나갔다.

"그렇다고 스스로 상처 내면 그땐 맞고 싶다는 줄 알고 내가 직접 때릴 겁니다."

"그⋯⋯."

"그리고 어디서 무슨 소리를 듣건 나와 먼저 상의하기도 전에 엉뚱한 생각 하면 그땐 진짜 제 손에 죽을 줄 아세요."

뭔가 이상한 협박이었으나, 정작 협박하는 설란의 표정이 너무 진지해서 무어라 반박할 수도 없었다. 어서 고개를 끄덕이지 않고 뭐하느냐는 설란의 반 협박 아닌 협박에 지환은 얼결에 고개를 끄덕였다.

그제야 지환의 입을 막고 있던 손을 뗀 설란이 뿌듯한 표정으로 고개를 끄덕였다. 뒤이어 한참 동안 웃기 시작하는 지환의 모습에 설란이 벌겋게 달아오른 얼굴로 왜 웃냐며 화를 냈다는 것은 둘만의 작은 비밀이었다.

그렇게 가례 둘째 날이 밝았다.

"마마, 쭉, 쭈욱 들이켜세요. 전부 드셔야 해요!"

몸에 좋은 것이라며 아침부터 도아는 탕약을 내밀었다. 기대감에 두근거리는 표정을 보아하니 초야를 치른 여인에게 좋다는 탕약임에 분명했다. 아무리 몸에 좋은 약이 쓰다지만, 쓸모도 없을 쓴 약을 굳이 먹어야 하나 싶어 설란은 잠시 고민했다. 그러나 이미 동그란 사탕까지 준비해 놓은 도아의 두 눈이 기대감에 가득 차있어서, 설란은 탕약 그릇을 입에 댔다.

"……대체 뭘 넣은 거야."

"아이참! 몸에 좋은 것이라니까요! 남기시면 아니 되어요!"

도아의 으름장에 못 이겨 설란은 질끈 눈을 감고 남은 탕약을 한 번에 들이켰다. 몸이 부르르 떨릴 정도로 쓴 탕약을 다 마시자마자 도아가 잽싸게 사탕을 물려주었다. 탕약그릇을 치우자마자 기다렸다는 듯 다가오는 궁녀들에, 설란은 조용히 중얼거렸다.

"또 입궐인가."

치장을 위해 바삐 움직이는 궁녀들 사이에서, 정작 주인공인 설란은 제 머리에 무엇을 꽂건, 얼굴에 무엇을 바르건 전혀 관심 없다는 표정으로 다른 생각을 하고 있었다. 얼마 전까지만 하더라도 이런 사사로운 행사에 꽤나 얽매였던 것을 생각해 보자면 그녀 스스로도 놀라운 변화였다.

어찌 되었건 설란은 눈앞에 들이밀어지는 몇몇 개의 장식들 중 하나를 대충 손가락으로 가리키며 지금 이 순간 가장 중요한 것에 대해 생각했다.

저주.

그래, 그게 문제였다.

제 발등에 급한 불은 껐다. 그러나 변한 것은 자신뿐, 지환은 여전히 저주에 걸려 있었고, 그것을 풀 방법은 실마리조차 잡히지 않은 채였다. 실마리는커녕 방법이 있긴 한지 그 존재 여부도 불분명한 상황이다. 생각하면 할수록 두통이 일어서, 설란은 미간을 찌푸렸다. 그러자 곧바로 저를 만류하는 궁녀들의 목소리에 다시 자애로운 표정을 연기한 설란은 속으로나마 한숨을 푹 내쉬었다.

'아아. 내가 이러면 안 되지.'

땅을 파고 들어가려는 것을 억지로 잡아끌어 올린 설란은 깊게 숨을 들이마셨다. 방금 전 반사적으로 뱉어낸 것까지도 전부 들이마시겠다는 의지가 단연 돋보였다. 뇌에 산소를 쑤셔 넣으니 굳어 있던 생각이 움직이기 시작했다.

무슨 일이건 해결책은 있기 마련이다. 저주를 걸 방법이 존재하니 반대로 풀 방법도 존재할 것이다. 신이 되고자 수행하던 존재가 내린 저주였다. 그렇다면 해결책을 쥐고 있을 존재들은 쉬이 짐작이 갔다. 멍하니 허공을 응시하는 설란의 시선이 그 존재들을 하나하나 짚어 나가는 듯 아득했다.

'성도청을 가장 먼저 뒤집어보자. 자하국 왕실의 시조가 정녕 봉황이라면, 그 흔적이 가장 짙게 남아 있을 곳이 바로 성도청일 테지. 그토록 폐쇄적이니 봉황의 물건 두어 개쯤 남아 있을 법도 해. 무명 역시 수상하기 이를 데 없고.'

무명. 그를 떠올리자 다시금 등골이 서늘해졌다. 다각다각, 검지가 점차 빠르게 바닥을 두드렸다.

그는 인간이 아니다. 인간이 아니기에 그는 아주 많은 것들이 결여되어 있고, 동시에 불필요한 것들이 넘쳐흘렀다. 그러나, 그렇다면, 대체 무엇이란 말인가?

'신? 아니지. 요괴? 아냐…… 확실히 알기 전에 선을 긋지 말자. 일단은 성도청이다. 그곳에 없으면 자하국에서는 방법을 찾기가 힘들어. 자하국 안에서 찾을 수 없다면, 다른 나라로 가자. 그러고 보니 예국에는 수신이 있다지. 그곳에도 무녀들이 있으니 아예 없는 얘기는 아닐 터. 그것도 안 된다면, 무명을 협박해야하나? 그래, 필요하다면 신을 끌어내서라도……'

끝없이 이어질 것만 같던 생각을 끊어낸 것은 장지문 밖의 소란이었다.

여기 들어오면 안 된다는 외침과 어서 저 여자를 끌어내라는 고함소리가 뒤섞여 문밖이 요란스러웠다. 무언가를 쫓는 소리와 서로 야단이 난 고함 소리가 엉켜 안채를 쩌렁쩌렁 울렸다. 어제부터 이 집의 안주인이 된 설란이 자리에서 일어난 것은 어찌 보면 당연한 수순이었다. 그녀가 몸을 일으키자 붉은 옷자락이 아래로 길게 늘어졌다. 치장이 아직 덜 끝났음에도 불구하고 집 안의 소란을 정돈하기 위해 움직이는 그녀를 막는 궁녀는 없었다. 설란이 한 걸음 앞으로 내딛자 궁녀 하나가 재빠르게 고개를 숙이며 장지문을 열었다.

안과 밖을 가로막던 아주 얇은 종잇조각마저 사라지자, 기다렸다는 듯 가녀리면서도 카랑카랑한 여인의 목소리가 쨍하니 울려 퍼졌다.

"잠시 풀어두었더니 예서 무엇하고 있는 게야!"

문밖 풍경은 한 단어로 정의 내릴 수 있었다.

난장판.

그야말로 난장판이었다. 설란의 등 뒤에 서 있던 궁녀들이 차마 상황을 수습할 생각도 하지 못한 채 두 눈을 동그랗게 뜨고 멀거니 서 있을 정도였으니 더 말해 무엇할까. 설란 역시 당황한 것은 마찬가지였다. 제아무리 궁 밖이라 할지라도 이곳은 공주인 자설란이 머무는 저택이다. 경비에 허술함이 있을 리가 없었다. 특히 어제와 오늘은 가례를 올린 지 얼마 안 되어 경비가 더 삼엄할 터였다.

'그런데 저 여인은 어떻게……'

아무렇지도 않게 저택에 들이닥쳐 이 난동을 부리고 있단 말인가. 더 놀라운 것은 안채에 있을 리 없는 무명이 옷이 흙투성이가 된 채로 여인 앞에서 씩씩거리고 있다는 것이었다. 설란은 저 홀로 세상 다 사는 것처럼 유유자적하던 무명의 뒤통수를 후련할 정도로 거세게 후려치는 여인의 모습에 저 멀리 날아갈 뻔했던 정신을 빠르게 수습했다. 어떤 의미에서는 누구보다 대단할 여인은 뒤통수를 한 대 후려친 것으로는 성이 차질 않았는지 눈을 뾰족하게 뜨며 연달아 무명의 등짝을 짝–! 소리가 나게 내리쳤다.

"얌전히 수행을 한다기에 내보냈더니! 산속도 아니고! 이런 근본도 없는 차림새로! 무엇을 하고 있었는지 말하지 못해!"

"악! 아악–! 아파, 아프다니까!"

"아프라고 때리지 그럼! 당장 말하지 못해! 여기에서! 대체! 무엇을 하고 있는⋯⋯!"

발에 불이라도 붙은 것처럼 펄쩍펄쩍 뛰며 도망 다니는 무명의 뒤를 추격하는 여인의 몸놀림은 참으로 잽쌌다. 발목까지 길게 늘어지는 치마를 입고서 아무렇지도 않게 뛰어다니는 모습은 혼이 빠질 정도였다.

설란은 너무 놀라 미처 보지 못했던 여인의 외양을 찬찬히 살폈다. 가장 먼저 눈에 들어온 것은 진한 화장이었다. 기생들이나 할 법한 새빨간 연지를 바르고 있음에도 눈살이 찌푸려지기보단 감탄이 먼저 흘러나왔다.

너무도 잘 어울려서.

그뿐만이 아니었다. 한눈에도 값비싸 보이는 흰 저고리에 푸른 치마는 여인에게 꼭 맞았고, 그 위를 수놓은 화려한 자수는 자하국의 것이 아니었다. 설란은 그 이국적인 차림새로 그녀가 자하국이 아닌 다른 곳에서 왔음을 확신했다.

하는 행동이나 말투는 거칠기 짝이 없었으나 전체적으로 봤을 때 귀한 이라는 확신 아닌 확신을 갖게 하는 기이한 여인이었다.

설란은 이제 무명의 뒷덜미를 잡아챈 채 무시무시한 표정으로 잔소리를 시작하는 여인의 모습에 무언가 묘한 기분을 느끼며 천천히 섬돌을 밟고 아래로 내려섰다. 가볍게 들썩이는 치맛자락을 타고 흐르는 공기에, 방금 전까지만 해도 주변에는 시선조차 주지 않던 여인의 고개가 처음으로 움직였다. 둘의 시선이 허공에서 맞부딪쳤다. 오똑한 코를 살짝 찡그린 그녀의 새까만 눈동자에 이내 흥미 어린 이채가 스치고 지나갔다.

"호오…… 왕족이로군. 자하국의. 그렇다면…… 봉황의 후손인가."

입술을 달싹일 정도로 작은 목소리였으나 신기하게도 그것이 귀에 박혔다. 잠시 주의가 흐트러진 사이에 목덜미를 잡고 있던 힘이 약해지자 재빠르게 여인의 손아귀에서 탈출한 무명이 씩씩거리며 대꾸했다.

"그래! 지금 누이가 무슨 일을 벌였는지 이제야 알겠어?!"

"아아. 음…… 조금 골치 아파졌는데. 넌 왜 왕족 옆에 붙어 있는 거야? 그것도 피를 짙게 이은 왕족이잖아! 그런 왕족의 옆에 붙어 있어봤자 수행엔 조금도 도움이 안 되는 걸 모르는 것도 아니면서!"

"내 인생이거든? 누이는 신경 꺼, 제발!"

투닥거리는 것을 고작 몇 초간 지켜봤음에도 둘 사이의 관계를 빠르게 알아차린 설란은 확신할 수 있었다. 저 둘에게 무언가 있다는 것을. 그녀는 제 옆에 서 있는 도아에게 눈짓했다. 십년 넘게 알아온 세월이란 때로 눈짓만으로 서로의 생각을 짐작케 하기에 충분해서, 도아는 재빠르게 주위를 물렸다.

어떻게든 여인을 끌어내리던 사병과 발을 동동 구르던 시비들,

얼이 빠진 궁녀들이 모두 물러나자 안채에 고요함이 내려앉았다. 그 발 빠름에 여인이 속으로 작은 감탄을 뱉었다는 것을 알 리 없는 설란은 앞으로 한 걸음 걸어 나가며 말했다.

"뉘시기에 아녀자가 기거하는 안채에 이리 쉬이 발을 들이십니까."

아직 여인의 정체는 알 수 없었으나 설란은 말을 높였다. 숫제 본능이었다. 틀린 선택이 아니었는지, 설란의 말을 들은 여인이 살짝 눈을 크게 떴다가 이내 재밌다는 듯 입술을 휘어 올렸다. 그녀는 방금 전까지 단단히 붙들기 위해 노력했던 무명에겐 관심이 사라졌다는 태도로 설란 쪽으로 다가왔다. 그 걸음걸이가 어찌나 유려한지 마치 발이 땅에 닿지 않는 것 같았다. 제게 다가오는 저 여인이 위험하다는 직감이 머릿속을 가득 채워서, 설란은 자신도 모르게 뒤로 물러서려는 몸을 누르기 위해 애를 써야만 했다.

손을 뻗기만 하면 서로의 옷깃을 움켜쥘 수 있을 정도로 가까이 다가온 뒤에야 여인은 걸음을 멈췄다. 가느다랗게 뜬 눈으로 설란을 차분히 살피던 여인은 방금 전과는 달리 아주 부드러운 목소리로 입을 열었다.

"오래전 불새가 땅으로 내려와 그 피가 이어진 왕조가 바로 자하국의 왕조라 하였던가. 마마께선, 그 피를 참으로 짙게도 이으셨군요. 초면에 참으로 못 볼꼴을 많이도 보여 드려 송구합니다, 호(狐)린이라 합니다."

"⋯⋯호국의?"

"아아, 아니요. 제국의 황실과는 전혀 관계없으니 편히 말하세요. 또한 마마의 심기를 어지럽혀 드린 점 역시 사죄드리지요."

말은 사죄였으며 목소리는 비단처럼 부드러웠으나 그 태도가 당당하기 이를 데 없었다. 아주 미세한 간극이지만 그것을 눈치 챈 설란의 미간이 살짝 찌푸려졌다. 그러나 그녀는 화를 내는 대신 순순히 고개를 끄덕여 린의 사과를 받아들였다. 수많은 상황을 겪으며 날카롭게 벼려진 그녀의 감이 그리하라 이르고 있기 때문이었다.

옷에 묻은 흙을 털어내는 무명 쪽으로 시선을 한 번 준 설란은 눈꼬리를 휘며 물었다.

"무명의 누이라 하시었습니까."

"예. 부족한 아우랍니다."

설란의 눈이 반짝였다. 아주 잠시였으나 그렇다, 느낀 린이 다른 생각을 이어가기도 전에 설란이 재빨리 입을 열었다.

"어머. 그렇다면, 무명의 누이 되시는 분께선 여러 요괴 중 어느 요괴인지 듣고 싶군요."

이미 모든 것을 다 알고 있다는 목소리를 흉내 내는 것은 그리 어려운 일이 아니었다. 설란은 패를 던졌고, 그녀가 던진 패를 보자마자 표면에 드러난 상대방의 반응을 살펴 결론 내린 것은 순간이었다.

말을 뱉기가 무섭게 딱딱하게 굳은 린의 시선이 무명 쪽으로 움직이고, 무명이 빠르게 고개를 젓는 그 찰나. 그 찰나에 설란은 이전에 순전히 감으로 느꼈던 것을 이번에야말로 완벽하게 확신할 수 있었다.

"……인간이 아니로군요."

무명이 인간이 아니라는 것.

그리고 그의 누이라는 린 역시 인간이 아니라는 것, 이 두 가지를.

린의 시선이 움직였다. 그녀는 솜씨 좋게 저를 속여 넘긴 봉황의 후손을 눈에 담았다. 이젠 숫제 얼음장처럼 차가운 냉기가 서린 린의 얼굴을 보며 설란은 부드럽게 웃었다. 저주를 푸는 열쇠를 찾은 것 같다는 생각을 하면서.

그러나 설란의 웃음은 그리 길게 이어지지 않았다. 그 짧은 순간 설란이 한 생각대로라면 자신을 린이라 소개한 여인과 무명은 당황하거나 화를 내거나 그것도 아니라면 자신들이 인간임을 강력하게 주장해야 마땅했다. 정체를 숨기고 있는 상태에서 쓰고 있는 가면이 벗겨질 위험에 처했을 때 하는 행동이란 대개 그러했으니 말이다.

하지만 린의 반응은 전혀 예상치 못한 범주에서 갑작스레 툭 튀어나온 못과 같았다. 유려하게 휘어지는 상체가 린의 당당함을 대변하는 것처럼 시선을 잡아끌었다.

그렇게, 그녀는 언제 그랬냐는 듯 표정을 갈무리하곤 아무렇지도 않게 자신을 소개했다.

"과연. 자하국의 공주께서 뛰어나다는 소문이 과하지 않군요. 다시 소개해 드리지요, 호린이랍니다. 요괴라 해야 하나…… 그런 표현은 조금 그러하니 지신(地神)이라 해주시겠습니까."

"……지신(地神)이요?"

"예. 구미호지요."

저주라는 것을 보고 겪으며 더는 어떠한 일에도 놀라지 않을 것이라 자신했건만, 이번에도 설란은 잠시 숨을 멈췄다. 부드럽게 휘어 올리는 눈꼬리를 따라 린의 등 뒤에서 얼굴이 희게 질린 무명이 눈에 들어왔다. 그러나 설란에겐 경악하고 있는 그의 심정을 살펴줄 여유가 없었다. 그녀 역시 치맛자락을 움켜쥐고 있는 손등에 뼈마디가 도드라질 정도로 놀라고 있었기 때문이었다.

구미호가 진정 존재한다는 것이 첫째 놀란 이유요, 그 사실을 아무렇지도 않게 밝힌다는 것이 둘째로 놀란 이유였다. 그 이유라는 것들이 하나같이 많은 의미들을 담고 있어서 설란은 잠시 아득함을 느꼈다. 그러나 차마 눈 돌릴 수 없이 명백한 사실은, 눈앞에서 한 손으로는 치맛자락을 들어 올리고 남은 손으로는 가슴팍을 조심히 누른 채 고개를 숙이고 있는 여인이 호락호락하지 않다는 것이었다.

'미치겠군.'

저잣거리 왈패나 쓸 법한 욕설들이 목구멍 근처까지 치고 올라왔다.

차라리 무명이 더 다루기 쉽다 느껴질 정도였다. 저치는 하는 말이며 행동이 곧게 뻗은 직선과도 같아서 무엇을 생각하고 있는지 오히려 짐작하기가 쉬웠으니 말이다. 자신에게 다가와 봉황의 피에 대해 얘기할 때도 그랬고, 지환이 제 피를 탐할 것이라 순순히 말해주는 것만 봐도 그랬다.

그러나 린은, 그녀는 달랐다.

함정에 빠뜨렸던 순간 자신을 향했던 얼음장 같던 얼굴에 자신만만했던 것은 찰나의 순간에 불과했다. 고작 몇 초. 그 순간 그녀는 어떻게 행동했는가. 순식간에 날 선 시선과 딱딱하게 굳은 얼굴이 녹아내렸다. 눈을 깜빡이니 한가득 쌓였던 눈이 녹아내렸다는 표현과 다를 바 없을 정도였다.

그리고 언제 그랬냐는 듯 미소 지으며 뱉어낸 말은 그야말로 선전 포고나 다름없었다. 말과 말 사이, 그 짧은 간극을 뒤로한 채 내어놓은 대답에 몇 개의 함정이 존재할지 짐작하기도 어려워 설란은 자신의 계획을 수정해야만 했다.

가장 먼저 그녀는 재빠르게 공주로서의 제 위치를 집어던졌다.

"아니요, 짧은 제 식견을 사과드리겠습니다. 지신(地神)께 요괴라 칭하다니, 어찌 사죄드려야 할지 모르겠군요."

치맛자락을 살짝 들어 올린 채 고개 숙이는 모습에 거리낌은 없었다.

린은 아무렇지도 않게 고개를 숙여오는 설란이 놀랍다는 사실을 순순히 인정해야만 했다. 수백 년을 살아온 그녀는 수많은 왕족과 황족들을 봐왔기에 더더욱 그 차이가 쉽게 보였다.

일평생을 지배자로 살아온 이들은 쉬이 고개를 숙이지 못한다. 저들의 세계에서 선을 긋듯 명확하게 나뉜 지위 안에서라면 순순히 상하 관계를 인정하는 것에 비례하듯 그 외의 것은 인정하지 못하는 편협함을 갖게 되기 때문이었다.

그런 점에서 린은 인간의 세계 밖에 존재하는 존재였다. 옛 이야기 속에서나 나올 법한 존재. 그 얘기가 와전되고 변형되어 이젠 오래전의 영광도 빛바랜 존재.

그런 존재에게 저리도 쉬이 자신을 낮추는 왕족이라니.

만약 설란이 자존심을 내세우며 뻣뻣하게 굴었다면 상대조차 안 했을 것이라는 점을 생각해 봤을 때, 참으로 수완이 좋은 공주라고 밖에는 생각할 도리가 없었다. 미동조차 하지 않는 정수리를 바라보는 린의 눈이 가늘어졌다.

설란이 어째서 저렇게까지 자신을 낮추는지 모르는 바는 아니었다. 이 저택에 발을 들이는 순간부터 느껴지는, 소름 끼치도록 기분 나쁜 기운이 무엇을 의미하는지는 명백했으니 말이다.

'이용해 먹을 수 있는 건 이용해 먹는다, 이 소린가. 영악한 공주님이시로군.'

그러나 명령을 내리는 대신 고개를 숙인다는 점에서 역시 린은 설란에게 높은 점수를 줄 수밖에 없었다.

린은 찬찬히 제 생각을 정리했다. 그녀에겐 애당초 올 필요도 없던 자하국에, 본디 내정되어 있던 이의 멱살을 잡아가면서까지 대신 온 이유가 있었다. 그러니 아주 천천히, 가능하다면 오래 머물 생각이었다. 어떤 이유를 대서건 엉덩이를 비빌 각오를 하고 왔다는 소리였다. 무슨 변명을 댈 것인가 고민하던 찰나 그 방법이 눈앞에 있으니 단연코 써먹어야지 않겠는가. 린은 씰룩이려는 입술을 꾹 눌렀다.

'정말이지, 이번 대의 왕족들은 특이한 사람들 투성이라니까.'

그것이 그녀가 순순히 사과를 받아들인 이유였다.

"어머, 그리 따지면 안채까지 흘러들어 온 제 잘못이지요. 어리석은 동생을 쫓다보니 이리되었네요."

그제야 설란이 고개를 들었다. 두 여인은 각자 서로의 생각을 짐작한 채 의미심장한 미소를 입가에 걸쳤다. 각자에게 원하는 것이 있음을, 그리고 서로 기꺼이 도움이 될 것임을 고작 몇 번의 대화로 확신하게 된 것이다.

"아닙니다. 어찌 신이 하는 일에 인간이 선을 긋겠습니까. 이

땅도, 초목들도 인간은 그저 빌려 쓸 뿐인데 말이지요."

"그리 말해주시니 기쁘군요. 여러 지신들 역시 기뻐할 테지요."

그 뒤로도 서로를 치켜세우는 말이 오간 것만 수 번이었다. 서로가 서로의 의중을 짐작한 그 순간, 아무것도 눈치채지 못한 것은 그 사이에 낀 사내 하나뿐이었다.

무명. 그는 넋이 나간 표정으로 두 여인을 번갈아 바라봤다. 북풍한설보다도 매서운 냉기가 감돌 땐 언제고, 꽃이 만발하고 있으니 기막힐 만도 했다.

무명으로서는 도저히 이해할 수 없는 대화법이었다. 그는 제 누이에게 호되게 얻어맞은 상처들을 문지르며 속으로 열심히 주판을 두드렸다. 돌아가는 상황을 보건대 둘의 이해관계가 일치했다는 것만큼은 확실한데, 제 누이가 무엇을 얻고자 할지 그것을 알 수가 없었다.

그러는 와중에 서로를 칭찬하는 둘의 대화는 이미 극으로 치닫고 있었다. 외모를 칭찬하더니 성격을 칭찬하고, 하다 하다 린이 동생의 잘못된 선택을 바로잡기 위해 몸을 아끼지 않는 본받아야 마땅할 누이가 되었을 때, 무명은 제 귀를 틀어막고 싶은 충동을 억누르기 위해 평생의 인내심을 끌어 써야만 했다.

일각이라는 시간이 흐른 뒤에야 린이 붉게 물든 입술을 휘며 본론을 꺼냈다.

"아, 그러고 보니 저택 안에 탁한 기운이 가득하던데…… 설마 하니 마마의 부군께서 직접 백여우 사냥을 했을 리는 없고…… 그래. 운이 아주 나빴던 모양이에요. 그렇지요?"

짤막한 침묵 사이사이에 무수한 얘기들이 녹아 있었다. 그러나 이제 덧없는 겉치레는 벗어 던지고 서로 얻고자 하는 것을 내밀자는 의미는 분명했기에, 설란 역시 눈을 가느다랗게 휘며 웃었다.

"태초가 탄생했을 때부터 존재했던 지신(地神)께옵서 그 해결책을 알고 계실 것이라 생각하온데, 아니 그렇습니까."

"……한 서린 백여우의 저주라…… 분명 쉬이 볼 수 없는 것이지요. 그러나 반천년 넘게 살다 보면 별의별 일들을 다 보기 마련이랍니다. 문제가 하나 있다면 하루아침에 해결할 수 없다는 것 정도인데…… 이를 어찌해야 하나……."

충분하다 못해 과할 정도로 흘려준 얘기들을 빠르게 잡아챈 설란이 해사한 미소를 걸치며 린이 원하는 답을 내어놓았다.

"하면 간곡히 청하건대, 부족하지만 이곳에 머무시며 도움을 주실 수 있으신지요?"

"어머. 그래주신다면야."

어째서 이런 결론이 났는지 알지 못하는 무명만이 호호, 웃고 있는 두 여인 사이에서 뒷목을 잡는 순간이었다.

✳

설란이 예상치 못한 구미호와 한창 보이지 않는 힘겨루기를 벌이고 있을 때 지환은 저잣거리를 가로지르고 있었다. 어제 치러진 왕실 혼례의 여운이 미처 가시지 않은 저잣거리는 이른 아침임에도 불구하고 분주했다.

"장신구 보고 가쇼! 머리꽂이! 비녀! 머리에 꽂을 수 있는 건 죄다 있습니다! 선물해도 좋고! 직접 사서 꽂아도 예쁜 장신구요!"

익숙지 않은 곳이기에 빠르게 스쳐 가려던 지환의 걸음을 잡은 것은 한 사내의 고함이었다. 선물이라는 단어는 바쁜 걸음도 잡아끄는 힘이 있었다. 멈칫, 머뭇거리는 지환을 놓치지 않은 장사치는 눈을 빛내며 물건들 중에서 가장 값비싸고 화려한 것을 집어 들었다. 딸랑딸랑, 머리꽂이 끝에 매달린 작은 종이 지환을 유혹하듯 고운 소리를 냈다.

"거 선비님, 이리 와서 이것 좀 구경하고 가십쇼! 여인들 사이에서 이게 그리 인기가 좋습니다그려."

팔랑. 지환의 귀가 절로 기울었다. 최지환, 그가 누구던가. 이십 년 인생 연애는커녕 여인의 손도 잡아본 적 없는 사내가 아니던가. 그런 그에게 여인들이나 하는 머리꽂이의 가치를 판단할 안목이 있을 리 없었다. 그럼에도 인기가 많다는 말에 절로 걸음이 향하는 것은 무슨 연유에서인지. 평소라면 생각지도 못할 일이었다. 그럼에도 지환은 홀린 듯 장사치에게 다가갔다. 좌판 위에는 헤아릴 수도 없이 많은 머리꽂이가 일렬종대로 놓여 있었다.

"……아름답군."

색색의 장신구를 본 소감은 짧고도 굵었다. 바깥출입을 극도로 제한했으니 흥정이라는 단어를 알 리 만무하다. 장사치는 값을 깎는다는 게 뭔지도 모를 것 같은 양반의 등장에 속으로 콧노래를 흥얼거렸다. 장사치가 손을 까딱이자 딸랑딸랑, 종소리가 울렸다.

"아이고, 두말하면 입 아프죠. 봇짐 지고 다닌 지 십년찹니다, 제가. 뭐든 골라봅쇼!"

칸칸이 나뉜 나무 상자에 들어 있는 장신구들은 하나같이 값비싸 보였다. 아무리 비싸봤자 왕실에서 사용하는 것만 못하다는 것은 알고 있었다. 그러나 제 눈에 어여뻐 보이는 것을 그녀에게도 보여주고 싶은 마음이 드는 것은 왜일까.

지환은 어느새 홀린 것처럼 머리꽂이를 하나하나 뚫어져라 바라보았다. 어찌 색을 냈는지 궁금할 정도로 쨍한 붉은빛에서부터 금방이라도 꺼질 듯 연한 하늘빛이 어지러이 얽혀 있어 눈이 즐거웠다.

신중하기 그지없는 지환의 표정에 장사치는 능수능란하게 슬쩍 말을 더했다.

"부인께 드릴 선물이시면 이쪽이 인기가 많습니다요."

"그러한가."

"그럼믄요. 값은 더 비싸지만 진주 한 알도 최상품으로 썼습니다요."

상자 위를 스쳐 가던 검지가 한 곳에서 우뚝 멈췄다. 색색의 화려한 것들과는 달리 지환의 눈을 사로잡은 것은 온통 새하얀 뒤꽂이였다. 몸체부터 장식까지 온통 새하얗게 물들어 마치 소복이 쌓인 첫눈을 연상시켰다. 소담히 피어 있는 새하얀 꽃 주위에 점점이 뿌려져 있는 자그마한 진주알과 하얀 산호를 갈아 만든 이파리가 전체적으로 조화로운 뒤꽂이에서 유일하게 색이 있는 것은 끝에 매달려 있는 자그마한 방울이었다.

딸랑―

지환이 그것을 집자 방울 소리가 작게 퍼졌다. 장사치는 개중에서 가장 비싼 것을 집어 든 지환의 선택에, 속으로 쾌재를 불렀다.

"아이고, 나으리께서 안목이 있으십니다 그려. 그게 얼마나 인기가 좋으면, 본디 자하국에서 인기가 좋은 물건이 호국에서는 좀 떨어지고 예국에서는 그냥저냥 팔리고 뭐 그러기 마련인데 이 뒤꽂이는 어딜 가든 물건이 없어 못 팝니다."

어떤 진주를 사용했고, 어느 바다에서 난 산호를 갈아 만들었는지, 꽃은 무엇으로 모양을 냈는지 설명하는 입이 바빴다. 그러나 정작 지환은 아무것도 듣고 있지 않았다.

그는 뒤꽂이를 찬찬히 살폈다. 너무 과하지도, 덜하지도 않은 장식이 일단 마음에 들었다. 장식이 다른 무엇도 아닌 흰 꽃이라는 것도 어여뻤다. 진주로 장식된 새하얀 꽃 주위에 은을 얇게 펴 장식한 머리꽂이는 장사치의 말에서 허언을 덜어내도 고개가 끄덕여질 만큼 단아하면서도 아름다운 맛이 있었다.

"어찌나 인기가 좋은지 이번에도 그거 하나 남았습죠. 어찌, 사시렵니까?".

안 살 거라면 어서 내놓으라는 듯 제 쪽으로 뻗어진 장사치의 손에, 지환은 저도 모르게 그것을 슬쩍 감췄다.

"얼마인가."

"아이고, 탁월한 선택이십니다. 헤헤. 금화 닷 냥만 주시면 됩니다."

평범한 백성들에게는 입이 떡 벌어질 가격이었으나 지환에게는 아니었다. 그는 불평 없이 값을 치렀다. 값을 조금 비싸게 부른 장사치는 금화를 받아 들고는 희희낙락하며 머리꽂이를 곱게 포장해 건넸다.

"분명 부인께서 좋아하실 겝니다, 나으리."

"아아."

품 안에서 머리꽂이를 포장한 종이가 바스락거리는 게 듣기 좋았다. 언제나 소음뿐이었던 세상에서, 이런 소소한 소리가 듣기 좋다는 것이 못내 놀라워 지환은 웃었다.

설란에게 줄 선물을 산 지환은 더는 지체할 시간이 없음을 깨닫고는 걸음을 재촉했다. 덕분에 그는 아슬아슬하게 약조한 시간에 맞춰 입궐할 수 있었다. 오랜 시간 치장해야 하는 여인과는 달리 분을 바를 필요도, 머리를 복잡하게 땋아 올릴 필요도 없는 그는 정해진 옷만 걸친 채 혜조의 앞에 앉을 수 있었다.

"공주는 내 귀한 보물이니 귀히 여겨야 할 것이야."

"명심, 또 명심하겠나이다."

그리 이상한 일도 아니었다. 딸을 아낀 왕들이 초야 다음 날 제 사위를 일찌감치 불러들여 덕담이라는 탈을 뒤집어쓴 당부를 늘어놓는 것은 흔한 일이었으니 말이다. 수많은 서기관들이 기록한 바에 따르면 그런 경우 대화의 주된 내용은 '공주 속 썩이지 마라'로 시작해서 '바람피우면 죽인다'로 끝나기 마련이었다.

그러나 둘 사이에서 오간 대화에 설란에 대한 얘기는 아주 극소수에 불과했다. 극소수라고 할 것도 없는 것이, '잘해라'라는 한마디로 설란에 대한 얘기는 끝났다.

"……그래서, 세자는 어떻던가."

지환은 생각지도 못한 주제에 숙였던 고개를 들었다.

"이제 세자사 자리를 내어놓게 되었는데, 그간 세자가 어느 정도 성장했는지 스승으로서 얘기해 보라."

'공주에게 잘해라. 그런데 요새 세자는 무엇을 배우나?'로 이어진 대화에 지환은 잠시 고민했다. 자설호. 그에 대한 기억은 별다를 것이 없었다.

"소문이 부족하다는 생각을 했나이다."

하나를 가르치면 열을 깨달으시는 분이십니다. 지환의 칭찬에 그제야 왕이 웃었다.

"하하하! 그래?"

"그러하옵니다, 전하."

그런 세자를 가르치기에 자신은 부족하니 학식이 깊고 노련한 스승을 구해달라는 속내를, 혜조는 어렵지 않게 눈치챘다. 애당초 눈치채 달라고 뱉어낸 말이었으니 못 알아듣는 게 더 이상한 일이었다.

"조금 더 오래 세자를 위해 일할 생각은 없고?"

"소신의 얕은 학식으로는 더는 가르칠 것이 없사옵니다."

"허허…… 부자가 똑 닮았구나. 기어코 등청하지 못하겠다 말하는 게로군."

"전하. 오륜 중 저희 가문에서 가장 중히 여기는 것은 군신유의(君臣有義)이옵니다. 비록 과거를 보지는 못하오나 소신 역시 그것을 항상 몸과 마음에 새기고 있사옵니다."

돌려 말한 것도, 말 속에 말을 숨긴 것도 아니었다. 왕과 신하의 신의가 가장 중하니 최가가 왕을 배신할 일은 없을 것이라는, 정면으로 치닫고 들어오는 지환의 말에 그제야 처음으로 혜조의 입가에서 미소가 사라졌다.

아비의 미소가 사라지고, 그 자리를 군주의 것이 채웠다.

"언제고 그러했듯, 앞으로도 그러할 것이옵니다."

그러니 불안해하지 마시라. 지환의 말을 못 알아들을 리 만무한 혜조의 입술이 비틀려 올라갔다. 혜조는 근래 들어 최가와의 연을 만들어두는 데 집착했다. 안 그래도 단단하던 관계다. 깨지기는커녕 그럴 기미조차 보인 적 없는 관계였다.

서파의 수장격인 최가와 핏줄로 끊어지지 않을 연을 만들어두고자 하는 것까지는 이해 못 할 바가 아니었으나, 혜조는 이상하리만치 그 이상을 원했다. 서책에 파묻힌 차남을 끌어내길 원했고, 세자와 친밀해지길 원했다.

무언가에 쫓기는 것처럼.

"그래."

지환이 던진 말은 반쯤 도박이나 다름없었다. 여차하면 왕의 분노를 살 것이고, 운이 좋으면 물러날 수 있을 터였다. 설란과 떨어지면 다시금 날뛰는 괴물에게서부터 자하국의 미래인 세자를 지킬 수 있을 것이다.

그러나 혜조가 무어라 더 말하기 전에, 장지문 밖에서 내관의 목소리가 울려 퍼지는 것이 먼저였다.

"전하, 공주마마께옵서 입궐했사옵니다."

그야말로 기막힌 순간이 아닐 수 없었다. 잠시 지환을 바라보던 혜조는, 이내 시선을 돌렸다. 저 멀리, 장지문에 겨우 비쳐 보이는 설란의 그림자만 보고도 그의 입매가 누그러졌다.

"들라 하라."

왕의 허락이 떨어지자 소리 없이 장지문이 열렸다. 안으로 들어서는 설란의 발걸음이 가벼웠다. 오랜 시간 공들여 꾸민 탓에 평소보다 배는 아름다운 딸아이의 모습에 언제 그랬냐는 듯 혜조의 얼굴엔 웃음꽃이 만발했다.

붉은 옷자락에 금박으로 새겨 넣은, 그녀의 상징인 란꽃이 어우러져 설란의 걸음걸음마다 꽃망울을 터뜨리는 것만 같았다. 얼마 지나지 않아 혜조의 앞까지 당도한 설란은 만 하루 만에 보는 제 아비를 향해 예를 갖춰 절했다.

어서 일어나라는 혜조의 말에 따라 몸을 일으키며 눈짓으로 지환에게 반가움을 표현한 그녀는, 이내 혜조를 향해 함박웃음을 지으며 기쁜 목소리로 외쳤다.

"아바마마!"

그는 하나뿐인 제 딸을 향해 아낌없이 환영의 뜻을 내비쳤다.

"우리 공주가 드디어 왔구나! 고작 하루였건만, 네가 없는 궁이 어찌나 쓸쓸했는지 아느냐. 만발한 꽃들도 그 빛을 잃는 듯했느니라. 왕실 법도가 지엄하니 두어 달은 입궐하기 어려울 터. 그러나, 이후에는 시간이 날 때마다 입궐해야 하느니라. 알겠느냐?"

"예. 소녀가 자주 발걸음 하겠나이다."

"어허! 못하여도 닷새에 한 번은 올 것이라 약조하거라!"

안 그러면 직접 찾아갈 것이라 협박하는 혜조의 표정은 짐짓 진지했다. 협박 아닌 협박에, 설란이 소리 내 웃으며 고개를 끄덕였다. 혜조와 지환의 표정이 극명하게 나뉘는 순간이었다.

"예. 그리하겠습니다."

제 사위가 낙담하건 말건 원하던 답을 받아낸 혜조는 만족스럽게 웃으며 갓 혼례를 치른 부부에게 연회가 시작되기 전 후원이라도 한 번 돌고 오라며 놓아주는 자비를 베풀었다.

관례대로라면 연회가 시작되기 전까지 부부로서 각자 지켜야 할 자세와 덕담을 들어야 한다는 것을 고려했을 때 파격인 배려였다.

물론 그 배려를 받은 지환의 표정은 그리 좋지 못했지만 말이다.

"야속한 시선이 그리 엉뚱한 곳에만 있으니, 참으로 모르려야 모를 수 없게 하네요."

뒤따르려는 궁녀들도 전부 물린 뒤 단둘만 남게 되자 설란은 눈을 가늘게 뜨고 웃었다.

"무슨 의미인지 모르겠습니다."

설란은 쿡쿡, 웃음소리를 흘리며 뾰로통한 지환의 팔을 톡톡 두드렸다.

"다 알아들었으면서. 설마 삐졌어요?"

"예. 삐졌습니다."

퉁퉁.

먼저 말을 걸진 않아도 묻는 말에 대답은 착실히 하는 모습이 어딘지 모르게 성실해, 설란은 양손으로 볼을 감싸 쥐었다. 정말이지 이 남자를 어떡해야 할까. 꽁꽁 숨겨두고 자신만 보고 싶다는 생각을 하며 슬쩍 고개를 앞으로 빼 지환의 표정을 살핀 그녀는 그만 와르르 웃음을 쏟아냈다.

삐죽, 튀어나온 입술이 너무도 귀여워서. 저보다 한참은 큰 사내가 왜 자꾸 귀여워 보이는지 모를 일이다.

"아바마마께서도 진심은 아니실 테니 삐지지 마요."

"아닙니다. 어찌 지고한 자하국의 군주가 거짓을 입에 담겠습니까. 닷새에 한 번이라니. 분명 상감마마께서는 부인을 하루 종일 붙잡아놓으실 게 분명합니다."

지환의 말에 설란은 잠시 차마 반박하지 못했다. 닷새에 한 번은 입궐하라는 혜조의 말이 진심이라는 것을 그녀가 가장 잘 알았기에. 자하국의 군주는 그런 점에서 쉬이 거짓말하지 않았다.

설란은 어떡하면 이 남자의 기분을 풀어줄 수 있을까, 잠시 고민하다가 이내 눈을 빛내며 주위를 휘휘 둘러보았다. 당연한 말이지만 후원 주위는 인기척 하나 없이 고요했다.

그래도 만일을 기해 한 번 더 확인한 그녀는, 까치발을 들어 지환의 볼에 쪽, 입을 맞췄다. 그녀가 보기엔 주변에 아무도 없었기에 한 과감한 행동이었지만 지환의 눈엔 여기저기 숨어 있는 궁인들이 너무 잘 보였다는 게 문제라면 문제였다.

갑작스러운 공주의 기습 뽀뽀에 궁녀 몇의 얼굴이 붉어지고 몇은 서로를 찰싹찰싹 때리며 어머어머를 연발했다. 그리고 어머어머를 연발시킨 장본인인 지환의 얼굴은 잘 익은 사과처럼 빨갛게 달아올랐다. 지환이 비틀거리며 뒷걸음질로 도망치자 이 모든 상황을 절반도 모르는 설란이 고개를 갸웃거렸다.

"왜 그래요?"

"그, 어, 그…… 바, 밖입니다!"

"뭐 어때서요. 아무도 없는데."

'아무도 없는 게 아니니 문제란 말입니다! 다 보고 있다는 걸 어찌 모르는 겁니까!'

차마 입 밖으로 뱉지 못할 말을 속으로나마 외치며 지환은 빨갛게 달아오른 얼굴을 푹 숙이고야 말았다.

그렇게 꽃이 만발한 후원 한가운데서 설란과 지환이 뽀뽀를 언제, 어디에서 할 수 있는가, 에 대해 일장 논쟁을 벌이고 있을 즈음, 자하국의 사신관은 다른 의미로 들썩이고 있었다.

일단은 왕실 혼사였으나 공주의 가례는 세자나 왕자의 것보다는 큰 주목을 받지 못하는 편이었다. 축하 사절단으로 오는 이들이 왕족이나 황족이 아닌 외교를 담당하는 관료들이라는 것만으로도 충분히 짐작할 수 있었다.

그럼에도 우호국이라면 사절단을 잊지 않고 보냈는데, 그 이유는 단순했다. 타국과의 우호적인 관계 증진.

아직 본격적인 연회가 시작되지 않았음에도 사신관이 들썩이는 이유였다. 안면이 있는 사신들이 서로의 안부를 물으며 반가운 인사를 하느라 사신관은 이미 반쯤은 축하 분위기였다.

왕실 혼사를 축하하는 연회는 복잡한 외교 문제없이 웃고 즐기며 축하할 수 있는 유일무이한 날이라 해도 무관했으니 말이다. 물론 그 속에서도 수많은 이권 문제와 알력 다툼이 존재하긴 했지만, 어찌 되었건 겉으로나마 즐거운 축제의 장인 것이다.

물론 어딜 가나 예외는 있는 법. 축제 분위기와는 동떨어져 유일하게 문을 걸어 잠그고 있는 천랑국의 사신단 대표이자, 타국과의 외교를 담당하고 있는 병도는 해가 뜨기 전부터 방 안을 빙빙 돌고 있었다.

왼쪽으로, 그리고 다시 오른쪽으로 바닥이 닳을까 걱정될 정도로 방 안을 빙빙 돌던 그는 소리도 없이 장지문이 열리자 그제야 우뚝, 멈춰 섰다.

"린니임! 어딜 다녀오신 겁니까!"

그리고 그는 문이 닫히기가 무섭게, 소리도 없이 사라졌던 린을 향해 목소리를 높였다. 평소 구미호인 그녀와 부딪치는 일을 최대한 자제했던 그였기에, 린은 놀란 기색을 감추지 못했다. 동그래진 린의 눈을 미처 보지 못한 그는 깊은 한숨을 뱉으며 놀랐던 가슴을 쓸어내렸다.

"정말이지…… 그렇게 갑자기 사라지시면 어찌합니까! 타국이라 사람을 풀어 찾을 수도 없어서 제가 얼마나 마음을 졸였는지 알긴 하십니까! 린님께서 사라지시면 전하께 제가 무어라 설명을 한단 말입니까! 세자저하께는 또 어떻고요! 두 공주마마께서 린님이 사라졌다는 말을 들으신다면 저를 죽이실 게 분명합니다! 확실해요!"

그 기세가 어찌나 거센지, 린은 잠시 할 말을 잃었다. 가볍게 향한 걸음이 저이에겐 이토록 당혹감과 걱정을 안겨줬을 것이라고는 미처 생각지 못했던 것이다.

"어…… 음. 미안, 잘못했어. 미처 말할 정신이 없었어."

"됐습니다. 그래서, 대체 어딜 다녀오신 겁니까?"

"후후. 잠시 동생을 보러 다녀오는 길이야."

이번에야말로 쉽게 넘어가 주지 않겠다는 다짐을 하던 병도는 예상치 못한 린의 말에 머릿속이 희게 질려 버렸다.

"……동생, 이요?"

"응? 얘기 안 했나? 아. 마마께만 했구나. 요만한 남동생이 하나 있어."

"아니, 전 뵌 적이 없는데요?"

"당연히 없겠지. 한 백 년 전인가, 혼자 수련을 하겠다고 뛰쳐나갔거든."

그땐 넌 태어나지도 않았다는 린의 말에 병도는 혼절하고 싶었다. 평소에는 아무렇지도 않게 대하던 그녀는 때로 이렇게 제가 인간이 아님을 상기시켜 준다. 의도치 않게 병도를 긴장시킨 린은, 나른하게 하품하고는 말을 이었다.

"그동안 연락도 없던 녀석이 인간들 틈에 있기에 나도 모르게 뛰쳐나갔지 뭐야. 덕분에 자하국 공주의 얼굴은 봤지만."

대화를 하면 문제가 해결돼야 마땅한 일인데, 대화를 하면 할수록 새로운 문제가 툭툭 튀어나온다. 처음에는 얼굴이, 그다음에는 머릿속이, 이번에는 눈앞이 하얗게 변하는 것을 느끼며 병도는 속으로 간절히 제 여왕을 떠올렸다. 어찌하여 자신에게 구미호라는 시련을 주셨는가 외치며.

외면하고 싶으나 외면할 수 없는 단어에 그는 바짝 마르는 입술을 느끼며 입을 열었다.

"공, 주님 얼굴을 보다니요. 설마, 린님…… 갔다는 곳이…….'

"아아…… 음. 그게 있잖아, 의도한 건 아닌데…….'

흐려지는 말끝에 답이 있었다. 다리에 힘이 빠져 버린 병도의 몸이 휘청였다. 그는 그대로 기절이라도 하고 싶다는 생각을 하며 명확한 사실 확인을 위해 어렵사리 입을 뗐다.

"……가셨습니까, 공주마마의…… 사가에?"

"……동생이 거기에 있더라고."

"대체-!"

목청을 높였던 병도는 이내 깊은 숨을 뱉었다. 아무리 화가 나도 지금 제 앞에 있는 것은 왕과 여왕도 모자라 세자저하와 공주마마들의 총애를 받는 여인이자, 구미호였다. 잘못해 미운털이 박히면 자리를 내놓는 것으로는 끝나지 않는 존재인 것이다.

붉게 흐드러진 란꽃송이

정작 린은 그런 그에 대해 아무 생각도 하고 있지 않건만, 알아서 화를 누른 병도는 전보단 침착해진 목소리로 다시 말을 이어나갔다.

"-대체 린님의 동생분은 누구기에 그곳에 있단 말입니까."

"얘기하자면 긴데…… 대강 설명하자면, 구미호가 되기 위해 산으로 수련을 하러 떠났던 녀석이 알고 보니 수련이 지겨워 도망을 쳤더라고? 그러니 연락이 안 되지. 쯧. 그동안 무얼 했는지 물으니 인간 세계를 떠돌며 재밌는 일을 찾아다녔다더라."

"자하국의 공주마마가, 재밌는 일이란 말입니까?"

"음……."

"아아! 아뇨, 아뇨! 말하지 마십시오. 전 아무것도 못 들은 겁니다. 신들의 얘기니 신들끼리 해결을 하세요!"

천랑국의 고위 관료들 사이에서는 알음알음 떠도는 소문이 하나 있다. 신이자, 요괴라 불리는 이들에 대한 소문인데, 복잡한 얘기를 돌고 돌아 결국 결론은 단순했다.

'신들의 일에 관여되면 골치 아프다!'

그 얘기를 제 신념으로 삼고 있는 병도는 이제 아예 귀를 틀어막았다. 그런 그의 행태에 참지 못하고 푸훗, 웃음을 터뜨린 린은 손을 저으며 그를 안심시켰다.

"알았으니 그 손 내려. 그저 마마와 주군께 이 얘기만 전해주렴. 내 잠시 이 자하국에 머물겠노라고."

린의 말을 믿고 슬쩍 손을 내린 병도가 속았다며 얼굴을 일그러뜨렸다. 결국 천랑국에 돌아가 왕이며 여왕, 세자와 공주들에게 상황 설명을 해야 하는 책무를 떠맡아 버린 것이다. 어떻게 이러실 수 있냐며 분통을 터뜨리는 병도의 모습에도, 그녀는 얄밉게 웃으며 어깨를 으쓱일 뿐이었다.

※

주인공이 모두 입궐했으니 궁인들이 몇 날 며칠 준비한 연회의 서막이 올랐다. 서원정 입구가 어찌나 화려한지, 한 달 전부터 수많은 궁인들이 매달려 준비한 티가 났다. 몇몇 사신들은 그 화려함에 놀라, 옆 사람에게 오늘 연회의 주인공이 세자가 아니라 공주가 맞냐며 확인을 했을 정도였다.

천랑국의 사신단 대표인 병도 역시 마찬가지였다. 그는 자리에 앉자마자 연회장을 장식하고 있는 비단의 질과 준비된 술이 무엇인지 확인했다.

'최고급 일색이군.'

길게 내린 휘장과 갖가지 산해진미는 혜조가 이번 혼사를 얼마나 중요하게 생각하는가를 보여주는 척도나 다름없었다. 술병 하나하나에도 금가루로 난꽃 문양이 새겨져 있었다. 새하얀 백자 위에 피어 있는 난꽃은 그야말로 설란(雪蘭), 눈에 핀 난꽃을 보는 듯했다. 오롯이 설란을 위해 제작된 것임을 어렵지 않게 알 수 있었다.

연신 감탄을 터뜨리던 병도는 속으로 측정해 놓았던 설란의 가치를 한층 높였다. 왕의 총애를 받는 공주는 여러모로 쓸모가 있는 법. 그는 혼사 선물에 적잖은 돈을 쓴 것이 옳은 선택이었음을 다시금 확인하며 만족스러워했다.

모든 사신들이 자리에 착석하자 기다렸다는 듯 악공들이 연주를 시작했다. 주인공의 등장을 알리기 위한 음악이 서원정에 퍼져 나갔다. 첫 음이 허공에 울리는 것과 동시에 설란과 지환이 연회장에 모습을 드러냈다.

"선남선녀로군요."

처음 연회장에 들어섰을 때부터 놀란 기색을 감추지 않던 병도는, 설란과 지환이 들어서자 아낌없는 감탄을 뱉어냈다. 다른 사신들의 반응도 비슷했다.

보통 이런 날에는 신부가 돋보이기 마련이다. 사내들은 대부분 볕을 많이 봐 얼굴이 그을리고, 무술을 익혀 생채기가 여기저기나 있어 평생을 꾸미며 살아온 여인들보다 미적으로 돋보이기 어렵기 때문이었다.

그러나 이 자리에 모인 모든 이들이 갖고 있던 생각을 단숨에 뒤집은 것이 바로 지환이었다.

"공주도 아름답기 그지없지만, 신랑의 외양도 빼어납니다. 그렇지 않습니까?"

꽃도령이라는 별칭이 아쉽지 않을 정도로 훤칠한 신랑이 설란의 옆에 서자 그야말로 선남선녀라는 말이 절로 나왔다. 그런 그의 옆에 앉아 있던 린이 고개를 옆으로 기울였다.

"무어라고?"

"신랑이 훤칠하다 말하였습니다."

"아아. 훤칠하다, 라. 하긴. '인간' 눈에는 그렇게 보이겠지."

"……린님. 일부러 그러시는 거죠? 더는 안 속습니다."

굳이 '인간'이라는 단어를 사용하며 저와 선을 긋는 린의 말에 병도가 몸부터 사리고 봤다. 이미 오늘은 속을 만큼 속았다. 속아서 돌아가는 행렬엔 끼지 않겠다는 그녀의 말에 고개를 끄덕이고 말았지 않았는가.

그에게는 돌아가는 사신 행렬에서 빠지겠노라 당당히 선언한 그녀를 끌고 갈 방도가 없었다. 인간 세상의 법도나 책임, 규율로 구미호를 얽맬 수는 없는 일이니 말이다. 그럴 수 있는 힘이 있다면 끌고라도 가고 싶은 심정이었다.

병도는 '어머, 호호' 하고 웃는 린을 보다 고개를 떨궜다. 힘도 없고, 구미호를 홀릴 만큼의 말재주도 없으니 그에게 남는 선택지라고는 하나밖에 없었다.

돌아가서 대차게 까이는 것.

상상만으로도 아득해져서, 병도는 축하연임에도 불구하고 양손에 얼굴을 파묻었다. 그렇게라도 하지 않으면 지금이라도 린의 치맛자락을 붙들고 제발 돌아가자 사정할 것 같았다. 수많은 이들이 제게 책임을 돌리겠지. 병도는 우울하게 중얼거렸다.

그러나 그가 제일 두려워하는 것은 공주마마들이었다. 린을 좋아하다 못해 사랑하는 것 같은 두 공주마마는 그녀가 자하국에 간다는 것만으로도 며칠간 식음을 전폐했다. 아마 지금쯤 사신단이 돌아올 날짜를 하루하루 헤아리며 목 빠지게 린을 기다리고 있을 터다. 그러할진대 린이 언제 돌아올지 모른다는 말을 전한다면 어떻게 될까.

이번에야말로 린을 찾으러 자하국으로 떠나겠노라 나서는 것은 아닐까.

오, 신이시여.

붉게 흐드러진 란꽃송이

옆에서 병도가 소름 돋은 팔을 쓸어내리건 말건 린은 눈을 가늘게 뜨며 지환을 따라 시선을 움직였다. 부부의 백년해로를 기원하는 붉은 천보다도 더 붉은 구미호의 입술이 위로 말려 올라갔다.

"정말이지. 공주가 아까운 혼사야."

"예?"

"아아. 아니야."

말끝을 흐리며 린은 걸어 들어오는 부부에게로 다시 시선을 돌렸다. 병도가 설명을 요구한다면 그녀로서는 딱히 해줄 말이 없었다. 구미호인 그녀가 보기에도 둘은 참으로 잘 어울리는 한 쌍이었으니 말이다.

'겉보기에는 말이지.'

바싹 마른 땅이 물기를 머금은 것처럼 새까맣게 물들은 시선이 그저 서늘했다.

막 그녀의 앞을 스쳐 지나가는 설란과 지환은 붉은 비단과 노란 비단으로 만들어진 예복을 몸에 걸치고 있었다. 조금은 단순한 지환의 것과는 달리 설란의 것은 얇은 옷감이 수 겹 겹쳐져 마치 갓 개화하는 꽃을 연상시켰다. 그녀가 입고 있는 치맛자락에는 금실로 난꽃과 봉황이 수놓여 있었는데, 걸음걸음마다 뒤에 길게 끌리는 옷자락과, 그녀의 손에 들린 풍성한 꽃다발이 화려함과 웅장함을 동시에 돋보이도록 만들었다.

"무슨 말이십니까. 한쪽이 아깝기는커녕 저렇게 조화로운 한 쌍이 또 있을까 싶을 정도인데."

병도의 투덜거림에 린은 저도 모르게 나오려는 한숨을 삼켜야만 했다. 설명하자면 말이 길어지기도 길어졌거니와 쉽사리 말해 줄 수 없는 것들 천지였다. 결국 그녀는 어깨를 으쓱이며 대화의 종결을 알렸다.

"그렇다고 치자."

이해 못 할 대화는 흘려 넘기는 데 이력이 난 병도였다. 그는 린의 안색을 한 번 살피고는, 슬쩍 말을 돌렸다.

"그러고 보니, 자하국의 왕이 공주를 무척이나 아낀다 하던데 그 말이 사실인 모양입니다."

"흐응……공주를 아낀다?"

"예. 세자보다도 공주를 더 총애한다 소문이 자자하더군요. 그 소문을 못 들었으면 준비한 선물이 되레 부끄러울 뻔했습니다."

그는 선물로 준비한 말 두 필과 보석으로 장식된 마구를 떠올 리며 뿌듯해했다. 천랑국의 말은 하나같이 너른 초원에서 살아남 은 것들뿐이라 부르는 게 값이라는 말이 돌 정도였다. 하나같이 명마로 불리는 말 두 필로도 모자라 보석으로 장식한 마구까지. 축하연의 선물로서 부족함이 없지 않은가.

린의 코웃음이 그런 병도의 생각에 찬물을 끼얹었다.

"그럴 리가."

"예?"

다른 이들의 눈을 속이고 귀를 덮을지라도 제 것은 어림없음이 다. 호린, 그녀가 누구던가. 그녀는 고개를 갸웃거리는 병도를 잊 은 듯 상석에 앉은 혜조를 응시하며 비뚜름히 웃었다. 날이 바짝 서 있어, 서늘하기 그지없는 미소였다.

귀히 여겨 아끼는 딸.

귀한 딸을 가장 치열할 전장에 세우는 아비가 어디에 있단 말인가.

검이 없다 해 그곳이 전쟁터가 아닌 것은 아니다. 피가 흐르고 팔다리가 잘리지 않는다 하여 상처받지 않는 것도 아니었다.

'만약 왕이 공주를 진정으로 아꼈다면, 아슬아슬하게 걸쳐진 가문에 보냈겠지. 어느 정도의 권력은 손에 쥐고 있으면서, 동시에 정쟁에서는 최대한 멀리 떨어진 곳으로.'

제아무리 공주라 할지라도 가례를 올린 이상 출가외인이다. 시집간 가문이 정쟁에서 밀린다면 숙청의 대상이 될 수 있는 위험이 항상 존재했다. 그러할진대 고르고 골라 정했다는 혼처가 서파 수장인 최가라니. 상황에 따라 그리 아낀다는 딸의 목이 잘릴 수도 있는 곳이지 않은가.

'웃음이 나올 정도로군.'

멋모르는 이들은 최고의 혼사를 찾아준 혜조의 부성애를 찬양했으나 린에겐 그보다도 최악의 혼사 자리는 없어 보였다.

'역시 조금 더 지켜봐야겠어. 내키진 않지만…… 일이 더 커지기 전에 저것도 어떻게 해야 할 테고. 묘하단 말이지. 원한이 향한 방향은 올곧건만 정작 그 본인은 결백하다니.'

린은 이내 설란에서 지환으로 시선을 옮겼다. 그녀의 동공이 일순 세로로 좁아졌다. 붉은 기가 도는 그 찰나의 순간을 눈치챈 이는 없었다.

'결국 갈 곳을 잃은 원한이 저 홀로 썩어가고 있구나.'

구미호는 속으로 탄식을 뱉었다. 지환의 몸에 들러붙어 있는 강한 저주를 안쓰러이 바라보며 그녀는 남은 시간을 재단했다.

'이미 한계까지 버텼으니, 남은 시간은 그리 오래지 못할 터.'

지환의 등 뒤로 뚝, 뚝 떨어지는 새까만 덩어리는 지독한 악취마저 풍겼다. 인간들의 눈에는 보이지도, 그 악취를 맡을 수도 없는 저주의 조각들을 바라보며 린은 붉게 물든 제 입가를 매만졌다.

정말이지 공주가 많은 손해를 봤다고 생각하면서.

"부인, 안색이 안 좋은 것 같은데 괜찮습니까?"

정작 그 공주는 온 신경이 무거운 머리 장식과 길게 늘어뜨려진 치맛자락에 가 있어서 다른 생각은 조금도 하지 못하고 있었다. 자고로 혼실 축하 연회란 외부에서 사신들이 오는 만큼 치장이 중요한 법. 오늘, 설란이 그 어떤 이보다 아름다워야 한다는 것에 만장일치로 동의한 궁녀들은 저마다 주먹을 불끈 움켜쥐었다.

그렇게까지 해야 할 필요가 있느냐는 설란의 질문에 도아가 비장한 표정으로 대답했더랬다.

부마께옵서 지상의 꽃과 같으니, 마마께옵서는 천상의 꽃과 같으셔야 한다고.

"하, 하…… 괜찮, 아요. 대충은……?"

그 결과 설란은 눈앞이 핑글핑글 도는 경험을 하고 있었다. 머리 장식은 너무 많았고, 수없이 겹쳐진 옷은 겉보기엔 아름다웠으나 무겁기가 천근과도 같아 등에서 식은땀이 주륵 흘렀다.

"힘들면 제게 기대십시오."

"아뇨. 그 정도는 아니에요. 어떻게든…… 이걸 한 번이니까 참지……."

"두 번 할 생각이었습니까."

엉뚱한 대답에 설란의 고개가 휙 돌아갔다. 시선의 끝에는 눈꼬리가 축 늘어진 지환이 있었다. 만약 그에게 강아지 귀가 있었다면 그 귀도 아래로 축 늘어져 있었을 것 같았다.

"절대 안 할 테니까 그렇게 보지 마요."

어차피 공주는 재가도 못 한다 중얼거리며 설란은 제 입가를 톡톡 두드렸다. 어서 웃으라는 뜻이었다. 그 얼굴로 그런 눈으로 보면 안 그래도 힘든 심장이 더 아파오니까.

괜찮으니 어서 이 길의 끝에 있는 자리에 가서 앉자며 설란은 남은 힘을 쥐어짰다. 그러나 괜찮다는 말에도 걱정을 거두지 않는 지환의 모습에 결국 피식 웃고 말았다. 어찌 말할 수 있겠는가. 당신이 너무 잘생겨서 평소보다 몇 배는 더 치장에 힘을 쏟아 이렇게 진이 빠졌다고. 입이 삐뚤어져도 절대 하지 못할 얘기를 속으로 삼키며 그녀는 방금 전보단 여유로워 보이게 웃는 데 성공했다.

그렇게 영겁과도 같은 시간이 흐르고, 주인공이 자리에 앉자 본격적으로 연회의 서막이 올랐다. 왕인 혜조의 축하를 필두로 각국의 사신들이 부부에게 덕담을 하고, 신랑의 잔을 채워주는 시간들이 흘러갔다. 그리고 그 틈바구니에서 설란은 어느 때보다 바삐 움직이고 있었다. 공주로서 설란에게 주어진 일은 그저 감사하다며 웃는 것이 전부가 아니었기에.

그녀는 예국의 사신이 건네는 선물을 받아 들며 이야기를 나누다, 문득 떠오른 표정을 지으며 가벼운 말투로 얘기를 꺼내 들었다.

"아. 그러고 보니 내 사가로 가는 길에 장터 구경을 했는데, 신기한 것을 발견했지 뭡니까."

"오— 그러십니까? 무엇인지 여쭤도 될까요?"

"소금 말입니다. 소금 가격이 지난달과 비교했을 때 두 냥이나 올랐지 뭐예요. 그래서 저잣거리에서 이런 얘기가 돌고 있더이다. 예국의 수신이 노하시어 바다를 묶었다는, 아주 묘한 얘기가요."

"하하! 아니 그런 얘기가 돌고 있습니까?"

"나 역시 처음 들은 얘기였답니다. 하여 그 소금 장수에게 이리 말을 해주었지요. 내 예국인을 만나면 수신이 정말 노하셨는지 꼭 물어보겠다고."

"이거 놀랍군요. 예국 얘기가 이리 먼 자하국까지 퍼져 있다니 말입니다."

"어머. 당연하죠. 소금은 무척 중요한걸요. 나 역시 수신의 비호를 받는 예국에 무슨 문제가 생긴 것은 아닌가 걱정했답니다. 그래서 예국의 사신께서는 답을 알지 않을까 기대했는데…… 그래, 수신께서는 어떠하신지 물어도 되겠습니까?"

고개를 갸웃거리는 설란의 모습에 예국 사신의 눈이 가늘어졌다. 처음 자설란에 대한 얘기를 들었을 땐 그저 온실 속 꽃이란 생각을 하며 턱을 쓸었던 그였다. 그러나 짧은 대화 속에서 그는 많은 것을 짚어낼 수 있었다. 그리고 그것들은 설란이 의도적으로 뿌려놓은 단서들이었다.

'협상할 줄 아는 공주라. 과연…… 득(得)이 될 것인가, 실(失)이 될 것인가.'

예국의 수신은 단어 그대로 용왕을 의미하기도 했으나, 대개 예국의 왕을 상징적으로 의미하는 표현이었다. 그러니 결국 예국

의 왕이 이번 거래에서 소금 가격을 올릴 것인지 슬쩍 떠보는 것
이다. 올해 소금 수확량이 작년보다 못하다는 얘기가 벌써 돌다
니. 자하국이 이미 다른 거래처를 찾고 있을 가능성을 배제할 수
없게 돼버렸다.

'경쟁이 붙겠군. 생각보다 가격을 못 올릴 수도 있겠어.'

그는 예국에 돌아가면 추이를 지켜봐야겠다 생각하며 대답했
다.

"하하…… 글쎄요…… 정해진 것은 아무것도 없으니까요. 그러
나 걱정하지 마십시오. 수신께서 굽어살피실 것입니다."

"그러시길 바랍니다."

설란이 해사하게 웃었다. 언질을 줬으니 서로 합의할 수 있는
선에서 가격을 조정하기가 좀 더 수월해질 터였다. 원하는 것을
얻어낸 설란은 제가 얻은 만큼의 정보를 슬쩍 흘려주고는 자리에
서 일어났다.

오늘 그녀의 역할이 바로 이것이었다. 자하국에서 수집한 정보
들을 재확인하고, 필요한 것들은 상대국에 흘려 차후 무의미하게
시간을 버리지 않게 하는 것. 예국과의 소금 무역도 그랬다. 설란
의 얘기가 없었다면 아마 자하국과 예국은 서로의 기준치에 도달
할 때까지 물러서지 않은 채 귀한 시간을 흘려보냈을 터다.

"내 누이가 이리 영특하니 아까워 어찌 보낼꼬."

지환에게 가려던 설란을 잡은 것은 설호였다. 웃음기 어린 목
소리에 설란이 고개를 돌렸다. 가장 먼저 그녀의 눈에 들어온 것
은 호랑이와 봉황이었다. 시선을 위로 죽 끌어 올리자 그려 넣은
듯한 웃음을 짓고 있는 설호가, 그제야 눈에 들어왔다.

"오라버니!"

"하핫. 그래. 가례를 축하한다는 말을 먼저 해야겠구나. 이리 천둥벌거숭이 같던 누이를 데려가 준 스승께 내 절이라도 올려야 하는 건 아닌가 밤새 고민했단다."

개구지게 웃는 설호의 모습에 화답하는 설란의 미소는 어딘지 모르게 일그러져 있었다. 미안함, 그리고 자책감이 그 안에 그대로 녹아 있다. 날 때부터 함께였던 설호가 그것을 눈치채지 못할 리 없다. 슬쩍 주변을 살핀 설호는 설란의 손을 이끌고 구석진 자리로 피했다. 이미 거나하게 벌어진 술판에서 튀지 않기 위해 설호는 술병을 잡았다.

"오라버니……."

"너는 과할 정도로 잘해주었어."

"저는."

"그러니 가거라. 뒤돌아보지 말고."

그리 말하는 설호의 입매가 굳어 있다. 그 미미한 차이를 눈치채는 것은 둘에게 있어 숫제 본능이나 마찬가지다. 굳은 입매, 미약하게 패인 미간 사이. 술병을 쥐고 있는 오른팔은 그 무게조차 버겁다는 듯 떨리고 있었다. 바로 앞에 있기에 보이는 미세한 떨림이었다.

설란은 설호의 왼손을 잡아챘다. 어찌나 세게 움켜쥐고 있는지 가늘게 떨리는 그의 손을 억지로 편 설란의 눈살이 찌푸려졌다. 손톱자국이 선연하다 못해 살갗이 벗겨지고 있는 손바닥은 그가 감추고 있는 고통의 크기였다. 설란의 입술이 파르르 떨렸다.

"오라버니."

설호는 제 손을 쥐지도, 놓지도 못한 채 어쩔 줄 몰라 하는 설란의 팔목을 그대로 돌려 잡았다. 이미 넘쳐 버린 잔에서는 마시지 못할 술이 줄줄 흘렀다.

"못 알아듣겠느냐."

채 아물지 않은 상처가 쓰라렸으나 힘을 빼기는커녕 더 바짝 움켜쥐었다.

"너는 내 자리를 훔치지 말라 말하는 것이다. 란아, 네 그동안 애써주었다만 이 자리는 내 것이다. 이 위에서 죽더라도 내가 죽을 것이고, 살더라도 내가 살 것이다."

그러니 너는 이제 내려가거라. 이 자리는 내 것이야.

"명이다. 내 지옥에서 나가거라."

저를 당기는 힘에 버틸 생각도 없었다. 그러니 속절없이 상 너머로 끌려갔다. 무척이나 자연스럽게 웃어 보이는 얼굴은 저와 닮아 있었으나 또 너무 달랐다.

"웃거라, 란아. 아바마마와 어마마마께서 우리를 보고 계시는구나. 두 분의 눈과 귀가 움직이기 시작했단다."

툭. 설란을 놓아준 그는 내려놓았던 술병을 다시 들어 올리며 대화 주제를 바꿨다.

"그것은 그리 중한 얘기가 아니니 그만하고, 부부의 연을 맺은 새신랑 새신부 얘길 해야지 않겠느냐. 그래서 하는 얘기인데, 오늘 새신부는 천상의 선녀보다 아름다운 것 같구나."

설호는 네게만 하는 얘기니 어디 가서 소문내지 말라며 말하곤 새로운 잔에 술을 채웠다. 손바닥을 뒤집듯 바뀌는 목소리와 표정은 그가 살아온 삶 그 자체였다. 설란도 마찬가지라, 그녀는 마주 웃으며 잔을 들어 올렸다. 기둥 뒤로 돌아온 서 내관과 김 상궁이 듣기에 충분한 목소리는 쾌활하기 그지없었다.

"오라버니와 제 얼굴이 똑 닮은 걸 잊은 건 아니시지요?"

그녀의 말에 설호의 눈이 동그래졌다. 그는 이내 무릎을 치며 웃었다.

"음? 아하핫! 그게 또 그렇게 되는구나."

"아. 오라버니. 요새 몸은 어떠세요?"

"요즈음엔 많이 나아졌지. 그래도 오래 움직이면 피로하니 조심하라는 말을 의원이 달고 사는구나."

"그렇군요. 다행이에요."

제 일처럼 심란해하는 설란의 모습에 설호가 조용히 웃었다. 저 멀리서 흐뭇해하는 혜조의 표정이 눈에 훤히 보였다. 자하국의 지존이 원하는 이상적인 남매란 이런 관계였다. 한없이 걱정하는 누이와 그런 누이의 그늘에서 어떻게든 살아남는 오라비.

활처럼 휘어 올라간 입꼬리와는 달리 그의 눈은 웃고 있지 않았다. 혼례를 축하하는 축하주를 입에 살짝 갖다 댄 그는 입술만 겨우 축인 잔을 내려놓으며 말했다.

"아, 그래. 혼례 선물은 내 사가에 보내놓았으니 나중에 가 확인하거라. 이중에서 내 선물이 가장 기쁠 것이라 내 내기라도 할 수 있단다."

"감사해요."

"무얼. 미리 준다는 것이 이것저것 일이 겹쳐 늦어졌어."

대략적인 얘기를 주고받고 보니 남은 것은 침묵이었다. 설호는 빈 잔을 만지작거리다 문득 떠오른 얘기를 입에 담았다.

"그래, 요새도 검을 잡느냐."

그 물음에 그녀는 고개를 저었다.

"아뇨. 근래에는 잡지 않았어요. 여인의 삶을 사는 데 검은 필요 없으니."

"그렇겠지. 그래도 가끔 활은 쏘려무나. 여인들 중에서도 활을 쏘는 이는 많잖니. 아바마마께서 저택을 지을 때 작게나마 활터를 만들기 위해 애를 썼다 하시더구나. 그곳은 보는 눈도 없을 테니 하고픈 것을 마음껏 하고 살아도 될 것이야."

그 말에 설란은 슬프게 웃었다.

혜조가 사가에 얼마나 공을 들였는지는 그녀가 가장 잘 알고 있었다. 뒷문을 열면 말을 탈 수 있는 곳이 있고, 작게나마 활터가 있었으며 검을 쥐고 몸을 움직일 수 있는 공간도 마련되어 있었다. 일이 년 준비한 것이 아닐 것이다.

그러나 전부 대가 없이 주어지는 것이 아님을 알기에, 온전히 기뻐할 수 없었다. 울타리가 쳐진 자유를 누리기 위해 앞으로 자신은 무엇을 바쳐야 할 것인가. 아래로 떨어진 시선 안에 옷자락을 꾹 움켜쥔 손이 한가득 들어찼다.

어릴 적부터 느꼈지만, 이 자하국에서 여인의 몸으로 할 수 있는 것들은 참으로 한정적이다. 처음부터 자유를 몰랐던 새장 속 새라면 모를까, 자유를 맛본 그녀는 저를 조금 더 넓은 새장으로 옮겨준다는 말에 기뻐하는 대신 쓸쓸함을 삼켰다.

"예."

그리고 다시 침묵. 어쩌지 못할 정도로 어색한 남매 사이를 환기한 것은 지환이었다.

"무슨 얘기를 그리 즐거이 하십니까."

그 사이에 저를 붙든 채 술병을 기울이던 이에게서 도망쳤는지, 그는 치렁치렁한 옷자락을 정돈하며 설란의 옆자리에 앉았다. 설호는 눈을 휘며 지환을 반겼다. 방금 전까지만 해도 꽁꽁 얼어붙었던 분위기가 사람 하나 더해졌다고 급속도로 녹아내렸다.

설호는 술병을 들어 지환의 잔에 부어주며 입을 열었다.

"누이가 참으로 아름답다는 얘기를 하고 있었지요. 그래, 스승께선 어찌 생각하십니까?"

"저하. 저는 더 이상 저하의 스승이 아닙니다. 그러니 말을 낮추시지요."

"이런. 그것만큼은 못 들어드리겠군요. 한 번 스승으로 모셨던 분들은 일평생 스승으로 모시고 있으니 포기하셔야 할 겁니다."

옆에서 설란이 고개를 저었다. 포기하라는 뜻이었다. 결국 지환은 알겠다며 고개를 끄덕일 수밖에 없었다. 몇 번인가 더 술잔을 기울인 뒤, 술기운이 돈 설호는 장난스레 웃으며 물었다.

"그런데 스승께서 보시기엔 나와 내 누이가 똑 닮지 않았습니까?"

지환의 입이 딱 닫혔다. 갑작스러운 설호의 물음에 말문이 막힌 탓이다. 미처 비우지 못한 술잔을 든 손이 갈팡질팡하는 그의 심정을 반영하듯 그 자리에 오도카니 멈춰 섰다.

똑 닮았다 한다면 부인인 설란이 토라질 것이고, 설란이 더 아름답다 하면 장난기 가득한 눈을 빛내고 있는 설호가 걸고넘어질 것이 빤히 보였다. 갈 길 잃은 그의 시선은 지금 이 상황을 재밌어하는 설호와, 내심 기대하는 티가 역력한 설란을 번갈아 살폈다.

영겁 같던 찰나의 시간이 흐른 뒤, 그는 조심스레 입을 열었다.

"송구합니다, 전하. 소신의 눈엔 내자가 더 아름다워 보입니다."

그는 귀가 붉게 달아오른 채 온기가 가득한 시선으로 설란을 응시했다. 얼마 전까지만 해도 설란과 설호가 참으로 비슷하다 생각하던 사내는 어디 갔는지 모를 일이다.

양팔을 쓸어내릴 말을 아무렇지도 않게 하는 지환과, 그 말을 듣고 좋아서 어쩔 줄 모르는 설란을 번갈아 바라보던 설호는 못 말린다는 표정으로 고개를 저었다.

"내 여기 있다간 옆구리가 시려 못 견디겠구나. 어서 세자빈을 들이든가 해야지, 원."

어서 그러라며 진정으로 웃는 제 누이동생을 바라보는 설호의 시선이 무거웠다. 정략혼이나 다름없건만 진정으로 웃는 설란을 잠시 바라보던 설호는 얼마 지나지 않아 자리에서 일어나 혜조가 있는 곳으로 가버렸다. 사신들에게 '사이좋은 오누이'라는 느낌을 주기엔 충분할 만큼의 시간이 흐른 뒤의 일이었다.

그 뒤로도 한참의 시간이 흐르고, 슬슬 분위기가 무르익자 사람들의 관심은 새신부, 새신랑에게서 멀어졌다. 무희의 춤을 구경하거나 서로 회포를 풀기 시작하는 사신들을 바라보던 설란은 그제야 몸에서 힘을 뺐다.

"으......"

앉은 채로 휘청거리는 설란을 재빨리 받아낸 지환이 걱정스레 물었다.

"괜찮으십니까."

"아아, 괜찮아요. 그냥 기운이 좀 빠져서 그러니까. 사신들과 대화하다 보면 신경을 곤두세워야 해서 좀 지쳤을 뿐이에요."

"하면 제 어깨에 기대 쉬십시오."

정말 걱정된다는 듯 어깨를 제 쪽으로 갖다 대는 지환의 모습에 그녀는 자신도 모르게 즐거이 웃었다.

"어머, 하지만 정말 그랬다간 사람들이 놀릴걸요."

"괜찮습니다. 놀리라지요."

단호한 지환의 말에 설란이 와르르 웃음을 쏟아냈다. 새신랑의 어깨에 고개를 기댄 신부의 모습을 본 사신 몇이 기다렸다는 듯 덕담을 쏟아냈다. 그것도 잠시, 슬슬 사신들 중에서도 술에 취해 자리를 뜨는 이들이 생기기 시작하자 지환이 설란 쪽으로 몸을 기울여 속삭였다.

"부인. 슬슬 자리를 떠도 괜찮을 듯합니다. 피로할 텐데 먼저들어가 쉬십시오."

설란 역시 같은 생각이었다. 파장을 향해 달려가는 연회에 끝까지 남아 있을 필요는 없기에, 그녀는 고개를 끄덕였다.

"같이 가요."

"한 명은 남아 있어야지 않겠습니까. 저는 괜찮으니, 먼저 가쉬고 계십시오. 연회도 곧 끝날 시각이니 늦지 않게 가겠습니다."

그럼 자신도 남아 있겠다 말하는 설란의 등을 지환이 떠밀었다. 그것이 또 싫지만은 않아서, 설란은 몇 번 거절하다 어물어물자리에서 일어났다. 빨리 오라는 말을 남기고 설란이 자리를 뜨자 기다렸다는 듯 린이 자리에서 일어났다.

이 자리에서 그녀를 말릴 수 있는 유일무이한 인간인 병도는술에 취한 지 오래다. 구미호는 그 누구의 방해도 받지 않은 채 중앙을 가로질렀다. 양옆으로 길게 붉은 천을 내린 천랑국 특유의 복식은 거침없는 걸음에서 더욱 빛을 발했다. 흐트러짐 없는 걸음을 따라 붉은 꽃송이가 점점이 피어나는 것 같이 보였으니 말이다.

술에 취해 양 볼이 발갛게 달아오른 사람들 틈바구니에서, 오직 그녀만이 멀쩡했다. 린은 방금 전까지 걱정 가득한 얼굴로 설란에게 속닥이던 남자의 표정이 손바닥 뒤집듯 바뀌는 것을 보며 눈을 휘었다. 경계로 인해 바짝 날이 선 시선. 린은 그가 마치 털을 세운 고양이 같다 생각하며 나른하게 웃었다.

"보아하니, 내가 누구인지 아는 모양이군요."

슬쩍 늘어지는 말끝에, 지환이 천천히 고개를 끄덕였다.

"인간이 아니라는 것은 알겠더군."

"어머, 방금 전만 해도 그리 사근사근히 말하더니, 마마께서 사라지니 그리 태도를 바꾸는 건가요."

"격식을 차리길 원한다면, '무엇'인지 먼저 밝혀라."

"호오."

"모를 것이라 생각했나."

그리 말하는 그의 시선은 차갑게 가라앉아 있었다.

저주에 걸린 뒤 지환은 무수히 많은 지식을 쌓아왔다. 개중 가장 몰입한 것은 신과, 신화에 관한 것들이었다. 덕분에 그는 악신이나, 인간에게 해가 되는 요괴들에 대한 것들도 적지 않게 알고 있었다. 처음 안에 발을 들일 때부터 린이 인간이 아님을 알아차린 지환의 경계는 꽤나 짙었다.

린의 눈이 가늘어졌다. 그녀는 상체를 앞으로 기울고는 지환이 앉아 있는 의자의 팔걸이를 붙잡았다. 린이 고개를 숙이자 둘 사이의 거리는 금방이라도 맞닿을 듯 가까웠다.

아무리 술에 취했다고 하나 누구 하나도 이 이상한 대치를 알아차리지 못했다. 아니. 사람들은 눈치채지 못하고 있었다. 호린과 지환이 이 자리에 있다는 사실 자체를.

"당연히 모를 줄 알았는데, 어떻게 알아봤을까…… 이건 또 신기하네요."

린이 목소리를 낮췄다. 술을 따르는 것처럼 상체를 기울인 그녀는, 고개 숙인 그림자에 숨어 작게 속삭였다.

"무슨 수를 썼기에?"

"그 눈."

"눈?"

"그래. 감출 생각도 안 하는 것 같던데."

린의 눈이 커졌다. 눈가에 손을 가져간 채 그녀는 다시금 물었다.

"이게…… 보인다는 말을 하려는 건 아니겠죠?"

"대놓고 보여주는 걸 보이냐 물으면 무어라 답해야 하지?"

처음, 지환이 천랑국의 사신이라며 자리한 호린이 인간이 아님을 눈치챈 것은 순전히 우연이었다. 붉은 천 위를 걷다 느껴진 이질적인 시선. 그 끝에는 붉은 눈을 한 린이 의미심장하게 웃으며 앉아 있었다. 사신단에 여인이 포함되어 있다는 것만으로도 놀라운데 그 여인의 동공이 붉었으니 놀랍다는 단어만으로는 부족할 터다. 그가 린을 경계하는 것은 바로 그러한 이유에서였다. 세상에 악신은 많다. 인간의 불행과 고통을 먹고 사는 타락한 요괴들

도 셀 수 없었다. 그런 세상에서 제 정체를 만천하에 드러내는 이
라니.

그러나 예상치 못한 전개를 맞이한 린은 낮게 혀를 차며 한 손
으로 제 눈을 가렸다.

"이런."

"가례를 망치러 온 것이라면 가만히 있지 않을 것이다."

"망치다니. 그런 서운한 소리를."

정체를 알지 못하는 존재. 그보다 더 경계해야 할 대상이 또
있을까. 지환은 날것 그대로의 말은 속으로 삼켰다.

"그게 아니라면, 신에게 저주받은 이를 축복이라도 하러 왔단
말인가."

한껏 날을 세운 지환의 모습에 린의 눈이 가늘어졌다. 그가 본
디 갖고 있는 기운과, 저주로 인해 검게 물든 기가 서로 뒤엉켜
저를 겨누고 있는 것이 보였다. 순리대로라면 오래전 지환을 집어
삼켜야 했을 저주가 오히려 그를 지키는, 기이한 상황이 아닐 수
없었다.

'이건, 또 재미있겠네.'

저주에 먹히기는커녕 그것을 제멋대로 다루는 인간이라니. 구
미호의 입꼬리가 슬쩍 말려 올라갔다.

"무엇이라. 내가 무엇이냐 물었지요."

린의 목소리가 한층 높아졌다. 팔걸이를 짚고 있던 팔에 힘을
준 린은 그대로 몸을 일으켰다. 허리를 꼿꼿이 세운 그녀 앞에서,
시선을 맞추기 위해 지환은 고개를 위로 젖혀야만 했다. 방금 전
제가 한 협박이 조금도 먹히지 않았음은 저 두 눈만 봐도 알 수

있었다.

붉은 동공을 그대로 드러내 보인 채 린은 진득하게 웃었다. 검지로 턱 끝을 톡톡 두드리던 그녀는 잠시 말을 고르다 눈을 반달로 접었다.

"글쎄…… 아, 그리 표현하는 게 맞겠군요. 나는 그대가 뒹굴고 있는 구렁텅이에 새끼줄을 내려줄 구세주가 될까 심히 고심하고 있는, 자비로운 지신(地神)이랍니다."

그러니 마땅히 예를 표하세요. 썩어 문드러지고 있는 꼬리나마 죄다 뽑아버리기 전에.

제 말이 허풍이 아님을 증명하듯, 구미호는 손을 뻗어 얼굴 근처를 오가던 저주 덩어리를 움켜쥐었다. 인간에겐 보이지도 않는 그것은, 그녀의 손이 닿자 사지를 비틀며 저항하더니 이내 빠르게 자취를 감췄다.

펑! 오직 지환과 린에게만 들리는 소리가 요란스러웠다.

9. 첫사랑

그 시각, 연회장을 벗어난 설란은 까맣게 물든 하늘을 올려다보며 깊게 숨을 내뱉고 있었다. 몰래 나온 덕에 뒤를 쫓아오는 궁인들도 없었다. 마지막으로 혼자 궁을 걸어본 것이 언제던가 잠시 생각하던 그녀는 작게 웃었다. 그런 적이 단 한 번도 없다는 것을 새삼스럽게 깨달았기 때문이었다.

조금만 더 걸으면 사람들이 있을 것이다. 그렇다면 이 자유도 끝일 터. 그런 생각을 하던 설란은, 모퉁이를 돌기가 무섭게 나타난 존재에 그 자리에 그대로 멈췄다.

"어마…… 마마."

설란의 등장에 놀란 것은 효연왕후도 마찬가지였다. 두 모녀는 그렇게 몇 초간 서로의 얼굴을 마주 봤다. 험한 일 한 번 본 적 없이 곱게 나이 든 왕후는 이십 년 후의 설란을 보는 것 같았다. 누가 보더라도 둘이 모녀 사이라는 것을 의심하지 않을 정도였다.

둘 사이에 다른 점이 있다면, 왕후의 얼굴에 짙은 병색이 설란에 겐 없다는 것 정도였다.

왕후가 눈짓하자 상궁과 궁녀들이 물러섰다. 돌담을 기준으로 궁녀들이 두 칸 이상 물러선 뒤에야 효연왕후의 입이 열렸다.

"벌써 연회가 끝났나 보구나."

해가 다 졌건만, 왕후는 당연한 사실을 당연하지 않다는 듯 물었다. 설란 역시 이런 식의 화법에 익숙해진 지 오래였다. 술병이 늘어가기 시작했을 무렵 자리를 뜬 왕후를 탓할 수 있을 리 없다. 효연왕후의 병색은 누구보다도 그녀가 잘 알았으니 말이다.

"예. 아바마마와 세자저하께서도 자리를 뜨셨고, 사신들도 대부분 사신관으로 돌아갔나이다."

"그래. 아직 세자가 궁에 돌아오지 않았다 하여 걸음 하던 길이었느니라. 전하께서도 참으로 무심하시지. 세자가 몸이 약한 것을 아시면서 이리 사사로운 연회에 참석하게 하시다니."

"……오라버니께선 술을 그리 많이 드시지 않았으니 괜찮을 것이옵니다. 염려 마셔요."

"그래야지."

그래야 하고말고. 왕후는 스스로에게 다짐이라도 하듯 같은 말을 반복했다.

"그래, 언제 입궐할 생각이냐."

"왕실의 법도가 지엄하여 한동안은 입궐이 어려울 듯하옵니다. 대신들도 그러하고, 궁인들이 보기에……."

법도가 아닐지라도 출궁한 공주가 시도 때도 없이 궁에 들락날락하는 것이 좋게 보이진 않을 터다. 설란은 그 점을 얘기하고 있

붉게 흐드러진 란꽃송이

었다. 그러나 효연왕후는 설란의 말을 잘랐다. 방금 전까지만 해도 온기가 서려 있던 얼굴은 차갑게 굳은 지 오래였다.

"무슨 소릴 하는 게야. 네 오라비는 어찌하고!"

"오라버니께선 많이 호전되셨다 하셨습니다. 그러니……."

효연왕후의 눈이 뾰족하게 섰다.

"어리석은 것. 오라비가 널 생각해 그리 얘기한 것을 곧이곧대로 믿다니."

"어마마마……."

"어찌 그리 이기적이야! 네 오라비는 어릴 적부터 생사를 오고 가고 있는데, 고작 남들 시선이 무섭다 말하는 게냐! 내 길게 얘기하지 않을 것이야. 시간이 날 때마다 입궐해 혹시 모를 상황에 대비하거라. 알겠느냐!"

효연왕후의 입매가 굳었다. 더는 길게 얘기하지 않겠다는 기색을 읽어낸 설란 역시 떠밀리듯 입을 다물었다.

억지를 부리는 제 어미의 명에 설란은 고개를 떨어뜨렸다. 설란이 효연왕후에게 안부 인사를 하러 가는 것조차 버거워하는 이유가 바로 이것이었다. 한배에서 한날한시에 태어났건만 왕후의 시선 안에는 항상 설호만이 존재했다.

항상 설호에 대한 얘기만 하고, 맛있는 것을 보아도 설호의 것을 챙겨야 직성이 풀리는 왕후와 시간을 보내다 보면 설란은 제 자신이 지워지는 기분을 느꼈다.

마치 지금처럼.

항상 그랬듯 설란은 이번에도 왕후에게 질 수밖에 없었다. 그녀가 그러겠노라 대답하기 위해 입술을 달싹였을 때였다. 인기척도 없이 온기 가득한 팔이 그녀를 끌어당긴 것은.

"부인, 아직 이곳에 있었습니까."

익숙한 목소리, 익숙한 품에 땅을 향했던 설란의 시선이 위로 선을 죽 그으며 올라갔다. 그곳엔 연회장에 있어야 할 지환이 서 있었다. 갑작스러운 지환의 등장에 놀란 것은 설란만이 아니었다. 효연왕후 역시 놀란 기색을 감추지 않았다. 왕후는 몇 번인가 봤던 최재원의 부인인 서씨를 꼭 닮은 지환과 그의 품 안에 반쯤 파묻혀 있는 설란을 번갈아 바라봤다.

"이런. 연회가 끝나 돌아가던 중 내자의 모습이 보여 왔는데, 이리 중전마마를 뵐 줄은 몰랐습니다."

왕후의 시선이 부드럽게 웃으며 말하는 지환을 면밀히 살폈다. 기본적으로 설란의 가례를 반대한 왕후였다. 그러나 물러서지 않는 혜조에 그녀는 설란의 짝이 누구로 정해질 것인가에 신경을 곤두세웠다. 그리하여 최지환이 물망에 올랐을 때, 왕후는 강하게 찬성했다. 최지환에 대해서 아는 바는 없었으나, 적어도 최가가 가진 힘에 대해선 누구보다도 잘 알기 때문이었다. 언제고 최악의 상황이 닥쳤을 때 세자의 뒤를 받쳐 줄 가문으로 최가는 손색이 없다는 계산이었다.

혜조가 지목하고 효연왕후의 찬성으로 정해진 부마였다. 그전에 왕래가 있던 사이도 아니고, 설란과 특별한 접점도 없었다. 서로의 얼굴도 기껏해야 대여섯 번 보았을 터.

그러한데 저 시선은 무엇을 의미함인가. 가례를 올릴 때 딱 한 번 봤던 얼굴이 고작 하루 사이에 꽤나 부드러워졌다는 생각을 하며 왕후는 천천히 입술을 달싹였다.

"……연회가, 파했는가."

"예. 세자저하께서도 궁으로 돌아가셨나이다."

"그래. 그랬군. 피로할 테니 가서 쉬어야지. 다음번에 내 정식으로 초대하겠네."

"예."

군더더기 없이 할 말만 딱 하니 어디 트집 잡을 곳도 없었다. 왕후는 속으로 쯧, 혀를 찼다. 줄줄이 말을 늘어놓으면 그 안에 걸리는 것이 두어 개는 있을 텐데 자르는 솜씨가 여간한 것이 아니라 생각하면서.

그런 왕후를 향해 사람 좋게 웃어 보이던 지환은 그리 빠르지도, 느리지도 않은 순간에 대화의 끝을 알렸다.

"하면 먼저 가보겠습니다."

"……그래, 그러게. 공주도 조심히 들어가거라."

왕후의 말에 설란이 조용히 대답했다.

"예, 어마마마."

대화를 마친 효연왕후는 미련 없이 몸을 돌렸다. 그녀는 왔던 길을 되짚어 수많은 궁인들을 이끌고 제 궁으로 돌아갔다.

왕후가 눈에 보이지 않을 정도가 되어서야 설란은 다리에 힘이 풀려 비틀거렸다. 그런 그녀를 지환이 단단히 붙잡았다.

"아, 미안해요. 그게, 다리에 힘이 풀려서…… 아하하."

잠깐만 붙잡아달라며 웃는 설란의 모습에 지환의 얼굴이 굳었다. 그는 그대로 그녀를 번쩍 들어 올렸다. 공주님안기로 안겨 버린 설란이 눈을 동그랗게 뜨곤 이게 무슨 짓이냐며 지환의 팔을 찰싹찰싹 때렸으나 그는 요지부동이었다.

"으아아- 뭐 하는 거예요! 이, 이거 다른 사람들이 보면 어쩌려고! 빨리 내려요, 빨리!"

"이미 부인이 낮에 입 맞췄을 때부터 소문은 다 났습니다."

대낮에 입 맞춘 소문도 났으니 이 정도는 약과였다. 그러니 포기하라 말한 지환은 걷기 시작했다. 잠시 발버둥 치던 설란은 지환이 저를 놓아줄 생각이 없다는 것만 다시금 확인하고는 양손으로 얼굴을 가렸다.

"팔불출이라 소문나도 해결 안 해줄 거예요!"

"그럼 앞으로는 팔불출이라 이리 끼어든다 말해야겠습니다."

"……한마디도 안 지지."

불퉁한 목소리에 대번에 답이 돌아온다.

"지겠습니다."

"어휴. 청월, 그렇게 착하면 어디 가서 손해만 봐요. 막 져 주고 그러는 거 아니에요. 알았어요?"

부끄러운지 옆으로 돌린 시선에 걱정이 한가득이다. 착하다니. 방금 전에도 구미호와 한바탕 하고 온 지환이 말없이 웃었다. 저는 착하기는커녕 욕심만 많은 사내다. 지환의 입술이 비뚤어졌다. 설란이 보지 못하도록 그늘에 숨어든 비뚤린 입술을 따라 그는 이 지독한 욕심을 힐난했다.

품 안에 안고 있는 온기가 저로 인해 위험해질 수 있음에도 놓지 못하는 욕심을. 설란은 그가 걷는 걸음을 따라 흔들리는 감각에 온 신경을 집중하다, 속삭이듯 물었다.

"들었죠?"

암묵적인 침묵이 깨졌다. 지환은 제 팔을 붙들고 있는 이의 손을 한참 동안이나 바라보다 고개를 끄덕였다.

"처음부터?"

"예."

"아아."

들었을 것이라 생각은 했다. 수십 보는 떨어진 궁인들의 대화마저 듣던 이다. 고요한 밤공기를 가득 채우던 대화를 듣지 못할 리 만무하다.

"아아, 듣기고 싶지 않았는데. 알고 있던 것과 많이 달라, 놀랐겠네요."

"······예."

지환이 알고 있는, 자하국민들이 알고 있는 자설란에 대한 얘기들은 방금 전의 상황과 너무도 달랐다.

중전인 효연왕후가 공주보다 세자를 아끼는 것은 그리 이상한 일은 아니었다. 세자는 다음 대 자하국의 왕위를 이을 몸이었으니 말이다. 그러나 효연왕후의 태도는 그것으로 완전히 설명할 수 없었다. 사람은 때로 단어 하나에 감정을 담는다. 그런 의미에서 효연왕후는 아무렇지도 않게 뱉어내는 말 속에서 설란을 지워내는 것에 탁월한 재능을 갖고 있었다.

"어마마마께서는 잠시 잊곤 하시죠. 사방이 탁 트인 밖에서 대화를 하고 있다는 것도, 내가 사랑받는 공주라는 것도."

"무슨 일인지 물어도 됩니까."

"당신 얘기에 비하면 특별날 것도 없지만, 여기선 안 돼요."

궁금할 법도 한데 조용히 고개만 끄덕인다.

"부인께서 편할 때 하십시오."

말은 그렇게 하지만, 듣지 못해도 크게 개의치 않아 하는 모습
이다. 왕실의 비밀보다 어떻게 안아야 저를 편하게 해줄까 고민하
는 기색이 역력한 그의 모습이, 왜 이렇게 귀여워 보이는 걸까. 눈
이 나빠지기라도 한 것일까. 설란은 진지하게 고민했다.

다른 이들은 잘생기었다, 훤칠하다 말하는 사내가 어째서 제겐
귀여워 보이는지 모를 일이다. 자세를 고치는 데 몰입했는지 들썩
이는 눈썹을 신기하게 구경하던 설란은 결국 웃음을 참지 못했다.

"푸흐흐…… 아 정말. 이런 일이 있을 때면 항상 일주일 정도는
우울했거든요? 그런데…… 푸흡! 그, 눈! 눈에 힘 좀 풀어요!"

설란이 손을 뻗어 눈썹을 콕 찌르자 방금 전까지만 해도 빠르
게 걷던 걸음이 우뚝 멈췄다. 저를 내려다보는 시선에 당황스러움
이 한가득 담겨 있다. 위로 솟아 있던 눈썹이 그제야 서서히 아래
로 내려오는 게 손끝에서 느껴졌다.

"부인. 도착했습니다."

지환의 말에 그제야 설란은 주위를 자각했다. 빙 둘러싼 높다
란 담장이 가장 먼저 보였다. 활짝 열려 있는 문 너머에 준비되어
있는 가마와 말 한 필이 둘을 꽤나 오래 기다린 듯했다. 그저 짧
게만 느껴졌던 산책이 끝이 난 것이다.

설란은 못내 아쉬움을 감추지 못했다. 이리 따뜻하고 편안한
품을 벗어나야 한다니. 그러나 놀란 눈으로 이쪽을 바라보는 시
비들의 모습에 설란은 다시 제 두 발로 땅 위에 섰다.

"아쉽네요."

저도 모르게 툭, 본심이 튀어나갔다.

그 말에 아무런 대답도 하지 않은 채 지환이 성큼 다가왔다.

붉게 흐드러진 *란꽃송이*

시비들의 시선이 따갑다. 저 멀리서 몰래 지켜보는 궁인들의 속닥거림에 귀가 아플 지경이다. 평소라면 불쾌해했을 것이다. 평범한 인간과는 다른 저의 능력에 좌절하고 또 화를 냈을 터다. 그런데 지금은 그 모든 것이 기껍기 그지없다.

제 가문도, 능력도, 심지어 언제나 벗어던지길 원했던 최지환의 이름마저. 지환은 해가 져 캄캄해진 어둠 너머를 응시했다. 혜조도, 효연왕후도 똑똑히 보길 바란다. 그래서 느끼길 바란다. 자설란을 제 품으로 던져 넣은 것이 그리 현명한 선택이 아니었음을.

어느새 스산한 눈을 하고 있는 지환을, 설란이 콕콕 찔렀다.

"내 얘기 들은 거 맞죠?"

그 말 하나에 사르르 녹아내린 지환이 웃었다.

"전부 들었습니다."

"이제 앞으로 두 달 정도는 입궐할 수 없다는 게 실감이 안 나요. 몇 걸음만 더 걸으면 아무런 제재 없이 궁 밖으로 나설 수 있다는 것도."

"싫습니까."

"싫다니. 평생을 소원했는걸요. 그냥 뭔가 시원섭섭하달까."

"부인께서 원하면 몰래 와도 됩니다."

"몰래라니. 궁 경비가 얼마나 삼엄한지 모르고 하는 말이죠?"

"압니다. 서쪽 경비가 조금 취약하더군요."

이미 궁의 경비는 손바닥 안이라는 듯한 말에 설란이 비죽 웃었다. 정말이지 예측이 안 되는 사내다. 이렇게 속내를 털어놓은 것도 얼마 만인지 모르겠다. 속으로만 끙끙 앓던 것들을 입 밖으로 토해내자 저를 좀먹던 감정이 떨어져 나가는 것도 같았다.

"그 정도는 눈 감고도 알 수 있습니다. 그리고 지금은 부인의 고개가 무척 아파 보이는군요."

설란은 제게 뻗어오는 손에, 시선을 올린 채 눈을 깜빡였다. 딱히 피해야겠다는 생각은 들지 않았다. 제게 검을 가르쳤던 스승이 본다면 가슴을 치며 한탄할 터였다. 적이건 아군이건 눈앞에 손이 뻗어지면 어디에 독이 있을지 모르니 일단 피하고 보라던 스승의 말이 떠올랐다. 아군인데 왜 피해야 하냐는 질문에 그랬었지. 어느 나라 왕은 제 애첩의 손톱에 할퀴었는데 거기에 독이 발려 있어 죽었다고.

그러니 아군 같은 건 없다 생각하라던 걸걸한 목소리가 이제와 떠오르는 이유는 무얼까. 설란은 그렇게 생각하며 속으로나마 조용히 사죄했다. 그렇게 열연해 주셨는데 못 피했어요, 스승님. 뭐, 스승님도 끝내 제 비밀을 몰랐으니 일장일단이라고 쳐요.

"공주의 삶보다는 조금 덜 화려할지 모릅니다."

툭. 자개로 장식된 머리꽂이 하나가 바닥으로 떨어졌다. 설란은 금세 흙투성이가 되어버린 자개를 멍하니 바라봤다. 음. 저거 얼마였지. 기억하는 가격이 맞다면 아마 저게 바닥으로 떨어진 것만 봐도 눈물을 흘릴 궁녀가 한둘이 아닐 터다. 잠시 저걸 어떡해야 하나, 고민하던 설란은 그 옆에 떨어진, 백금으로 만든 비녀를 보고는 마음을 비웠다.

누가 됐건 필요한 사람이 줍겠지, 뭐.

"시중들 이들이 조금 적을지도 모릅니다."

눈을 돌리자 전과는 다른 시선으로 자신을 바라보는 이가 한가득 들어찼다. 하나하나, 모든 머리 장식이 바닥에 떨어지자 어딘가에서 궁녀의 비명 소리가 들리는 것도 같았다. 그러나 설란은 왜 그러느냐 물을 수도, 그렇다고 발만 동동 구르는 시비를 불러 이것들을 치우라 명할 수도 없었다.

저를 바라보는 시선이 너무도 강렬해 도무지 피할 수가 없었다.

한결 가벼워진 머리칼이 잔바람에 들썩이며 일어났다, 다시 파스스 가라앉았다. 한껏 틀어 올렸던 탓에 굽이치는 머리칼이 등허리까지 길게 늘어졌다. 하나로 틀어 올린 채 화려한 머리꽂이로 장식했을 때도 아름다웠지만, 물결치듯 흘러내리는 머리칼은, 정말이지 그 끝에 입을 맞추고 싶을 정도였다. 지환은 상체를 숙여 그런 설란의 머리칼을 조심스럽게 매만졌다. 그의 손끝에 걸쳐져 있던 무언가가 귓불을 스쳤다. 그 감각이 꽤나 차서, 설란의 어깨가 움찔 떨렸다.

"그럼에도."

사락사락, 거친 사내의 손가락 사이로 머리칼이 동그랗게 말리는 생경한 감각에 설란은 저도 모르게 손을 뻗어 그의 어깨를 움켜쥐었다.

"청월, 지금 뭐 하는……."

목덜미를 스치는 손끝에 설란은 조용히 입을 닫았다. 온몸의 감각이 바짝 일어선 것만 같이 그의 손끝이 생생하게 느껴졌다. 닿는 곳이 간질거리는 묘한 기분에 설란은 아랫입술을 깨물었다. 지환의 어깨를 움켜쥔 손에 저도 모르게 힘이 들어갔다.

"제게 와주시겠습니까."

이 남자가 정말 왜 이러지. 여기에 보는 눈이 얼마나 많은데!

그런 생각들을 하던 설란은 예고 없이 다가온 것과는 달리 너무도 담백하게 떨어지는 지환의 모습에 멍하니 눈을 깜빡였다. 방금 전까지 목덜미를 매만지던 사내라고는 믿기 어려울 정도로 담백한 웃음을 짓고 있는 지환이 눈에 들어왔다.

"에?"

"다음번에는, 좀 더 아름다운 것을 구해 드리겠습니다."

딸랑—

청아한 방울 소리가 그의 목소리에 뒤섞여, 귓가를 간질였다.

그제야 휑한 뒷덜미가 느껴졌다. 하나로 곱게 틀어 올려진 머리칼은 무언가로 단단히 고정되어 있었다.

"이게, 뭐예요?"

"부인을 닮았다 생각하니 두고 올 수가 없었습니다. 이리 잘 어울리니 그리한 것이 잘했다 생각되는군요."

머리꽂이였다. 그 끝에 달린 자그마한 방울이 고개를 움직일 때마다 작게 딸랑거리는 소리를 내며 귓가를 간질였다.

"제게 와주시겠습니까."

아, 정말이지. 이미 끝나 버린 혼례를, 싫다 말하면 되돌릴 수 있다는 양 물어오는 질문에 결국 설란은 웃고 말았다. 바닥에 흩뿌려진 장신구들은 하나같이 값진 것들이었으나 흙투성이가 되어 버린 그것들은 전혀 눈에 들어오지 않았다.

설란은 고개를 끄덕였다. 그 작은 고갯짓에 지환은 세상을 다 가진 양 환히 웃었다.

축하연이 끝난 다음 날, 린은 새벽부터 짐을 싸들고 저택에 들이닥쳤다. 막 해가 뜨기 시작하는 이른 시각이라 남의 집을 방문하기에 적절한 때가 아니었건만 대문 안으로 들어서는 그녀는 당당했다.

잠시 설란의 시중을 들기 위해 나와 있던 궁녀들과 내관들이 전부 궁으로 돌아간 뒤라, 린을 맞이한 것은 그녀의 기운이 느껴지자마자 대문 앞까지 달려 나온 무명이었다. 그는 제 불안함을 어떻게든 감추고자 주립을 잡아당겼다.

"누이…… 진짜로 여기에서 머물 생각은 아니지?"

"어머, 당연히 머물러야지. 마마께서 직접 부탁까지 하셨는걸. 다른 이도 아니고 봉황의 피를 이은 분인데, 그 정도 부탁쯤이야."

시간이 없는 것도 아니고, 신들끼리 서로서로 돕고 살아야지 않겠니. 사람 좋은 말을 내뱉는 린을, 무명이 흘겨봤다.

"누이……."

"왜?"

"내가 그 말을 믿을 거라고 생각하는 거야? 대체 내가 남들 보기 부끄러워 산에 들어갈 수가 없어. 또 싸웠지?"

움찔. 무명은 제 누이의 어깨가 떨리는 걸 놓치지 않았다. 설마 설마했는데 사실인 모양이다. 그는 있는 힘껏 한숨을 내쉬었다.

"아휴. 또야? 또? 다들 반대하는 도깨비랑 가례까지 올렸으면 잘 살 것이지 어떻게 시도 때도 없이 싸워? 내가 누이를 몰라? 싸우고 홧김에 나온 걸 테지. 그래서, 이번엔 왜 싸운 거야?"

투덜거리며 앞서 걷던 무명은 린이 뒤따라오는 기색이 없자 어서 이유를 말해보라 재촉하며 뒤돌았다. 그리고 서너 걸음 뒤에 서 있는 린을 보자마자 저도 모르게 마른침을 꼴깍 삼켰다. 입이 방정이면 몸이 고생한다고, 주인 목이 달아나는 줄도 모르고 바삐 움직이던 입술이 안쪽으로 또르르 말려 들어갔다.

제 누이의 등 뒤에서 일렁이는 아홉 가닥의 새하얀 꼬리가, 무엇을 의미하는지 아주 잘 알고 있었기에. 무명은 확신했다. 하하. 누이가 화가 났구나. 이놈의 입방정.

린은 머리끝까지 치솟은 화를 악을 지르거나 물건을 던져서 풀지 않았다. 대신 그녀는 아침 이슬을 맞은 꽃잎처럼 화사하게 웃었다.

"어머⋯⋯ 설마하니 지금, 하라는 수련은 안 하고 인간 세상에서 허송세월 보내는 게 이 누이 탓이라 말하고 있는 거니?"

겉으로야 웃고 있지만 단어 하나하나에 날이 선 것을 느끼며 무명은 제대로 된 변명도 못한 채 고개만 좌우로 힘차게 저어댔다. 그 고갯짓에 절박함과 진실됨이 보일 정도였다. 잠시 제 동생의 표정을 살피던 린은 한 번은 봐주기로 마음을 먹었다.

"그렇다고?"

"아니! 아니라고! 당연히 내 죄지! 암! 그럼!"

"그래? 하면 앞으로 내 앞에서 그 도깨비 얘기는 벙긋도 하지 마렴. 알았지?"

"으, 응, 누이. 내 절대 얘기하지 않을게."

"좋아. 그럼 내가 머물 방으로 안내하려무나."

사르르, 소리도 없이 사라지는 꼬리 아홉 개의 잔상을 살피던 무명이 재빨리 고개를 끄덕이며 멈췄던 걸음을 재촉했다. 둘 사이에 무슨 일이 있었는지는 몰라도 제 누이 앞에서 도깨비의 '도' 자도 꺼내지 않겠노라 굳게 다짐하면서.

✳

　지환은 새삼스럽게 놀라움을 감추지 않으며 눈을 떴다. 지난 구 년간 저주로 인해 깊이 잠들어본 적이 없었다. 새벽녘에 몇 번이고 깨는 것이 일상이었던 그였기에, 이리 깊이 잠드는 것은 정말이지 낯선 경험이 아닐 수 없었다. 오늘도 시비가 깨우러 오기 전까지 잠들 생각이었던 그는, 그러나 린이 저택 안으로 들어서기가 무섭게 잠에서 깨어났다.

　"……제멋대로 드나드는 구미호라."

　살갗을 찌르는 구미호의 신력은 못 알아차리는 것이 더 어려웠다. 더 자기는 글렀다. 한숨과 함께 자리에서 일어난 그는, 그러나 장지문 쪽에 한 번 시선을 주는 것으로 구미호에 대한 관심을 끊어냈다. 오지 말라 한들 안 올 구미호가 아니다. 해결하지 못할 문제에 신경을 곤두세우는 것만큼 낭비하는 일은 또 없다.

　대신 그는 제 옆에서 세상모른 채 잠들어 있는 설란을 조심스레 살폈다.

　"으응……."

　세상모르고 잠든 얼굴이 세상 어여뻤다. 초야 때는 잠에서 깼을 때 곁에 누가 있다는 사실이 그저 신기했는데, 이젠 그게 설란이라는 것이 그저 기뻤다. 한 이불을 덮고 자는 탓에 지환이 몸을 들썩이자 설란의 미간에 주름이 졌다. 이불을 빼앗기지 않으려는 것인지 위로 손을 쭉 뻗은 채 아무것도 없는 허공을 자꾸만 움켜쥐는 모습에 그는 숨죽여 웃느라 진을 빼야만 했다.

　"쉬이……."

조심스레 설란의 팔을 잡아 내려주고, 이불을 목 끝까지 덮어주니 그제야 만족한 표정으로 웃는다. 동그란 이마에 붙은 머리칼을 정돈해 주고, 흐트러진 이부자리를 매만져 준 다음, 더는 해 줄 것이 없자 그는 반쯤 몸을 일으킨 자세 그대로 멈춰서 잠든 설란의 얼굴을 구경하기 시작했다.

처음 봤을 때부터 그에게 신기함만을 안겨주던 여자였다. 구년간 한 번도 생각해 본 적 없는 고요함과 안정감을 제게 가져다준 여인. 설란의 곁에 머물면 그 악독하던 저주도 더는 그를 괴롭히지 못했다.

그저 기적이라 생각했던 존재는, 그 누구보다 강한 존재감을 드러내며 그의 앞에 마주 섰다. 어떻게든 도망갈 길을 찾아 달리던 지환의 멱살을 붙잡고 그깟 저주, 제가 풀어보겠노라며 웃어주었다.

어찌 마음이 가지 않을 수 있을까.

꿈이라도 꾸는 것인지 찡긋찡긋 들썩이는 눈썹을 바라보던 지환은, 작게 웃으며 그녀의 눈썹을 톡톡 두드렸다.

"으응……."

그 손짓에 잠이 깨려는지 설란이 한숨과 함께 잠투정을 하며 몸을 뒤척였다. 당황한 지환이 손을 거둬들이기가 무섭게 굳게 닫혀 있던 눈이 반짝 뜨였다. 창을 통해 비쳐 들어오는 햇살에 눈살을 찌푸린 설란이 반쯤 잠긴 목소리로 그를 불렀다.

"벌써 아침이에요……?"

"좀 더 자도 괜찮습니다."

"으음…… 아니, 일어날래요."

다시 잘 정도는 아니라고 말하며 자리에서 일어난 그녀는 몸을 일으키기가 무섭게 찡- 하니 울리는 머리를 부여잡았다.

"으으……."

"왜 그럽니까, 부인. 어디 아픈 겁니까?"

"으으…… 아프다고 해야 하나. 숙취예요, 숙취. 어제 화주(火酒)를 많이 마셨더니."

이런. 설란에게 가는 술잔이란 술잔은 전부 중간에서 가로챘다고 생각했는데 놓친 게 있었던 모양이다. 그는 걱정 가득한 얼굴로 그녀를 지탱하며 물었다.

"꿀물을 내오라 하겠습니다."

"아뇨. 냉수 한 사발 마시면 될 거예요. 그보다 밖이 소란스러운데 무슨 일 있는 거 아니에요?"

안 그래도 갑작스러운 손님의 등장에 시비들이 바삐 움직이는 소리가 안채까지 들렸다. 눈치 못 채길 바랐건만 설란은 방금 잠에서 깼음에도 그 미세한 차이를 눈치챘다. 저를 올려다보는 시선에, 지환은 남몰래 한숨을 내쉬며 순순히 린의 도착을 알렸다.

"안 그래도 구미호가 막 저택에 들어선 참입니다."

"린이요?! 그걸 왜 이제 말해요!"

그 말을 듣자마자 설란이 자리를 박차고 일어섰다. 무어라 말리기도 전에 재빠르게 옷을 갈아입은 설란은 지환이 '부인!'을 다 말하기도 전에 밖으로 뛰쳐나갔다. 졸지에 소박맞아 버린 지환은 우당탕탕, 문밖의 요란스러운 소란을 들으며 신방에 덩그러니 홀로 남겨졌다.

방금 전까지만 해도 설란이 누워 있던 침상을 바라보며, 그는 진심으로 후회했다. 남의 집에 새벽부터 찾아온 구미호를 쫓아내지 않은 것을.

린이 도착했다는 것을 알게 된 설란은 조반도 늦춘 채 비상 회의를 소집했다. 사랑채에 마련된 반상 위에는 뜨겁게 데운 차와 간단하게 요기할 수 있는 주전부리가 놓였다. 설란과 지환, 그리고 무명에게 빙 둘러싸인 린은 빈속에 차를 홀짝이며 얘기를 시작했다.

"단순해요. 백여우는 수련을 하면서 기(氣)를 맑게 하는데, 그걸 담고 있는 그릇이 깨져 버리면서 쌓아온 기가 요동을 치기 시작한 게 바로 저주지요. 저자를……."

린은 손을 뻗어 지환을 가리켰다.

"집어삼킨 것 역시 바로 저주고."

"청월은 아무런 잘못도 하지 않았는데 어째서 그에게 저주가 간 거죠."

"글쎄요. 아무런 잘못도 하지 않았다, 고 단언하기엔 그의 삶 전부가 잘못되어 있고. 어째서 저자여야 했냐, 는 질문에는 역시 운이 나빴다고 밖에는 설명할 길이 없네요."

"운이……."

"하필 그 시간, 하필 그때, 하필이면 그가. 그 자리에 있었고 배가 고팠으며 백여우의 육신을 입에 댔죠."

그게 무슨 죄인지도 모르고.

지금도 굳어버린 듯 앉아 있는 지환의 속에서 울부짖는 소리가 들린다. 인간들은 듣지 못하는 그것을 어렴풋하게나마 들을 수

있으면서 상황을 이 지경까지 끌고 온 제 동생을 노려보는 시선이
매서웠다. 그러나 찻잔을 내려놓는 것과 동시에 린은 언제나 그랬
듯 옅은 미소를 입가에 그렸다.

"보통 그런 식으로 신이 되기 위해 수련하던 영물에게 저주받
은 인간은 금방 미쳐 버리는 경우가 다반사랍니다. 신벌을 두려워
하지 않거나, 신을 믿지 않는 어리석은 이들이 한 세기에 한 번,
혹은 두 번 같은 죄를 저질러 왔지만 그들 중 일 년을 넘긴 이가
없었던 이유죠. 그러니 청월, 당신은 운 좋게 이 녀석이 먼저 발견
해 살아남은 거랍니다. 나름의 기적이랄까요."

"내키진 않지만, 감사를 표하지."

그 말에 무명의 눈이 크게 뜨였다. 차에는 손도 대지 않은 채
주전부리를 거덜내던 그는, 입안에 가득 든 것을 억지로 삼켰다.

"도령, 혹시 미쳤어?"

"이게 아니었으면 부인을 보지 못했을 테니까. 앞으로도 금괴는
수레로 퍼줄 터이니 지금처럼만 해."

매년 금을 그렇게 쏟아 부어도 멀쩡한 집안이라는 것이 참으로
다행이었다. 지환은 기막혀 하는 무명을 보며 어깨를 으쓱였다. 갑
자기 왜 그러냐며 무명이 펄펄 뛰었지만 그로서도 이 변화를 설명
할 만한 단어가 떠오르질 않으니 설명할 길이 있을 리 만무하다.

구 년 넘게 족쇄라 생각했던 색끈이 예뻐 보일 수 있다는 건
제가 생각해도 신기했다. 어떻게든 끊어내려 애를 쓰던 녀석을,
이젠 혹여나 힘을 주면 끊어질까 걱정부터 한다. 불로 태워도 타
지 않는 끈질긴 끈임을 알지만 그래도 흠칫흠칫 하는 것이다. 하
루는 말간 세숫물에 비친 제 얼굴을 보며 진지하게 고민했었다.

사람이 이렇게까지 바뀌는 게 가능한 일인가, 하고. 그러나 어쩌겠는가. 가능한 일이건 불가능한 일이건 이미 자신은 바뀐 것을.

"흐응?"

금괴라니. 수행을 통해 신력을 쌓아 마땅할 무명이 사사로이 금품을 탐했다는 얘기가 아무렇지도 않게 오간다. 한두 번이 아니라는 소리였다. 다 컸다느니, 알아서 할 수 있다느니 헛소리를 지껄이기에 그럼 한번 혼자 해보라며 내보냈더니 그 결과가 이렇다. 린은 그때 했던 선택을 마음속 깊이 후회하며 이마를 짚었다. 가래로 막을 일을 솥뚜껑으로 막게 생겼으니 어찌 분이 나지 않을까.

"아우야."

"……어, 누이?"

"그래. 어디 한번 해보렴."

네가 준비했을 그 변명들을.

구미호의 눈이 뾰족해지자 무명은 슬금슬금 엉덩이를 뒤로 뺐다. 벽에 가로막혀 더는 도망가지 못할 정도가 되어서야, 늘어놓는 변명이 참으로 구차하기 그지없었다.

"아니…… 그러니까, 여기엔 말로 다 표현할 수 없을 정도로 속 깊은, 진짜 장난 아니게 깊은 사정이 있거든. 내가 다 설명할 수 있어, 누이. 진짜라니까?"

"매년 금괴를 받아 어떻게 흥청망청 썼는지를 설명해 주려고?"

젠장. 무명은 시선을 피했다.

"후에 따로 보자꾸나."

도망가면 두 배로 혼날 줄 알라는 으름장에 무명은 꼬리를 말았다. 신나서 먹던 주전부리도 눈에 들어오지 않는지 열심히 머리를 굴리는 무명을 뒤로한 린은 본론으로 되돌아왔다.

"아. 참고로 제 아우는 아직 반신입니다. 수행하는 중이죠."

둘의 대화를 무척이나 흥미롭게 듣던 설란이 고개를 끄덕였다.

"그런 것 같군요."

아직 수행 중이라는 점에서. 설란은 뒷말은 슬쩍 삼켰다.

"저도 완벽하지 않으면서 남의 일에 사사로이 끼어들다니. 정말이지……. 의도한 건 아니겠지만, 어설픈 힘을 쓴 탓에 조금 꼬인 부분이 있는 것 같답니다."

"무슨……?"

꼬였다니. 긴장한 설란에게 생긋 웃어 보인 린의 고개가 지환 쪽으로 돌아갔다.

"저자가."

그저 하찮은 인간이.

"저를 알아보더군요."

구미호와 저주받은 사내의 시선이 허공에서 부딪쳤다.

"그리고 감히 협박하더군요."

경악에 찬 무명과 당황한 설란을 사이에 둔 채 그녀는 말을 마쳤다.

"지신(地神)을."

여전히 피할 줄 모르는 사내의 형형한 시선에 즐거워하며.

"정말 그랬어요?"

설란은 심상찮은 분위기에 재빨리 자리를 파했다. 누가 보더라도 그녀가 당황했음을 쉽게 눈치챘을 터다. 그러나 린은 아무것도 모른다는 표정으로 인자하게 웃으며 그러시라 답했다. 그동안 제 아우와 마저 못한 속 깊은 얘기를 나눌 테니 천천히 오라는 말을 덧붙이는 것도 잊지 않았다. 물론 그리 말하는 그녀의 오른손에는 도망가려다 실패한 무명의 뒷덜미가 단단히 잡혀 있었다.

"정말 지신을 협박한 거예요?"

끄덕. 대답하기 싫으면 피하면 그만이건만, 정말 말하기 싫다는 표정을 한 그는 입을 꾹 다물고 있으면서도 고개는 잘도 끄덕였다. 설란은 슬금슬금 제 시선을 피하는 지환의 얼굴을 양손으로 꽉 붙들었다.

"왜 그런 거예요!"

그녀의 닦달에, 결국 지환의 입술이 열렸다.

"가례를……"

보일 듯 말 듯 달싹이는 입술 사이로 숨소리와 함께 작은 목소리가 새어 나왔다. 그것이 잘 들리지 않아, 설란은 까치발을 들었다. 서로의 온기가 느껴질 정도로 가까워졌다는 것도 모른 채, 지환이 마저 중얼거렸다. 정말 얘기하기 싫은데 묻는 사람이 설란이라 어쩔 수 없이 얘기해 준다는 기색이 역력한 채로.

"가례를?"

"가례를 망치는 줄 알고 그랬습니다."

일평생 단 한 번뿐인 날이다. 심지어 살아온 날의 절반 정도는 할 수 있을 것이라 생각해 본 적도 없었다. 그렇기에 더욱 소중했다. 그런 자리에 인간이 아닌 이가 앉아 있는 걸 발견했을 때의 경악이란. 심지어 린은 그날 짙게 화장한 탓에 붉게 변한 동공이 더욱 소름 끼쳐보였었다. 새빨갛게 칠한 입술에 새빨간 눈이라니.

아마 그의 삶이 기괴하고도 공포스럽지 않았더라면 린을 보자마자 고함을 쳤을지 모른다.

"지신(地神)인 줄은 몰랐습니다. 그저 저주나, 악신이라고만 생각했지⋯⋯."

"정말이지."

생각지도 못한 곳에서 이렇게 툭툭 튀어나온다. 달콤한 무언가가. 그것이 또 나쁘지 않다는 건 대체 무슨 감정인 것일까.

설란은 믿지 않게 눈을 흘기고는 지환의 팔을 잡아끌었다.

"일단 밥부터 먹어요. 아무것도 안 먹었더니 배고파 죽겠어요."

"예?"

"몰라서 그랬다면서요. 그럼 밥 먹고 린에게 가서 사과해요. 아아- 배고프다. 청월은 배 안 고파요?"

꽉 잡힌 손이 따스했다. 지환은 그 손에 끌려가면서도 설란의 뒷모습에 시선을 떼지 못했다. 하나부터 열까지 처음 겪는 것투성이라 하나부터 열까지 낯설기 그지없다. 낯선 것을 경계하는 삶에 익숙해져 있는데도 그녀가 주는 낯섦은 그저 따뜻할 뿐이었다. 혼례를 치르고 초야를 치렀음을 의미하는 올림머리가, 그 머리칼을 고정한 장신구가, 어떤 반찬이 나올지 조잘거리는 목소리가 전부 좋았다. 심지어 방 안으로 새어 들어올까 창마저 막아놓았던 햇빛마저 기껍게 느껴졌다.

"아, 진짜! 나도 다 컸다고-!"

쾅, 소리를 내며 문을 열어젖힌 무명이 악을 쓴 것은 그때였다. 지환은 쩌렁쩌렁한 고함 소리를 들으며 생각했다.

이 좋은 날, 이 행복한 순간에 저것만큼은 좋게 안 보이는 걸 보면 역시 저는 정상이라고.

"어디서 목소릴 높여! 요마의 숲에 몇 날 며칠 묶여 있어봐야 정신을 차리지? 당장 받은 금괴들 전부 어쨌는지 얘기하지 못해?"

"썼어! 다 썼다니까—!"

사랑채에 상을 들이라 말해두었으니 곧 아침상이 준비될 터였다. 그러나 정작 당사자들이 식사할 준비가 전혀 되어 있지 않은 상황에, 설란은 허허로이 웃으며 고개를 돌렸다.

"매년, 금괴를 수레로 날라줬다고 하지 않았어요?"

그녀도 공주로 자라며 값비싼 것들에 둘러싸여 있었다. 그러나 동시에 제가 쓰는 것들이 백성들이 낸 세금에서 비롯되었음을 잊은 적이 없었다. 유달리 무역이나 상업에 관심을 가졌던 이유였다.

그런데, 금화도 아니고 금괴라니. 과장해서 말한 거냐는 설란의 질문에 지환은 고개를 저었다. 직접 보지 않았더라면 또 모른다. 그러나 그는 매년 과시하듯 커다란 수레에 가득 담긴 금괴들을 낑낑거리며 옮기는 무명을 봐왔다. 심지어 제 방은 본가에서 가장 안쪽에 있었음에도 불구하고, 무명은 그 무거운 수레를 끌고 와서는 어깨를 쭉 펴며 얘기하곤 했다.

제 몸값이 이리 비싸다고.

"저자가 일 년에 받아간 금값이 작은 고을 하나가 일 년 동안 풍요롭게 먹고살 수 있는 양입니다."

"……서풍의 재력이 대단하다는 걸 새삼스럽게 깨닫네요."

"그저 모아놓은 재물들을 조금 팔았을 뿐, 그리 대단하지 않습니다."

"뭐…… 최가는 대대로 높은 관직을 지냈으니, 그 정도의 패물은 있을 법하죠. 얼마 전에는 모아둔 것 쓰지도 못하고 죽을 수 없다며 억울해하더니 거짓말이었던 모양이군요. 그걸 홀랑 다 써 버렸다니. 통이 크다고 해야 할지, 손이 크다고 해야 할지."

왠지 입은 옷이나 걸친 장신구나 한두 푼 하는 것처럼 보이진 않는다 싶었다. 린이 무섭기는 무서운지 차마 멀리 도망가지도 못 하고 마루 끝에 서서 고래고래 고함을 지르는 무명을 보고 있자 니 절로 고개가 저어졌다.

그래서일 것이다. 제때 나타난 무명으로 인해 목숨을 구했다는 것을 알면서도 이리 말한 것은.

"그동안 고생 많았겠어요."

저치를 상대하느라.

설란의 위로에 지환은 지체 없이 고개를 끄덕였다. 말릴 생각 은커녕 뒷짐 진 채 구경만 하는 두 부부의 모습에 무명이 매정한 인간들이라며 빽 소리를 쳤으나 어쩌겠는가.

지신(地神)과 반신(半神)의 싸움에 인간이 낄 수는 없는 법.

설란은 막 밥상을 들이려는 시비를 말렸고, 지환은 다른 시비에 게서 노릇하게 구운 오징어를 받아 들었다. 부부는 일심동체(一心 同體)라더니 이런 쪽에선 또 손발이 척척 맞았다. 지환은 한입 크 기로 자른 오징어를 설란의 입에 넣어주고는 제 입에도 하나를 넣 고 잘근잘근 씹기 시작했다. 멱살을 틀어쥐어도 얄밉게 웃던 이가 수세에 몰린 모습을 구경하는 것은 생각보다 더 진풍경이었다. 그 렇게 두 부부는 오징어를 씹으며 본격적으로 구경하기 시작했다.

"아니 진짜 전부 썼다니까! 펑펑 썼다고! 펑펑!"

매년 금괴 한 짝을 어떻게 썼는지 줄줄이 설명하기 시작하는 무명의 애처로운 몸짓을.

＊

"자고로 세상은 일장일단(一長一短)이지요."

무명의 흥청망청을 일단 믿어주기로 결정한 린은 식사를 물린 뒤 곧바로 끊어졌던 대화를 이어 나갔다. 아침부터 차를 마셨던 터라 반상 위는 텅 빈 채였다. 지환과 대화를 나눈 그 순간부터 확신하고 있던 얘기를 꺼내는 린의 표정은 특별날 것 없었다. 비장하지도, 조심스럽지도 않았다. 그녀는 그저 일상의 대화를 나누듯 조금은 무심하게 사실을 읊었다.

"그는 반신의 신력을 몸에 축적하고 있습니다. 저를 알아보고, 무명을 꺼리며, 마마를 좇는 이유가 바로 그것 때문이랍니다. 그러니…… 인간 중에서 저치에게 해를 입힐 수 있는 이는 없을 겁니다."

아마 그 정도의 실력을 지닌 인간이 있다면 이름이 알려졌어도 벌써 알려졌을 것이라는 린의 말에 무명의 눈이 커졌다. 지환의 곁에서 지낸 세월이 무려 구 년이다. 조금만 더 채우면 강산도 변한다는 긴 시간 동안 부대끼며 살아온 것이다. 그럼에도 그는 지환의 변화를 알아차리지 못했다.

지환은 새삼스러운 시선으로 쫙 편 손 안을 들여다봤다. 갑작스럽게 신의 힘을 갖게 되었다고 말한들 차이점이 느껴질 리 만무하다. 기쁘다기보다는 거부감이 먼저 들었다. 강하다는 것은 인정한다. 저주가 가진 힘은 매년 점점 강해져 근래 들어서는 무명도 버거워할 정도였으니 말이다. 그러나 아무리 강하다 할지라도 그 힘의 근본이 저주라는 것은 변하지 않는 사실이다. 원한과 분노, 그리고 슬픔이 뒤섞인 검은 덩어리. 지환의 눈살이 찌푸려졌다.

"그 말은 결국, 저주를 풀 방도가 없다는 얘기인가요."

설란은 얘기를 훅 뛰어넘어 본론을 입에 올렸다. 저주의 힘이니, 누굴 알아봤느니 하는 것들은 전혀 중요한 것이 아니었다. 그런 부차적인 문제는 뒤로 미뤄둘 때다. 지금 당장 중요한 질문은 이것이다.

저주를 풀 수 있는가.

얼굴에 즐겁다고 적어놓은 린의 눈이 활처럼 휘었다.

"마마가 없었으면 불가능한 얘기였겠지만, 마마께서 계시니 가능합니다."

"……내가, 있어서 가능하다? 그게 무슨 뜻이죠."

"반쪽짜리라고는 하나 지신(地神)의 저주입니다. 확신컨대 지신 중에서 저주를 풀어주겠다 나서는 이는 없을 겁니다."

물론 저와 제 아우도요. 린의 말이 끝나자마자 지환의 고개가 휙 돌아갔다. 무명은 그 시선을 슬쩍 피했다. 매년 금괴를 수레로 받아간 무명은, 고개를 돌린 채 투덜거렸다.

"아니…… 어차피 난 그 정도 능력도 안 된다니까."

"후후. 저 녀석이 하는 말은 전부 사실이니 그리 무섭게 노려보지 않아도 괜찮답니다."

부드러운 목소리와는 상반된, 서늘하게 가라앉은 두 눈이 그를 환영하지 않는다 말하고 있었다. 끝없이 오랜 세월을 살며 수없이 많은 인간들을 봐왔으나 최지환은 인간이라는 범주에 속하지 않는 것 같았다. 그러나 동시에 그는 한없이 인간다웠다. 그러니 제 시선을 피하지 않은 채 마주 보는 자존심도, 아무것도 모른 채 그저 저주만 원망했을 짧은 식견도 구미호의 성에 찰 리가 없다. 짧게 보고 얕게 생각하는 이들이란. 신의 눈으로 세상을 응시하는 린은 단호한 목소리로 말을 이었다.

"이렇게 되었으니, 명확히 짚고 넘어가도록 하죠. 나는 청월, 그대를 위해 이 자리에 나선 것이 아니라는 것을. 그 검은 저주 덩어리를 앞에 보는 것도 그저 불쾌할 뿐이에요. 내가 그대에게 새끼줄이나마 던져 주는 이유는 오롯이 마마를 위함이랍니다."

"알고 있다."

"그렇다면 다행이로군요."

허공에 부딪치는 시선이 매서웠다.

팽팽하게 당겨진 줄다리기를 보는 기분이었다. 무명은 끝끝내 린의 시선을 피하지 않는 지환의 태도에 혀를 내둘렀다. 제가 인간이 아님을 직감한 뒤로도 냅다 멱살을 잡을 때부터 알아보긴 했지만, 역시 그는 미친 게 분명했다. 다른 누구도 아닌 구미호에게 덤비다니.

그러나 맹수는 둘이 아니었다.

"린."

린이 구미호고, 지환이 괴물이라면 설란은 타고난 지배자였다.

"도움을 주기로 한 것은 무척 고마워요. 실마리조차 잡을 수 없었던 저주이니 린에게 진 빚이 크답니다. 무엇이건 내가 해줄 수 있는 것이라면 기꺼이 내어주겠어요. 하지만."

린이 지환을 무시하는 것까지는 어떻게 할 도리가 없다. 누군가의 마음을 어찌 좌지우지할 수 있단 말인가. 그러나 그 속내를 겉으로 드러내는 것이라면 얘기는 달라졌다. 이번 일에서 지환의 존재를 지워내려는 린의 태도에 설란은 지금 조금 화가 났다. 화라기보다는 속이 부글부글 끓는 기분이다.

그리고 동시에 깨닫는다. 잠시 달콤한 시간에 취해 있었다고 이리 속이 물러졌다는 사실을. 제게 익숙한 것은 언제 어디에서 목이 졸릴지 모르는 삶이었는데 말이다.

"린을 손님으로 맞아들였다는 것을 잊지 말았으면 좋겠어요."

부드러운 목소리에 얼굴에 만연한 웃음이 잠시 그녀의 입에서 나온 말을 잊게 만들었다. 그러나 매섭게 뜬 눈이 잠시 잠깐 홀렸던 정신을 붙잡아오게 했다. 린은 그런 설란의 말에도 불쾌해하기는커녕 무척이나 만족스러워했다.

'역시 봉황의 피가 어디 가지는 않네.'

지금쯤 천랑국에서 하하호호 하고 있을 제 주군들을 보고 싶어졌다. 그리고 말하고 싶었다. 여기, 이곳에, 또 다른 천신의 후예가 훌륭한 모습으로 살아가고 있노라고.

"이런. 제 불찰입니다. 사죄드리지요. 받아주시겠어요?"

먼저 용서를 구하는 이에게 화를 내는 것만큼 떨떠름한 일도 없다. 내키지 않는다는 표정을 한 채 고개를 끄덕이는 지환을 확인하고 나서야 린은 본론을 다시 입에 올렸다.

"다시 얘기를 이어가자면, 지신(地神)들 중에선 깊은 한으로 점철된 저주를 풀 만한 이도 몇 없을뿐더러 할 수 있더라도 하지 않을 겁니다. 저주에 저주를 얹지 않으면 다행이죠. 그러니 남는 것은 하나."

천신(天神)밖에는 없습니다.

"천신이라면……."

"예. 마마의 선조이자, 수백 년도 더 전, 불꽃으로 만들어진 날개로 드넓은 하늘을 날던 존재. 고작 찰나를 사는 여인에게 마음을 줘버린 신. 그리하여 화려한 날개를 꺾고 땅으로 떨어진 불꽃으로 만들어진 새, 봉황(鳳凰)."

정확히는 마마에게 흐르는 '봉황의 피'가 저주를 풀 열쇠가 될 테지요.

제가 봉황의 후손이라는 것이 믿기지 않는지 평범한 인간의 것인 제 몸을 살피는 설란의 모습에, 린이 후후 웃었다. 보아하니 지환의 눈에도 보이지 않는 모양이다. 제 아우인 무명의 눈에도 보이지 않으니 어찌 보면 당연한 일이었다. 린은 한 손으로 왼쪽 눈을 가린 채 작게 한숨지었다.

그런 말이 있다. 인간의 날갯죽지는 먼 옛날 하늘을 날았던 흔적이라는 말이. 그러나 자설란에게 있어서 그 말은 그저 옛 이야기가 아니었다. 린의 시선이 화려하게 불타오르는 한 쌍의 날개를 좇았다. 그것은 금방이라도 날아오를 것처럼 커다랗고, 또 아름다웠다. 찰나를 사는 여인을 좇아 하늘에서 칭송받던 날개를 꺾어버린 신의 후예. 수백 년이 흘러도 불꽃이 다시 하늘을 나는 일은 없을 것이다. 마지막 숨을 뱉어냈던 이의 기억을 더듬으며 린은 이내 눈을 감았다.

이리 아름다운 날개를 보지 못하는 건, 정말이지 슬픈 일이라 생각하며.

✳

혼인을 한다 하여 어깨에 올려진 책임과 의무가 완전히 끝나는 것은 아니었다. 단지 그 형태가 조금 달라질 뿐이었다. 설란은 고관대작의 부인들과 약조한 시간이 다 되어가자, 정말 가기 싫다는 표정으로 가마에 올랐다. 애당초 이 모임의 중심적인 역할을 하는 설란이 빠지자 자연스럽게 대화는 중단되었다.

무명은 린에게 다시 붙잡힐까 두려웠는지 재빨리 모습을 감췄고, 린은 저잣거리 구경이나 하려던 참이었다.

"얘기 좀 하지."

그런 린을 붙잡은 것은 지환이었다.

막 새로 옷을 갈아입은 참이었기에, 지환이 붙잡은 부분에 구김이 갔다. 주변에 시비들이 잔뜩 있지만 않았어도 화를 냈을 텐데. 이자는 여인을 너무 몰랐다. 그러니 시간을 들여 고르고 곱게 단장한 것을 아무렇지도 않게 망쳐 버리면 얼마나 화가 나는지 모를 테지. 역시 이 혼사, 설란이 아깝다 중얼거린 린이 답했다.

"얘기라면 방금 전 실컷 했을 텐데, 부족했나요?"

"물을 것이 있다."

"무엇을?"

"부인이…… 다칠 수도 있는 일인가."

"푸흐흐……. 그래, 그렇다 하면 그 지긋지긋한 저주를 끌어안고 살기라도 할 생각인가요?"

지어낸 조롱이 목소리에 한가득 묻어 있다. 가벼운 도발에 저치가 어찌 반응할지 두고 보겠다는 듯 린은 그 자리에 서서 팔짱

을 꼈다. 만약 화를 낸다면 혈기에 사로잡힌 성정에 점수를 깎을
것이다. 도망친다면 혈기 없음에 역시 점수를 깎을 생각이다. 도
망치거나, 화를 내거나. 어느 쪽을 선택하건 지환에 대해 좋게 평
가할 생각이 없는 린의 눈이 뾰족하게 섰다.

이번 혼사가 조금이라도 강제된 것이라면 그녀는 설란의 손을
붙들고 도망쳤을 것이다. 도망이라 할 것도 없다. 천랑국의 힘을
빌릴 필요까지도 없었다. 린은 그저 해가 모습을 감춘 깊숙한 밤,
설란을 요마의 숲으로 데려갔을 터다. 온갖 신들이 살아가는 그
곳에 설란을 위한 작은 거처를 마련해 그녀를 보호했을 것이다.

오랜 세월 동안 그저 흘러가 이젠 정말 사라져 버렸다 생각했
던 봉황의 후손을 위해.

"인간인 당신이?"

그렇게 하지 않은 이유는 오직 하나였다. 설란이 이 혼사를 파
하고 싶어 하지 않아서. 혼사까지는 나쁘지 않았다. 평생 혼자 살
수는 없는 노릇이니, 상대가 평범한 인간이었다면 먼 곳에서 그
저 지켜봤을 것이다.

그런데 하필이면 반신(半神)에게 저주받은 이라니.

"뼈를 깎아내고, 살을 헤집는 고통을 참겠다고?"

그러나 지환은 대답하지 않았다. 둘 중 무엇을 선택하지도 않
았다. 그는 그저 그 자리에 서서 린을 가만히 응시했을 뿐이다.
이미 대답은 알고 있지 않느냐는 표정을 한 채, 굳게 다물어진 입
이 침묵으로 답했다. 머뭇거리기 때문이 아니었다. 흔들림 없는
눈과 이미 대답을 짐작한 듯 더 캐묻지 않는 태도가 그랬다. 때로
백 마디 말보다 고요한 침묵이 더 많은 말을 하는 법이다. 그는

그렇게 침묵으로 말하고 있었다.

미치겠네.

린은 자신도 모르게 속으로 그리 중얼거렸다. 무엇을 선택하건 오답이라 정해놓은 자신이 할 말이 아님은 알았다. 그러나 그것 말고는 제 기분을 달리 표현할 말이 없었다.

구미호인 자신은 저주에 걸린 적이 없었으나 저주로 인한 고통이 어느 정도인지는 알고 있었다. 상상을 초월하는 고통. 그보다 더 끔찍한 것은 그 고통이 언제 어떻게 덮쳐 올지 모른다는 것에 있었다. 제멋대로 밀려오는 고통은 발작을 닮아 있다. 그러니 항상 긴장한 채로 살아왔을 것이다. 하루 종일 온몸의 신경을 곤두세운 채 해를 보지 않으려 그늘을 찾아 움직이고 언제 피를 탐하게 될지 모르니 타인과의 접촉도 최소한으로 줄였을 것이다.

그보다 더 비참하게 살아왔을 것이다. 그러니 제정신이 박힌 인간이라면 그 누구를 희생시켜서라도 벗어나고 싶어 할 터다. 결국 사람은 자기 자신이 제일 중요한 존재이니까.

그런데,

"풀지 않을 생각이라고? 고작 몇 번 본 여인을 위해?"

그녀의 상식에서 벗어난 사내가 바로 눈앞에 서 있다. 만약 지환이 머뭇거렸다면 비웃어줄 생각이었다. 그래, 그렇게 잘난 척해도 결국 인간이란 그런 존재라 말하며 제 위치를 자각하게 해주었을 터였다. 그러나 피하지 않는 시선이 말하고 있었다. 이건 거짓이 아니라고.

"그래. 풀지 않을 생각이다."

"흐응, 어째서죠?"

"내자를 상처 입히면서까지 풀어야 할 만큼 절박하지 않으니."

"얼마 전까지 절박하게 죽음을 바란 이가 할 말은 아닌 것 같군요."

"아아. 얼마 전에는 절박하게 지켜야 할 이가 없었어서."

그런데 그렇게 절박해진 존재가 생겼거든.

죽음을 바라던 이가 살겠다며 웃는다. 참으로 기꺼운 웃음이었다. 생사(生死)와 먼 삶을 살고 있는 린의 미간이 찌푸려졌다.

"하. 정말이지. 내가 마음에 들어 한 이들은 하나같이 어디로 튈지 알 수가 없으니⋯⋯."

이 정도 되면 제가 문제인가 싶을 정도였다. 린은 쯧, 혀를 차고는 말을 이었다.

"좋아요. 얘기해 주죠. 마마께는 해가 가지 않는답니다."

티 나게 밝아지는 낯빛이 참으로 읽기 편했다. 린은 여전히 팔짱을 낀 채로 검지만 까딱여 팔꿈치를 툭툭 두드렸다. 기뻐할 시간을 충분히 줬다는 생각이 들자마자, 그녀의 입술이 벌어졌다.

"그러나 신력을 전부 잃으시게 될 거랍니다."

"⋯⋯뭐?"

"놀란 표정이네요. 그래, 내 존재를 알아보았다 한들, 천신의 피를 이은 마마가 어느 정도의 신력을 갖고 있는지는 모르겠죠. 안 그런가요?"

"부인이, 신력을 갖고 있다고?"

"그리 당연한 걸 묻다니."

잠시 고민하던 지환은 이내 고개를 저었다.

"잘못 알았겠지."

참으로 오랜만에 듣는 헛소리에, 정성을 다해 손질했을 눈썹이 꿈틀거렸다. 다른 누구도 아닌 인간에게 제가 가진 힘을 의심받는 것은 또 색다른 경험이 아닐 수 없었다.

이곳에 와서 처음 겪는 일들이 왜 이리 많은지. 차라리 도깨비와 멱살을 잡고 싸우는 게 정신건강에는 더 좋을 것 같다는 생각이 자꾸만 머릿속을 떠돌았다. 구미호가 어떤 존재인지 하나부터 열까지 설명해 주려던 린은, 그게 꽤나 귀찮다는 생각이 들자마자 마음을 바꿔먹었다.

"그리 생각한 이유가 있겠죠?"

"모든 왕족은 탄생 후 대무녀의 축복을 받아. 그러니 부인께 신력이 있었다면 대무녀가 몰랐을 리 만무하다."

얇은 눈썹이 위로 휙 올라갔다.

무어?

지환의 말에 까딱이던 검지가 허공에 우뚝 멈췄다. 꽤 오랜 시간이 흐른 뒤에야 린의 낯이 일그러졌다. 터지려는 웃음을 참기 위한 나름의 배려였다.

아, 정말이지, 이보다 더 우스운 말이 또 있을까!

"'대'무녀라니. 인간들 사이에서 그나마 신력을 많이 지니고 있는 무녀인가 보지요? 그래, 그 인간이 봉황의 피를 보지 못했나요? 오! 인간의 눈과 신의 눈을 비교하다니. 어리석은 것인지, 모른 척하고 싶은 것인지! 어찌 신의 후손과 평범한 인간을 비교할까! 인간이 봉황의 것을 볼 수 있을 것이라는 그 자신감이란!"

썩어도 준치라, 세월이 흘러 힘이 옅어졌어도 설란이 갖고 있는 힘의 근원은 봉황이다. 다른 신들과 비교한다면 한없이 아래로 처지겠지만, 비교 대상이 인간이라니. 갖다 대는 것 자체가 봉황에게 실례인 것이다.

"······부인의 신력이, 그 정도로 크다는 뜻인가. 성도청의 무녀들보다?"

지환은 꿋꿋이 물음을 던졌다. 비웃음을 사고 무시당해도 물음은 멈추지 않았다. 필요하다면 비꼼이 가득한 시선을 받으며 계속 서 있을 생각이었다. 그 정도로 간절히 지켜야 하는 것이 있었다. 간절함의 크기에 제가 더 놀랄 정도였다.

그리 서 있는 지환의 모습을 보고 있자니 기분이 묘했다. 그래 봤자 찰나를 사는 이들이다. 눈 깜짝할 사이에 져 버리는 존재. 찰나를 선택한 제 주군의 모습이 갑자기 떠오르는 이유를 모르겠다. 그러나 그 잔상에 기대어, 린은 입을 열었다.

"성도청이라. 인간들 중 신력을 타고난 이들을 모아둔 곳인 듯한데······ 그렇지요?"

"그래. 자하국에서 성도청은 신력을 타고난 이들을 전부 모아 놓은 곳이라 해도 무방해. 무녀들은 주기적으로 나라를 돌며 그런 아이들을 거둬들이지. 대무녀는 그들 중 가장 신력이 강한 여인이고."

들을수록 가관이다. 린은 단호하게 대답했다.

"그래봤자 인간. 비교한다는 것 자체가 어불성설이랍니다. 아까도 말했지만, 자하국의 왕족은 봉황의 후손인데 그 피가 세월이 흐르면서 옅어졌죠. 그러나 모든 것들은 그 생이 다하기 직전이 가장 아름답다던가요. 마마는 신기할 정도로 봉황의 피를 짙게 타고나셨지요."

붉게 흐드러진 란꽃송이

"그럼, 부인의 신력이 사라지면, 그리되면, 어떻게 되는 거지?"

"마마께서 느끼는 차이는 없을 겁니다. 애당초 신력을 어찌 사용하는지도 모르시는 듯하니 사라져도 사라졌다는 것조차 느끼지 못할 테지요."

아무런 해도 없다 하니 지환은 눈에 띄게 안도했다. 구미호는 인정할 수밖에 없었다. 설란에게 조금이라도 해가 된다면 저자는 정말 이 모든 것을 포기했을 것이라는 걸. 붉게 변한 동공은 이내 익숙하게 지환의 속을 훑었다. 순리대로라면 오래전 풀어졌어야 할 한이 겹겹이 쌓여 몸부림치는 것이 보였다.

가엾은 것.

순리를 거슬렀으니 제 아우는 신이 되기 위해 수백 년은 더 공을 들여야 할 터다. 어리석은 아우의 행적에 린은 작게 한숨지었다. 그녀는 저주를 담고 있는 지환의 몸이 한계점에 다다르고 있음을 알고 있었다. 만약 설란을 만나지 않았더라면 일 년 안에 그는 미쳐 버렸을 것이다.

그러나 저주가 풀린다 하더라도 옛날이야기 같은 결말이 될 것인가. 권선징악(勸善懲惡)이 실현되고 고난을 극복한 주인공들은 행복해질 것인가.

글쎄.

린은 손가락에 낀 옥반지를 만지작거렸다. 과연 그렇게 잘 풀릴 것인가, 의문을 가지며.

"청월…… 당신이 느끼는 차이는 클 겁니다."

"그게 무슨……."

"신력은, 저주를 누르는 힘이기도 하니까요. ……짐작하는 게 있을 텐데요?"

린의 말을 이해하자, 그의 얼굴에서 표정이 사라졌다. 린이 말하고 있는 것은 지금 그가 설란의 옆에서 느끼는 모든 감정을 이름이나 다름없었다. 그저 흑백이던 세상에 빛을 주었던 그녀의 존재를 말함이었다. 그는 설란이 시야에 들어온 그 순간부터 하루 종일 바짝 긴장했던 몸이 풀어지는 것 같은 안도감을 느꼈다. 그녀가 제게 가까이 다가오면 올수록 머릿속에 고요함이 내려앉아 자신도 모르게 편안하다는 생각을 했다. 혹여 설란의 손끝이 스치기라도 할 땐 팔을 뻗어 그녀를 끌어안아 버리고 싶다는 충동을 느낀 것이 몇 번이던가.

지환은 그것들이 사라져 버릴 수도 있다는 린의 말만으로도, 심장 한편이 쿵 떨어지는 기분을 느끼며 가까스로 입술을 달싹였다.

"그 모든 것이."

설란을 마음에 두었다. 불어온 바람이 그 마음을 제게 가져다주었고, 내리쬐는 햇빛이 그것이 사랑이라 이름 지어주었다. 보고 있기만 해도 아득한 첫사랑이었다.

그런데 그 모든 감정이 단순히 설란의 신력에 편안함을 느꼈기 때문에 생긴 것일까. 그동안 애써 피해온 물음이 눈앞에 던져졌다. 자설란에게서 신력이 사라졌을 때, 여전히 그녀를 같은 시선으로 바라볼 수 있을지에 대한 물음이.

무명이 경고했을 때도 느꼈던 혼란을, 그는 다시 느끼고 있었다. 쿵쾅거리는 심장은 설란에게서 신력이 사라져도 지금과 달라질 것이 전혀 없다 말했다. 그러나 동시에 그의 마음 한편은, 그러지 않을 수도 있음을 인정하고 있었다.

모든 것이 달라질 수도 있다고.

"······그래."

그 모든 기분은 그녀가 가진 신력의 힘이 만들어낸 것이다. 지환은 제게 감겨드는 린의 목소리가 섬뜩하다는 생각을 했다.

"그러니 머리를 싸매고 고민해 보아. 그 열렬함이 머릿속에서 웅웅거리는 저주에게 무릎 꿇은 탓인지, 진심인지를 알아야 하지 않겠어요?"

린의 얼굴에 서서히 미소가 거둬졌다. 아주 오래전 수많은 목숨을 취했던 때의 흉흉함이 겉으로 드러났다. 차갑게 굳은 낯이 무기질적이었다. 그대로 쩡 얼어버린 두 눈에는 그 어떤 따스한 감정도 담긴 적이 없는 것 같았다.

린은 금방이라도 속을 게워낼 것 같은 표정을 하고 있는 지환을 그런 눈으로 바라봤다.

"감히 신의 후예에게 손을 대기 전에."

그것은, 간담이 서늘한 경고였다.

10. 연애

"에휴."

모임이 파하기가 무섭게 밖으로 나온 설란은 한숨부터 쉬었다. 각오는 하고 있었지만 고관대작의 딸로 태어나 고관대작의 부인이 된 이들의 기세는 만만하지 않았다. 그녀들은 그 어느 공주보다 간략한 절차였으나 그 어떤 가례보다 화려했던 설란의 가례를 잊지 않았다. 혼사에 든 비용을 정리하던 내관의 낯이 희게 질릴 정도였다는 말이 돌 정도로, 혜조는 아낌없이 돈을 썼다. 금화를 뿌림으로써 왕은 그리 말하고 있었다.

출가외인이라 하나, 자설란은 여전히 왕의 총애를 한 몸에 받는 공주라고.

덕분에 자신과 어떻게든 친해져 연을 만들려는 부인들로 인해 잔뜩 시달린 설란이다. 그런 그녀의 곁으로 재빨리 다가온 도아가 걱정스레 물었다.

"왜 그러셔요, 마마."

"피로해서. 어서 집으로 돌아가고 싶구나."

"예. 소녀가 달려가 가마를 대령하겠어요."

"그래. 그래주런."

부인들은 매주 한 번, 정기적으로 모임을 가졌다. 서로의 정보를 교환하고 시문을 나누는 모임의 주된 목적은 친목 도모였다. 그렇기에 여러 갈래로 나뉜 당파를 구분하지 않기 위해 여러 방법이 고안되었는데, 개중 하나가 매번 모임 장소를 달리 하는 것이었다.

이번 모임이 이뤄진 곳은 좌찬성의 저택이었다. 청렴한 좌찬성이 화려한 것은 좋아하지 않는다는 말이 사실인지, 저택은 최소로 꾸며져 있었다. 낮은 소나무나 난간에서 두 뼘 정도 떨어진 곳에 심어져 있는 목련나무도 남들 눈을 의식해 심은 티가 났다. 고고한 적막함과 단정한 느낌의 저택을 거니는 것은 꽤나 기분 좋은 일이라, 방금 전까지 쌓였던 피로가 날아가는 것 같았다.

이제 우리 집에 돌아가야지. 무심코 그런 생각을 했다가, 설란은 제 생각에 제가 놀랐다. 우리 집이라니. 출궁한 지 얼마나 됐다고 벌써 그런 생각을 자연스럽게 한다. 그런데 그게 또 기분이 나쁘진 않아서, 설란은 속으로 쿡쿡 웃었다.

"……어?"

높게 둘러친 담벼락을 잇는 대문을 넘어섰을 때, 익숙한 얼굴이 보일 것이라고는 그녀도 미처 생각지 못했다. 그러나 어쩐지 신이나 보이는 도아와 이쪽을 힐끔거리는 가마꾼들을 보아하니 제가 보는 것이 헛것은 아니었다.

"청월……?"

당신이 왜 이곳에?

놀란 표정이 그렇게 묻고 있었다. 방금 전까지 두꺼운 가면을 쓴 채 부인들의 앞에서 어떤 말이 나와도 호호 웃었던 설란은 제 표정이 바뀌었다는 것도 모르고 있었다.

"마중 나왔습니다."

길이 험한 듯하여.

깨끗하게 닦여 있는 길이 험하다 말하는 이의 얼굴은 뻔뻔할 정도로 아무 변화가 없었다. 그 당당함에 도아가 제 옆에 서 있는 시비와 발을 동동 구르며 어쩔 줄 몰라 했다.

"또 시간이 늦어 위험할 때라, 혹여나 무슨 일이 생길까 걱정이 되었습니다."

그 말에 약속이라도 한 듯 하늘을 살피는 가마꾼들의 고개가 바빴다. 그러나 아무리 열심히 살펴도 하늘에 걸린 해가 뿅 사라질 리 만무하다. 해가 지천에 떠 있건만 시간이 늦었다 말하는 이의 입술엔 침도 발라져 있지 않았다. 결국 가마꾼들은 민망함에 고개를 돌렸다.

그걸 눈치채지 못할 설란이 아니다. 듣기 좋다 하여 창피하지 않은 것은 아니다. 설란은 양 볼을 붉히며 재빨리 가마꾼과 도아에게 먼저 가 있으라 했다. 흥흥, 웃음기가 가시지 않은 그들이 시야에서 사라진 뒤에야 설란은 지환의 팔을 아프지 않게 쳤다.

"대낮부터 낯부끄럽게!"

"사실은 그저 조금이라도 빨리 보고 싶어 왔습니다."

그만하라 하니 이젠 아예 대놓고 말한다. 싫은 건 아니었으나 그렇다고 창피하지 않은 것도 아니었다. 설란은 발갛게 달아오른 볼을 어떻게든 식혀보려 애쓰며 투덜거렸다.

"좌찬성의 자택이 그리 먼 것도 아닌데, 뭐가 그리 급……."

중얼거리던 말이 뚝 멈췄다. 볼을 쓸어내리던 손이 그대로 뻗어가 지환의 얼굴을 끌어 내렸다. 버틸 생각조차 없는지 끌면 끌리는 대로 순순히 내려온 얼굴은 우는 것도, 웃는 것도 같았다. 살짝 일그러진 미간이 고통을 참는 것도 같아 보여서, 설란은 울컥 올라오는 것을 꾹 삼킨 채 물었다.

"왜 그래요."

그 찰나에 무슨 일이 있었던 거예요.

"미처 부인께 하지 못한 말이 있습니다."

"길어요?"

"그리 길진 않습니다. 아마 저택에 도착할 때쯤엔 끝날 겁니다."

"슬픈 얘기예요?"

"아픈 얘기입니다."

아. 그래서인가 보다. 아픈 얘기라 이렇게 아파 보이는 얼굴을 하고 있나 보다. 고통스러워하는 그를 위로해 주고 싶었다. 설란은 천천히 그의 얼굴을 끌어왔다. 아무 설명도 없이 대중없는 손길에 아무런 방어도 하지 않은 채 끌려오는 이의 눈이 슬펐다. 그래서 그녀는 까치발을 선 채 이마에 입을 맞췄다. 짧은 온기가 닿았다 떨어지자 그제야 현실을 인식한 그의 눈이 커지기 시작했다. 방금 전까지 잔잔하게 일렁이던 슬픔은 자취를 감춘 지 오래다.

지진이라도 난 것처럼 떨리는 그의 시선을 마주한 채로 설란이 씩 웃었다.

"들어줄게요."

그 얘기가 무엇이든.

"손을 꼭 잡고 들어줄 테니까, 하다 너무 아프면 날 잡아요."

그리 말하며 설란은 지환을 놓아주었다. 사그라지는 온기에 아쉬움을 느낄 새도 없이 제 손을 잡아오는 작은 손에 심장이 뛰었다. 설란은 그의 손을 꼭 잡은 채 걷기 시작했다. 지환이 쥐고 있던 주먹을 그대로 감싼 탓에 몇 걸음 옮기자 그대로 미끄러질 뻔한 손을, 지환이 다급히 깍지 껴 잡았다. 그 다급함이 기꺼워서 씰룩이는 입술을 애써 감추며 설란이 검지로 톡톡, 지환의 손등을 두드렸다.

"그래서, 무슨 얘기예요?"

"저주에 관한 얘기입니다."

"그럴 것 같았어요."

그리고 난 들을 준비가 됐죠. 저주라는 단어 하나에 머릿속이 새하얗게 질렸던 것이 엊그제 같다는 생각이 문득 스쳐 지나갔다.

"제게 때때로 고통이 찾아든다는 얘기는 일전에 했을 겁니다."

"기억나요."

"그 고통이 거짓말처럼 사라질 때가 있습니다."

그가 느끼는 고통은 말로 표현했음에도 절로 눈살이 찌푸려질 정도로 잔혹했다. 그런데 그게 사라진다니. 설란은 놀라움을 감추지 않았다. 그녀는 붙잡은 손에 힘을 준 채 상체를 틀어 지환과 마주 봤다.

"정말요?"

"예."

"언제, 어떨 때요? 아니, 왜 그걸 이제야……."

"처음 만난 날을, 기억하십니까."

동문서답 같은 대답에 설란이 고개를 갸웃했다. 고통이 사라지는 순간을 물었더니 첫 만남을 답하는 남자는, 무척이나 진지해 보여서 설란은 고개를 끄덕였다.

"물론이죠."

적지 않은 시간이 흘렀지만 눈을 감으면 지금도 생생하게 떠올릴 수 있었다. 높게 솟은 전각 위, 서책을 한 손에 든 채 강연을 진행하던 그의 모습을. 바람이 부는 방향을 따라 고개를 돌리고 저와 시선이 마주쳤던 순간을.

지환도 같은 날을 상기하고 있었다. 그러나 그가 떠올리는 것들은 설란의 것과 미묘하게 달랐다.

처음 강연을 진행할 때도 그는 고통에 시달리고 있었다. 그리 심하진 않았으나 배 속의 살점이 천천히 파 먹히는 감각에 말을 하면서도 비명을 삼키기 위해 입안 여린 살점을 물어뜯어야 했다.

그때였다. 바람이 분 것은.

그 순간이었다. 거짓말처럼 고통이 자취를 감춘 것이.

"그날은 제게 기적이 일어난 날이었습니다."

지환은 남은 손을 뻗어 설란의 얼굴을 감쌌다. 기적을 말하는 이의 얼굴은 금방이라도 울음을 터뜨릴 것만 같이 일그러져 있었다.

"처음으로 살아 있다는 감각을 느꼈습니다. 고개를 돌리자 당

붉게 흐드러진 란꽃숲이

신이 있었고, 그 자리에 서서 나를 보는 시선에 깨달았습니다."

부인이 나의 기적이라는 것을.

예상조차 못한 이유였다. 제가 존재함으로 인해 살아 있음을 깨달았다는 남자를 바라보는 시선이 멍했다. 사람들이 길 위에 오도카니 서 있는 둘을 힐끔거렸지만 그것마저도 느껴지지 않았다. 뚝 떨어진 세상에 오로지 저와 지환, 둘만 존재하는 기분이다.

운명을 믿은 역사가 없다. 아직도 이 감정이 사랑이라 생각하지 않는다. 지금이라도 지환이 세자의 복식을 한 채 만났던 때를 입에 올린다면 모른 척할 것이기 때문이다. 가장 깊은 곳에 있는 비밀을 털어놓지 못하는 존재를 사랑한다니. 설란은 제 얼굴을 감싸고 있는 커다란 손 위에 자신의 손을 얹었다.

그리 어설픈 감정으로 사랑한다 하기엔 제가 겪은 것들이 너무 많았다. 그럼에도.

"다행이에요."

다행이라 생각한다. 깊이 안도한다. 자신이 있음으로 그가 숨 쉴 수 있다는 사실이 그저 기쁘다. 이 두근거림은 사랑이 아니었다.

아아. 그렇다면 이건 무엇일까.

가마를 먼저 보낸 탓에 유일하게 남은 선택지는 걸어서 가는 것이었다. 아무리 백성들에게 사랑받는 공주라 하나 그들이 공주의 얼굴을 볼 일이 많을 리 만무하다. 예닐곱 살쯤에 혜조와 효연 왕후에게 힘이 되어주기 위해 수도를 한 번 돌며 왕실의 단단함을 보였던 것이 마지막이었다.

설란이 그러할진대 지환은 어떻겠는가. 구 년 동안 세상 밖으로는 한 걸음도 나가지 않았던 그의 얼굴은, 아는 이를 찾는 게 더 어려울 정도였다. 가례를 올렸을 적에도 높은 말 위에서 궁과 그리 머지않은 저택으로 움직였을 뿐이니 그를 직접 본 이는 손에 꼽았다. 그러니 설란과 지환이 얼굴을 드러내고 저잣거리를 돌아다녀도 알아보는 이는 없었다.

오고 가는 이들은 값비싼 의복과 장신구로 설란과 지환이 높은 신분임을 짐작하기만 할 뿐이었다.

"그래서, 내 신력이 사라지면 어떻게 될지 몰라 걱정하다가 거기까지 찾아왔다는 말이에요, 지금?"

사실이었으나 누군가의 입으로 듣자니 창피한 얘기였다. 지환은 슬쩍 고개를 돌렸다. 설란이 맞잡은 손에 꽉 힘을 주자 그제야 내키지 않는다는 티를 팍팍 내며 고개를 끄덕이는 귓불이 붉었다.

그 모습을 보고 있자니 진지하게 고민이 된다. 지금도 그렇지만 왜 이렇게 이 남자를 훔쳐보는 시선이 많은지, 질투를 하게 될 것 같다는 고민이 불쑥불쑥 고개를 치켜드는 것이다. 이렇게 저돌적으로 부딪쳐 오는 건 반칙 아니냐며 투덜거리던 설란은, 아! 소리를 내며 눈을 빛냈다.

"그러면 우리, 연애해요."

"......예?"

"혼례는 이미 올렸으니 어쩔 수 없지만, 아직 연애는 안 했잖아요? 서로 아는 게 많지도 않고 같이 해본 것도 몇 없으니 해보자고요, 연애."

설란은 얼빠진 표정으로 저를 바라보는 지환의 모습에 씩 웃으며 말을 끝마쳤다.

"그럼 확신할 수 있겠죠. 그 마음, 내가 가진 신력 때문인지 아닌지."

그리 말하는 설란의 얼굴은 반짝였다. 처음 봤을 때도 아름다웠지만, 지금은 별 가루라도 뿌린 듯 찬란하기 그지없었다. 지환은 제 눈이 이상한가 싶어 잡히지 않은 손으로 열심히 눈을 비볐지만, 노력이 무상하게도 설란은 여전히 반짝거렸다.

분명 발은 땅을 디디고 있다. 심지어 착실히 걷고 있다. 멈춰서 있자니 점점 가던 길을 멈춘 백성들이 빙 원을 그리며 구경하는 게 신경 쓰여서 설란을 이끌고 벗어난 게 방금 전의 일이었다.

그런데 왜 지금 하늘을 밟는 것 같을까.

무명이 듣는다면 '도령, 도령이 몰라 해주는 말인데, 그건 미쳐서 그래. 도령은 지금 제정신이 아닌 거야. 그러니 굿이라도 한판 거하게 하자'라고 대답할 법한 생각을 하며 지환은 재빠르게 그러겠노라 답했다. 머뭇거리면 없던 일로 하자는 말이 돌아올까 조금 걱정했던 것도 같다. 그러나 얼마 지나지 않아 지환의 낯빛이 어두워졌다.

천천히 느려지는 걸음과 심각하게 무언가를 고민하는 듯한 얼굴을 눈치채지 못할 설란이 아니다.

"왜 그래요?"

연애하기 싫어서? 그리 묻자 지환이 고개를 붕붕 저었다.

"아닙니다. 그게 아니라⋯⋯ 해본 적이 없어 어찌해야 할지 몰라 고민 중입니다."

부들. 설란의 손이 떨렸다. 이 남자, 일부러 이러는 게 아니라면 저 큰 키로 귀엽게 보일 수 있는 방법에 통달했다고 밖에는 설명할 길이 없었다. 그녀의 나이 올해로 열여덟. 심지어 저보다 두 살은 위인 남자가 귀엽다고 생각할 날이 올 것이라고는 상상도 못 했던 날이 햇수로만 열여덟 해다. 그 긴 시간 동안 차곡차곡 쌓아온 것들이 와르르 무너지는 기분이었다.

표정만 보면 나라의 중대사를 다루는 것 같은데, 정작 하는 고민은 연애하는 방법이란다. 너무 먼 간극에 설란은 실룩이는 입술을 억지로 눌렀다.

"글쎄요."

그러나 간과한 것이 있었으니, 자하국의 공주님 역시 연애의 연 자도 구경해 본 적 없는 무경험자란 사실이었다. 잠시 고민하던 설란은 무언가를 떠올리고는 중얼거렸다.

"……먹을 걸 사주려나?"

설란은 어릴 적부터 설호를 대신해 용맹함을 보여주기 위해 활과 검을 배웠다. 그리고 좀 더 자란 후에는 자연스럽게 사냥에 다녔었다. 사냥을 나갈 때면 간혹 신기한 것들을 보곤 한다. 그중 가장 많이 본 것이 짝짓기를 하기 전 수컷 새가 커다란 먹이를 문 채 암컷에게 구애하는 모습이었다. 그리 위험하지 않은 왕실 사냥터에도, 깊은 숲에도 새들은 있었기에 눈 돌릴 때마다 심심찮게 보던 장면이었던 것이다.

그때 보았던 것을 떠올리며 중얼거린 설란의 말이 끝나기가 무섭게 지환이 저잣거리를 휘 둘러보았다. 마침 장이 서는 날이라 여기저기서 보따리를 풀어놓은 이들이 목청 높여 호객 행위를 하고 있었다.

지짐, 맛있는 지짐 먹고 가쇼! 둘이 먹다 하나 죽어도 모를 메밀묵 있어어-!

주변을 살핀 지환은, 그중 한 곳으로 성큼성큼 걸어갔다. 여전히 손은 잡은 채여서, 그의 뒤를 종종걸음으로 쫓아간 설란이 고개를 쏙 내밀어 무엇을 파는 곳인지 확인했다.

그 와중에도 예쁜 걸 사줘야겠다 생각한 건지, 지환이 고른 것은 색색의 과일에 꿀을 입힌 당과였다. 색이 선연한 딸기와 머루 위에 꿀을 발랐으니 자르르 윤기마저 도는 것이 당연 예뻤다.

'예쁘긴 한데……'

어린아이들이 하나씩 물고 있는 당과를 무척이나 진지한 표정으로 고르는 지환의 모습에 설란의 입술이 다시 실룩이기 시작했다. 꼬마 아이들과 덩치가 산만 한 사내, 그리고 꼬치에 한가득 꽂혀 있는 조막만 한 과일들은 언뜻 어색하면서도 또 잘 어울렸다. 설란은 입술에 꾹 힘을 줬다. 아, 위험하다. 당장에라도 웃음이 터질 것만 같았다.

"새댁이 아이를 가졌나 보오."

고민을 거듭하다 결국 딸기가 많이 꽂혀 있는 당과 두 개를 고른 지환에게 거스름돈을 건네던 노파가 흐뭇한 표정으로 말했다.

긴 꼬챙이에 당도가 떨어지는 과일을 줄줄이 껴 꿀을 바른 당과는 싼값에 아이들이 즐겨 사 먹는 간식이었다. 설란과 지환처럼 값비싼 옷을 입는 이들이 먹는 당과와는 그 가치부터 다른 것이다. 그러니 노파의 추측이 영 엉뚱한 것은 아니었다.

귀한 집의 부부같이 보이는 두 남녀가, 하필이면 아이들이나 먹을 법한 당과를 사러 오는 걸로도 모자라 진지한 표정으로 당과를 고르는 지환의 표정을 보아하니 꽤 중요한 일이라 여긴 것이다.

"귀하신 분께서 어렸을 적 맛본 당과 생각이 났나 보구만."

한참 먹고 싶은 게 많을 때지. 저도 그랬다는 노파의 말에 그제야 얼어 있던 지환과 설란이 펄쩍 뛰었다. 그게 아니라며 온몸으로 부정하는 둘의 모습에 노파는 홀홀, 웃을 뿐이었다. 영락없이 아이가 생긴 설란의 얼굴이 발갛게 달아올랐다. 노파는 그런 설란에게 당과 하나를 더 건네며 말했다.

"건강한 아이일 게요."

그런 노파의 말에 주변에서 당과를 물고 있던 어린아이들이 짝짝짝 박수를 치기 시작했다. 밑도 끝도 없이 박수 세례를 받게 된 설란은 한 손으로 얼굴을 가린 채 당과를 받아 들었다.

정말이지 이건 뭔가 아닌 것 같다 생각하면서.

✼

당과 사건이 있은 후, 설란은 잡서로 분류된 서적들을 하나둘 읽기 시작했다. 어찌나 읽는 속도가 빠른지 도아가 서책방 주인과 친분을 쌓을 정도였다. 그렇게 꼬박 이틀을 안채에 틀어박혀 글만 읽던 설란은, 삼 일째 되는 날 자리에서 일어났다.

마침 지환이 설란을 찾아가야 하지 않나 진지하게 고민하기 시작한 시점이었다. 전후 사정을 전부 전해들은 린이 매우 안쓰럽다는 시선으로 놔두라 하지 않았다면 아마 진작 찾아갔을 터였다. 그렇게 삼 일째, 자리를 박차고 일어난 설란은 뻑뻑해진 눈으로 외쳤다.

"도아야, 가서 린을 불러오렴. 어서!"

그리하여 해가 하늘 중천에 걸린 지금 설란 앞에 불러오게 된
린이었다

"대무녀요?"

"그래요. 린이 일전에 얘기했었죠? 잠들어 있는 신력을 깨우기
위해서는 무녀가 가진 신력이 적당하다고."

"그랬었죠."

"성도청에 말을 해뒀는데, 어제저녁 답이 돌아왔어요. 오늘 시
간이 빈다고 하니 지금 가려 하는데, 같이 가주겠어요?"

"마마를 위해 이곳에 머물고 있으니 언제든 말만 하세요. 그런
데……."

슬쩍, 린은 설란의 등 뒤에 쌓인 수십 권의 서책에 시선을 던졌
다. 여인들이 좋아하는 사랑 이야기와 기괴한 일들을 한껏 부풀
려 적어놓은 서책이 어지러이 놓여 있었다. 입에서 입으로 떠도는
저주에 대해 알아보고자 한 것일 테지.

린의 눈매가 가늘어졌다.

"당과는 어찌 잘 드셨나요?"

장난기 가득한 물음에 설란의 어깨가 움찔 떨렸다.

"그걸, 어떻게……."

"어머. 잊지 마세요. 저는 구미호랍니다, 마마. 보지 못할 것들
을 보고, 조용한 것들을 듣죠."

가볍게 농을 던지려던 린은 안절부절못하는 설란의 모습에 후
후 웃었다. 천신의 피를 이은 삶은 생각보다 그리 화려하지도, 그

저 행복하지도 않다. 인간의 상식으로는 이해할 수 없는 힘이니 배척받는 것이 다반사요, 부지기수로 굴곡진 운명에 던져져 왔다.

'이 공주님도 마찬가지겠지.'

천천히 자하국 왕실의 비밀을 캐 나가고 있는 린의 눈이 순간 음울하게 변했다. 아직 제대로 된 정보는 얻지도 못했으나 자설란의 삶은 그 시작부터 만만치 않았다. 자하국에서 부정적으로 여겨지는 쌍생아로 태어났으니 말이다. 그 쌍생아 중에서 여아였던 그녀가 공주로 살아남을 수 있었던 것은 어찌 보면 우연과 운명이 겹쳐져 만들어낸 기적이나 다름없었다.

'불새가 이것을 보면 무어라 생각할까.'

그저 인간이 좋아 땅으로 내려온 신들은 인간들을 지키고 나름대로 터전을 갈고닦았다. 그러나 그들이 남긴 후손은 하나같이 진창에 던져지니, 천신이 하늘을 버린 죗값인가, 은혜를 잊은 인간들의 방자함 때문인가.

린은 발을 동동 구르는 설란을 향해 웃으며 그녀를 안심시켰다.

"그저 가마만 돌아왔기에 걱정이 되어 나갔다 우연히 봤답니다. 소문이 나거나 하지 않았으니 그리 불안해하지 않으셔도 됩니다."

"아아. 그랬군요."

눈에 띄게 안도한 설란이 이내 반상 위에 올려놓았던 서신을 집었다. 새하얀 봉투 끝에는 편지를 봉인한 인주가 꾹 눌려져 있었다. 린에게 잠시만 기다리라 말한 그녀는 장지문을 빼꼼히 열고는 문밖에서 기다리고 있던 도아에게 서신을 건넸다.

"청월에게 전하렴."

한 지붕 아래 살면서 서신을 보내는 설란의 의중을 짐작하지 못한 도아는 고개를 갸웃했으나 순순히 그것을 받아 들었다. 편지를 전하기 위해 달려가는 도아의 뒷모습을 잠시 보던 설란은 숨을 내쉬며 문을 닫았다. 그리곤 할 말이 많아 보이는 린에게 아무 말도 하지 말라는 표정으로 얘기했다.

"바로 출발해요."

린이 얘기할 틈을 주지 않겠다는 듯, 설란은 서둘러 방을 빠져나갔다.

반쯤 열린 장지문 너머로 바삐 움직이는 설란을 지켜보던 린의 입술이 부드럽게 호선을 그렸다. 삼 일 동안 읽었을 사랑 얘기들, 그리고 그 속에서 연인들이 해온 일들 중 하나.

연서를 보낸 공주님의 귓불이 발갛게 달아오른 것처럼 보였다.

지환은 도아가 전해준 서신을 손에 쥔 채로 당황했다. 같은 저택에 있는데 서신이라니. 혹여나 설란에게 무슨 일이 있는 것일까, 하는 생각이 들기가 무섭게 그는 자리를 박차고 일어났다. 무명이 바짓가랑이를 붙들고 말리지 않았더라면 곧장 안채로 뛰어갔을 터다.

그러나 불행히도 마침 사랑채에는 무명이 있었고, 반신(半神)은 있는 힘을 다해 그를 붙들었다. 일단 서신이라도 읽고 가라는 말에 그제야 손안에서 반쯤 구겨진 서신이 눈에 들어왔다.

"에휴…… 이러다 내가 늙지, 늙어. 잠깐 누이만 만나고 올 테니까 서신 좀 보고 있어. 알겠지, 도령?"

무명은 대답조차 없는 지환에게 한 소리 하려다 입을 닫았다.

조심스럽게 봉투를 뜯고 있는 지환이 제 말을 들을 것 같지 않아서였다. 이미 온 신경을 설란이 보낸 서신에 쏟고 있으니 무슨 말이 들리겠냐마는.

"아아, 정말이지, 일이 어디서부터 꼬인 건지."

사랑채 밖으로 나온 무명은 투덜거리면서도 린을 찾아 나섰다. 그리고 오래지 않아 대문에서 가마에 오르고 있는 린과 마주칠 수 있었다. 자홍색 저고리와 흰 치마를 입은 누이는 오늘도 어김없이 짙게 분을 칠한 채였다. 그런 린을 보며 '누이가 가마를 타는구나'라는 태평한 생각을 하던 무명은, 얼마 지나지 않아 경악하며 달려갔다.

"누이!"

우렁찬 부름에 린이 고개를 돌렸다. 저 멀리서 팔을 휘저으며 달려오는 모양새가 다급하기 그지없다. 쯔쯔. 린은 속으로 혀를 차며 막 오르려던 가마에서 다시 내렸다. 먼저 가마에 타 있던 설란이 고개만 빼꼼 내밀며 왜 그러냐 물었다. 그런 그녀에게 괜찮다 안심시켜 준 린은 가마 문을 등지고 서서 문을 닫았다.

지척에 다가온 무명이 가쁜 숨을 내뱉었다. 무슨 일이 생기건 여유를 가지고 마음을 다스리라 그리 가르쳐 왔건만, 어째 제 동생 머릿속에는 남은 게 하나도 없는 것 같다는 생각을 하면서.

"헉…… 허억……."

"무슨 일이기에 그리 달려와?"

"아니, 누이가 그리 말할 건 아니지! 대체 말도 없이 어디에 가는 거야? 심지어……."

힐끔, 가마를 살핀 무명이 목소리를 낮췄다.

"공주마마까지 데리고."

정말 그녀를 숨기러 요마의 숲에라도 가는 거냐는 무명의 말에 린은 머뭇거림 없이 제 동생의 등짝을 후려쳤다.

짜악–!

찰진 소리에 한창 출발 준비를 하던 가마꾼 몇이 놀란 표정을 지었다. 그러나 온몸으로 여왕님의 기운을 뿜어내는 린의 모습에 각자 나름대로 납득하며 고개를 돌렸다. 남들이 보건 말건 신경을 쓰긴커녕 관심조차 없는 린은 아프다며 오두방정을 떠는 제 동생에게 조용히 읊조렸다.

"성도청에 다녀올 터이니 조용히 청월이나 지키고 있으렴. 혹여나 푸른 달이 성도청에 뜨기라도 한다면, 조용한 동굴에 가둬놓고 수련을 시킬 것이야. 알겠니?"

무명은 수백 년간 린과 함께 살며 수많은 것들을 터득해 왔다. 그중 하나는 제 누이의 무서움이라 할 수 있겠다. 린은 한다면 하는 구미호였다. 추진력은 물론이거니와 입 밖으로 뱉은 말을 실행시킬 능력도 차고 넘쳤다. 무명은 오래전 최단기간으로 신의 반열에 올라야 한다며 저를 데리고 명산이란 명산은 전부 돌았던 린의 무서움을 상기했다.

"……누이. 내가 죽는 한이 있더라도 도령을 막을게."

주먹을 옹골지게 말아 쥐며 의욕을 불태우는 제 동생의 모습에 린은 손을 뻗어 어깨를 토닥여 줬다.

"……아니 그러니까 도령은 못 간대도."

여기까지가 무명이 지환을 온몸으로 막게 된 경위였다.

영문을 알 리 없는 지환은 삼 일 만에 안채에서 나온 설란에게 인사조차 하질 못해 조금 뿔이 난 상태였다. 일전에 얘기했던 대로 대무녀를 만나기 위해 성도청으로 갔다는 말을 들었을 땐 저도 같이 가겠다며 자리를 박차고 일어나기까지 했다. 당장에라도 뛰쳐나갈 것 같은 지환을 뜯어말린 것은 무명이었다. 그는 아무것도 없는 지환의 등 뒤를 손가락으로 콕 집으며 '그 꼬라지로 갔다간 무녀들이 잡아 죽이겠다고 달려들 것'이라며 일갈했다.

"젠장."

설란이 위험해질 수도 있다는 말에 일단 얌전히 앉긴 했으나, 억울함은 사라지지 않았다. 제 등 뒤에 대체 뭐가 있단 말인가. 저주의 잔흔은 잘 갈무리해 보이지 않게 숨겨두고 있으니 지금 제 모습은 평범한 인간과 다를 바 없었다.

그러나 무명이 이르길 '저주가 미쳐 날뛰다 밖으로 새어 나와 뚝뚝 떨어진다'고 했으니 반박할 말이 없었다. 또한 일전에 구미호가 말하길, 신력을 자유자재로 다룰 수 있는 이들은 눈이 뜨여 보통 인간들도 못 보는 것을 보게 되는데 그중 하나가 바로 저주라, 다른 무엇도 아닌 신이 될 이의 저주를 받은 인간이니 그게 어찌나 흉물스럽게 보이겠냐 하더라.

무명은 거기에 한술 더 떴다.

"아, 내가 몇 번이나 얘기하는 거지만, 도령 눈에만 안 보이는 거래도."

무명은 텅 빈 지환의 뒤편을 손가락으로 가리키며 무녀들의 눈에는 도령이 퇴치해야 할 괴물로 보일 것이라며 한껏 겁을 줬다. 성도청 무녀들이 무기를 손에 쥔 채 뛰쳐나오는 꼴을 보고 싶지 않으면 얌전히 집에 남아 있으라는, 호기롭게 내뱉은 말에 결국 한 대 얻어맞았지만 말이다.

이러나저러나 성도청 쪽은 쳐다보지도 말라는 무명의 엄명과, 답서를 써야 한다는 생각의 결과, 그의 손에는 붓이 들리게 되었다.

먹을 듬뿍 묻힌 붓에서 먹이 뚝, 벼루 아래로 떨어지자 감시 역으로 남겨진 무명이 파, 숨을 뱉어냈다.

"저기 도령, 내가 뭘 잘못 들은 것 같은데, 도령이 뭐 한다 그랬지?"

"연서를 쓴다 하지 않았나."

"……그 연서가, 그리워할 연(戀)의 그 연서지?"

무명은 그럴 리 없다는 투로 물으며 사랑채를 휘 둘러봤다. 무명의 시선을 따라 주변을 둘러본 지환이 어색한 헛기침을 뱉었다.

"넌 뭐 하냐, 난 뭐 한다, 보고 싶어 죽겠다, 닭살 돋는 그거 말하는 거지, 지금? 막 시조도 쓰고 그림도 그려 넣고 그러는."

무명이 살살 긁어오자 지환이 눈살을 찌푸렸다.

"할 말이 있으면 해. 말 빙빙 돌리지 말고."

"저거저거…… 도령, 마마 앞에서랑 내 앞에서랑 하는 게 너무 다른 거 알아? 마마 앞에서는 부인, 부인 그러면서 세상 다 줄 것처럼 굴면서 어찌 내 앞에선 그리 냉바람이 횡횡 날리는지. 아주 다른 사람 같다니까."

사람이 그렇게 이중적이면 언젠가 큰코다친다며 혀를 차던 무명은, 지환의 살기 어린 시선에 슬쩍 말을 돌렸다.

"아니, 내가 뭐라 하는 게 아니라. 아 그래! 인간이 뭐 그럴 수도 있지. 암. 항상 똑같으면 그게 사람인가. 그럼. 그렇고말고."

무명은 인생사 다 그런 것 아니겠냐 중얼거렸다. 그럼에도 지환이 계속해서 저를 바라보자, 무명은 괜스레 바닥에 굴러다니는 수많은 종이 뭉치 중 하나를 집어 들었다. 물론 혀를 차는 것도 잊지 않았다. 연서 한 장을 위해 명을 다한 종이가 몇 장인지 모를 일이다. 따가운 시선을 느끼면서, 무명은 아무것도 모른다는 표정으로 종이 뭉치를 펴 읽기 시작했다. 얼마나 멋들어지게 쓰려는지 봐주겠다는 심보로 읽기 시작했던 무명의 얼굴이 점점 일그러졌다.

연서가 될 뻔한 그것을 처음부터 끝까지 다 읽은 무명은, 도저히 이해가 안 된다는 얼굴로 꼬깃꼬깃해진 종이를 허공에 휘저으며 말했다.

"……도령, 내가 이런 얘기는 안 하려 했는데 말이지. 도령이 뭔가 크나큰 착각을 하는 것 같아서 귀띔해 주는 건데, 연서에 내 욕은 대체 왜 쓰는 거야?"

흰 것은 종이요, 까만 것은 글자라.

종이 위를 빼곡히 채운 글씨는 명필이라 해도 손색이 없을 정도였건만 문제는 그 내용이었다. 겉이 아무리 반드르르하면 무엇하나. 가장 중요한 알맹이가 본디 목적과는 백 보 넘게 떨어져 있는 것을. 좌우로 흔들리는 편지는, 한 문장이 끝나기가 무섭게 빠짐없이 무명에 대한 욕이 자리를 차지하고 있었다.

대략 이런 식이었다.

-해가 벌써 하늘 중앙에 걸리니 부인이 저 해가 서쪽으로 어느 정도

기울어야 돌아올까 잠시나마 생각해 보았습니다. 시간이 너무도 더디게 흐릅니다. …… 처음 부인을 봤던 순간이 떠오릅니다. 이제 와 생각해 보면 그때 부인이 무척 아름답다는 생각을 하였습니다. 쓸모라고는 아무짝에도 없는 무명이 헛소리를 지껄이지 않았더라면 조금 더 봄날 같던 그 기분을 느낄 수 있었을 터인데요. 아쉬울 따름입니다. …… 어찌하여 지금 제 곁에는 부인이 아닌 하는 일이라고는 쓸모없는 얘기만 나불거리는 무명이 있는 것인지 모르겠습니다. 저놈의 입은 쉴 생각을 안 하는 듯합니다. …… 생각해 보니 저치가 잘한 것이라고는 제 숨을 이어 부인을 만나도록 한 것뿐이라는 생각이 들지만, 그것만으로도 저치는 금괴를 산으로 받아도 부족함이 없을 것이라는 생각이 또 드는 연유는 무엇일는지요.

설란에게 보내는 편지라 단어의 수위가 꽤나 낮다는 것을 고려해 봐도 '한 대 쥐어 패고 싶다', '엎어놓고 자근자근 밟아주면 입을 조심할까'라는 표현들에 지환의 감정이 녹진하게 녹아 있었다. 연서라기보단 저주에 가까운 종이를 제게서 멀리 떨어뜨린 무명은 어찌 그럴 수 있냐며 한탄을 늘어놨다.

"도령, 도령이 날 이렇게까지 싫어할 줄은 미처 몰랐어. 내 그래도 도령을 살리겠다고 구 년간 죽을 둥, 살 둥 있는 힘을 다 썼는데, 고맙다고는 못할망정 패고 싶다니. 너무하는 거 아니야?"

지환은 길게 말하지 않았다.

"신들 중에서 여우과는 하나같이 뻔뻔한가 보군."

네놈이 한 짓을 생각해 보라는 지환의 말에 무명이 슬쩍 시선을 피했다.

"물론 돈을 받긴 했지만, 노동에 대한 정당한 대가는 당연히 지불해야지! 세상에 공짜가 어디에 있어!"

"해결할 능력도 안 돼서 어설프게 건드려 놓고 대가라."

"아, 어쨌든 이딴 걸 연서라고 썼다간 도령, 분명 미움받을걸! 이걸 누가 연서라 생각하겠어!"

이 편지에도, 저 편지에도, 심지어 지금 새로 쓰고 있는 편지에도 무명에 대한 욕은 약방의 감초처럼 빠지지 않고 들어가 있었다. 무명의 말에 그제야 지환은 새삼스러운 기분으로 제 연서를 다시 읽어봤다.

글씨가 마음에 들지 않아서, 제 마음이 덜 들어간 것 같아서, 뭔가 구구절절하게 얘기가 늘어지는 것 같아서 구겨 버린 연서가 벌써 수십 통.

이번 것은 첫 시작부터 등 뒤에서 투덜거리는 무명 욕이었다.

이걸 내가 언제 썼지? 지환은 첫 줄을 읽자마자 머뭇거림 없이 종이를 무참히 구겨 버렸다. 종이를 구기는 손에 힘이 바짝 들어갔다. 어째 다시 쓸 때마다 무명 얘기가 점점 늘어간다 싶더니, 결국 문제는 저놈이었다. 뒤에서 투덜투덜거리니 신경이 절로 쏠리는 것이 아닌가.

"저기 도령, 내가 구겨지는 기분이거든? 좀 살살 다뤄줄래?"

"제발 부탁이니 등 뒤에서 계속 종알거릴 생각이면 나가라. 집중이 안 되잖나!"

"……아니 그래도 난 도령보단 누님이 더 무서우니 여기에 있을게. 도령 감시 못 하면 이번에야말로 날 산으로 끌고 갈지도 몰라. 조용-히 있을게. 아, 조용할 테니까 그만 좀 노려보래도!"

힘으로 끌어내지는 한이 있더라도 절대 나갈 수 없다며 바닥에 엉덩이를 비비는 무명의 모습에, 지환은 한숨을 내쉬었다. 쇠뿔도 단숨에 빼랬다고, 얘기가 나오자마자 성도청으로 향한 부인이 너무도 보고 싶었다.

그는 결국 스물여덟 번째 종이 뭉치를 등 뒤로 던지며 다시 붓을 잡았다. 어서 설란이 돌아오길 빌며.

지환이 애타게 기다리는 설란은 그 시각, 성도청으로 향하는 가마 안에 있었다.

"그래서, 린은 왜 자하국에 머물러야 하는 거죠?"

"어머. 일전에 말씀드렸다시피, 모든 것은 마마를 위해……."

"린, 말하기 어려우면 하지 않아도 괜찮지만, 거짓말을 하진 말아요. 내가 린을 믿지 못하게 되니."

이런. 자하국의 공주님은 저를 여러모로 놀라게 했다. 그저 왕의 사랑만 받고 자란 공주라는 세간의 평과는 달리 곱게 큰 여인 같지 않다는 것만 해도 그렇다. 구미호의 눈이 가늘어졌다. 그녀는 수없이 오랜 세월을 살았고, 그 세월만큼이나 많은 것들을 보고 겪었다.

그런 경험들이 말해주고 있었다. 저 공주님에겐 무언가 숨기는 것이 있다고. 설란을 바라보던 의미심장한 시선은 그리 오래지 않아 자취를 감췄다. 구미호는 능수능란하게 표정을 바꾸고는, 참으로 부끄럽다는 낯으로 한숨을 쉬었다.

"사실은, 부부 싸움을 했답니다."

"……네?"

"부부 싸움이요. 사람이 말을 하면 좀 들어야 할 텐데, 어찌 그리 꽉 막혔는지 저만 옳다 고집을 부리지 뭐예요. 그래서 그렇게 잘났으면 혼자 다 해보라는 심보로 이리 도망 왔지요."

설란은 린의 말이 거짓이 아니라 결론 내렸다. 오래 보진 못했으나 찰나의 시간이라 할지라도 몇몇 버릇을 잡아내는 것은 그리 어려운 일이 아니었다. 린의 경우에는 좀 더 부드럽고, 온화하며, 미소가 짙어졌다.

'거짓을 말할 때.'

설란은 마주 웃으며 속내를 감추었다.

"어머, 그랬군요. 얼마나 있을 생각인가요?"

"글쎄요……. 일단은, 부군의 저주를 풀 때까지…… 일까요. 그런데 그 비단 주머니는 무엇인지 물어도 될까요?"

말을 돌리는 린의 목소리가 부드러웠다. 더는 이 주제로 얘기하고 싶지 않다는 뜻을 내비치고 있음에도 얘기를 이어갈 정도로 생각 없진 않았기에, 설란은 순순히 답해주었다.

"미신에 대한 답례라고나 할까요."

국가의 제례를 담당하는 성도청에 공주가 방문하는 것은 그리 흔한 일이 아니었다. 성도청이 서서히 배척당하고 있기 때문이기도 했거니와, 무녀들과 설란이 만나는 것을 혜조가 내켜 하지 않았기 때문이었다.

"엄나무가 아니었다면 시간이 더 걸렸을 거예요."

그러니 부적에 대한 답례는 무척이나 좋은 명분이었다. 사가에서는 보통 초야를 치른 뒤 큰 문제가 없으면 무녀에게 감사를 표했다. 잡귀들의 장난에 휘말리지 않은 것이 무녀가 만들어준 부적 덕분이라 여기기 때문이었다.

설란 역시 마찬가지이다. 여러 일들이 터져 조금 날짜가 늦춰졌지만, 복잡한 것들이 정리된 오늘 '감사'를 표한다는 명분을 손에 쥔 채 성도청으로 향하게 된 것이다.

린은 설란이 미리 준비해 둔 비단 주머니를 곁눈질로 살폈다. 겉으로야 무녀에게 고마움을 표시한다지만, 본질적으로는 남녀의 결합을 굽어살펴준 신에게 하는 감사였다. 눈앞에 있는 지신(地神)은 뒤로한 채 허공에 대고 절하는 격이 아닐 수 없었다. 린은 팔 받침대에 턱을 괸 채 흐응, 소리를 냈다.

정작 땅 위의 신들은 인간의 혼사에 크게 관심을 갖지 않았다. 저들이 좋다는데 나서서 반대할 만큼 오지랖이 넓은 신도 없을뿐더러, 그런 것에 일일이 관심을 쏟을 만큼 시간이 많은 신도 없었다. 그러니 질이 좋은 엄나무를 골라 만든다는 부적은 실질적으로 아무런 쓸모도 없는 것이다.

"고작 엄나무 조각에 감사를 표한다니, 자하국의 풍습은 참으로 신기하네요."

"아, 하긴. 천랑국은 이곳과 다르다는 얘기는 들었답니다. 자하국에선 무녀들이 하는 일들이 대개 이런 것들이에요. 초야 때 가져갈 엄나무 조각을 만들거나 가뭄이 들면 제사를 지내거나 하는."

"이리 특별한 이유가 있지 않으면 성도청에 가기 힘든가요?"

"뭐…… 아무래도 대무녀는 항상 일이 많아 바쁜 데다가 성도청도 이유 없이 들락거릴 수 있는 곳은 아니니, 마음대로 오고 갈 수는 없는 노릇이죠. 설마…… 몇 번 더 가야 하는 건 아니죠?"

"그쪽에서 무녀를 한 명 내어준다면 또 올 필요는 없답니다. 말했듯, 저나 무명은 마마의 신력을 깨우기엔 너무 강한 힘을 갖고 있어 오히려 위험하니까요."

린의 말에 설란의 표정이 굳었다. 지환의 저주를 풀기 위해 가장 중요한 것은 설란의 신력이었다. 그러나 그녀의 신력은 제 존재를 몰라주는 주인에게 반항이라도 하듯 깊은 곳에 그저 고여 있을 뿐이었다.

린과 무명이 갖고 있는 신력은 크고 강해서 자칫 잘못했다간 설란의 목숨이 위험했다. 그러니 같은 인간이면서도 신력을 갖고 있는 무녀의 힘을 빌려 잠들어 있는 신력을 자극시키자는 것이 린이 내놓은 방책이었다.

"……너무 강한 것은 위험하죠. 아주…… 많이."

그리 중얼거린 린은 생각에 잠긴 듯 보였다. 가마의 천장을 응시하는 린의 초점이 흐려졌다.

설란은 그녀의 고민을 방해하지 않기 위해 조심히 창을 열었다. 열린 창을 통해 들어오는 바람이 부드러웠다.

조금 풍경을 구경한다 싶었더니 성도청에 도착해 버려서, 설란은 아쉬워하며 가마에서 내렸다. 미리 연락을 해놓아 마중 나온 무녀의 뒤를 따라 성도청 안으로 들어선 두 여인은 이내 안쪽 방으로 안내되었다.

"대무녀께서 곧 나오실 겁니다."

무녀의 말대로 얼마 지나지 않아 장지문 밖에서 대무녀의 도착을 알렸다. 인자한 미소를 얼굴 가득 띠운 채 들어오던 대무녀는, 린을 발견하자마자 그 자리에 얼어붙었다.

이후에 벌어진 일은 너무도 급박해서, 설란은 그것을 조각조각으로밖엔 기억하지 못했다.

쨍그랑-!

벽에 고정시킨 선반 위, 죽 늘어져 있던 재기들이 바닥으로 나뒹굴었다. 등 뒤에서 문이 닫히는 순간 몸을 틀어 올린 대무녀가 무어라 고함치는 것 같기도 했다. 제게로 뻗어오는 대무녀의 팔에, 금방이라도 날아오를 듯 생생한 봉황을 수놓은 옷자락이 시야를 어지럽혔다. 팔 아래로 길게 내려오는 천은 대무녀가 반대쪽 팔을 휘두르자 펄럭이며 마치 봉황이 날아오르는 착시를 일으켰다.

그리하여 지금.

대무녀는 손에 아무것도 쥐고 있지 않았으나, 린은 그녀가 무슨 짓을 할지 이미 알고 있다는 듯 웃었다. 손에 쥘 수 있을 정도로 선명한 적의가 눈에 보임에도 불구하고 구미호는 유유자적하기 그지없었다.

"……인간이 아닌 이가 어찌 감히 성도청에 발을 들여놓았는가!"

"어머. 이곳에서 나를 알아볼 이는 없을 것이라 생각했는데, 그래도 대무녀라 불리는 이라 그러한가. '내'가 보이나 보군요, 그대는."

그래도 나름 쓸모는 있어 보인다며 웃는 린을 노려보던 대무녀는, 설란을 향해 다급히 반대쪽 팔을 뻗었다.

"마마 어서 이리 오소서. 저 여인은 인간이 아닙니다!"

갑자기 일이 왜 이렇게 풀린 것일까. 당장에라도 린에게 달려들 것 같은 대무녀와, 그 모습을 흥미롭게 바라보고 있는 린의 모습에 설란은 뒷목을 잡고 싶은 심정이었다. 일이 꼬여도 너무 꼬여 버렸다.

"마마!"

급박하게 돌아가는 상황에서도 정작 자설란 홀로 피로해 보였다. 그녀의 얼굴에 가득 담긴 피로가 너무도 선연해서, 대무녀는 당혹스러움을 감추지 못했다.

장지문이 열리기 전부터 무어라 말로 설명할 수 없는 기이함을 느꼈던 그녀였다. 설마하니 설란에게 잡귀라도 붙은 것인가, 가벼웠던 생각은 문이 열리자 산산조각 났다. 겉보기에는 그저 아리따운 여인이 설란의 옆에 앉아 있을 뿐이었다. 그러나 대무녀의 눈에는 똑똑히 보였다. 여인의 등 뒤로 일그러져 있는 신력이.

대무녀는 제 손을 잡지 않는 설란의 모습에 눈앞이 아찔해짐을 느꼈다. 겉보기에는 고작 서른을 넘긴 것 같으나, 그 배는 넘게 살아온 대무녀는 직감적으로 저 여인이 자신보다 강할 것이라 확신했다. 질 것이다. 본능이 그녀의 귓가에 속삭였다. 그러나 도망친다는 선택지는 애당초 그녀에겐 존재하지 않았다.

대무녀는 설란과 린 사이의 거리를 재며 이를 악물었다. 무슨 일이 있어도 공주님만큼은 제가 지켜야 한다는 다짐을 한 그녀는 추를 매단 듯 묵직한 걸음을 옮겼다. 길게 늘어진 옷자락 사이에서 십자 방울이 미끄러져 나왔다. 그것을 손에 쥔 대무녀는 방울을 앞으로 내밀며 외쳤다.

"네년이 마마를 홀린 게로구나—! 당장 정체를 밝히지 못할까!"

짤랑—! 방울 소리가 대무녀의 호통과 함께 허공에 울려 퍼졌다. 그 소리를 타고 날카롭게 날이 선 신력이 일순 저를 겨냥하는 것을 보며 구미호는 소리 없이 웃었다.

꼬리 아홉을 꺼낸 지 오래인 린은, 탐스러운 아홉 가닥의 꼬리를 살랑살랑 흔들며 제 꼬리 쪽으로는 시선 한 번 주지 않는 대무녀의 모습을 확인했다. 저 정도의 신력이면 나쁘지 않았다. 린은 대무녀의 그릇을 가늠하며 눈을 가늘게 떴다. 대략 오륙십 년 정도 신체와 정신을 정갈하게 갈고닦으며 쌓았을 신력은 투명하리만치 맑아 린의 마음을 흡족하게 했다.

"보이긴 보이는데 어중간하게 보이는 모양이네. 흐음, 그래도 저 정도 신력이라면 딱 좋을 것 같은데……."

한쪽이 활활 불타는 불덩이라면 다른 한쪽은 쨍한 얼음인 상황이었다. 자고로 박수도 양손이 맞부딪쳐야 소리가 나는 법.

계산을 마친 린은 방울을 타고 저를 공격하는 신력을 흥미롭게 바라봤다. 구미호의 얼굴에 위기감이나 당혹감은 조금도 찾아볼 수 없었다. 대무녀가 혼신의 힘을 다해 쏟아 붓고 있을 신력을, 막 걷기 시작하는 아이를 보는 것 같은 시선으로 바라보던 그녀는 이내 만족스레 고개를 끄덕였다.

"좋네요. 역시 이 정도가 딱이지."

애당초 대무녀를 제외한 다른 무녀들은 영 쓸모가 없었다. 안으로 한 걸음 내딛자마자 성도청을 가득 채운 무녀들을 확인한 린의 감상대로라면, 그들의 신력은 아장아장 기는 아기나 다름없었다.

슬슬 얘기를 진행시키고 싶은데 대무녀의 열기는 식을 생각을 안 했다. 식기는커녕 린의 무심함에 더욱 열렬히 불타오르고 있었다. 조금 지켜보는 것도 나쁘지 않겠으나, 소란스러워지는 것은 딱 질색이었기에 린은 설란 쪽으로 시선을 돌렸다.

"마마, 어떻게 설명이 가능하겠어요?"

린의 말에, 멍하니 짤랑거리는 방울을 바라보던 설란은 가출하려던 정신을 가까스로 붙잡았다. 성도청의 무녀들이 구미호 앞에 무릎 꿇는 사태가 벌어지지 않기 위해서는 제가 나서야 함을 깨달은 설란은 양 볼을 가볍게 두드렸다.

"대무녀."

비장한 표정으로 성큼 앞으로 나선 설란은 흥분한 대무녀의 손을 붙잡았다. 단번에 환해지는 대무녀의 낯빛에, 속으로나마 사과한 설란은 숨을 깊게 들이마셨다.

"마마, 어서, 어서 이쪽으로……!"

"이분은 지신(地神)이시네! 당장 그만두지 못하겠나! 신께 이 무슨 행패란 말인가!"

대앵—

'아, 멈췄네.'

방금 전까지 린을 어떻게든 공격해 보려 참으로 열심히 날뛰던 대무녀의 신력이 잠잠해졌다. 좋은 인상을 남기려면 지금이라는 생각에 린은 대무녀를 향해 생긋 웃었다. 등 뒤로 꼬리 아홉 개를 휘날리는 미인이 입꼬리를 비틀어 올리는 모습은, 불행히도 그리 좋게 보이진 않았지만 말이다.

"마마, 무슨 말씀이시옵니까. 신이라니요. 오— 마마, 대체, 대체 이를 어찌해야……! 걱정하시 마십시오, 마마. 제가 기필코 마마를 구해 드리겠나이다. 이 목숨을 걸어서라도!"

졸지에 정체 모를 요괴에게 홀렸다는 누명을 뒤집어쓴 설란은, 대무녀가 방울마저 집어 던진 채 양손으로 제 손을 맞잡아오자 어정쩡하게 서 있을 수밖에 없었다. 몇 번 보지도 못한 그녀의 깊은 충심에 눈물을 흘려야 할지, 이 희극적인 상황에 웃어야 할지 도통 감이 잡히질 않았다.

그러나 분쟁도 싸움도 싫어해 밀리면 밀리고 억압하면 참아온 대무녀의 눈에, 설란은 정체 모를 여인에게 붙잡힌 가련한 공주님이었다.

대무녀가 비장한 표정으로 저를 다독이기 시작하자, 설란이 허허로이 웃었다. 울 순 없으니 웃어야지 어쩌겠는가.

'미치겠네.'

이 상황을 어떻게 해결한단 말인가. 대무녀라 할지라도 고작 인간이 저를 볼 수 있을 리 없다며 호언장담하던 린이 원망스러워지는 순간이었다.

설란이 말로 설득하는 데 실패하자, 린이 고개를 저으며 앞으로 한 걸음 걸어 나왔다. 될 수 있는 한 이 방법은 쓰고 싶지 않았는데 다른 방도가 없어 보였다. 린은 검지로 제 아랫입술을 톡톡 두드리며 말했다.

"이런 경우를…… 그래. 보통 귀인을 만난다고 얘기하곤 하죠. 자아, 대무녀. 그대는 오늘 귀인을 만났답니다. 마음껏 기뻐해도 좋아요."

말을 마친 구미호는 저를 경계하는 대무녀를 향해 손을 뻗었다. 그 손을 뿌리치려던 대무녀는 사내보다도 배는 강한 악력에 놀라 눈을 부릅떴다.

"이, 무슨……!"

경악에 찬 비명을 내지르려던 그녀는 목소리가 목구멍 근처에서 턱 틀어 막히는 것을 느꼈다. 확장된 동공에 경악이 가득했다.

무언가가 제 몸 속을 거세게 두드린다 싶더니 피가 역류하는 듯한 고통이 몸을 휘감았다. 장기가 비틀리는 느낌에 대무녀의 다리에서 힘이 풀렸다.

"커……ㄱ, 쿨럭……!"

비틀거리며 쓰러지려는 대무녀를 단단히 붙잡은 린이 그녀에게 조용히 속삭였다.

"어때요. 이제 내가 보이나요?"

옆에서 무어라 외치는 설란의 목소리도, 가증스럽게 제게 속삭이는 린의 목소리도 지금의 대무녀에겐 들리지 않았다. 마치 물 속에 빠진 것처럼 귀가 먹먹했다. 그러나 제 기능을 잃은 귀와는 달리 눈은 그 어느 때보다도 또렷해, 힘없이 떨궜던 고개를 들어 올린 대무녀는 그만 할 말을 잃고 말았다.

제 눈앞에 서 있는 여인의 등 뒤에서, 일렁이는 아홉 개의 꼬리가 너무도 선명해서.

린은 아무 말도 못 한 채 굳어 있는 대무녀를 재촉하지 않았다. 대신 그녀는 시간을 가늠하듯 대무녀의 팔을 검지로 톡톡 두드렸다. 옆에서 설란이 괜찮은 것이냐 물을 땐 고개만 살짝 돌려 그렇다 대답해 주고 다시 대무녀를 살핀 것이 고작 일각(一刻)이나 지났을까. 린은 경악에 찬 표정으로 제게서 시선을 떼지 못하는 대무녀를 향해 눈을 접으며 말했다.

"고통이 슬슬 사라졌을 텐데…… 자아, 진정이 되었다면, 이제 이쪽 얘기를 들어줘야겠어요."

스르르, 대무녀의 팔에서 린의 손이 미끄러져 내렸다. 저를 지탱하던 힘이 사라지자 대무녀는 그제야 주저앉을 수 있었다. 둥글게 부풀어 오른 치맛자락이 이내 천천히 가라앉은 뒤에야 바싹 말라 갈라진 입술이 달싹였다.

"……구미호."

"음. 좋아요. 똑똑히 보이나 보네요. 그럼 이제 본론으로 들어가 보죠."

린은 방금 전까지 짤랑거리던 십자 방울을 집어 대무녀의 무릎 위에 놓아주곤 그녀의 앞에 사뿐히 앉았다. 설란도 엉거주춤 자리에 앉자 마주 보고 앉은 세 여인 사이에 무어라 말로 형용할 수 없는 어색함이 감돌았다.

그 순간이었다. 장지문 밖에서 무녀가 차를 들이겠다는 말을 한 것이.

셋 중 이 상황을 정리할 의지가 가장 충만한 설란이 들어오라 말하자 드르륵, 장지문이 열리고 당고머리를 한 무녀가 안으로 들어섰다. 자그마한 소반을 들고 들어오던 무녀는 미묘하게 높은 방 안 공기에 고개를 갸웃했다가, 대무녀의 치마 위에 얹어져 있는 십자 방울을 봤을 땐 당혹감을 감추지 못했다.

"저어, 대무녀님……?"

조심스러운 무녀의 물음에 그제야 대무녀는 십자 방울을 옆으로 치우곤 소반을 받아 들었다. 떨리려는 손끝에 힘을 바짝 준 그녀는 평안함을 가장한 채 차를 가져온 무녀에게 감사 인사를 건넸다.

"아무 일도 아니다. 그래, 차가 잘 우려졌구나. 실력이 늘었어."

"……예, 감사합니다."

"내 부를 때까지 누구도 들이지 말거라."

"알겠습니다."

무녀가 뒷걸음질 쳐 나가자 불편한 침묵이 그들을 감쌌다.

"얘기라는 것이, 마마와 관련이 된 것입니까."

그녀의 물음에 린은 고개를 끄덕였다. 손을 뻗어 새하얀 찻잔을 집어 든 린은 그것을 설란에게 건네며 말했다.

"방금 전까진 존재조차 느끼지 못했겠지만, 지금은 흐릿하게나마 보일걸요. 자, 어때요? 마마의 심장께에 엉겨 있는 붉은 기운이 보이지 않나요?"

"보입니다. 저것이……."

"심장을 타고 얽혀 있는 수십 가닥의 붉은 실. 그 실이 봉황의 피가 수백 년이라는 긴 시간을 넘어 마마께 이어졌다는 증좌이죠. 봉인되어 있는 신력이자, 그대가 필요한 연유랍니다."

그 말을 들은 대무녀의 반응은 색으로 표현할 수 있을 정도로 선명했다. 처음, 그녀는 제 귀를 믿지 못하겠다는 듯 크게 뜨인 눈으로 설란의 심장께를 뚫어지게 바라봤다. 그러나 구미호의 말처럼 설란의 심장을 얽어매고 있는 신력을 미미하게나마 느꼈을 때 그녀의 얼굴에 감격이 일렁이기 시작했다.

자하국의 시조는 봉황이며, 그 봉황이 땅으로 내려와 첫눈에 반한 여인을 위해 나라를 건국하고 수호했다는 건국신화를 생각해 봤을 때 대무녀의 반응은 당연했다. 먹고살기 바쁜 백성들이야 어린 자식들에게 얘기해 줄 때나 입에 담는 옛이야기였지만, 무녀들에게 있어 봉황은 삶의 이유 그 자체였으니 말이다.

그리고 그중 가장 강한 신력을 타고나, 봉황에 대한 믿음도 누구보다 신실하고 깊은 대무녀는, 오랜 세월을 돌아온 신의 흔적에 먹먹함을 느꼈다.

"제가, 제가 해야 할 일이라는 것은 무엇입니까. 마마를 위한 일이라면 무엇이건 하겠나이다."

설란은 금방이라도 저를 향해 절이라도 할 것 같은 대무녀에게 다급히 본론을 뱉어냈다.

"그대의 신력으로 이것을 깨우는 것만 도와주면 돼."

"……깨운다니요?"

"린이 말하길, 내가 갖고 있는 신력은 봉인되어 있어 각성시킬 필요가 있는데, 그러기 위해 무녀의 힘이 필요해."

린은 제 몫의 차를 홀짝이며 말을 거들었다.

"대무녀 정도가 딱 적당하죠. 그런데, 대무녀는 성도청을 못 벗어나나요?"

린은 제게 쏠린 시선을 받으며 말을 이었다.

"뭐, 단번에 해버릴 수도 있지만 안전하게 하려면 역시 여러 번 나눠 부담을 줄이는 편이 낫거든요."

그리고 생긋.

다소곳이 앉아 화사하게 웃는 린의 모습에 설란은 속으로 혀를 내둘렀다. 대무녀의 감격이 미처 자취를 감추기도 전에, 시기 적절한 한 방을 날린 구미호는, 마지막으로 '힘들다면 어쩔 수 없지요. 조금은 위험하지만 감수하는 수밖에'라는 말을 읊조리며 안타깝다는 표정으로 차를 홀짝였다.

오십 년 넘는 세월 동안 성도청 안에서만 생활해 온 대무녀가
비밀리에 외출을 결심하는 순간이었다.

〈2권으로 계속〉